울지 않는 새는 죽인다

울지 않는 새는 죽인다

사카구치 안고 / 지음

양혜윤 / 옮김

세시

프롤로그

'시대의 풍운아', '난세의 영웅' 등 항상 이름 앞에 많은 수식어를 붙이고 다니는 오다 노부나가. 그의 인생을 담은 소설부터 경제, 경영서, 영화에 이르기까지 다양한 분야에서 모든 경계를 넘나들며 등장하는 일본의 유명인사. 일본인들이 가장 존경하는 역사 인물 순위에서 항상 1위에 선정되는 사람.

뛰어난 전략가이자, 시대를 앞서가는 인물로 일본에 새시대를 연 인물. 기상천외한 발상과 결단력 있는 카리스마.

사람들이 일본의 3대 영웅이라 손꼽는 오다 노부나가, 도요토미 히데요시, 도쿠가와 이에야스를 두고 하는 말이 있다.

오다 노부나가는 울지 않는 새는 죽여 버린다.

도요토미 히데요시는 울지 않는 새는 울게 만든다.

도쿠가와 이에야스는 울지 않는 새는 울 때까지 기다린다.

그만큼 오다 노부나가는 성격도 급하고 진취적인 인물이란 얘기다. 그는 종종 강한 인물로 묘사된다. 무서운 결단력과 추진력, 주위 사람들의 조언을 듣기 보다는 자신의 생각을 관철시키는 인물.

그러나 사카구치 안고는 또 다른 면의 노부나가를 발견해냈다. 바로 인간적인 노부나가다. 이 책은 노부나가의 청년시절을 주로 담았다. 오다 가문을 일으킨 오다 노부히데의 아들로 사람들에게 바보 소리를 듣던 어린시절부터 전국시대 최고의 기습전이라 일컬어지는 오케하자마 전투까지. 천하 통일을 꿈꾸며 그 발판을 마련하는 청년 노부나가의 정열적인 활약상을 담고 있다.

노부나가는 어릴 때부터 사랑과 존경을 받기 보다는 온통적으로 둘러싸여 무시와 경계의 시선을 받으며 자랐기 때문에 스스로 강해질 수밖에 없었다. 그는 전장에서는 누구보다 무서운 기세로 싸우지만, 한편으로는 관대한 마음으로 용서하고 품을 줄도 아는 인간적인 아름다움을 지닌 사람이었다.

사카구치 안고는 우리나라에는 〈불연속 살인사건〉이란

작품으로 추리소설 작가로 더 잘 알려져 있지만, 그는 사실 그 외에도 많은 역사 소설을 썼다. 이 작품은 『신오사카』라는 신문에 연재된 것인데, 당시 사카구치 안고는 이름을 숨긴 채 연재를 했다. 신문사에서 이 소설의 작가가 누구인지 맞추는 퀴즈를 냈었는데 총 2,784통의 응모자 중 1,299명이 정답을 맞혔다고 한다. 그의 독특한 문체와 사관이 그만큼 잘 드러났다는 얘기다. 딱딱한 전기 소설을 거부하고 발랄한 문체를 구사함으로써 당시 일본사회에서는 놀랄 만한 '엔터테인먼트 소설'로 호평을 받았다.

강하고 독한 이미지의 노부나가를 우리에게 한층 더 다가오게 해준 작품. 오다 노부나가는 사카구치 안고에게 감사해야 하는 것이 아닌가 하는 생각을 감히 해본다.

–인간사 오십년, 돌고 도는 세월 덧없는 꿈같구나. 한번 태어나 죽지 않는 자 누구인가.

언제나 최고의 자리를 꿈꾸며 세상에 무서운 것이 없는 자처럼 저돌적으로 나아간 그이지만, 그 역시 덧없는 인생과 죽음 앞에 허무함을 느끼는 보통 사람이었다. 이 책을 통해 여러분들도 인간적인 오다 노부나가의 매력에 흠뻑 빠져보길 바란다.

오다 노부나가
CONTENTS

제*1*장

※

미노의 늙은 살무사

　한참 잠을 자던 노부나가가 갑자기 눈을 떴다. 잠결에 문
득 히라테 마사히데의 목소리가 들린 것도 같았는데, 꿈인
지 생시인지 알 수가 없다. 별실에서 아직 잠들지 않은 사람
들이 내는 소리가 들려온다. 하지만 사람 목소리는 들리지
않는다. 이런 시간에 마사히데가 근처에 있을 리 없겠지.

　그때 누군가 다가오는 발소리가 들리더니, 방문이 열렸
다. 노부나가는 몸을 반쯤 일으켜 그를 향해 비치는 빛에 말
을 걸었다.

　"마사히데인가?"

　"네, 그렇습니다."

　마사히데는 한 손에 등불을 들고는 미닫이문을 좌우로 완
전히 밀어 젖히고 앉았다.

"잠에서 깨어 기다리고 계셨습니까? 제가 오리라는 걸 어떻게 알고 일어나셨습니까?"

마사히데 말에 노부나가는 잠시 귀를 기울였다. 그러나 특별히 이상한 소리는 들리지 않는다. 마사히데는 왜 문을 전부 열어젖힌 거지? 한밤중에 괜히 실없는 소리나 할 사람이 아닌데. 그는 예의범절, 교육 같은 것을 무척이나 좋아하는 자다.

마사히데는 더 강한 눈초리로 추궁했다.

"아무 이유 없이 한밤중에 눈이 떠질 리가 없지요. 어떻게 일어나셨습니까?"

"사람은 원래 제멋대로 눈이 떠지는 법이야. 자네만 이상한 거 아닌가?"

"아하하. 무사가 자다가 문득 눈을 뜨는 일은 전쟁 때뿐입니다."

마사히데는 노부나가를 매서운 눈길로 바라보며 작은 목소리로 속삭였다.

"지금 바로 출진하셔야 합니다. 미노와의 전투입니다."

예의범절을 가르치기 위해 온 것이 아니었다. 마사히데는 거짓말을 할 사람이 아니다.

노부나가는 이불을 차고 일어섰다.

"그래? 드디어 왔구나. 갑옷과 투구를 가져와라."

유쾌하리만치 조금도 주저함이 없다. 그 아무리 용감무쌍한 자라 할지라도 압도할만한 기백. 그는 자신의 그런 모습에 스스로 만족스러워한다. 이것이 바로 노부나가라는 젊은 대장의 본성이다. 전쟁이 임박했다는 생각에 흥분으로 몸이 떨려온다. 그는 계속해서 소리쳤다.

"야마시로 성의 백발 영감, 두 번 다시 미노의 땅을 밟지 못하게 해주지. 이 몸이 짓밟아서 오와리 땅에 묻어주겠다. 약삭빠른 능구렁이 같은 영감. 그래 미노 세력은 어디까지 와 있지? 아버님의 성에 도착했나?"

"적은 어디에도 와 있지 않습니다."

마사히데가 서늘하게 대답했다.

"오와리 군이 미노 지역으로 진격합니다. 아버님은 잠시 후 기소천을 넘어 오실 것입니다. 우선 찬밥이라도 두둑하게 드시고 계십시오."

시녀가 밥상을 들고 나타났다. 마사히데는 그 모습을 보고는 그대로 일어서서 가버렸다.

잠시 후 북소리가 울렸다. 저 북을 치고 있는 것은 마사히데일까? 나팔소리도 들려왔다.

노부나가는 시장기가 느껴지지 않아서 밥 한술 먹기가 쉽지 않다. 북소리가 가까이 다가왔다. 마사히데의 눈이다. 목소리다.

그때 심상치 않은 불길함이 엄습했다. 패배. 완전한 패배. 내일 미노 거리에 매달리는 건 전멸한 아군이 아닐까? 피범벅이 된 아버지의 모습일지도 모른다.

아버지는 작년보다 더한 참패를 또 반복하는 것일까. 이 얼마나 무모한 진격이란 말인가.

"서두르는 자가 지는 법."

아버지는 전멸할 것이다. 그럼 그 복수가 고스란히 내 어깨로 오는 건가? 노부나가가 이렇게 생각한 날은 1548년 11월 17일의 한밤중으로, 당시 노부나가는 열다섯 살이었다.

작년 가을 노부나가의 아버지인 오다 노부히데는 미노를 공격했다가 참패했다.

당시 노부히데는 오와리 전역의 오다 가문에 지원군을 부탁했고, 전례 없이 모든 오다 가문이 총동원 되어 대군을 이끌고 당당하게 미노로 쳐들어갔다.

이나바 성 주위의 마을이란 마을은 모조리 태워버리고 성 입구에 도착하자 이미 밤늦은 시각. 잠시 쉬면서 체제를 정비하려는 사이, 미노 군대가 총반격을 해왔다. 물밀듯이 밀려오는 미노군의 공격에 토끼몰이라도 당하듯 벼랑 끝까지 몰리다 죽임을 당한 오다군의 전사자가 5천 명이었다.

이나바 성의 성주는 사이토 도산. 그는 원래 승려 출신이었다. 당시에는 승려가 유일한 인텔리였는데, 도산은 그 중에서도 특히 명석한 두뇌를 갖고 있었다. 사람들은 그를 두고 앞으로 훌륭한 명승이 될 거라고 칭찬했지만 그는 영특한 만큼 도무지 속을 알 수 없는 괴물이었다. 그는 사람들의 바람과는 달리 절을 버리고 나와 기름을 파는 행상인이 되었다.

그리고 얼마 후 미노의 수호직인 토키의 가신들 중 우두머리인 나가이의 가신이 되었다. 하지만 그것도 잠시, 도산은 나가이를 죽이고 대신 그의 자리를 꿰찼다. 그리고 또 다시 토키를 내쫓고 그의 애첩까지 빼앗아 미노 일대를 자신의 손아귀에 쥐었다.

도산의 악행은 주군을 죽이고 영토를 빼앗은 것에서 그치지 않았다. 그는 가벼운 죄를 지은 죄인도 능지처참에 처하고, 친형제를 가마솥에 집어넣고 불을 지르는 등 온갖 난폭하고 끔찍한 짓을 저질렀다. 그의 악명은 성난 불길처럼 빠르게 번져갔다.

그런 그의 행동과는 어울리지 않게 그는 마치 기름 항아리에서 나온 것처럼 반질반질하게 윤이 나는 미남형의 얼굴을 하고 있었다. 적지 않은 나이임에도 불구하고 단아하고 수려한 그의 얼굴은 마치 화폭에서 나온 것처럼 희었고, 항상 온화한 미소가 떠나지 않았다.

그의 간교한 지혜는 병법에서도 잘 드러났다. 그는 칼보다는 창을 선호했다. 그리고 그 창은 적의 창보다 훨씬 길어야만 했다. 철포가 들어왔다는 소식을 듣고는 곧 그것을 주요 무기로 채택했다. 당시 누구보다 앞선 독창적인 병법이었다.

그가 거느리고 있는 군대는 '미노 중대'라 불리며 천하에 용맹하기로 소문나 있었다. 여기에 그의 악마적인 병법까지 더해졌으니, 그와 인접한 지역의 성주들이 불안에 떨며 항상 울상을 짓는 것도 극히 당연한 일이었다.

도산은 온 나라를 자신의 손아귀에 움켜 쥘 마음은 없었다. 그만한 열정도 없다. 이제 나이도 먹었으니, 그는 전쟁보다는 그저 남을 괴롭히는 것이 더 좋았다.

작년 가을 오다의 대군을 맞아 허리도 못 펼 정도로 두들겨 패줬으니 이제 슬슬 목을 조를 시점이라고 생각했다. 별 필요도 없을 것 같은, 마음에 들지 않는 군대긴 하지만 오우미 지역에서 병력도 빌렸다. 당시 미노 지역 안에서 오우가키 성만은 오다의 혈족이 성문을 굳게 닫고 싸우고 있었는데, 도산은 일단 그들부터 공격해서 없애버리기로 했다.

도산이 거드름을 피우며 전투준비를 하고 있다는 근황은 11월 초 첩자들에 의해 오와리까지 전해졌다. 노부히데는 당시 작년의 패배 이후 아직 병력을 미처 회복하지 못한 상태라 전체 오다군을 다시 이끌고 전쟁에 나갈 만한 기력은 없었다. 그런 상태로 작정하고 들어올 미노 군을 맞아 어떻게 대처할 작정일까 걱정스러웠다.

그런데 11월 7일, 노부히데가 갑자기 미노로 출전했다. 노부나가에게조차 사전에 알리지 않은 채 직속 부하들만을 이끌고 간 출전이었다. 오다 군대의 조직 편성과 주도한 준비마저 작년과 똑같은 모습이다. 마치 화려한 불빛만 보면 미친듯이 달려드는 불나방 같다.

"아버지의 유골이나 주워 돌아가야 하나."

노부나가가 농담을 하듯 중얼거렸다. 곁에서 말 머리를 나란히 하고 밤길을 걷던 마사히데가 그 얘기를 듣고는 껄껄 웃었다.

"노부히데 님은 도산에게 뒤쳐지지 않는 용감무쌍하신 분입니다."

도산에게 뒤쳐지지 않는, 이라고 그는 말했다. 마사히데 역시 적의 묵직함이 느껴지는 것이다. 그 괴물의 무게가 노부나가의 피부에 싸늘하게 와 닿는 것 같았다.

다음날 노부나가는 아버지를 쫓아 기소천, 히다천을 건너 다케가하나에 도착했다. 그곳은 이미 모조리 불에 타 끝없이 펼쳐진 불타오르는 황야였다. 노부히데의 군대는 마치 거대한 허리케인처럼 모든 것을 휩쓸고 갔고, 그들이 훑고 간 곳에는 아무 것도 남아 있지 않았다.

노부히데가 향한 곳으로 추측되는 곳곳에서 아직도 불씨가 타오르고 있었다. 그가 얼마나 고군분투하고 있는지 짐작할 수 있는 모습이었다. 노부히데의 가신이 와서 노부나가를 맞이하더니 일단 오가키 성에 들어가서 명령을 기다리라는 말을 전했다. 그의 말에 의하면 성 밖의 숙소에서 느긋하게 지내던 도산이 생각지 못한 노부히데의 공격 소식을 듣고 깜짝 놀라 성안으로 도망쳐 들어갔다고 한다.

그 다음날도 노부히데는 운 좋게 발길 닿는 곳마다 불을 뿌리고 다닐 수 있었고, 미노의 마을들은 악마의 바람이 지나간 것처럼 황폐해져 가고 있었다. 그의 빠른 속도와 예측할 수 없는 출몰에 도산은 마치 조개껍질처럼 성문을 꼭 닫아버린 채 두문불출하고 있었다.

아버지의 공격에 만족한 노부나가는 마사히데를 보며 말했다.

"백발의 늙은 살무사 녀석이 기겁을 하고 놀라 산속 성으로 도망가 버린 모양이지?"

마사히데는 끄덕이는 대신 노부나가를 매서운 눈초리로 바라보았다.

"뭣도 모르는 하룻강아지들은 그렇게 생각할 수도 있겠

지요. 그저 어디다 구멍을 파고 들어가서 떨고 있다고 말입니다."

노부나가는 쓴웃음을 지었다. 도산인지 뭔지 하는 괴물이 기겁을 하고 놀라 떨고 있을 리가 없다는 것은 노부나가도 잘 알고 있다. 작년에 미노군에게 보기 좋게 참패를 당한 것도 아군이 이겼다고 좋아하던 직후였다. 노부나가가 지금 걱정되는 것도 바로 그것이다.

그러나 일시적이라 해도 도산이 기겁을 하고 놀라 문을 꼭 걸어 잠근 채 숨어버린 사실만은 부정할 수 없다. 정예의 미노 군대가 사방이 적으로 둘러싸여 오우미에서 오는 지원군만을 기다리며 전쟁 준비를 갖추고 있는 것이다.

작년 가을의 경우 전쟁 준비를 철저히 하고 온 쪽은 오다 군대였다. 그들은 전쟁준비를 하지 못하고 있던 미노를 공격했다. 그리고 그 결과는 오다 군의 무참한 참패. 그러나 올해는 일단 정반대의 상황이다.

'적의 허점을 찔렀기 때문이다.'

사람들은 그렇게 말했지만 노부나가의 생각은 달랐다.

'그들의 전투 속도가 첩자를 앞질렀기 때문이다.'

도산과 노부나가 두 사람 모두 첩자를 부리는데 뛰어난 재주가 있었다. 아니, 아마 모든 장군들이 다들 첩자를 부리는 재주꾼이라고 봐야할 것이다. 전쟁의 승리는 적의 첩자를 이기는 데서 시작된다는 것이 어린 노부나가의 생각이었다.

아버지는 적의 첩자에게 이긴 것이다. 그러나 거기서 더 발전하지 못한다면 그 결과는 뻔하다. 작은 승리에 만족하고 기뻐하는 바보.

다음날 드디어 노부히데가 오가키 성에 나타났다. 먼지를 잔뜩 뒤집어쓰고 달려온 피곤에 지친 군사들은 오랜만에 부른 배를 두드리며 금세 곯아 떨어졌다.

그러나 노부히데만은 잠을 잘 여유가 없었다. 오와리에서 급한 보고가 들어왔기 때문이다. 그가 성을 비운 사이 기요스의 무리가 와서 후루와타리 성을 점령했다는 소식이다. 후루와타리는 노부히데의 본거지다. 기요스의 무리란 오다 본가의 가신들이었다.

오와리를 나왔을 때처럼 노부히데는 다시 한밤중에 오와리로 돌아갔다.

"너는 나고야 성으로 돌아가거라. 네가 지원하러 올 정도로 대단한 일이 아니다."

노부히데는 이렇게 얘기하고 중간에 노부나가와 헤어졌다. 노부나가는 운 좋게도 죽음의 신이 이 남자를 떠났다고 생각했다. 천지신명의 도움으로 도망갈 기회를 얻은 것이다. 노부나가는 부리나케 달렸다. 도망칠 기회를 놓치지 마

라. 강한 척 하는 바보. 아버지의 강한 척이 노부나가는 점점 의아하게 느껴졌다. 주의 깊고 교활한 미노의 늙은 살무사가 신경 쓰였기 때문이다.

오다 집안은 원래 수호직 시바 씨의 가신 중 필두 가신이었다. 그러나 그들이 모시던 가문이 쇠퇴하자 오다 이세노카미가 위쪽의 4개 군을 지배하고, 오다 야마토노가미가 아래쪽의 4개 군을 지배했다. 강을 경계로 위아래의 경계선인 기요스 성에는 시바 요시무네가 머물고 있었는데, 이곳은 야마토노카미가 머무는 곳이기도 했다.

야마토노카미에게는 세 명의 봉행이 있었다. 오다 이나바노 카미, 오다 도자에몬, 오다 노부히데이다. 원래 노부히데는 오다 씨 가문의 가장 말단이었지만, 뛰어난 실력 때문에 결국 오다 가문의 우두머리가 되었다. 그는 쇼바타 성에서 나고야로 본거지를 옮겼고, 나중에는 아쓰타에 가까운 후루와타리에 성을 세워 그곳으로 거점을 옮겼다. 그리고 나고야 성을 어린 노부나가에게 주었다.

노부히데의 최대의 공적은 아즈키자카에서 이마가와 요시모토의 대군을 격파한 것인데, 이후 그가 오와리 전체의 우두머리라는 위세를 드러낼 수 있었던 것은 모든 오다 가문을 총동원했다 해도 좋을 만한 대군을 이끌고 이나바 성으로 출격한 작년 가을이었다.

그 결과는 대패배로 끝났고, 노부히데의 원래 주인이라 할 수 있는 오다 야마토노카미도 전사했다. 기요스 무리란 그 부하였다. 야마토노카미의 양자 히코고로 노부토모가 뒤를 이어 기요스 무리를 지배하게 되었고, 같은 기요스의 성 내에 간신히 명맥을 유지하고 있는 부에사마인 시바 요시무네와 그 신하들을 지배하에 두고 있었다.

작년 가을의 참패는 노부히데의 위세에 큰 상처를 주었다. 그리고 그 결과가 최초로 가장 크게 나타난 사건이 바로 이번 기요스 무리의 반역이었다. 작년 가을에는 총대장이 전사할 정도로 협력을 하더니 일 년이 지난 지금은 똑같이 미노로 출격하여 성이 비어 있는 동안 오히려 그를 배신하고 노부히데의 본거지를 황폐화시킨 것이다.

노부히데가 돌아와 보니 기요스 무리는 후루와타리 성 아래 마을을 다 태워버리고 철수한 뒤였다. 그들을 이끈 행동대장은 사카이 다이젠, 사카이 진스케, 가와지리 요이치 세 명의 가신. 그들은 종가의 지주에 해당하는 노련한 무사들이다. 게다가 종가의 주춧돌이라 할 수 있는 부에사마도 끼어 있었으니, 이것은 오다 가문에 불을 지른 격이나 마찬가지였다.

마사히데는 노부나가를 버려두고 후루와타리로 노부히데를 쫓아갔다. 노부나가의 교육을 일임 받은 그는 오다 가문의 흉패를 어깨의 짐처럼 느끼고 있었다. 앉으나 서나 심지어 잠을 잘 때조차 그 책임감을 내려놓을 수 없는 마사히데였다.

"이미 다 지난 선대 때의 부귀영화를 자랑하는 자들이 꼭 이렇게 반역을 하는 법입니다. 주인이 자리를 비운 동안 불이나 지르고 도망칠 정도의 기지밖에 없는 하찮은 녀석들이라니, 그런 못난 모습이야말로 동정해줘 마땅하지요. 하지만 그런 기요스 무리의 얼굴을 세워주는 것 역시 한 시대를 풍미할 수 있는 자의 아량입니다."

마사히데의 진언을 들었지만 노부히데에게는 딱히 이 문제를 처리할 좋은 방법이 생각나지 않았다. 그동안 미노나 스루가처럼 큰 적들만 상대하다 보니 동족들 간의 문제를 모양새 좋게 처리하는 방법을 멀리하며 지낸 탓이다.

그의 가신들은 이미 미노와의 전투에서 거둔 성과에 흠뻑 취해 있다. 그들이 자리를 비운 사이에 와서 불을 지른 기요스 무리는 벌써 도망가 버린 뒤. 싸움도 하지 않고 이겼다는 자만심에 미노와의 전투 이후 아군은 의기양양해 있었다. 가신들이 이런 분위기라면 굳이 일을 크게 만들 필요가 없다.

"너에게 이번 일을 처리할 좋은 수라도 있는 것이냐?"

"좋은 수라고 까지는 할 수 없지만 양쪽의 체면은 구기지 않고 처리할 방법입니다."

"좋다. 네 생각대로 하거라."

노부히데는 이번 일을 마사히데에게 일임했다.

그런데 막상 마사히데가 가서 무릎을 꿇고 얘기해 보니, 이것이 과히 쉽지 만은 않은 일임을 느낄 수 있었다.

기요스의 가로인 사카이 다이젠은 적의 약점을 한번 손에 쥐면 골수까지 빼먹는 악덕 고리대금업자 같은 자다.

"기요스의 오다가 후루와타리의 마을을 불 지른 것을 사죄하라는 말씀인가? 오다 노부히데가 뭐란 말인가. 그래봤자 당가의 봉행 중 한 사람에 지나지 않는 것을. 아래쪽 4개의 군은 우리 가문의 토지였소. 애초에 누구에게 허락을 받고 후루와타리에 성을 세웠단 말인가. 우리 가문은 오와리의 수호직. 우리 영토 안에 불을 지르든 부셔 버리든 그건 우리 마음이지. 그게 아니면 지금 노부히데 공이 우리 가문을 대신해 오와리의 수호직을 받았다고 말씀하시는 건가?"

작년 가을의 패배 이래, 노부히데의 위력과 명령만으로 모든 오다 가문을 움직일만한 힘은 사라졌다.

노부히데가 병졸들을 끌고 미노로 쳐들어가 다소의 전과를 올렸다고 해도 적의 본거지에서 멀리 떨어진 마을에 불을 지르고 온 게 다 아닌가. 그 정도 성과로 노부히데를 다시 높여줄 오다 일족이 있을 리 없다. 미노의 본거지에 쳐들어가 제대로 맞붙어 싸울 힘이 없다는 것은 작년의 예를 통해 충분히 알고 있었다.

"미노의 밭을 어지럽히고 와서 위세를 부리는 모양인데, 그래봤자 오히려 도산을 화나게 했을 뿐 우리 입장에선 좋을 게 뭐가 있는가? 이런 식으로 한다면 야마시로가 오와리로 공격해올 때 우리가 오히려 안내자의 입장에 서지 못할 것도 없겠지. 노부히데가 아무리 빨리 기요스로 쳐들어온다 한들 도산이란 괴물을 더 빨리 부르는 꼴이 될 걸세."

다이젠은 주름이 깊게 파인 얼굴에 노골적으로 불쾌한 기색을 보이며 협박했다. 허울뿐인 위협만은 아닐 것이다. 그런 생각만으로도 마사히데의 간담은 서늘해졌다.

"우선 노부히데가 오와리의 지주로서 아즈키자카에서 이마가와의 침공을 막은 후, 오다 빈고노카미 노부히데로서 세상에 널리 알려진 명성만큼은 인정해 주셨으면 합니다. 하지만 그렇다고 해서 결코 그 명성만 믿고 목에 빳빳하게 힘을 준 채 종가를 소홀히 하는 것은 아닙니다. 만약 그렇게 오해하실 만한 실수가 있었다면 깊이 사죄를 드리겠습니다. 저희가 종가에서 베풀어주신 은혜를 어찌 잊을 수 있겠습니까. 노부히데가 여기까지 올 수 있던 것은 모두 오다 가문에서 계속 밀어주신 덕분입니다."

마사히데는 이렇게 사과를 하고 서둘러 후루와타리로 돌아왔다.

오다 가문 안에서의 화해도 필요하지만, 지금 최대의 급선무는 미노와의 화해다. 기요스나 그 외의 일족들은 스스로 반기를 들고 일어설 힘이 없다. 그들이 연합한다 해도 두려워할 만한 존재는 되지 않는다. 그러나 그들과 미노를 함께 적으로 돌리는 것만큼 무서운 것은 없다.

그리고 그럴 가능성이 실제로 존재하고 있다. 지금은 미노도 노부나가의 적이고 기요스도 노부나가의 적이다.

마사히데는 근처의 사람들을 모두 물러가게 하고 노부히데와 마주 앉았다.

"저는 이제 정식 사신으로 미노로 향할 겁니다. 도산 님에게는 세 명의 아들과 그 밑에 노히메라는 딸이 있다고 알고 있는데, 그 따님과 노부나가 공을 부부로 맺을까 합니다. 저의 주제넘은 짓이 실례가 될 수도 있지만, 우리 가문을 위해서는 이것이 가장 좋은 방법이라 생각됩니다."

"속이 너무 빤히 들여다보이는 이야기인데, 과연 자네 생각대로 성사될 가능성이 있는 건가?"

"시도라도 해보는 것입니다."

노부히데 역시 이 의견에 반대할 생각은 없었다. 마사히데는 진귀한 선물을 가득 실고 미노로 급히 떠났다.

겨울의 따스한 햇살이 한가득 방으로 들어왔다. 이곳은 늙은 살무사가 머무는 방.

늙은 살무사는 선잠에 든 것처럼 멍한 모습이다. 마사히데라는 손님이 와 있다는 사실도 잊은 것 같다. 그저 가끔씩 마사히데가 가져온 선물을 들여다보기도 하고, 창밖으로 멍한 시선을 주기도 했다.

창밖을 보니 연못 주위로 학이 거닐고 있었다.

"저 학도 산다는 게 꽤 힘들겠지? 하지만 사람도 이런저런 잔걱정에 사는 게 결코 쉬운 게 아닌데 말이지. 저 학은 그걸 알려나. 하긴 모르니 더 속이 편할 수도 있겠군. 차라리 저 녀석이 낫지. 난 이제 인간이라면 아주 지긋지긋하다네. 그런데도 참 이상하지? 아직도 마음 한 구석에서는 나를 질리지 않게 만들 괴물 같은 녀석과 또 다시 마주하고 싶은 욕심도 생기니까."

도산은 잠시 말을 끊더니 계속 이야기했다.

"나 같은 악당은 그저 손아귀에 있는 장난감처럼 내가 주물럭거릴 수 있는 녀석들만 귀여워한다네. 어른스러운 척하는 것들은 짜증이 나서 참을 수가 없어. 그런 면에서 내 딸 노히메는 참 귀엽지 않은가? 이게 정말 하늘에서 내려온 선녀가 아니고 세상에 사는 아이인가 싶을 정도야. 하지만 말이야 그래도 명색이 대악당의 딸이잖아. 그 예쁜 얼굴과는 달리 서슬 퍼렇게 손톱을 날카롭게 세운 여인이 될지도 모르지. 그런 아이를 감당해야 하는 남자가 내가 아닌 것이 얼마나 다행이더냐."

잠시 그곳에 머물러 있던 마사히데는 가신의 안내에 따라 다른 방으로 안내되었다. 그리고 답신이 있을 때까지 그곳에서 편히 머물며 지내라는 도산의 말을 전해 들었다.

나흘째 되는 날, 마사히데는 도산 앞으로 불려갔다. 늙은 살무사는 변함없이 졸린 듯한 모습이다.

"기요스에서 사카이 다이젠이 왔었네. 귀공이 와 있는 것은 아직 모르는 것 같더군. 자네의 승리야."

잠시 사이를 두고 가볍게 덧붙였다.

"노히메는 노부나가에게 주겠네. 5일 안에 준비를 시킬 테니 그때 데리러 오게."

그게 다였다. 거래는 끝났다.

사실 혼담 얘기는 도산에게 있어서도 시간을 번 꼴이었다. 작년은 그야말로 도산의 행운의 해였다. 가을에는 성 밑까지 쫓아 온 오와리의 대군이 5천여 명의 사체를 남기고 도망갔다. 그리고 연말에는 그가 몰아낸 미노의 수호직 도키 요시즈미가 아사쿠라의 가세를 부탁하며 에치젠에서 공격해왔는데 도중에 병으로 사망했다. 그의 가장 큰 적이 자연스럽게 세상에서 사라져버린 것이다.

도산의 앞날에 더 이상의 먹구름은 없을 것처럼 보였다. 하지만 그가 다른 곳에 신경 쓰는 사이, 그의 발밑에서는 호랑이 새끼가 자라고 있었다. 바로 그의 장남인 요시타츠였다. 도산은 도키 요리요시(요시즈미의 동생)를 쫓아낼 때 그의 아내를 빼앗아 자신의 아내로 삼았다. 당시 그녀는 임신 중이었고 그의 장남은 결국 요리요시의 자식이었던 것이다.

요시타츠는 그 사실을 알고 도산을 미워하기 시작했다. 도산도 요시타츠가 태어난 순간부터 싫어했지만, 그의 미움과는 정반대로 요시타츠는 키가 2미터 가까이 되는 대장부로 자랐다. 그리고 자신이야말로 미노의 수호직이 될 자라며 은밀히 미노 무리를 와해시키기 시작했다.

요시타츠는 힘도 세고, 지혜도 있고, 덕망도 있어 인기가 많았다. 그것만으로도 신경에 거슬렸는데, 그는 도산의 미운털 역할을 타고 난 것처럼 나병의 징후가 나타나기 시작했다. 도산에게 있어서는 매우 역겨운 괴물이었다.

"죽여버리면 간단히 해결될 텐데……."

어떤 이유에서인지는 알 수 없지만 천하의 악당 도산도 이번 만큼은 그럴 수가 없었다.

도산이 얼마나 악독하고, 사람의 목숨을 파리 목숨보다 간단히 죽이는지는 천하에 모르는 자가 없을 정도로 유명했다. 이에 요시타츠는 그가 자신의 원수라는 것을 안 순간부터 충실한 심복들을 항상 곁에 두었으며, 외부의 지원군도 모으고 있었다. 그리고 요시타츠와 그의 심복들은 도산의 살인 수법에 대해서 그보다 더 앞선 새로운 지식을 연구할 만큼 몰래 상당한 준비를 하고 있었다.

"하긴 죽이지 못할 것도 없지."

사실 하고자 하면 죽일 수도 있고, 그럴 기회가 있었을지도 모른다. 그러나 어찌하다보니 그 시기를 놓쳤고 이제는 너무 늦어버렸다.

어찌됐든 두 사람은 표면상으로 아버지와 아들이었다. 대체로 머무는 숙소는 따로 썼지만 때로는 같은 성내에 묵는 일도 있었다. 격의 없는 인사나 농담을 교환하는 경우도 있었다.

"2미터라…. 저, 저런, 저 녀석 앉은 자태를 봐라. 흡사 말이 엉덩방아를 찧고 있는 것 같구나. 저런 괴물이 진짜 내 자식이었다고 해도 끔찍하겠지만, 뭐 그리 대단한 혈통이라고 얌전한 체 하는 것도 짜증나는구나. 게다가 나병까지 걸리고는. 정말 꼴 보기 싫은 것들은 다 모아 놓았구나."

도산은 투덜투덜 푸념했다. 시기를 놓쳤다는 것은 이미 병법의 신에게 버림받았다는 것이다. 이제는 어쩔 수 없는 운명의 틀 안에 놓인 것 같은 기분이 들었다. 오랫동안 묵혀 온 것들을 청산해야만 할 것 같은 촉박한 마음이 들기도 했지만, 한편으로 이런 것들도 그저 하나의 재미이자 풍류로 받아들일 수도 있을 것 같았다.

그러나 그가 요시타츠는 단순히 운명으로 받아들이며 즐길 수 없었다는 것을 확실히 알 수 있는 사건이 있었다. 자신이 아끼는 노히메를 노부히데의 아들에게 주고 동맹을 맺기로 한 것이 바로 그것이었다. 그것은 꺽다리 괴물에게서 몸을 지키기 위한 방편이다. 그 괴물 같은 꺽다리 녀석을 위해 간교한 오와리 무리와 사돈을 맺어야 한다니 도산의 마음이 흡족할 리가 없다.

하지만 사실 도산이 오로지 꺽다리 괴물 때문에 동맹을 맺은 것은 아니었다.

"아무래도 나도 늙었나 보구나."

자기도 모르게 탄식 같은 쓴웃음이 흘러나왔다.

이제 전쟁도 싫다. 무언가를 위해 열심히 힘을 쓰며 살아가는 인생은 이제 그와 멀어진 것 같았다. 그저 만사가 귀찮다.

"안 될 건 또 뭐 있나."

확실히 그런 것 같기도 하다. 가장 사랑하는 노히메를 그렇게 쉽게 보내는 것을 보면 스스로도 정말 그렇다는 생각이 들었다. 그러나 반대로 노히메를 보낼 정도로 대단한 집념 때문인지도 모른다. 무슨 짓을 해서든 자신을 지키겠다는 무서운 집념.

그는 마사히데에게 이렇게 말했다.

"어차피 자네나 노부히데 공, 노부나가 군, 그들의 신하도 노히메를 볼 것 아닌가? 내가 어떤 심정으로 딸을 내놓았을지는 그때 보고 마음대로 생각하게. 미리 말해두지만 나는 결혼식 같은 데는 참석치 않을 걸세."

한편 나고야로 돌아온 노부나가는 마사히데가 후루와타리로 간 후로 소식이 없자 불길한 생각이 들기 시작했다.

기요스는 본가이다 보니, 이쪽이 허점을 보이면 치고 들어온다 해도 특별할 것이 없다, 하지만 머지않아 이누야마 성에서도 반기를 들 것 같다는 소문이 들려왔다.

이누야마는 노부히데의 동생 노부야스가 있는 성이다. 노부히데가 오늘날의 위치에 오를 수 있었던 것은 두 형제가 힘을 합친 것이 큰 작용을 했다. 즉 이누야마는 가장 가까운 친척이자 동맹자로, 노부히데에게 가장 가까운 세력이기도 했다.

그러나 가까운 혈통과 세력이 비슷하다는 것은 그만큼 대립의 원인이 되기 쉬운 법. 애석하게도 노부야스는 기요스의 예와 마찬가지로 작년에 미노와의 전투에 나가 전사했다. 이후 이누야마 성에서는 험한 전투에 사람을 끌어들이고는 혼자 목숨을 건지려고 도망쳐왔다며 노부히데를 보는 시선이 곱지만은 않았다.

노부야스가 전사하자 그의 아들 노부키요가 집안을 잇기로 했다. 그는 노부나가와는 사촌인 셈이다. 이누야마 성의 새로운 주인은 다른 이들처럼 큰아버지 집안인 후루와타리와 애송이 사촌이 있는 나고야에 적의를 갖고 있었다.

우정이나 적대감은 깃털처럼 가벼운 사소한 감정에 지나지 않는다. 오랜 동맹을 사소한 일 때문에 적으로 돌리는 것은 미련한 짓이란 생각에 노부히데는 노부나가의 이복 여동생을 노부키요에게 아내로 주며 양쪽 가문의 관계를 다시 회복하려 했다. 하지만 서슬 퍼런 대장에게는 그런 것은 아무 효과가 없었다.

가장 사이가 좋았던 친척들에게서조차 금이 가기 시작했다. 그러나 오와리의 가문들은 결코 무서운 적은 아니다. 진짜 무서운 것은 미노의 도산이다. 최근에 그의 마을을 불태워버렸으니 살무사는 화가 단단히 나 있을 것이다.

기요스에서는 노부히데의 부재를 알고 후루와타리 성 주위를 불태웠다. 빈집털이나 마찬가지였다. 그러나 살무사의 성에서 꽤 멀리 떨어진 작은 밭을 어지럽히고 온 아버지 역시 그들과 전혀 다를 바 없었다. 그것은 전쟁이 아니라 그냥 스쳐가는 바람처럼 보잘 것 없었다.

스쳐가는 바람을 타고 날아든 먼지에 살무사가 잠시 눈을 깜빡였을지는 모르지만, 그가 닫힌 문을 열고 나왔을 때는 더 이상 바람 같은 것은 있을 수 없다. 그는 심장을 물어뜯는 독어금니를 가진 살무사다.

이제 곧 빠른 시일 내에 미노의 살무사가 오와리로 기어올 것이다. 부질없는 인간사 빈손으로 왔다 빈손으로 돌아간다더니 그가 돌아갈 날이 바로 코앞에 와 있는 것만 같다. 노부나가는 매일 그런 생각만 하고 있었다.

7일째 되던 날 드디어 마사히데가 돌아왔다.

"야마시로 도산의 따님과 노부나가가 공이 혼인을 하기로 했다. 혼례식을 위하여 5일 후에 이쪽으로 올 것이다."

마사히데의 발표에 성 안이 술렁거렸다.

당사자인 노부나가는 어이가 없었다. 살무사가 적인 것보다 더 기분이 이상했다. 차라리 적이라면 끝까지 확실하게 싸우는 것이 낫다.

"도산의 딸이 나의 아내로 오다니, 정말 미노가 기대할 만한 곳이라고 믿는 것이냐?"

노부나가가 이렇게 묻자 마사히데는 옷매무새를 가다듬으며 말했다.

"제가 얼마나 대단한 모습을 보고 왔는지 아십니까? 그 악명 높은 괴물 도산은 미노 전체를 버리더라도 자신의 딸 노히메를 지키고 싶어 할 만큼 딸에게 엄청난 애착을 갖고 있었습니다."

마사히데는 도산과 만난 이야기를 낱낱이 들려주었다.

마사히데가 나고야로 돌아온 지 몇 시간 후 후루와타리에서 마사히데를 급히 청하는 심부름꾼이 왔다. 마사히데의 뒤를 이어 미노에서 사신이 왔다는 것이었다. 그런데 그는 노부나가와 노히메의 혼례를 위해 온 것이 아니라, 도산의 장남 요시타츠의 아내감을 얻으러 왔다고 했다.

미노에 나흘이나 묵었지만, 그런 이야기는 전혀 들어보지 못한 마사히데는 즉시 후루와타리로 갔다.

"저희는 노히메 님의 출가 날짜와 같은 날, 같은 시각에 오와리의 따님을 미노로 맞이하고자 합니다."

이것이 도산의 뜻이라 했다. 같은 날 같은 시각에 신부를 교환해서 오와리와 미노에서 각각 결혼식을 올린다. 상대측에서 친척이나 사신이 대신 참석할 필요도 없고, 양쪽 모두 새로 들어오는 사람을 통해 하나가 되는 결혼식. 간단하면서도 두 개의 지역이 하나가 되는 언약식이 바로 이런 것 아닐까? 이보다 경사스럽고 좋은 일이 없다는 것이 도산의 뜻이었다.

그의 얄궂은 요청에 도산의 간교함이 드러나 오싹함이 느껴졌다. 하지만 어찌 생각해 보면 오와리 입장에서는 그리

나쁜 얘기는 아니었다. 당시 인질 교환은 대등한 두 지역에서 하던 전국시대의 습관이었다. 특히 서로 교환하는 인질이 양쪽 모두 딸이고, 같은 날 같은 시각의 교환이라면 이 또한 매우 대등한 조건이다.

사실상 오다 쪽에서 미노의 신부를 얻어오는 것은 땅바닥에 머리가 닿을 정도로 엎드려 절을 해도 부족할 판인데, 그것을 도산이 대등하게 바꿔준 것이나 다름없는 것이다. 그러니 매우 얄궂은 요청 같지만 실질은 그렇지 않은 것이다.

또한 마사히데를 통해 대신 부탁하지 않고, 일부러 공식적인 사신을 보내 요청한 것도 갑작스러운 변덕이 아니라 이쪽의 체면을 세워주겠다는 배려였다.

도산이 왜 이런 식으로 체면을 세워주는지 그 속내를 알 수 없어 떨떠름하기도 하지만, 마사히데는 이것이 도산의 노히메에 대한 애정이라 생각했다. 노히메를 소중히 보살펴 달라는 일종의 답례품인 것이다.

마사히데는 자신의 생각을 노부히데에게 전했다.

"그렇군. 그렇게 잔인하고 악독한 자이니, 한없이 사랑스러운 딸에게는 더 맹목적일 수도 있겠군. 그런데 곤란한 건 우리 쪽에 적당한 여식이 없다는 건데……."

"제 생각에는……."

노부나가의 이복형제 중 노부히로라는 자가 있다. 그에게

누이가 세 명이 있는데, 손위 누이는 이미 진보 아키노가미에게 출가했고, 둘째는 이누야마시로의 젊은 대장과 정략결혼했다. 마지막 셋째가 남아 있긴 한데 아직 열두 살밖에 안 됐다. 어쨌든 적령기에 가까운 것은 그나마 이 여식 밖에 없다. 그러나 첩의 소생이기 때문에 제대로 된 대접은 받지 못했다. 두 명의 누이도 격이 낮은 하찮은 인물에게 하사품으로 보내졌다.

"미노의 요시타츠라면 신장이 2미터나 되는 평판 좋은 젊은 대장 아니더냐. 이미 나이가 꽤 있을 터인데."

"그렇습니다. 올해 스물둘로 알고 있습니다."

"아직 독신인가?"

"정식 부인은 없는 것 같습니다."

2미터짜리 꺽다리 대장은 도산에게 철저하게 학대당하고 있었지만, 그에 대한 세간의 칭찬은 이미 미노를 넘어서 널리 퍼져 있었다. 열두 살짜리 첩의 여식을 받아줄지 어떨지는 알 수 없지만, 그나마 그 이상은 내주려 해도 줄 이가 없으니 어쩔 수 없다.

마사히데는 미노의 사신에게 사정을 설명했다.

"그런 연유로 적령기에 가까운 여식이 겨우 열두 살. 게다가 정실의 자식도 아닙니다. 올해 스물둘인 용맹스런 젊은 대장에게 무례가 아닐까 생각합니다만."

"아니오, 그런 것은 신경 쓰지 않으셔도 됩니다. 그저 무엇보다 양가의 우의를 깊게 하고 싶다는 어른의 뜻입니다. 당가의 따님이라고 하면 첩의 자식이든, 지금 갓 태어난 아이든 상관없습니다."

이야기는 쉽게 정리되었다.

노부나가는 이 이야기를 듣고 생각에 잠겼다.

마사히데의 말처럼 그가 노히메를 아껴서 베푸는 답례품일지도 모르지만, 어찌됐든 교묘한 살무사를 속단하는 것은 금물이다. 그 외에 다른 뜻이 있을 거라 의심하는 것이 당연하다.

하지만 꺽다리 대장이 비범하다는 소문은 이미 자자하다. 무슨 연유인지 도산이 요시타츠를 멀리하고 있다는 소문이 들리지만, 아무리 그렇다 해도 꺽다리에게는 이제 열두 살밖에 안된 첩의 자식을 주고, 노부나가에게는 도산이 가장 사랑하는 노히메를 주다니 누가 봐도 너무 한쪽이 기운다. 속을 알 수 없는 능구렁이 같은 영감이 짜놓은 각본에 직접 참여해야 하는 입장이 되다 보니 노부나가는 아무 것도 쉽게 단정 지을 수 없다.

"설마 아무리 정신 나간 자라도, 내가 요시타츠 못지않을 대장감이라 생각할 리는 없을 텐데 말이지."

노부나가는 쓴웃음을 지었다. 요시타츠는 고사하고 저 산골짜기 바보도 노부나가보다는 영리하다는 것이 한결같은 평판이었다.

그러나 노부나가에게도 장점은 있다. 그는 총, 창, 활 솜씨는 물론 수영, 승마까지 각종 무예가 뛰어났다. 물론 싸움에도 강하다. 하지만 그가 조금 바보 같기는 하지만 싸움을 잘한다는 이유로 칭찬하는 사람은 없다. 그저 그 바보가 우리 밭을 어지럽혔다는 둥, 자기 말을 절름발이로 만들었다는 둥 모두 그를 타박하는 얘기들만 했다.

"싸움이라면 지지 않는다고 말하고 싶은데, 2미터나 된다니 싸움도 소용이 없겠구나."

노부나가는 씁쓸하게 웃었다. 스스로 생각해도 자신이 나은 게 하나도 없다.

마사히데가 그에게 말했다.

"노히메 님을 소중히 여기십시오. 오와리의 안위는 도련님의 마음 하나에 달려 있습니다."

"다른 이들에게는 그렇겠지. 하지만 막상 당사자가 되면 그게 그리 쉽지 않다고. 능구렁이 같은 영감탱이. 그 영감의 딸 따위 내가 알게 뭐야."

*　　　　　*　　　　　*

　5일이라는 시간은 생각보다 훨씬 빨랐다. 얼마 지나지 않아 곧 노히메가 왔다.

　노부나가는 예복을 입고 혼배의 잔을 나누었지만, 예식이 끝나자마자 밖으로 나가버렸다. 하루 종일 무거운 옷을 입었다 벗었다 하며 앉았다 일어났다를 반복하니 온몸에 힘이 쭉 빠지는 것 같았다.

　노부나가는 마을로 나가 강해 보이는 아이들만 골라 결투를 신청했다. 대부분의 아이들이 그에게는 한 주먹거리도 안 될 정도로 가벼웠다. 그런 녀석들이 지치지 않고 계속해서 덤벼드는 모습이라니, 어린 아이들의 재롱을 구경하는 것 같아 스스로 어른이 된 듯한 기분이 들었다. 하지만 그중에는 소맷자락을 걷어 부치고는 순식간에 그를 눌러 버린 괴물 같은 녀석도 서너 명 있었다.

　"무식할 정도로 힘만 쎈 녀석들 같으니라고. 근데 꺽다리 괴물 녀석은 이보다 3배 정도는 더 세다는 거잖아? 쳇, 다시 한판!"

　일고여덟 번 시도해서 이기는 녀석이 있는가 하면 전혀 씨알도 먹히지 않는 괴물 같은 녀석도 있다.

　노부나가는 온몸이 진흙투성이가 돼서 성으로 돌아왔다.

성큼성큼 노히메의 방으로 들어간 그는 배를 깔고 엎드려 턱을 괴었다.

"어때? 내가 바로 오다 노부나가라는 사람이다."

제2장

바보 소년

노히메가 온 후 노부나가의 행동은 점점 더 나빠지기만 했다. 특히 옷차림은 눈뜨고 봐주기 힘들 정도였다.

차센 마게라고 해서 상투를 끈으로 칭칭 감아 꽁지처럼 드리운 머리를 하고 다녔는데, 최근에는 무슨 고집인지 머리끈도 항상 빨간색이나 녹색만 썼다. 겉옷도 항상 바닥까지 질질 끌릴 정도로 긴 것을 입고 다녔는데, 그나마도 제대로 입지 않고 한쪽 소매를 벗고 있기 일쑤였다. 그의 미의식은 추위나 더위와는 별개인 것 같았다. 허리춤에는 부싯돌 주머니를 일곱 개나 달고 다녔는데 그 용도는 누구도 알 수 없었다. 모두 그의 독특한 취향에서 나온 장식이었다.

그는 아침, 저녁으로 하루 두 번 이루어지는 수련. 총, 활, 창, 병법 연습을 하루도 빼먹지 않았다. 여름에는 수영도 열심히 했으며, 이 외에도 매사냥과 씨름, 싸움도 게을리 하지 않았다. 연습이 끝나면 마을이나 동네를 설치고 돌아다녔다. 부하들과 어깨동무를 하고 떡이나 밤, 참외를 주섬주섬 먹으며 다니는 노부나가의 모습을 어디에서든 발견할 수 있었다.

노부나가의 결혼 후 오와리에는 갑자기 평화가 찾아왔다. 도산이 오와리에 힘을 실어 주었다는 소식에 꿈틀거리던 벌레들이 잠잠해진 것이다. 바보는 어느새 열여섯이 되었다.

*　　　　　*　　　　　　　*

그해 내내 평화가 계속되었고 노부나가는 열일곱이 되었다. 열여덟이 된 그 다음 해도 역시 오와리는 평화 속에 있었다.

노부나가가 이끄는 무리는 더욱 커졌고, 길거리 패거리들과의 싸움에서도 지는 일이 현저하게 줄었다. 하지만 그의 미의식이나 바보 같은 면만은 달라지지 않았다.

다른 이들처럼 노부나가도 자식을 낳았다. 하지만 노히메의 아이는 태어나지 않았다. 태어나지 않는 게 당연하다. 가끔씩 노히메의 방에 놀러가기는 하지만, 부부의 연을 맺은 적이 없기 때문이다.

시답잖은 놀이에 빠져서 성으로 돌아오길 멋쩍어 하는 바보 도련님이 있다면 노부나가가 바로 그런 사람이다. 그는 그런 날이면 어김없이 노히메의 방으로 놀러갔다.

그는 노히메의 방에 가면 자리에 앉는 대신에 배를 깔고 엎드려 턱을 괸 채 노히메의 얼굴을 올려다보았다.

"내가 오다 노부나가다."

노부나가는 웃었다. 눈이 부실 정도로 환한 웃음. 어쩌면 부끄러워 그러는 것일지도 모르겠다.

"이런 놈이지. 노부나가는."

그는 갑자기 뭔가가 떠올랐는지 자리에서 일어나 인사를 했다. 그는 자리에서 일어날 때면 바닥에 질질 끌리는 옷자락을 양손으로 펄럭거리는 나쁜 습관이 있었다. 일부러 하루 종일 뒤집어쓰고 온 먼지를 털어내려는 것이 아니라 그저 노히메 앞에서 인사를 할 때면 무심결에 나오는 버릇이다. 노부나가 스스로도 깜짝 놀랐다.

"어, 이런, 실례."

노히메에게 인사할 때면 당황한 기색을 보였고, 가끔은 볼이 발그레해지기도 했다. 그리고 웃으며 방을 나온다.

꺽다리 괴물 역시 도산이 보낸 오와리의 열두 살짜리 아내를 정중히 대하고는 있지만 부부의 연은 맺지 않은 것 같았다. 일부러 그런 것은 아니었는데, 자연스레 두 사람 모두 그렇게 하고 있었다.

"바보 같군."

노부나가는 그와 경쟁할 마음은 없었다. 오히려 꺽다리가 자기와 똑같이 하고 있다는 사실이 기분 나빴다. 노부나가는 2미터 씨가 왠지 마음에 들지 않았다. 반발심에서 그런 것이 아니라 그냥 근본적으로 그와는 맞지 않았다.

들려오는 소문을 들으니 도산과 요시타츠는 사이가 나쁘다고 했다. 가신들까지 아버지와 아들 파로 갈려 반목하고 있다는 소문도 있다. 사람들은 요시마츠를 훌륭하다 칭찬하고 있지만, 도산은 그를 경멸하고 있다.

사이가 나쁘다 못해 자신을 경멸하는 아버지에게 어린 아내를 억지로 얻었으니 그녀와 연을 맺지 않는 것이 이상할 것도 없지만, 쓸데없이 그런 아내를 정중히 대접하고 있다니 기분 나쁜 놈이다.

녀석은 마치 몸소 정의 실현이라도 하겠다는 것 같다. 도산은 미노의 주인을 내쫓고 그 자리를 빼앗은 악당이지만, 자신은 그의 사생아로 그와는 다르다는 것을 보이려는 것 같기도 했다. 그는 품행도 단정하고 학업에도 열심이었다. 하지만 그런 모습 역시 노부나가는 마음에 들지 않았다. 그렇게 '눈 가리고 아옹'이나 하려는 녀석과 정식으로 경쟁하고픈 마음도 없었다.

도산은 이런 꺽다리에 대해 내심 어떻게 생각하고 있을까? 두려워하는 걸까? 만약 두려워하고 있다면 다소는 자신을 의지하고 있을까? 아니, 천하의 대악당이 바보라 불리는 어린 애송이를 지원군으로 생각할 리 없다.

그러나 노부나가 일가가 도산의 그늘 아래에서 안정을 취하고 있는 것만은 부정할 수 없는 사실이 아닌가.

"나는 요시타츠 군과 경쟁하고 있는 것이 아니야."

노부나가는 변함없이 턱을 괴고 노히메에게 말했다.

"사람들은 내가 도산에게 당신을 받았다 생각하겠지만, 나는 아직 당신을 받아들이지 않았어. 하지만 앞으로 받을 생각이야."

"아니오, 나는 당신 마음대로 할 수 있는 물건이 아닙니다."

노히메가 쓸쓸한 얼굴로 말했다. 노부나가는 쓴웃음을 지었다.

"착각하고 있군. 내가 떳떳하게 당신을 받을 시기가 곧 올 거야."

"당신의 시기가 와도 당신 마음대로 가질 수 없을 겁니다."

태연한 목소리. 여자에게도 의지가 있으리라고는 생각지도 못했던 노부나가는 약간 당황했다.

"당신은 그런 게 가능하기나 하다고 생각하는 거야?"

"가능합니다."

"그건 당신 고집일 뿐이지. 사실 할 수 있는 건 아무 것도 없으면서."

"그렇겠지요."

"지금 나한테 싸움을 거는 건가? 뭐, 됐어. 지금 무슨 말을 해봤자 뭘 할 수나 있겠어. 지금은 말이지."

"그럼 그때를 기다리지요."

노부나가는 질려서 방에서 나가버렸다.

겉보기에는 도산이 노부나가에게 노히메를 주면서 오와리에 힘을 실어준 것 같지만, 사실 그에게 다른 꿍꿍이가 있는 것은 아닐까 의심하는 자가 노부나가 한 사람만은 아니었다.

사람들은 노부나가가 바보이기 때문에 도산이 노히메를 주었다고 생각했다. 아버지인 노부히데는 실력이 있지만, 오와리에는 이마가와를 비롯한 강적이 적지 않다. 만약 노부히데가 쓰러진다면 오와리는 어찌될까? 사람들은 그의 뒤에서 애도의 뜻을 표하는 사돈 도산의 품으로 자연히 들어갈 거라 생각했다. 영리한 악당은 그저 가만히 앉아 기다리기만 하면 되는 것이다.

기요스 무리들 또한 도산의 의중을 이렇게 생각했다. 그들은 그 시기가 되면 남은 찌꺼기라도 받을 생각으로 가만히 숨죽이고 있었다. 만약 그 가설이 진짜라면 도산에게 일단 잘 보여야 되는 것은 아닌가 하는 생각도 있지만, 그렇다고 무턱대고 나섰다가 노부히데에게까지 굽실거려야 될지도 모르니 일단은 자제하고 있는 중이다. 그랬다가는 남은 찌꺼기를 받을 때 오와리의 세력을 복종시킬만한 위엄을 보일 수 없기 때문이다.

　기요스의 속내가 이렇다 보니 노부나가의 혼례 후 마사히데는 기요스와 친목을 회복하려 노력했지만, 생각보다 쉽지 않았다. 마사히데는 되도록 원만한 해결을 하고자 했기 때문에 가능한 한 신하들이 나서서 일을 하도록 했다. 일단 미노와 기요스가 손을 잡고 공격해 올 일은 없으니, 굳이 미노의 배경을 이용해서 압박하는 방법은 쓰지 않았다. 그래서인지 기요스의 위세는 좀처럼 꺾이지 않았고, 회담은 일 년 내내 계속되었다.

　마사히데가 일 년 동안 인내심과 끈기를 갖고 이 회담을 유지해온 것도 감탄할만 했지만, 기요스 역시 일 년이 지나도록 도산이란 버팀목이 든든히 서 있는 모습을 보고 점점 마음이 조급해졌다. 그리고 마침내 양쪽 모두 체면을 세울만한 화해가 이루어졌다.

마사히데는 무거운 짐을 내려놓은 것 같아 후련하기 그지 없었다. 하지만 기요스 쪽은 사실 그리 편치만은 않았다. 도산이라는 배경을 보고 어쩔 수 없이 굴복하기는 했지만, 일 년이나 끈 시간이 오히려 화근이 되어 공격당하는 것은 아닐까 하는 불안함이 싹트고 있었다. 게다가 이번에는 사카이 다이젠이 이마가와 쪽에 밀사를 보내 새로운 계략을 세우고 있다는 소문도 있었다.

노부나가는 그저 기뻐하며 기요스를 곱게 보는 마사히데를 이해할 수 없었다. 당시 노부나가를 모시는 시종 중 니와 마치요라는 노부나가보다 한 살 어린 소년이 있었다. 그의 아버지는 기요스 성에서 식객 노릇을 하는 부위사마의 신하였다. 하지만 아버지의 모습을 보며 여기에 계속 있다가는 큰 미래를 꿈꿀 수 없다는 생각에 그는 기요스를 버리고 노부나가의 가신이 되었다.

부위사마는 지금도 꽤 많은 신하를 거느리고 있었는데, 기요스 성주의 영지가 많지 않기 때문에 좋은 대우를 받을 수도 없었고, 그의 신하 역시 받을 수 있는 혜택이 적었다. 그래서 부위사마와 그의 신하들은 기요스 무리에 대한 반감을 갖고 있었다. 이것은 곧 누구라도 그들에게 손을 내민다면 충분히 마음을 바꿀 수도 있다는 얘기다.

노부나가는 마치요에게 이런 이야기를 듣고는 드디어 마

사히데와 도산의 허를 찌를 시기가 왔다고 생각했다. 드디어 노히메를 갖을 때가 왔다는 바보의 섣부른 판단이었던 셈이다.

기요스 무리의 조직을 살펴보면 성주는 오다 히코고로로 이 자는 수호직을 맡고 있다. 원래는 부위사마가 수호직을 맡고 히코고로는 수호 대리직이어야 하지만, 부위사마는 이미 식객 수준이기 때문에 성주 쪽이 수호직을 맡고 있다.

가신들의 우두머리인 가로로는 사카이 다이젠, 사카이 진스케, 가와지리 요이치, 오다 산미 등이 있고, 그들 중 사카이 다이젠이 준수호직이었다. 성주였던 오다 야마토카미가 미노에서 전사한 후, 어린 히코고로가 뒤를 이으면서 사카이 다이젠이 기요스를 휘두르고 있었다.

그런데 위에 열거한 노신들과는 또 다른 파로 나고야 야고로라는 중진이 있다. 일찍이 무가로서 명성을 떨쳐온 집안으로, 선대인 야고로는 아즈키자카 전투에 참가해서 적의 대장 요시와라와 맞서 싸우다 전사했다.

아즈키자카의 전투는 4천여 명의 오다 군대가 4만여 명의 이마가와 군대를 보기 좋게 격파하면서 오다 노부히데의 이름을 드높여준 전투였다. 특히 당시 오다 쪽의 전투 진영에서 제일 앞에 선 일곱 명의 장수들은 아즈키자카의 일곱 자루의 창이라 불리며 천하에 이름을 알렸는데, 그 중에서도 나고야 야고로가 큰 공적을 남겼다.

지금의 야고로는 그의 아들로 아직 서른이 채 되지 않은 나이지만 뛰어난 무예실력을 자랑했다. 기요스 안에서도 손꼽히는 집안으로, 드높은 가문의 이름을 더 널리 퍼뜨리지는 못할망정 항상 책상머리에만 앉아 있는 노신들과 달리 선조들의 이름에 지지 않을 만큼 뛰어난 실력으로 인정받고 있었다. 그는 항상 책략만 세우는 노신들과는 전혀 다른 파로 집안에서 독특한 존재감을 갖고 있었다.

야고로는 자신의 얼마 되지 않은 급료로 3백여 명의 가신을 거느리고 있었다. 그런데 그 가신이란 것이 전부 열대여섯 살 정도의 소년들이었다. 그가 직접 근처 마을을 돌아다니며 장래성이 있어 보이는 소년들을 데려다 신하로 키우고 있는 것이다.

야고로는 전형적인 무사 체질로 다른 기요스 무리와는 성격이 잘 맞지 않았다. 그의 아버지가 아즈키자카 전투에서 전사한 것 역시 전적으로 전투를 좋아하는 그의 기질 탓이었다.

그때부터 연이 있어서일까, 사실 지금의 야고로의 마음은 용감하고 무예 깊은 노부히데에게 더 쏠려 있었다. 사카이 다이젠을 비롯한 다른 이들이 노부히데가 성을 비운 틈을

타 후루와타리에 불을 지를 때에도 야고로만은 떳떳치 못한 졸장부 같은 짓이란 생각에 같이 하지 않았다.

그는 기요스 안에서는 뼈대 깊은 가문이지만, 사카이 다이젠 일파와 뜻이 맞지 않아 좋은 대접은 받을 수 없었다. 3백여 명의 소년들도 근근이 먹일 정도였다.

이런 사실을 알고 있는 노부나가는 조용히 마치요를 불러 이야기했다.

"야고로의 선대는 아버지의 오른팔로 전장에서 장렬하게 죽었지만, 지금의 야고로는 기요스 안에서 고립되어 있다고 들었다. 어린 소년들만 3백 명이나 모아서 대장노릇을 하고 있으니, 그 3백 명을 나에게 빌려달라고 부탁하면 빌려줄지도 몰라. 내가 야고로를 만나 담판을 지어보려고 하는데, 네가 부위사마 쪽을 어떻게 할 방법이 없을까? 부위사마의 마음을 움직여 기요스와 연을 끊고 우리 아군으로 만드는 거지. 기요스 무리를 쳐부수고 부위사마에게 기요스 성을 주면 되잖아. 시바 씨의 가신은 모두들 겁쟁이들이니 야고로가 힘만 보탠다면 문젯거리도 아닐 거야."

마치요는 아직 어려서인지 선뜻 나설 자신이 없었다.

"지금까지 저희 집안이 시바 씨를 섬겨오기는 했지만, 기요스 성 안에 제 또래 친구들 이외에는 아는 자가 없습니다. 부위사마의 마음을 움직이려면 누구에게 손을 써야 할지……. 혹시 아버님께 물어보면 좋은 생각이 있을지도 모르겠습니다."

"이런 멍청이 같은 놈! 어른들은 괜히 생각만 많아서, 충분히 할 수 있는 일도 가만히 앉아 바라보기만 한다고. 어른에게 상담해봤자 아무 것도 되는 일은 없어. 행여 내가 한 얘기를 어른들에게 단 한 마디라도 하기만 해봐! 바보 같이 너희 아버지가 할 수 있는 일을 왜 너는 못한다고 생각하는 거야? 네 머리를 쥐어짜서 어떻게든 생각해 봐. 그리고 직접 부딪히는 거야. 만약 실패한다면 그걸로 그냥 끝내면 되는 거야."

노부나가에게 꾸중을 들은 마치요는 필사적으로 생각했다.

기요스 성의 식객이라고는 하지만 본래 시바 씨가 수호직이었던 만큼 아직도 몇백 명에 이르는 가신이 있다. 하지만 마치요는 그들에 대해 잘 모른다. 그가 들은 것이라고는 큐아미라는 도인이 다였다. 이 자는 그의 아버지에게도 스승 같은 자로 식견이 높고 무예도 뛰어나서 부위사마를 비롯한 집안 어른들에게 존경을 받고 있다고 했다. 그러면 마치요의 얼굴이나 이름을 기억할 수도 있다. 하지만 너무 대단한 자라 혼자서는 도저히 줄이 닿질 않는다.

그때 문득 생각난 사람이 있었다. 야다나 야지에몬이란

자로 아버지와 동년배였다. 사상도 아버지와 거의 비슷했으며, 지금 부위사마를 위해 충성하고 있긴 하지만 더 이상 나아질 것도 없으니 마땅한 구실만 있으면 다른 길을 가고 싶다고 아버지에게 투덜거렸다는 얘기를 들은 적이 있다.

야다나는 신분이 높지는 않지만 재능이 뛰어나서 예사롭지 않은 인물이라며 큐아미가 특별히 아끼는 자였다. 그는 녹봉이 높지는 않지만 부위사마의 총애를 받고 있다. 마치 요가 줄을 댈 수 있는 인물로는 야다나가 제격이다.

이 이야기를 듣고 노부나가는 고개를 끄덕이며 말했다.

"그 자면 충분해. 네 마음이 섰다면 주저하지 말고 바로 가서 행동으로 옮겨. 일단 네가 먼저 가서 야다나에게 내가 만나고 싶어한다고 불러내 봐. 참, 그 전에 나고야 야고로를 만나 이야기를 해둬야겠다. 일단 날 따라오거라."

노부나가와 마치요는 기요스 성 근처로 가 은근슬쩍 나고야 야고로의 소년단 뒤를 쫓아갔다. 그들이 숲속으로 들어갔을 때 노부나가는 갑자기 앞으로 뛰어나갔다.

"잠깐 거기 서. 너희가 기요스 성의 나고야 야고로와 그 소년단이지? 나는 나고야 성의 오다 노부나가다. 이 중에는 예전에 나와 결투를 했던 녀석도 있을 거야. 나는 너희와 시합을 하고 싶어 20일 전부터 잠복해 있었다. 나와 싸울 맘이 있는 자들 열 명만 앞으로 나오거라."

노부나가는 마른 잔디에 경계선을 그리고, 그 바깥쪽에도 이중으로 원을 그렸다.

"구경할 사람은 두 번째 원 밖에 앉고, 선수들만 원 안쪽에 앉아라. 대장부터 순서대로 나란히. 그놈 덩치 한번 좋구나. 나이는 몇 살이냐? 열일곱이라. 내가 한 살 많군. 마치 요랑 동갑인데 덩치는 두 배는 족히 되겠다. 이러다 뼈가 부러지겠어."

우선 적의 선봉부터 마치요랑 붙게 했다. 마치요는 노부나가가 총애하는 부하인 만큼 실력도 뛰어났다. 그는 혼자서 선수의 절반을 가볍게 넘겼지만, 다음으로 괴물 같은 녀석이 나오자 힘이 빠져 고꾸라졌다.

다음으로 나선 노부나가. 지칠 줄 모르는 그는 필사적으로 달려드는 녀석들과 붙고 또 붙었다. 대장인 괴물 같은 녀석에게는 다섯 번 지고 다섯 번 이겼다. 야고로와 회담 따위까마득히 잊을 만큼 만만치 않은 괴물이었다.

"으으, 이제 정말 뼈가 부러질 것 같아. 뭐 이런 괴물 같은녀석을 봤나. 마치요 이번엔 네가 상대하거라."

노부나가는 그동안 잠시 숨을 돌렸다. 그렇게 쉬었다 뛰어들기를 몇 번을 반복하고도 지칠 줄을 모른다. 그러나 그의 모습은 힘들어 보이기는커녕 매우 즐거워 보였다. 구경하는 이들까지 같이 빠져들어 한 사람, 한 사람씩 원 안으로 들어와 여기저기서 뒤엉켰다.

어느새 노부나가와 야고로는 그들과 약간 떨어진 곳에 앉아 있다.

"내가 자네 소년단과 시합을 해보고 싶었던 것도 사실이지만, 사실은 자네를 따로 만나고 싶었다."

노부나가는 야고로에게 의중을 털어 놓았다.

"이제 더 이상 기요스 무리와 우리 집안이 양립할 수 없을 것 같으니 부위사마를 우리 편으로 끌어들여 기요스와 단판을 지으려 하는데, 나와 함께 하지 않겠나?"

야고로는 노부나가의 갑작스런 제안에 놀랐다. 사람들이 천하의 바보라고 수군거리는 것도 무리가 아니다. 그가 조금 전 시합에 보인 열정과 진지함에는 절대 거짓이 없었다. 그리고 그렇게 최선을 다하여 시합을 하다가 잠시 한숨 돌리는 틈에 이렇게 중대한 얘기를 꺼내고 있다.

참으로 어이없는 일이지만 일찍이 3백여 명의 소년단을 이끌고 있는 야고로는 그가 그저 바보가 아니란 사실을 간파했다.

이 자는 절대 바보인 척 연기를 하는 것이 아니다. 본인의 있는 그대로의 모습이지만, 평범한 이와는 그릇 자체가 다르기 때문에 천하의 바보로 보일 뿐이다. 사실은 모두가 놀랄 만한 큰 그릇일지도 모른다.

야고로는 그 자리에서 뜻을 굳혔다.

"좋습니다. 아군이 되지요. 어떻게 힘이 되어 드리면 좋겠습니까?"

"그건 나도 아직 모르겠어. 우선 자네와 얘기한 후에 부위사마 쪽에 교섭할 생각이었지. 내가 부위사마와 얘기를 하고 자네에게 연락할 테니 그때까지 기다려. 결전의 날에는 잘 해보자고."

"알겠습니다."

이야기는 생각보다 빨리 정리되었다. 자신의 나이를 의식하며 자신 없어하던 마치요는 이 모습에 놀라면서도 자신감을 얻을 수 있었다.

"이번에는 네가 야나다가 있는 곳에 다녀와야겠다."

이렇게 명을 받고 마치요는 힘차게 출발했다.

영주 집안을 버리고 나간 자이지만, 이것도 난세의 관습 중 하나. 게다가 아직 어린 소년이었기 때문에 마치요는 누구의 의심도 사지 않고 야나다와 만날 수 있었다.

야나다는 오랜만에 보는 니와의 아들이 그 사이에 완연한 성인이 되어 방문해서 놀랐다. 게다가 그가 꺼낸 얘기는 오다 노부나가가 자신을 만나고 싶다는 것이었다. 물론 노부나가란 소년이 천하의 바보란 것은 야나다도 잘 알고 있다.

"나중에 외출할 때 귀공의 아버지를 뵙고 노부나가 님도 만나도록 하지."

"아니오, 그런 방법으로는 저희 주인님과 만날 수 없습니다. 몇 월 며칠이란 식으로 다른 날로 약속을 잡는 것을 제일 싫어하기 때문에, 무슨 일이든 즉일 즉시여야 합니다. 제가 안내해 드릴 테니 바로 준비하시기 바랍니다. 또한 이 일은 가족에게도 절대 입 밖에 내서는 안 됩니다."

일사천리로 일을 진행시키는 마치요의 모습이 시원스럽기 그지없다. 그는 여태껏 장래성이라고는 찾아볼 수 없는 주인을 섬기며 매일을 힘없이 보내왔다. 그나마 식객으로 얹혀사는 성의 주인 역시 변변치 않기에 좀처럼 흥겨운 일도 찾기 힘들었다.

야나다는 소년의 기백에 끌려 자기도 모르게 만면에 웃음을 띠었다.

"그런가. 좋아. 자네가 그렇게까지 말한다면 지금 바로 노부나가 님과 만나도록 하지. 그런데 대체 자네를 이렇게 결단력 있는 사내로 만든 노부나가 님은 어떤 분이신가?"

야나다는 호기심을 느끼며 마치요가 안내하는 대로 말을 달려 숲속으로 들어갔다.

그곳에는 노부나가가 혼자 기다리고 있었다.

"잘 와 주었네."

머리를 빨간 줄로 돌려 묶고 허리에 부싯돌 주머니를 주렁주렁 매단 이상한 소년이 싱글벙글 웃으며 말했다. 이게 바로 말로만 듣던 노부나가구나. 야나다는 행여 자신의 어이없는 표정을 들킬까 옆을 보며 인사를 해야 했다.

"처음 뵙겠습니다."

"그래 처음이라 어떤가?"

"네?"

"처음 만났을 때 중대사를 같이 논의할 수 있는 자들을 하늘이 맺어준 인연이라고도 하던데. 아니면 자네는 세 번쯤은 만나고난 후 조금씩 중대사를 논의하는 것이 진실함을 나눌 수 있는 진정한 인연이라 생각하는가? 아니지, 세 번째보다는 두 번째에 이야기하는 것이 그나마 나으려나? 저 어린 녀석이 도대체 어떤 놈인지 알아봐야겠다고? 하지만 난 처음 만났을 때 바로 하는 것이 가장 좋다고 생각하네. 그걸 두 번째 만남까지 미루는 것은 쓸데없는 시간 낭비지."

노부나가의 어른을 놀리는 듯한 말투에 야나다는 아차, 한방 먹었구나 싶었다.

노부나가가 단도직입적으로 용건을 꺼냈다.

"부위사마가 작은 성에서 식객노릇을 한다니 가신들도 얼마나 힘들겠어. 내가 기요스 무리를 쫓아내줄 테니 도움을 달라고 부위사마에게 언질을 넣어 주게. 그들을 내쫓고 나면 기요스 성은 부위사마에게 그대로 내어 드리고, 자네는 대장으로 등용해주겠네. 나고야 야고로도 우리 편이니 자네의 뜻을 분명히 하는 것이 좋을 거야. 대답은 마치요의 아버지를 방문해서 마치요에게 전하도록. 그리고 절대 마치요의 아버지에게 들켜서는 안 되네."

야나다는 좋다, 싫다 내색도 없이 다음날의 대답을 약속하고 헤어졌다.

야나다는 기요스 성으로 돌아와 일단 나고야 야고로를 만났다. 그리고 그가 정말 노부나가의 편인지 확인했다. 나고야 야고로라고 하면 기요스 무리 전체를 혼자서 이끌어도 손색이 없을 정도로 뛰어난 자다. 노부나가가 소문대로 바보라서 그의 실력을 믿을 수 없다 해도 야고로가 같은 편이란 것을 안 이상 기요스를 적으로 돌려도 두려울 것은 없다.

그런 결론 아래 야나다는 우선 큐아미에게 이 제안을 털어놓았다. 그 역시 자신의 주군이 식객 노릇에서 벗어날 수 있다니 이보다 더 반가운 소식은 없었다. 게다가 나고야 야고로라는 보증이 있으니 무모한 시도도 아니다.

시바 가문에서 가장 현명하다 할 수 있는 큐아미의 판단이 이렇다면, 부위사마나 그 외 다른 관리들도 반대 하지는 않을 것이다. 작은 일이긴 하지만 시바 가문에 다시 찾아온 봄. 오랜 식객 생활로 허리가 굽어버린 이들에게 실낱같은 희망의 햇살이 비치는 것 같았다.

결론을 내린 야나다는 나고야의 마치요 집을 방문했다. 그리고 계획을 세웠다.

몇 월 며칠에 노부나가 쪽 사람들이 와서 기요스 성 아래 마을에 불을 지른다. 그리고 기요스 무리가 반격하기 위해 뛰어나가면 뒤에서 습격한다. 야나다는 야고로에게도 연락을 했다. 그리고 시바 가문의 일동은 만반의 준비를 하고 적이 오는 날만을 기다렸다.

드디어 그 날이 왔다. 당장이라도 폭우가 쏟아질 것 같이 어두컴컴한 하늘. 오다 가문의 군대가 강을 건너면 기요스의 파수꾼이 적의 출현을 보고 큰북을 울린다. 하지만 성 안에서 전쟁 준비가 미처 다 갖추어지기 전에 오다의 군대는 성 밖에 도착해 불을 지를 것이다.

시바 가문 사람들은 성안에서 울리는 큰북 소리와 뒤따라 들려올 말발굽 소리를 기다렸다. 예정된 시각이 가까워질수록 귀족들은 서로 얼굴만 바라보며 안절부절 못하고 있다. 부위사마도 끊임없이 옷깃을 매만지며 불안해하고 있었다.

그때 성안으로 부는 바람을 타고 연기가 흘러 들어왔다. 누군가 성 밖을 보고는 깜짝 놀라 소리쳤다.

"불이야! 성 밖이 불타고 있다. 성 밖 마을이 온통 불바다입니다.”

“뭐라고? 누군가 일부러 지른 것인가?”

오다 세력이 공격해오는 날만을 목을 빼고 기다렸기에 일부러 지른 불이 분명하다 생각했다. 그런데 큰 북소리도 말발굽 소리도 들리지 않는다. 아무 소리도 들리지 않는데 성 밖은 온통 불바다라고 한다.

“이렇게 이상한 우연의 일치가 있나.”

야나다가 괴이쩍게 생각하며 성 밖을 내다보니 불바다를 피해 도망가는 사람들 사이에 말을 타고 불바다를 휘젓고 다니는 무사가 있다.

이쪽에 두세 명, 저 쪽에 한두 명. 결코 많은 수는 아니다. 그러나 무사라고 하기에는 뭔가 이상하다. 말 위의 기수들은 모두 긴 창을 번쩍 쳐들고 있다. 그리고 마치 불새처럼 불바다 사이를 분주하게 돌아다닌다.

“그렇다면 저들은 오다 군이다. 먼저 온 자들이 불을 지른 것이다. 모두들 당황하지 말라. 아직 오다의 본군이 도착하지 않았다. 기요스 성에서 울리는 큰북 소리보다 빨리 움직이면 의심을 살 수 있다. 우선 큰북 소리가 울리기를 기다려라.”

야나다는 일동을 제어하고는 뛰는 가슴을 진정시키며 성 아래의 정경을 바라보았다.

"앗!"

야나다의 얼굴색이 변했다.

하나둘씩 돌아다니던 말 탄 무사들이 성문 앞으로 모여들었다. 아무래도 먼저 들어온 자들이 불 지르는 일이 끝나고 집결하는 것 같다. 그 모습은 집결이라고 밖에 생각할 수 없다. 한 사람의 대장을 선두로 일곱 명의 기마병이 늘어섰기 때문이다. 전원 여덟 명이다.

그리고 무리의 선두에 선 대장의 얼굴을 보고 야나다는 외마디 감탄사를 내뱉은 것이다. 저 머리는 틀림없이 하나로 묶은 빨간 머리끈.

앞서 달려온 척후병들이 투구를 쓰는 게 당연하거늘, 그들은 단 한 명도 투구를 쓰지 않았을 뿐더러 자세히 보니 모두 어린 소년들이었다. 그리고 총대장은 틀림없이 노부나가였다.

"저 자가 바로 노부나가입니다."

뒤를 돌아 부위사마에게 보고하는 야나다의 얼굴색이 파랗게 질려 있었다. 큐아미도 깜짝 놀라 성 밖을 내다보았다.

"하하하. 과연 바보다워. 저런, 저런. 긴 창이 거추장스러운지 한편에 두고 모두 떡을 먹기 시작하는구나. 모두들 아직 어린아이들이야. 허허, 저리 긴 창이 다 있나. 저, 저런, 이제 심심해졌는지 다시 돌아가는 모양이다."

"저쪽 문을 살짝 열어 보아라."

"이쪽으로 오시면 잘 보이는데요."

"아니, 문을 살짝 열어 주는 게 더 좋다."

부위사마는 떨고 있었다. 그는 자리에서 일어서서 얼굴을 내밀고 밖을 내다 볼 용기가 없었다. 스스로 문을 열어 아주 약간의 틈을 만들어 내다보았다. 아주 작은 틈으로 노부나가가 눈에 들어왔다.

"ㅇㅇㅇ."

부위사마는 떨면서 문을 닫았다. 다시 용기를 내서 틈 사이로 내다보았을 때에는 이미 노부나가는 사라진 후였다.

사카이 다이젠은 여덟 명의 기마병을 발견하고는 가신에게 물었다.

"저들은 어떤 자더냐?"

"저희도 어떤 자인지 알 수 없습니다. 대장의 말 옆에 깃발조차 없습니다. 아마 먼저 살피러 온 졸개들 같습니다."

"어떤 자가 쫓아올지 알 수 없다. 문을 꽉 걸어라. 섣불리 자진해서 나서지 말라. 적의 본군이 올 때까지는 활도 총도 쏘아서는 안 된다."

다이젠을 비롯한 기요스 무리는 그 자가 설마 노부나가라고는 상상조차 할 수 없었기 때문에 잠시 후 어느 성의 어떤 자가 공격해 올지 보기 위해 성문을 굳건하게 닫아걸고는 숨죽여 기다렸다.

나고야 야고로는 선두에 나선 자가 노부나가 본인임을 알았다. 노부나가와 그 부하 악동들이다. 역시 선두로 나서서 불을 놓고 다니는 병사인 척하는 것이 악동답다.

성 아래 집들은 거의 다 불타 쓰러지고 연기만 나고 있다. 슬슬 마사히데가 이끄는 본진이 올 시점이다. 선두에 선 악당들도 초초한 듯 왔다갔다 서성이며 논의하기를 반복하고 있다. 그리고는 더 이상 참을 수 없었는지, 긴 창을 휘두르며 한 무리가 되어 달려갔다. 그것을 끝으로 그들의 모습은 볼 수 없었고, 뒤따르는 본진도 나타나지 않았다.

노부나가는 길을 가면서 가신들과 투덜거리고 있다.

"기요스의 겁쟁이들은 대체 뭐 하는 놈들이야. 고작 여덟 명의 기마병인데 나오지도 않다니. 나고야 야고로도 소문만은 못한 모양이구나. 기요스의 녀석들을 두들겨 패서 성 밖으로 내쫓아 버리면 좋은데 말이야."

즉 여덟 명의 기마병은 선두로 나온 척후병이 아니라 이날의 정식 본진, 전군이었던 것이다.

노부나가와 그의 부하들은 기요스의 마을을 태우고 온 것에 대해 아무에게도 말하지 않았다. 또한 노부나가와 사전에 모의했던 기요스 성내의 무리들 역시 아무 것도 모르는 척했기 때문에 다이젠을 비롯한 기요스 무리는 여우에게 홀린 듯한 기분이었다.

어째서 적의 본진이 나타나지 않았을까? 성문을 굳게 닫고 틀어박힌 모습에서 싸울 의사가 없다는 것을 알고 후퇴했을지도 모른다. 만약 그렇다면 나와서 싸우는 것을 기다린 계획적인 전투란 뜻인데, 그럼 성 안에 배신하기로 한 자가 있음에 틀림없다. 어떤 녀석이 배신을 꿈꾸었는지 알 수 없으니 조금도 긴장을 늦출 수 없다.

그때부터 기요스 성의 출입에 대한 단속이 시작됐고 경계 또한 엄중해졌다. 가장 먼저 의심을 받은 것은 부위사마 일족이었다. 그들에 대한 감시가 심해지고 여간 불편한 게 아니다. 이 모든 것이 다 바보 녀석 덕분으로 바보는 역시 바보일 뿐이라며 모두들 투덜거렸다.

하지만 야고로와 함께 동맹을 맺은 것은 참으로 다행이었다. 만약 계획이 탄로난다해도 야고로와 부위사마 일당이 한편이란 것을 알면 기요스 측에서도 쉽사리 손을 대지는 못할 것이다. 방심은 금물이지만 굳이 겁먹을 필요 없다고 스스로 위안을 삼으면서도 완전히 마음을 놓을 수는 없었다.

한편 노부히데는 오와리 지역에서 평화로운 날이 계속 되자 경비 체제를 바꾸기로 했다. 후루와타리 성의 남쪽에 나루미 성이란 요새가 있는데, 현재까지 이곳은 노부히데가 눈여겨보고 등용한 야마구치 사마노스케가 맡고 있었다. 이곳은 오다카 성과 나란히 이마가와의 북쪽 위를 막는 요지로 여기에 심복인 사마노스케가 있는 이상 후루와타리의 역할이 쓸모없어진 것이다.

그래서 노부히데는 후루와타리 성을 부수고 나고야의 동쪽에 새로 스에모리 성을 지어 거처를 옮겼다. 이곳은 이누야마 성에서 나고야로 남하하는 적을 막기 위한 요지. 지금으로서는 오와리에게 가장 신경 쓰이는 적은 이누야마와 기요스 무리였기 때문이다.

노부히데가 스에모리에 성을 세워 이사했다는 소식은 이누야마 성의 젊은 대장 귀에도 들어갔다. 그러나 어린 노부키요는 무서울 게 없었다.

1552년 1월 17일 노부키요는 가신들을 불러 모았다.

"올해의 신년 행사도 경사스럽게 잘 끝났다. 그런데 계속되는 태평성대 때문인지, 떡을 많이 먹어서인지 어째 속이 편치 않구나. 모처럼 노부히데가 스에모리에 성을 지었다는데 인사한번 드리러 가야하는 게 예의 아니겠느냐. 정초를 맞아 신년인사도 하고 소화도 시킬 겸 몸 좀 풀어야겠으니 전투 준비를 하거라."

이누야마와 가쿠덴 두 성에서 군사들을 이끌고 계속 남하한 그들은 류센지의 요새를 시작으로 발길 닿는 곳마다 불을 지르면서 가스가이구치로 향했다.

하지만 이 역시 노부히데가 사전에 예상했던 일. 그는 적이 충분히 가까이 올 때까지 기다렸다가 가스가이 초원 안쪽으로 들어오는 것을 보고 확하고 덮쳤다.

젊은 기세 하나만 믿고 신년의 들뜬 기분으로 적을 얕보고 왔던 이누야마의 군대는 순식간에 붕괴되었다. 그들은 5,60명의 사체를 남겨두고 정신없이 구르고 엎어지면서 숲을 헤치고 후퇴, 이누야마를 향해 달렸다.

이때 마침 초원에서 부하들과 놀던 노부나가 일행이 이 모습을 보았다.

"어? 이거 아무래도 어디서 전투가 시작된 모양인데?"

노부나가의 부하 중에서 가장 나이도 많고 힘은 세지만 융통성 없는 머리를 주체할 수 없는 이치하시 센쿠로가 그들을 보며 반색했다. 천성이 노는 것을 좋아하다보니 그에게 노부나가는 최고의 주인이었다.

"이야, 재미있네. 부리나케 달려가는 꼴들하고는. 어? 저기 넘어진 놈도 있어. 저쪽으로 가면 이누야마 성인데. 그럼, 이누야마 군? 이거 이렇게 그냥 구경만 하긴 아까운데, 저 앞쪽에 함정이라도 하나 파놓고 깜짝쇼 한번 해줄까?"

그렇긴 하지만 도망가는 적의 꽁무니를 한 대 더 때린다고 해서 재미있을 건 없다. 점점 흥미는 떨어지고 공복감이 느껴졌다.

"겨울이 되니 들판에 먹을 게 하나도 없네. 밭에서도 무 뿌리 하나 찾을까 말까야."

일동이 이렇게 한탄하자 센쿠로가 가볍게 끄덕이면서 말했다.

"마침 잘됐습니다. 이누야마 녀석들과 함께 섞여 패잔병인 척하고 저쪽으로 가시지요. 저쪽에 아는 친척 집이 있거든요. 가면 보리밥 정도는 주실 겁니다. 어서요."

보리밥이라니 가뭄에 단비가 내리듯 반가운 소식이다. 노부나가를 비롯한 일동은 기쁜 마음에 발걸음도 가볍게 달려갔다.

지난번 노부나가와 부하들이 기요스를 함락시키러 갔다 실패한 그 날, 기요스에서는 한 가지 사건이 있었다.

당시 마을 사람들은 갑자기 나타난 무사들이 불을 지르고 다니자 다들 당황하며 우왕좌왕하고 있었다. 그때 어안이 벙벙해서 어쩔 줄 모르고 있는 떡집 주인에게 한 기마병이 달려갔다.

"이봐, 떡이 다 타고 있잖아. 아깝게. 내가 한 상자 사주지. 자, 여기 돈. 바쁘니까 잔돈은 그냥 챙겨 둬. 내일부터 이 마을은 우리 주인의 것이니 이제 돈도 다 바뀔 거야. 이 거 내일부터 쓰일 돈이니 잘 보관해 두라고."

그는 종이에 싸인 뭉치를 건네주고 떡을 집어갔다. 그런 데 나중에 떡집 주인이 종이 뭉치를 풀어보자 그 안에는 마른 잎사귀 여섯 장이 들어 있었다. 그 소식을 들은 사람들은 그런 나쁜 짓을 할 녀석은 나고야 성의 바보 일당 밖에 없다 며 두고두고 욕을 했다.

그날 기요스의 성문 앞에서 일동에게 떡을 나눠준 것은 센쿠로였으니 녀석이 범인임에 틀림없다. 그는 오늘의 전투 에 맞춰서 자기가 미리 준비했다며 자랑스럽게 나눠줬다. 이런 게 바로 무사의 마음가짐 아니겠냐며 큰소리 뻥뻥 치 더니 나뭇잎으로 갈취한 떡이라니 천하의 나쁜 놈이다. 게 다가 나고야의 바보 짓이라고 소문까지 나게 했으니 부끄러 운 녀석이다.

"기껏 기요스까지 가서 뜻한 바를 이루지 못하고 무사로 서 이름을 남기지 못한 것은 어쩔 수 없다고 하지만, 네 녀 석이 우리 이름에 먹칠을 했구나!"

노부나가가 이렇게 화를 내자 센쿠로는 입을 뾰로퉁하게 내밀고는 단호하게 부인했다.

"무슨 그런 말도 안 되는 말을 하십니까. 저 같은 돌머리가 그 바쁜 와중에 낙엽을 주워 종이에 쌀만한 주제나 된다고 생각하십니까?"

"하지만 너 말고 떡을 가져온 자는 없었다."

"전투를 위해 떡을 가져갔더니 의심이나 받다니 억울합니다."

"그럼 누구지?"

"귀신이라도 나타났나? 아니지, 종이 꾸러미 안에 담긴 게 낙엽이라는 거 보면 너구리가 둔갑한 건 아닐까요?"

센쿠로는 진심인지 농담인지 알 수 없는 싱거운 소리만 할뿐 절대 자신의 짓이라 인정하지 않았다.

센쿠로를 선두로 이누야마 군을 따라 달려온 노부나가 일행은 지쳐 낙오된 사람들보다 더 빠른 속도로 가쿠덴 초원으로 향했다.

멀리 숲 그늘에 큰 농가를 발견한 센쿠로가 소리쳤다.

"저기 있네요, 숙모님 댁. 제가 먼저 가서 음식 준비를 해놓을 테니 천천히 오십시오.

센쿠로는 전속력으로 달렸다. 일동이 농가에 도착해 쪽문을 열고 들어가자 센쿠로는 여자들과 어울려 감자를 씻고 있었다.

"올라와서 기다리십시오. 금방 다 될 테니까."

일동은 각자 밥그릇과 젓가락을 받아 들고는 두 눈을 반짝거리며 게 눈 감추듯 한 그릇을 뚝딱 비웠다.

"아아, 배부르다. 시골 사람들은 역시 친절하네."

"여기는 노부키요의 영지지?"

"그래. 하지만 시골 사람들 인정은 어디든 똑같은 거야."

"잠깐, 근데 넌 아래 지방 출신이잖아?"

"친척들은 여기저기에 있어. 특히 숙모들이 많지. 그래서 편해."

"정말 큰 신세를 졌구나. 네가 최근에 한 생각 중에 가장 좋은 생각이었다."

노부나가는 진심으로 기뻐하며 감사해 했다. 배가 부르면 가만히 있는 게 좀이 쑤시는 악당 녀석들.

"그럼 다시 나가 볼까? 감사하다는 말, 잘 전해주게."

"별말씀을 다 하십니다."

일동이 먼저 나가 쪽문에서 살짝 들여다보니 센쿠로는 품 안에서 종이 뭉치를 꺼냈다.

"큰 신세를 졌군. 이건 작은 성의니 넣어두어라. 이번에 새로 바뀐 돈이다. 그럼 다음에 또 한 번 들르겠네."

아주머니의 배웅을 받으며 센쿠로는 밖으로 나왔다.

아주머니와 딸아이는 그들을 불쌍한 패잔병이라 생각하며 더 이상 모습이 눈에 들어오지 않을 때까지 손을 흔들며 배웅했다.

일동은 센쿠로를 둘러싸고 째려보며 걸었다.

"이 자식, 보면 볼수록 더 수상한 녀석이네. 네놈은 천하를 돌아다니면서 먹고 도망가기를 일삼았구나."

"무슨 소리야. 기요스에서 나뭇잎 꾸러미로 떡을 산 녀석이 있다고 하기에 나도 그게 통하는지 궁금해 잠깐 시험해 본 건데 의외로 통했을 뿐이야."

"뻔뻔스럽고 대담한 녀석일세."

"정말 이렇게 쉽게 가능할 거라고는 생각지 못했는데. 진짜 오늘 처음 한 거라니까. 내가 기요스에서 나눠준 떡은 무사의 마음가짐을 위해 준비한 떡. 떡집의 떡을 나뭇잎으로 산 녀석은 내가 아니라고. 의심 많은 자들 하고는."

"지난번에 네가 말하기를 돌머리라 그렇게 바쁜 중에 나뭇잎을 주워서 종이로 쌀 여유가 없었다고 하지 않았더냐?"

"당연하지요. 불을 붙이느라 정신이 없었는데."

"그렇다면 오늘은 어떠냐? 오늘 역시 종이에 담을 여유가 없었을 텐데. 그렇다면 혹시 항상 나뭇잎 꾸러미를 품에 넣고 다니는 것이냐?"

"억울합니다. 한 손으로 감자를 씻으면서 그 정도는 거뜬히 할 수 있습니다. 이렇게 부하들을 의심하셔서야 어찌 훌륭한 주군이 되시겠습니까?"

센쿠로는 끝까지 기요스의 떡 사건만은 자백하지 않았다.

그날 밤 해가 완전히 진 후 피곤에 지쳐 돌아오니 마사히데가 기다리고 있었다.

"피곤하신 것 같은데, 지금까지 뭘 하셨습니까?"

"가스가이 초원에서 이누야마 군이 도망가는 것을 발견하여 낙오자인 척 가쿠덴의 농가에서 밥을 얻어먹고 왔다. 들판을 뛰어다녔더니 피곤하구나."

"스에모리 성의 사신이 왔기에, 전투 준비를 갖추고 상황이 어떠한지 살피려던 참이었습니다. 아무리 만만한 적이 왔다 해도 마음을 놓아서는 안 됩니다. 그 사이를 틈타 다른 적이 습격해 오지 않는다고는 누구도 예측할 수 없는 법이지요. 이것이 바로 무사의 마음가짐입니다. 적의 내습을 눈으로 보면서도 성을 비우고 멀리 적지를 돌아다니는 것은 대담함을 넘어서 위험천만한 바보 천치 짓입니다."

"그래 그래, 알았어."

노부나가는 마사히데를 피해 노히메의 방으로 갔다.

"배가 고파 죽겠는데, 깐깐한 할아버지가 계속 잔소리를 해대니 저쪽 방에서는 도통 밥을 먹을 수가 있어야지. 뭐 먹을 것 좀 없을까?"

배를 깔고 엎드려 턱을 괴자 마룻바닥이 끼이익 하고 우는 소리가 났다.

　노부나가가 고개를 숙이고 부탁할 때면 노히메는 매우 친절하다.

　"떡과 과일 정도라면 있긴 한데, 그런 걸로 어디 요기가 되겠습니까?"

　"아니, 그거면 충분해."

　"차라리 밥상을 이 방으로 가져오게 할 테니 잠깐 기다리세요."

　"아니야, 그건 좀 곤란해."

　"왜요?"

　"왠지 이 방에서는 만날 엎드려만 있으니 앉아서 먹는 건 아직 부끄럽군. 이렇게 엎드려서 먹을 수 있는 게 좋아. 그냥 떡을 먹지."

　노히메가 떡을 구워주니 노부나가는 맛있게 먹었다. 마치 이렇게 맛있는 떡은 태어나서 처음 먹어본다는 듯한 행복한 얼굴이다. 노히메는 이런 사람이 어찌 군주의 아들인지, 그야말로 거지의 아들이 따로 없다는 생각이 들었다.

　배가 불러오자 노부나가는 엎드린 자세가 영 불편했다.

　"이거 좀 불편한데, 잠시 양해를 구하고 옆으로 누워야겠어."

　"어차피 엎드린 자세도 예의 바른 자세는 아닌데, 옆으로 눕는 것은 뭐가 다른가요?"

"그게 아니라 나 스스로에게 양해를 구하는 거야. 오랜 습관을 깨는 미안함이지."

노부나가는 옆으로 누워 편안히 쉬었다. 그리고 그날 밤은 놀랍게도 많은 이야기를 나누었다.

"당신 아버지의 가신들 중에 아버지가 칭찬하는 사람은 누구지?"

"미노의 가신들은 모두 뛰어난 사람들입니다. 그 중에서도 아버지가 칭찬하는 자는 도키 주베에입니다."

"도키 주베에라……. 처음 들어보는 이름이군."

"도키 주베에 미쓰히데. 미노의 도키 가문의 일족으로 아직 젊은 무사이지만, 포술에 있어서는 아버지에게도 뒤지지 않을 만큼 병법에 뛰어난 자라고 인정받고 있습니다."

"나만큼 젊은가?"

"당신보다는 대여섯 살 연상일 걸요."

옆으로 누워 노히메와 이야기를 하던 노부나가가 살짝 일어날 듯하다 다시 배를 깔고 엎드려 턱을 괴었다. 잠시 일어나려던 것은 무언가가 떠올랐기 때문인 것 같다.

"주베에에 대해 당신 아버지가 뭐라고 칭찬했다고? 다시 말해봐."

"포술에 있어서는 아버지보다 솜씨가 뛰어난 사람이라

고······."

"포술에 있어서는 병법에 뛰어난 자란 말이지. 당신은 어째서 솜씨가 뛰어난 자란 말을 기억하고 있는 걸까?"

"몰라요."

"포술에 있어서는 병법이 뛰어난 자. 왠지 기억하기 어려운 말들이잖아."

"하지만 그렇게 말씀하신 걸요. 창의 병법, 활의 병법, 철포의 병법. 여러 가지 있잖아요."

"그래, 철포의 기술이란 말이지. 그러나 당신은 포술이라고 말했어. 어쩌면 당신의 아버지나 쥬베에 씨는 포술과 철포의 병법을 구별해서 사용할지도 모르겠군."

노부나가는 진지한 표정으로 접시에 담긴 귤을 열심히 먹었다. 순식간에 열 개 정도를 먹어치운 그는 옆으로 벌러덩 누웠다. 그리고는 잠시 후 드르렁 드르렁 코를 골기 시작했다. 허리에 부싯돌 주머니를 주렁주렁 달고 있는 외출할 때의 모습 그대로였다. 밤이 깊어지면서 얇은 옷을 입은 노부나가가 한기를 느끼지는 않을까 싶었지만 그는 아무 것도 모르는 것 같았다.

"내 이불이라도 덮어드려야겠네. 노는 데 너무 지쳤나 봐."

노히메는 자기도 모르게 피식 웃음이 나왔다. 이 얼마나 기묘한 인물이란 말인가. 아니꼬운 악당이지만 밉지 않은 사람이다.

노히메는 올해로 열여덟. 항상 시녀들에게 둘러싸여 성 안에 갇혀 있다 싶은 생활을 했지만, 그녀는 사람을 잘 간파하는 능력과 뛰어난 관찰력이 있었다. 그런 그녀가 절대 꿰뚫어 볼 수 없는 사람은 노부나가 뿐이었다.

사람들은 그를 바보라고들 하는데, 확실히 그의 그런 모습이 바보인 척 연기하는 것은 아니다. 그는 아주 정직한 바보다. 그러나 그냥 바보는 아니다. 그렇다면 이 악당의 정체는 무엇일까?

노히메는 그것을 간파해서 괴롭히고 싶었다. 특히 그녀가 이 악당 우두머리에게 고개를 들 수 없었던 것은 악독하기로는 둘째가라면 서러울 정도로 악명 높은 그녀의 아버지를 그만은 진심으로 공경하고 있다는 점이었다. 그녀는 아버지에게 편지를 쓸 때면 특별히 의도한 것은 아니었지만, 항상 습관처럼 몇 가지 칭찬으로 편지를 끝맺었다.

노히메는 그의 머리맡에 앉았다가 이 악당이 눈을 뜨면 창피해서 얼굴이 빨갛게 달아오르는 것을 꼭 보리라 마음먹었다. 하지만 세 시간 정도 후에 눈을 뜬 노부나가는 아무렇지도 않은 얼굴이었다.

"이런 실례를 했군. 기분이 너무 좋아서 잠이 들어 버렸어.”

그는 이불을 걷고 일어섰다. 그리고 언제나처럼 소매를 펄럭펄럭거리고는 그녀 쪽을 바라보며 말했다.

“당신이 얼마나 대단한 이야기를 해준지 알아? 마치 신의 목소리 같았지. 눈을 뜨고서야 그게 꿈이 아니란 것을 알았어.”

노부나가는 싱글벙글 웃으며 나갔다.

제3장
바보의 독립

그해 3월 3일, 오다 노부히데가 병사했다. 이제 막 꽃을 피우려는 마흔둘이라는 나이에 그는 열아홉 살의 노부나가에게 모든 것을 맡기고 세상을 떠난 것이다.

그의 죽음에 가장 당황스러운 것은 가신들이었다. 노부나가가 그냥 바보라면 그나마 나을 텐데, 그는 가신 따위 안중에 두지 않는 막무가내의 바보다. 일단 생각하는 것은 무엇이든 행동으로 옮기기 때문에 언제 무슨 짓을 할지 예측할 수 없는 시한폭탄을 떠안은 기분이었다.

그에 비해 노부나가의 친동생 간주로는 어른스러운 소년이었다. 사람들은 오다 가문을 위해 간주로가 대를 이어야 한다고 생각했지만, 그것은 간단히 해결할 수 있는 일은 아니었다.

노부히데는 두 아이가 성인식을 치른 후 각자에게 중신들을 나누어 주었다. 노부나가에게는 하야시 사도노카미, 히라테 마사히데, 아오야마 요소에몬, 나이토 쇼스케 등.

　간주로에게는 시바타 곤로쿠,　사쿠마 다이가쿠, 사쿠마 이에몬 등.

　하야시 사도노카미는 노부히데의 가신 중 가장 높은 가문으로 오다 가문을 통솔하는 중신들의 우두머리다. 마사히데와 시바타는 가문의 두 기둥이라 할 수 있을 정도로 실력면에서 쌍벽을 이룰 만한 자들이었고, 나머지 아오야마, 나이토, 사쿠마 등도 오래된 노부히데의 가신들이었다.

　노부히데는 단순한 보모 역할을 넘어서 두 형제를 제대로 이끌어 갈 수 있도록 자신의 최고 중신들 대부분을 둘로 나누어 두 형제에게 배분했다. 배분에서 탈락된 중신은 나루미 성을 맡고 있는 야마구치 사노스케 정도였다.

　노부히데가 죽기 전부터 확실하게 가신들의 배분이 정해져 있던 것은 지금의 아슬아슬한 위치에 선 노부나가에게 있어서는 행운이었다.

　하야시 사도노는 오다 가문의 최고 가신으로 바보 쪽에 속해 있었다. 오다 가문의 장자는 바보이니 그가 가문을 잇고, 그 무리의 대장인 하야시 사도노가 전체의 대장이 된다. 일의 순서만 놓고 보면 지극히 당연한 수순이다.

동생이 영지와 가신을 얻어 독립한다 해도 형이 가문을 잇는 이상 동생도 가신 중 하나이고, 동생의 가신도 오다 전체의 가신 중 하나다. 시바타, 사쿠마라고 하면 오다 집안에서 다섯 손가락 안에 꼽힐 정도로 명예로운 무사이지만, 바보가 가문을 이으면 결국 바보의 가신이 되니 당사자들이 싫어하는 것은 당연했다.

하야시 사도노는 애초부터 바보 쪽 가신이었으니, 바보가 가문을 이으면 예전처럼 오다 전체의 최고 가신으로 서는데 지장이 없을 것도 같지만, 노부히데가 죽은 이상 꼭 그렇지만도 않았다.

전체의 중심인 노부히데가 있을 때는 전체의 우두머리였지만, 그 중심이 빠지면 결국 남는 것은 바보 무리와 그 동생의 무리일 뿐 중심이 없다. 지금 이대로 간다면 그저 바보 무리의 하야시 사도노다. 이미 주위의 상황이 그렇게 바뀌고 있다. 바보 무리의 중심은 바보 그 자체이기 때문이다.

하야시 사도노는 생각했다. 바보 그룹의 마사히데, 아오야마, 나이토와 간주로 그룹의 시바타, 사쿠마는 나름 균형이 잡혀 있다. 그들도 가신이긴 하지만 전국시대의 풍파 속에서 가신의 이름을 얻은 인기인들이다.

하지만 자신은 애초부터 대장로였으니 그들과는 격이 다르다.

바보 그룹. 그의 생각대로라면 서로 경쟁하는 것은 히라테 마사히데나 시바타 곤로쿠 같은 이들이 해야 하는 것이다. 노부히데 공이 죽은 후에 자신은 그룹이나 파를 초월한 중심이 되어야 마땅한데 바보그룹이라니, 말도 안 되는 상황이다. 그는 자신의 위치를 이렇게 멋대로 생각하면서 속으로 매우 언짢게 여기고 있었다.

하야시 사도노 뿐만 아니라 다른 가신들도 이러한 상황이 마음에 들리는 없었다. 하지만 그렇다고 노골적으로 불만을 표시할 수도 없었다.

하지만 사도노의 본심은 확실히 세워져 있었다. 그는 노부나가라는 바보가 싫었다.

어디든지 우두머리는 보수적으로 정해진다. 그들이 주군 집안의 후계자에게 기대하는 것은 그 집안을 지킬 수 있는 충분한 학식을 가진 인물이다. 분수도 모르고 큰 야망으로 가득찬 사람은 그다지 호감 가는 후계자는 아니다. 하물며 노부나가는 모든 이들이 바보라 칭하는 악당으로 산적 아들에나 어울릴만한 난폭하고 무례한 녀석이다.

사도노의 동생, 하야시 미마사카노가 형에게 속삭였다.

"이럴 바에 아예 지금 간주로를 후계자로 바꾸는 것이 어떻습니까? 그 바보가 제멋대로 휘두르고 난 뒤에 하면 너무 늦습니다."

"바보의 일은 마사히데에게 맡겨 두자. 나는 오다 전체의 장로다. 어린 도련님을 맡아 세력의 확장을 꾀하는 것은 소인 잡배들이나 하는 짓이지."

"하지만 바보에게는 마사히데가 붙어 있기 때문에 모든 공을 마사히데에게 빼앗겨 버릴지도 모릅니다. 사람들은 이렇게 말하겠지요. 노부나가는 바보지만 마사히데 덕분에 어떻게든 되지 않겠냐고. 하지만 바보가 실패할 경우를 생각해 보십시오. 그 책임은 형님에게 돌아옵니다. 노부나가를 보필하는 중신들이 나빠서라고 말하겠지요. 표면적으로 형님이 바보의 필두 중신이란 사실을 잊어서는 안 됩니다. 아직 두 파의 대립이 표면에 드러나지 않은 지금, 간주로를 세워 집안의 통일을 꾀하고 장로의 위치를 확보해야 되지 않겠습니까?"

"그거야 말로 시바타, 사쿠마 같은 간주로의 측근들이 바라는 바다. 녀석들에게는 간주로를 앞세워 공공연하게 노부나가 무리와 싸울만한 힘이 없다. 마사히데의 힘도 우습게 볼 수 없고, 장인인 도산이 어떻게 나올지 누구도 예측할 수 없기 때문이지. 그런데도 내가 간주로를 세운다면 마사히데나 도산과 대립할 책임은 모두 내가 뒤집어쓰게 된다. 뿐만 아니라 공을 세웠다 한들 시바타나 사쿠마 녀석에게 빼앗겨

버린다. 바보의 공을 마사히데에게 **빼앗기는** 것과 마찬가지지."

장로는 장로답게 초연하게 있으면 된다. 그저 두 파가 서로 부딪히다 지쳐서 어린 녀석들을 중심으로는 통일을 하기 힘들다는 것을 알고 자연스럽게 장로를 축으로 받아들이게 될 것이다.

사도노는 이런 생각을 하며 조용히 기다리고 있었다. 간주로가 뒤를 잇는 것이 무난하다고 마을 백성들까지 얘기하고 있었지만, 딱히 앞장서서 나서는 자는 없었다.

노부히데가 죽기 전 중신들은 환자의 머리맡에 앉아 노부히데가 죽고 난 후의 일을 처리하기 위한 회담을 시작했다. 그리고 노부히데가 죽고 난 후 그가 살던 스에모리 성을 간주로에게 주는 것으로 합의를 봤다.

스에모리는 스루가와 이누야마에서 오는 적의 침략을 막기 위한 성으로 원래 중심이 되는 성은 나고야다. 아직 전투력이 없었던 노부나가가 본거지인 나고야에 남고, 노부히데는 전선에 성을 지어 출진한 것이다. 그것을 간주로의 성으로 한다는 것은 최전선의 배치에 놓이게 되는 위험성도 있지만, 아버지가 머물던 성을 받았다는 점에서 간주로 그룹도 체면이 섰다.

노부히데의 장례식은 반쇼사에서 열리게 되었다. 그가 생전에 설립한 절이다.

오와리 전체의 승려를 비롯해 전국을 돌아다니며 수행하는 승려들까지 모두 모여 그 인원만 3백여 명. 그들은 일부러 위세를 과시하려 노력했다.

장례식장에서는 어쩔 수 없이 두 형제의 파가 확실하게 분리된 모습을 보이게 됐다.

사실 오다 가문 전체 가신을 한 줄로 세운다는 것은 쉬운 일이 아니다. 대체로 시국이 복잡한 때일수록 신하의 서열을 매기는 순위는 주군의 가슴속에만 있다. 그 가슴속의 서열을 목표로 충성을 다해 노력하는 것인데, 주군이 죽어 버리면 그 가슴속의 서열이 어떠한지 알 수 없으니 누가 먼저 앞으로 나아가 향을 피울지 아무도 순서를 매길 수 없는 것이다.

만약 주군의 심중에서 나온 서열로 납득할 수 있는 것이라고 한다면 간주로 공, 가신 제1석 시바타 곤로쿠, 제2석 사쿠마 다이가쿠, 제3석 사쿠마 지에몬, 제4석 하세가와, 제5석 야마다의 순서일 것이다. 그러나 실제 오다 전체의 순서로 보면 간주로는 하야시, 마사히데, 아오야마, 나이토와 같은 자보다 낮은 자리에 서게 된다니 기쁘게 받아들일 수 없었다.

그래서 간주로 공과 노부나가 공 무리가 각각 자신들의

주군을 모시고 각각의 가신 순서로 자리를 채우게 되었다. 물론 노부히데의 명령에 따라 두 형제에게 배속된 가신이니 각각 노부나가 공의 가신과 간주로 공의 가신이라 칭하는 것은 지극히 당연한 것이다. 하지만 심적으로 간주로 공 가신이라는 독립적인 시위의 모습을 담은 것이라고도 볼 수 있는 것이다.

노부나가 무리는 나고야 성에서, 간주로 무리는 스에모리 성에서 각자 대행렬을 이끌고 반쇼사에 도착했다. 그 외에 노부히데의 동생 마고사부로, 마고주로 등도 각자 자신의 가신들을 이끌고 참석했다.

반쇼사에 도착한 노부나가는 좀처럼 장례가 시작될 기미가 보이지 않자 좀이 쑤셔 가만히 앉아 있을 수 없었다. 이미 경내는 각 성에서 온 수행원들로 북적거렸다. 그들은 특별히 노부나가에게 신경을 쓰지 않았고, 그가 누구인지 알고 나서도 놀라는 자도 별로 없었다.

"저기 노부나가 가신들의 창을 봐라. 다른 창의 두 배는 족히 되는구나. 하늘의 별이라도 따겠다는 건가. 역시 바보들이 하는 짓 하고는."

어느 곳의 수행원이든 다들 노부나가의 창을 보면 한마디씩 했다. 그도 그럴 것이 그들의 창은 다른 어떤 것보다 눈에 띄었다. 각 성의 수행원들은 일정한 장소에 각자의 창을

세워두었다. 그야말로 창 전시회를 방불케 하는 광경이었
다. 특히 그 크기가 많은 관중들 머리 위로 우뚝 솟아 있으
니 눈에 띄었다. 그리고 그 중에서도 노부나가 직속 수행원
의 창만은 엄청난 차이로 하늘을 찌르고 있었다. 그저 조금
긴 것이 아니라 보통의 규격을 넘어서는 터무니없는 길이
다.

　이렇게 많은 창 중에서 자신의 부하 창만이 우뚝 솟아 있
는 것을 보고 노부나가는 매우 기뻤다. 하늘이라도 찌를 심
산이냐는 사람들의 비웃음이 들리지 않는 것은 아니지만,
그는 그 말에 별로 신경 쓰지 않았다. 그것은 그가 항상 바
보라는 소리를 듣고 살았기 때문만은 아니었다. 그에게는
일종의 자신감이었던 것이다.

　"내가 스스로 해낸 것은 이것뿐이다."

　노부나가는 만족했다.

　숙부 마고사부로의 창을 보라. 하야시 사도노의 창을 보
라. 시바타 곤로쿠의 창이나, 야마구치 사마노스케의 창, 심
지어 히라테 마사히데의 수행원들까지 모두 보통 길이의 짧
은 창을 갖고 있다. 그것은 돌아가신 아버지의 병법을 나타
내는 것이기도 하다.

　그러나 나의 창만은 다르다. 이것은 오다 노부나가의 창
이다. 오다 노부나가의 병법인 것이다. 사람들은 저렇게 길

어서 어디 휘두를 수나 있겠냐고 비웃는다. 너희는 창을 휘두를 생각이구나.

창이란 것은 찌르는 것이다. 전투 진영에서 선두에 선 자들은 창끝을 모두 앞으로 향하게 하고 앞으로 돌진한다. 이것이 전쟁의 첫 번째 단계다. 적도 똑같이 대열을 맞춰 전진한다. 양쪽 다 그저 앞으로 돌진할 뿐이다. 그렇다면 창이 긴 쪽이 먼저 적을 찌르는 것이 당연한 것 아닌가.

뭐라고? 찌른 창을 빼고 있는 사이에 적에게 당했다고? 그걸 빼는 바보가 있을까? 하나의 창으로 한 사람의 적을 찔렀다면 그걸로 충분하지 않은가. 이것은 분명 전쟁의 첫 번째 단계라고 말했다. 한번 사용한 것을 두 번이나 사용할 만한 단계가 아닌 것이다. 그 다음에는 창을 다시 빼거나 적의 창을 주워 맞붙어 싸우는 등 그때그때 상황에 따르면 된다.

창을 갖고 있는 녀석만 전쟁을 하는 것도 아니고, 창에는 창의 역할이 있을 뿐이란 이야기다. 찌른 창을 다시 빼서 사용하거나 휙휙 돌리면서 적과의 거리를 벌리고 물러서는 등 뛰어난 창술을 과시할 만한 여유가 있는 자는 그렇게 하면 된다. 하지만 노부나가의 창의 역할은 그것으로 끝이다. 그 뒤에는 또 다른 것이 있을 것이다. 이것이 바로 노부나가식 전쟁이다.

수많은 창 가운데 우뚝 솟은 나의 창의 길이를 보라. 이것이 오다 노부나가다.

그의 눈은 자신감으로 빛났다.

"그러나 이 긴 창도 총포 앞에서는 전혀 무력하단 말이지. 긴 창의 이점을 터득한 자는 철포의 장점을 알 수 있다. 짧은 창을 종횡무진으로 휘두르기만 하는 녀석들은 철포가 무엇인지, 아니 전쟁이란 것 자체를 모르는 것이다."

그대들은 뭐하는 자인가. 백전노장의 용사인가? 웃기지 마라. 오다 노부나가의 긴 창은 이미 그대들의 가슴팍을 겨누고 있다. 높이 솟은 우리의 창을 보고 깨닫는 바가 없는 그대들, 백전노장의 용사들이여.

오다 노부히데는 뭐하는 자인가? 그대들의 우두머리인가? 스승인가? 그래, 그대들의 스승이겠지. 그러나 오다 노부나가의 스승도 아니고 또한 아버지도 아니다.

보라. 오다 노부나가는 그곳에 있다. 그 긴 창이다. 오다 노부히데도 그곳에 있구나. 그 짧은 창이, 노부히데 당신이다.

그리고 오늘은 짧은 창의 장례식이다.

이 얼마나 끔찍한 혼잡함인가. 그리고 그 중 단 한 사람도 그 창이 무엇인지 알아보는 자가 없는 것이다.

3백여 명의 스님이 모여들었다. 노부나가는 아찔한 기분에 눈을 감았다.

"그렇구나. 이 역시 짧은 창의 망령이구나."

3백여 명 승려들의 대합창이 시작되었다. 어떤 무리는 불경을 읊고 어떤 무리는 원을 그리며 돈다. 그리고 또 다른 무리가 그들과 스치듯 지나가며 원을 그린다. 하늘을 향하여 풍악을 울리는 자, 향을 피우는 자……

그때 한 승려가 마사히데에게 접근해 향을 피울 때가 되었다고 알렸다.

향 피우기가 상주부터 시작되리란 것은 알고 있었지만, 그 상주가 자리에 없다는 것을 이제 깨달은 것이다. 상주의 자리는 설치되어 있었지만, 그곳이 비어 있을 거란 것을 마사히데는 보지 않고도 알 수 있었다. 조용히 앉아 스님의 합창을 들어줄 바보 도련님이 아니란 것은 이미 그 자리에 온 자들은 익히 알고 있는 것이기 때문에 마사히데도 특별히 상주 자리에 신경을 쓰지 않았다.

"노부나가 공을 모셔 오거라."

마사히데의 명을 받은 부하가 노부나가를 찾았다. 노부나가는 부엌 쪽의 큰 방에서 시종들과 씨름에 빠져 있었다. 웃통도 모두 벗어젖힌 채 엉겨 붙어 있다.

"이제 향을 피우셔야 합니다."

"그래? 지금 가지."

그는 돌머리 센쿠로와 씨름을 하고 있었다. 씨름을 할 때면 돌머리는 매우 강했다. 손을 깊이 찔러 넣고는 휙 하고 뒤집거나 잡아당긴다. 그의 호흡 한 번에 내다 꽂힐 수도 있다. 특히 센쿠로는 자신에게 유리한 상황이 되면 더 강해지기 때문에 이쯤에서 향을 피우러 가는 것도 전술의 하나다.

노부나가는 옷깃을 정리하고 신중하게 띠를 고쳐 매었다. 꼭 붙들어 묶은 머리는 씨름 정도로는 흐트러지지 않았다. 성을 나올 때는 제대로 옷을 갖춰 입었지만 이제 와서 다시 입을 여유가 없다. 어차피 향만 피우고 나면 다시 돌아와 벗어야 하니 쓸데없는 수고다. 그래봤자 고작 아버지의 장례식 아닌가.

나에게 아버지를 묻으라는 것은 무리한 이야기다. 짧은 창을 지옥으로 떨어뜨릴 뿐이다. 화가 슬슬 오른다. 적의도 끓는다. 하지만 노부나가는 싱긋 웃으면서 감정을 억제했다. 그가 화를 낼 정도의 상대가 아니다. 오다 노부히데도 그 가신도, 장례식도.

노부나가는 평소에 아끼는 칼을 허리춤에 꽂았다.

"이제 가자."

노부나가가 발걸음을 재촉했다.

하야시 사도노는 아까부터 장례식 자리에 신경이 쓰여 가만히 있을 수 없다. 가장 높은 자리는 노부나가의 공석이고 그 아래 자리는 히라테 마사히데다.

사람들이 이제 슬슬 노부나가가 향을 피울 순서라는 것을 깨닫기 시작했다. 이 얼마나 불초한 바보란 말인가. 일생에 단 한 번뿐인 아버지의 장례식인데, 내가 마사히데의 자리에 있었다면 훨씬 더 과감하게 처리했을 것이다. 사도노는 자기도 모르게 조금씩 칼집에 손이 갔다. 그리고 그 순간 침을 꿀꺽 삼켰다. 노부나가가 나타난 것이다.

그는 제대로 예복을 갖춰 입지도 않았다. 변함없이 꽁치를 붙들어 놓은 듯한 머리. 그 모습을 보자 사도노는 더 부아가 치밀어 올랐다. 왼손으로 큰 칼을 꽉 움켜쥔 노부나가는 성큼성큼 그의 앞을 지나갔다. 불상 앞에 멈춰선 그는 갑자기 눈을 부릅뜨고는 향을 한 줌 움켜쥐더니 불전을 향해 던져버렸다.

사도노는 몸을 부르르 떨었다. 그러나 노부나가가 돌아본 순간 그는 얼굴이 파리해져서 고개를 숙였다. 허리춤의 칼 주변을 배회하던 손을 당겨서 무릎에 얹고는 허리를 굽히고 인사를 했다. 그가 돌아서는 순간 손이 보이지 않을 정도로 빠른 칼놀림에 베이는 환영을 본 것이다.

7월 5일, 시간이 지나도 바보 대장이 뿌린 향에 대한 소문은 사그라질 기세가 보이지 않았다. 그리고 간주로의 평판은 더욱 좋아졌다.

마사히데는 이 소식에 쓴웃음을 지었다. 간주로의 평이 좋아졌다니, 이보다 바보 같은 일이 또 있을까. 그가 한 것이라고는 지극히 당연하게 예복을 입고 지극히 향을 피운 것밖에 없다. 특별한 것은 하나도 없었다. 그보다는 노부나가의 진귀한 거동이 너무 특별한 경향은 있었지만, 그렇다고 해도 간주로의 호평이라니 바보 같은 이야기다.

하지만 그것을 사람들의 탓으로 돌릴 수도 없다. 무엇보다 마음 아파해야할 것은 아버지가 돌아가신 후에도 노부나가의 행동거지가 이전과 전혀 변함이 없다는 것이다. 변함없이 끈으로 질끈 묶은 머리에 허리에 주렁주렁 달고 다니는 부싯돌 주머니. 웃통을 벗고 돌아다니는 것도 깡패짓도 예전 그대로다. 아버지를 대신해 오와리를 통치할 만한 자의 행동도, 그럴만한 뜻이 있는 것처럼도 보이지 않는다. 그가 던진 향에 대한 소문이 사라지지 않는 이유도, 간주로의 호평의 원인도 사실은 거기에 있을 것이다.

그러던 중 한 가지 사건이 일어났다.

마사히데에게는 장남 고로우에몬, 차남 겐모츠, 막내 히로히데라는 삼형제가 있었다.

그리고 장남인 고로우에몬은 매우 좋은 말 한 마리를 키우고 있었다. 당시 노부나가는 말을 광적으로 좋아했다. 매일 아침저녁으로 승마 연습을 거른 적이 한 번도 없을 정도였다. 게다가 그의 연습이라는 것은 상식을 뛰어넘는 장거리를 전속력으로 달리는 훈련이다. 그는 가능한 한 모든 시간을 할애해 말을 단련했고, 그래서 평범한 훈련을 하는 가신들의 말은 도저히 그를 따라갈 수 없었다.

훗날의 이야기지만 한 가지 일화를 들자면 어떤 문제가 생겨서 기요스에서 나고야에 이르는 1킬로미터의 길을 노부나가가 달렸을 때, 그의 뒤를 따르던 다른 가신들의 말은 대부분 도중에 숨이 다해 죽어버릴 정도였다.

말이란 당시에 있어서 최대의 속력을 낼 수 있는 수단이었다. 노부나가가 생각하는 전쟁에서의 승부를 결정짓는 중대한 요소 중 하나가 바로 속력이었다. 기선을 제압하는 것도 속력이고, 졌을 때 무사히 도망칠 수 있느냐도 속력에 달렸다. 이런 기본적인 사항은 그가 직접 몸으로 싸우면서 익힌 것들이다. 대등하게는 도저히 이길 수 없는 상대일지라도 속도만 빠르다면 도망치면서 녀석을 가볍게 뒤집을 수도 있는 것이다. 그의 이런 요령들은 경험에서 얻은 실전 병법이기 때문에 속력에 대한 욕망, 명마에 대한 집착은 광기처럼 보일 정도였다.

노부나가는 고로우에몬의 말을 보고는 그것을 탐내며 물

었다.

"그 말을 내게 넘기지 않겠나?"

고로우에몬은 엄격한 아버지 밑에서 자란 성실한 자로, 나이도 노부나가보다 꽤 위였다. 어린아이 같은 면을 싫어하는 그는 노부나가의 바보짓에 내심 불만을 갖고 있었다.

"저는 항상 진짜 무사가 되려고 노력하고 있습니다. 그리고 말이란 것은 원래 진짜 무사가 지니는 것이지요."

그가 만약 그냥 거절했다면 노부나가도 화를 내지 않았을 것이다. 하지만 그는 마치 명마를 소지해야 당연한 진짜 무사 속에 노부나가는 포함되지 않는다는 듯 비아냥거리는 말투로 빈정댔다.

"그래? 자네가 그렇게 대단한 무사였나?"

"그런 마음가짐으로 살고 있습니다."

주제넘은 놈. 내가 머지않아 진짜 무사가 무엇인지 알려주리라. 노부나가는 가슴속에 깊이 새겨두었다.

나고야에서 동쪽으로 1킬로미터 정도 떨어진 곳에 큰 물고기가 많이 사는 저수지가 있었다. 어느 날 고로우에몬은 두 동생을 데리고 이곳으로 낚시를 갔다. 그들은 작은 배를 빌려 연못의 가운데쯤으로 들어가 낚싯대를 늘어뜨리고 있었다.

이 부근은 노부나가의 활동 구역 중 하나로 그도 마침 그날 부하들과 매사냥을 하러 왔었다. 그는 한 농가의 앞에 묶여 있는 고로우에몬의 말을 발견했고, 부하를 통해 세 형제가 연못에서 낚시를 하고 있다는 것을 알았다.

"너희는 여기서 기다려라. 고로우에몬 녀석이 자신을 진정한 무사라 생각하고 있는 것 같으니 실력을 한번 시험해 보지."

노부나가는 겉옷을 모두 벗고 속옷 바람이 되었다.

"으으, 추워. 정중하게 부탁했는데도 말은 주지도 않고 비웃기까지 했겠다. 괘씸한 녀석."

노부나가는 단검을 입에 물고 저수지 안으로 들어갔고, 곧 깊이 잠수해 밖에서는 그의 모습이 보이지 않았다.

세 형제는 맨몸뚱이의 괴한이 연못으로 들어오는 것을 보았지만, 설마 노부나가라고는 생각지도 못했기 때문에 별다른 신경을 쓰지 않았다. 그저 멍하니 낚시찌를 바라보고 있는데 그때 옆에서 노부나가가 고개를 쑥 내밀었다.

"어떤가. 입질이 좀 오나? 방해를 해서 미안하지만, 잠깐 훈련 좀 하러 왔네. 내가 이 배를 침몰시킬 테니, 너희는 침몰되지 않도록 방어해 보거라. 나를 적의 첩자라고 생각해. 나를 잡을 수 있다면 배를 잡은 손이나 목을 분질러서 밀어내도 좋다. 내가 만약 이 배를 침몰시킬 수 없다면 너희를 진정한 무사라 인정하지. 눈을 크게 뜨고 잘 지켜 보거라."

말을 마친 노부나가는 살짝 미소를 짓고는 물속으로 사라졌다.

잠시 후 배 바닥을 끽끽 긁는 소리가 났다. 그러나 아무리 고개를 쭉 빼고 보아도 노부나가의 모습은 보이지 않았다. 수면에는 수초만 가득할 뿐이다.

배 바닥에서의 소리가 없어졌나 싶더니, 노부나가가 갑자기 물위로 고개를 쭉 빼고는 세 사람에게 수초 덩어리를 던졌다. 그리고는 다시 잠수해 배 바닥을 끽끽 긁거나 뱃머리에 손을 걸치고 흔들어 보이고, 수초를 던지면서 정신없게 만들었다. 그리고 마지막으로 갑자기 배 끝에 모습을 드러내더니 손으로 잡고 거꾸로 휙 뒤집었다.

삼형제는 옷을 입은 채 물속에 빠져버렸다. 수영을 못하는 것은 아니지만, 거추장스러운 옷도 입고 있는 데다 물개 같은 노부나가의 수영 실력과는 비교도 할 수 없다. 게다가 육지에서와는 달리 물속에서는 사람이 많을수록 더 불리한 것이다.

노부나가는 세 명의 다리를 붙잡고 번갈아가며 물밑으로 끌어 당겼다. 일고여덟 번 정도로 그만둘 노부나가가 아니다. 본인은 일상생활이 이렇다보니 가볍게 여길 정도라도 남에게는 생사의 기로가 걸릴만한 중대사. 삼형제가 죽을 둥 살 둥 하며 겨우 해안가에 도착했을 때 노부나가는 이미 부하들을 이끌고 모습을 감춘 후였다.

삼형제는 그야말로 죽다 살아났지만, 그들이 죽을 뻔한 상황에서도 노부나가는 뒤도 돌아보지 않았다. 삼형제는 두려움과 증오로 몸을 떨었다.

마사히데의 삼형제는 노부나가를 죽이고 자결하는 것이 어떨까하는 생각까지 했다. 물론 쉽게 결심할 수 있는 문제는 아니었다. 그들의 아버지는 노부나가를 모시는 충신이었고, 그들이 결심이 섰다 한들 쉽게 당할 노부나가가 아니다. 들판을 헤치고 다니는 멧돼지와는 달리 노부나가라는 괴물은 보통 사냥꾼의 힘으로 감당할 수 없는 자라는 것을 몸으로 이미 느낀 후였다.

이들이 이런 이야기를 나누고 있다는 것이 마사히데의 귀에 들어가자 그는 망연자실하며 큰 충격을 받았다. 고로우에몬은 자기 자식이지만 분별력이 뛰어나고 침착한 성격으로 무슨 일이 있어도 경거망동과는 거리가 멀 것이라 생각했었다.

마사히데는 삼형제를 불러 사정을 듣고 그 심중을 물었다.

"그 모든 일이 고작 말 한 마리 때문에 일어났단 말이냐?"

마사히데는 탄식했다.

"두 동생은 몰라도 고로우에몬 너는 이미 성인인데, 어찌 이런 감정적인 결정을 내리려 했단 말이냐. 너희 아비가 노부나가 공을 위해 잠자는 순간까지도 마음을 놓지 못하는 충신이란 사실을 잊은 게냐."

가장 아픈 부분일 텐데도 고로우에몬은 이런 이야기를 듣고도 조금도 동요하는 빛이 없다. 그리고 천천히 대답했다.

"아버지가 노부나가 공의 각별한 충신이기 때문에 더더욱 저희가 결심을 굳힌 것입니다. 군주가 군주답지 못하면 신하도 신하답지 못하다 했습니다. 그러나 아버지가 노부나가 공을 얼마나 아끼시는지, 가문 안에서도 어깨를 나란히 할 수 있는 자가 없을 정도로 특별하고 유일한 공신이란 것은 세 살 동자도 다 알 것입니다. 저희는 그런 아버지의 자식들입니다. 유일무이한 충신의 가족에게 이런 무자비한 장난질을 할 정도니 그 주군의 됨됨이가 얼마나 바닥인지 알 수 있습니다. 이런 주군을 모신다는 것은 오다 가문이 망하기를 기다리는 것과 같습니다. 그래서 저희는 아버지의 아들이기 때문에 더욱 이 바보를 제거하기로 마음을 굳혔습니다."

하지만 이것은 공허한 논리다. 인간의 분쟁은 작은 감정에서 시작되는 것으로 대의명분을 내세울 만큼 대단한 일도 아니었다. 이 모든 일의 발단은 한 마리의 말이었다. 그러나 그가 원하는 말을 단순히 신하가 거부해서가 아니라, 그 거부의 말이 비아냥거림을 담은 말이었기 때문에 일어난 일이었다. 그 말이 농담 같은 비아냥거림이었다면 그냥 흘려들었을 수도 있지만, 그것은 노부나가라는 인간을 부정하는 말이었다.

노부나가처럼 자부심이 강한 자에게는 그의 진가를 부정하는 말, 뼈가 들은 말만큼 가슴에 깊이 상처가 되는 것은 없다. 아마 노부나가는 이렇게 말할 것이다.

"너의 아버지는 둘도 없는 충신이다. 그 아들인 네가 나를 이해하지 못한다는 말 아니냐. 둘도 없는 충신의 아들이기 때문에 더욱 그럴 수 없는 것이거늘. 신하가 신하답지 못하면 군주가 군주답지 못한 법이다."

고로우에몬의 군신론은 이론상으로는 맞는 이야기 같이 들리지만 노부나가라는 인물을 놓고 하는 이야기라면 답할 길 없는 공허한 이론에 지나지 않았다.

그런데 아무리 공명정대한 마사히데라도 자기 자식에게는 관대할 수밖에 없었다. 자기 아들이지만 분별이 바르고 침착한 아이이니 무슨 일이 있어도 경거망동하지 않는 바른 아이라 생각한 것이다. 마사히데는 충성심이 강한 신하로 바보 나리를 위해 아낌없이 모든 것을 후원했지만, 사실 근본적인 그의 마음속에서는 그 역시 노부나가를 충분히 이해

할 수는 없었다.

　세간의 평판은 점점 더 간주로 쪽으로 기울었다. 간주로의 가신인 시바타, 사쿠마 등이 노부나가를 바보로 보는 것은 지극히 당연한 일이지만, 원래 신념이 없는 자는 세간의 평판에 흔들리기 쉬운 법. 노부나가의 대표 가신이라 일컬어지는 하야시 사도노까지 노부나가를 바보라고 판단할 지경에 이르렀다.

　하지만 마사히데만은 이런 소문에 아랑곳 하지 않고 노부나가를 보필해왔다. 그런 그가 자신의 아들 고로우에몬이 노부나가를 죽일 생각에 이르게 되니 너무 놀라 어찌해야 할지 알 수가 없었다. 그의 노부나가에 대한 가치 판단의 바닥이 드러난 것이다. 그는 그동안 충성을 위해 세간의 판단에 동의하지 않았다. 그 판단이 무엇이 잘못됐는지 비판하는 여유까지 가졌다. 그러나 그것은 모두 노부나가를 후원해야겠다는 생각에서 나온 것이지 그의 진가를 인정한 것은 아니었다.

　그가 진심으로 신뢰하는 그의 아들조차도 노부나가를 바보라 부르고 주군의 그릇이 못된다고 판단할 지경에 이르니, 무쇠 같은 그의 마음도 흔들리고 말았다.

　"결국 이렇게까지 바보가 됐으니 노부나가 공의 앞날이

도저히 그려지지 않는구나."

마사히데는 너무 암담했다. 그러나 무엇보다 시급한 일은 자신의 아들이 노부나가를 살해하려 했다는 것이다. 만약 그렇게 되면 노부나가도 자신의 가문도 파멸할 것이다.

이 둘을 모두 구하는 방법은 오직 하나. 자신이 할복하는 것이란 생각이 들었다. 간언을 듣는 사람이라면 정신을 차리고 그의 간언을 받아들일 것이고, 천성이 바보라 간언이 아무 소용이 없다면 그는 영원토록 그렇게 살 것이다.

쓸모없는 죽음에 지나지 않을 수도 있지만, 여기까지 온 이상 더 이상 살아갈 희망이 없다. 죽지 않는다면 죽는 것보다 더 비참하고 슬픈 모습들을 보아야 할 것이다. 자신의 장남이 노부나가를 살해하지 않는다면, 노부나가가 자신의 아들을 죽일 것이다.

'내가 죽음으로 충고한다 해도 바보가 현명해지지는 않겠지만, 내 아들과 화해할 계기는 되겠지. 노부나가와 내 아들 둘 다 그 점만은 내 죽음을 헛되이 하지 않을 것이다.'

이것이 마사히데가 고민 끝에 내린 결론이었다.

할복은 노부나가와 자신의 아들의 불화를 해소하기 위해, 그 무엇보다 이 문제를 잘 해결할 수 있는 방법이다. 이 문제를 해결하지 못한다면 나는 죽어서도 눈을 감을 수 없으리라.

그는 우선 아들들에게 자신의 뜻을 전했다.

"너희가 노부나가 공을 죽인다면 무엇보다 너희들도 살아남을 수 없다. 그러나 죽이지 못한다면 너희가 죽임을 당하겠지. 이것은 내 한 목숨을 바쳐 노부나가 공과 너희의 불신의 감정을 해소해야 하는 문제다. 너희를 위해 이 한 목숨 바치는 일은 아무런 여한이 없다. 더군다나 너희와 우리 가문 양쪽에 모두 도움이 된다면 그만큼 뜻 깊은 죽음이 있겠느냐. 나의 후회 없는 죽음을 슬퍼하지 말라. 그리고 이것을 유용하게 이용해서 배신하지 않도록 노력하거라."

1553년 윤달 1월 13일.

올해는 윤달이 있는 해로 노부나가가 스무 살이 되는 해였다.

그날은 산골 마을에서 제례의 전야제가 있다고 해서 노부나가는 매일 저녁마다 하는 승마 연습을 겸해 부하들을 데리고 구경을 갔다. 이것저것 구경도 하고 먹을 것도 대접받는 사이에 시간가는 줄 몰랐던 그들 일행은 밤이 꽤 깊어서야 성으로 돌아왔다. 참 이상하게도 언제나 놀다 지쳐 늦게 돌아오는 날이면 안 좋은 일이 기다리는 경우가 많았다.

그날은 쇼스케가 종이 두루마리를 무릎 위에 올려놓고 그가 돌아오기를 기다리고 있었다.

"돌아오시길 기다리고 있었습니다. 오늘 히라테 마사히데가 할복을 했습니다. 그와의 친분으로 제가 그 장소에 입회했었는데 그는 의연하게 최후를 맞이했습니다."

"왜 할복을 했나?"

"자세한 내용은 이 유언장에 담겨 있다고 합니다. 우선 읽어 보시지요."

읽어 보니 고로우에몬과의 불화를 물 흐르듯 흘려보내고 사이좋게 지내달라는 내용이었다. 특별히 간언이 담긴 훈계는 아니었지만, 부디 빨리 훌륭한 군주가 되라고, 그것만이 걱정이라는 작별인사가 담겨 있었다.

아버지가 죽었을 때도 아무렇지 않았지만, 마사히데가 죽어서 이런 말을 하는 것은 안타까웠다. 이것은 확실히 어리석고 용렬한 일이다. 그깟 말 한 마리 때문에.

"마사히데는 자네에게 뒷일을 부탁한 것인가?"

"그렇습니다. 그리고……."

"잠깐. 오늘은 아무 말도 하지 말라. 마사히데가 죽게 돼서 안타깝다고 전해주게."

노부나가가 일어서서 돌아가려고 했다.

"실은 옆방에 고로우에몬을 대기시켜 놓았습니다. 그에게 직접 한 말씀만 해주시지요."

그는 마사히데의 슬픈 바람을 알고 있었다. 노부나가는

누그러진 얼굴로 부드럽게 말했다.

"마사히데의 영전에 전해주게. 자네를 죽게 해서 미안하다고."

"네."

"그것뿐이다."

"감사합니다."

옆방에는 눈길도 주지 않고 노부나가는 자리를 떴다.

문밖에서 노히메의 시녀가 기다리고 있었다.

"마님이 나리를 기다리고 있습니다."

"마님이 나에게 용무가 있는가?"

"날이 저문 후부터 사방으로 사람들을 보내 나리를 찾으셨습니다."

"왜?"

"마사히데 님의 자해 소식을 들었기 때문입니다."

"그랬었군. 마님은 마사히데를 믿고 있었기 때문이야. 노히메는 모든 것을 꿰뚫고 있는 것 같단 말이지."

노부나가는 노히메를 찾아갔다.

노부나가가 언제나처럼 조용히 배를 깔고 엎드리자, 노히메가 눈썹을 찡그렸다. 그리고는 명했다.

"앉으십시오!"

평소와는 전혀 다른 모습이다. 노부나가는 능글맞은 표정으로 턱을 괴고 노히메의 얼굴을 바라보았다.

"어째서 오늘은 앉아야 되지?"

"아직도 눈이 뜨이질 않으셨습니까?"

"나는 항상 눈을 뜨고 있는데, 내가 언제 감고 있었나?"

"마사히데는 당신에게 충고하기 위해 할복까지 했습니다."

"당신 말이 맞소."

"그런데도 눈이 뜨이질 않는다면 바보입니다."

"바보는 죽지 않는 이상 나을 수 없다더군. 그리고 마사히데는 죽었지만 나는 아직 살아있고. 한 사람의 바보가 죽어도 또 다른 바보의 병이 낫는 것은 아니야. 즉 그 영감도 겉만 봐서는 알 수 없는 바보였던 거지."

노히메는 그 말에 끄덕였다.

"네, 마사히데는 바보입니다. 하지만 남아 있는 바보보다는 훨씬 낫습니다."

그리고 노히메는 노부나가를 노려보았다.

"당신이 지금까지 편안했던 것은 마사히데가 붙어 있었기 때문입니다. 마사히데가 없는 당신의 주변 상황은 이제 모두 변할 겁니다. 이미 지금도 변하고 있겠지요. 그리고 내일 아침부터는 당신의 가신도, 형제도, 숙부도, 단 한 사람을 뺀 나머지는 모두 당신의 적입니다."

"한 사람을 뺀 나머지라. 그 한 사람은 당신을 말하는 건 가?"

"아니오. 저의 아버지입니다."

"그래? 하지만 그건 내 생각과는 다르군. 내 생각에는 이미 지금부터 한 명도 빠짐없이 모두가 적이야. 당신의 아버지도 적 안에 넣어 두는 것이 낫지."

노부나가는 냉정하게 이야기했다. 그 말이 노히메의 마음에 들었던 것 같다. 노히메는 미소를 띠며 노부나가를 바라보았다.

"그 각오는 진심이십니까?"

"지금 당장은 안타깝게도 당신 외에 신용할 수 있는 사람은 없는 것 같군."

"저도 빼십시오. 지금은 당신의 소유로 보일지도 모르지만, 저는 바보 같은 사람과 함께 바보 같은 인생에 뛰어 들고 싶지는 않습니다."

"그건 나 역시 마찬가지야."

"바보가 아니란 증거를 보이십시오. 마사히데는 할복해서 당신이 바보라는 것을 선전해준 꼴이 됐군요. 이 사실은 곧 달리는 말보다도 더 빨리 방방곡곡에 퍼질 것입니다. 그리고 하룻밤만 지나면 성 내외, 눈에 보이는 모든 곳은 적들로 가득하겠지요.”

“그렇겠지. 나도 거기까지는 알고 있어. 하지만 그 다음을 알 수 없어. 그 다음은 운명이란 것이겠지. 내가 뭘 해야 할지는 그때가 오기 전에는 알 수가 없어. 그리고 그때가 되면 내가 바보인지 아니면 똑똑한 건지 나 스스로도 알게 되겠지.”

노부나가는 웃으며 일어섰다.

“내가 오늘 배워온 춤을 보여주지. 그것 때문에 해가 저무는지도 몰랐다니까.”

노부나가는 낭랑하게 노래를 부르며 춤을 추기 시작했다.

“인간사 오십년, 돌고 도는 세월 덧없는 꿈같구나. 한번 태어나 죽지 않는 자 누구인가.”

노부나가는 이 노래를 부르며 춤을 추던 나이 많은 농부의 모습을 보며 그 춤도 좋았지만 그가 진짜 감동한 것은 가사였다.

머리 위로 바람이 스쳐 지나가고, 늙은 농부가 춤을 춘다. 겨울날이 저물어 간다. 저 먼 산의 숲속 바람이 지금도 느껴지는 것 같다.

노부나가의 감동은 노히메에게도 고스란히 전해졌다. 그럴 수밖에 없는 것이 그가 농부의 춤에서 느낀 감동을 세밀하게 표현하고 있을 뿐만 아니라, 한 치 앞날을 알 수 없는 오늘의 그의 운명을 스스로 노래하며 춤추고 있기 때문이다.

"춤을 춘다고 해서 어른이 되는 것은 아닙니다. 그런 모습으로는 원숭이가 재주를 부리는 것으로 밖에 보이질 않습니다. 그 머리는 이제 그만 하십시오. 허리춤에 찬 부싯돌 주머니도 버리십시오. 당신은 이제 스무 살이지요. 인간사 오십년이라니, 너무 뻔뻔하십니다. 당신은 스무 살로 죽을 것 같습니다. 정녕 꽁지머리인 채 목이 잘려 웃음거리가 될 생각이십니까?"

노히메는 냉소했지만 노부나가는 그녀가 자신의 춤에 감동하지 않은 것에 실망했을 뿐이다. 그는 배를 깔고 엎드려 노히메의 화난 얼굴을 힐끗 쳐다보았다.

"당신의 아버지는 스무 살에 머리를 빡빡 밀고 절에 들어가 경문을 쌓았다지. 그런 빡빡머리가 현명하게 보일 수도 있겠지만, 매일 머리를 미는 수고가 필요하잖아. 그에 비해 내 머리는 얼마나 편한가. 그것뿐이다."

노부나가는 자리에서 일어나 옷자락을 펄럭거렸다.

"당신의 뜻은 매우 고맙지만 앞으로 마사히데가 없는 대신 마사히데의 망령처럼 나에게 설교하는 것은 그만 두길 바라오. 당신의 설교를 들어보니 마사히데의 잔소리는 아무것도 아니었어. 아하하."

노부나가는 크게 웃으며 밖으로 나갔다.

노히메는 노부나가가 사라진 문을 노려보았다. 노부나가의 웃음소리가 아직도 방안을 떠돌고 있는 것만 같았다. 그것은 인간이 아니라 마치 거대한 동물을 떠올리게 했다.

"무슨 의미의 웃음일까. 세상 모두가 자신의 적이 된 날에 그런 웃음을 웃을 수 있는 자는 역시 바보이겠지요."

바보이자 위대한 소년. 이미 소년의 연령은 아니지만, 과연 얼마나 바보인 걸까? 그 바닥을 알 수 없다. 그 사람의 아내라는 것이 노히메는 만족스러웠다. 새삼 그리움이 복받쳐 오른다. 그러나 육친과 가신, 세상의 모든 이들이 그를 등질 때 과연 그는 그 적을 막아낼 수 있을까?

노히메는 아버지에게 편지를 썼다. 마사히데의 죽음과 그 다음에 일어날 거라 예상되는 정세에 대한 보고였다. 그러나 잠시 생각을 하던 노히메는 편지를 다시 고쳐 썼다. 그리고 편지 말미에 아버지의 원조를 구하는 구절 대신 위대한 바보는 모든 적을 밟아 누를 것이라고 자랑스럽게 편지를 마쳤다.

제4장

살무사의 애정

　도산은 노히메에게서 온 편지 꾸러미를 꺼내 신중하게 다시 읽어 보았다.

　마사히데가 죽은 후 갑자기 편지가 빈번해졌다. 아마도 불안해서일 것이다. 그리고 항상 편지의 끝머리에서는 노부나가가 모든 적을 쉽게 무찌를 것이라고 과장하고 있었다.

　"그 아이의 관찰력은 매우 어른스럽구나. 전혀 기대거나 매달리려는 기색이 없어. 누구도 믿지 않고 있구나. 혹시 내 마음까지도 의심하고 있을지도 모르지. 이래서 여자는 무서워. 두려운 존재야."

　노히메의 정세 파악은 첩자의 관찰보다도 정확했다. 그녀가 그 중심에 있기 때문이기도 하지만 보통 사람의 눈으로는 이렇게까지는 볼 수 없다. 귀신과 같은 냉철함이 느껴진다.

도산은 이노코 효스케를 불렀다. 이노코는 오와리의 정보를 다루는 중신이다.

"오와리의 정세는 어떠한가? 급박한 상황인가?"

"지금 당장 전쟁이 일어난다 해도 이상할 게 하나 없는 상황입니다. 누가 선두에 설지는 알 수 없지만 바보의 운명은 이미 정해진 것과 다름없습니다."

도산은 눈을 가늘게 뜨고 끄덕였다.

"노부나가의 전력은?"

"바보의 전력 말입니까? 3년 정도 전부터 바보가 직접 훈련하고 있는 발 빠른 무리가 있는 듯합니다. 그러나 그들의 훈련 역시 바보스럽기 그지없어 그저 달리고 또 달리기만 하니 가신들도 불만이 많다고 합니다. 아마 전장에 나올 정도는 아닐 겁니다."

"그 정도로 바보인가?"

"그 자가 바보가 아니라고 자신있게 주장하던 유일한 인물이 스스로 목숨을 끊은 이후로 오와리에서 바보라고 하면 누구든 그 자를 떠올리며, 이제 노부나가라는 이름조차 잘 불리지 않는다지요."

도산은 그의 말을 신용하지 않았다. 그보다 믿음이 가는 노히메의 편지가 있기 때문이다.

노부나가가 직접 훈련하고 있는 군대는 긴 창 대대와 철포 대대라고 한다. 도산의 긴 창 전법과 철포 전법을 참고로 하고 있다고 하니 그것만 봐도 완전 바보는 아닌 것 같다.

그런데 노히메의 편지 내용 중에 이노코와 같은 이야기를 한 적이 있다. 마사히데가 죽은 후 노부나가는 주위의 모두가 적이라는 것을 인정하면서도 특별히 전쟁 준비를 하려는 기색은 없다는 것이다.

하지만 그가 직접 군대를 훈련하는 이유가 최악의 사태를 위한 준비인 줄 알았는데 전혀 당황하지 않고 있다니 그게 더 이상하지 않은가. 그렇다면 그는 정말 바보다.

마사히데가 죽은 날 밤 노부나가는 노히메에게 그의 앞날은 운명으로 받아들이겠다고 했다.

사람 사이에 일을 저질러 놓고 하늘의 뜻을 기다리겠다니. 노부나가 만큼 세상 모든 이들에게 바보소리를 들은 자가 하늘 아래 어디에 또 있을까? 정말 알 수 없는 녀석이다.

"노부나가를 불러서 만나 보면 참 재미있을 텐데."

"하하하. 그보다 더한 구경거리가 없을 테지요."

"의외로 바보가 아닐지도 모르지."

"하하하. 별난 말씀을 하십니다."

이노코 효스케는 배를 잡고 웃었다.

최근 도산의 신변에서도 여러 가지 유쾌하지 않은 일이 있었다.

그 불길함의 징조로 작년 말, 요시타츠에게 자식이 태어 났다. 그런데 그 손자는 그가 준 오다 가문의 여인이 낳은 아이가 아니다. 그 여식은 장식품처럼 자리만 차지하고 있 을 뿐 그녀에게서 아이가 태어날 리는 없다고 한다.

노부나가와 노히메의 경우도 많이 비슷하지만, 본질은 전 혀 다르다. 노부나가는 자신의 힘으로 노히메를 얻을 생각 인 것 같다. 그 생각은 본인의 기분에 지나지 않은 것이지 만, 어쨌든 그것은 강한 자부심과 함께 노히메나 그의 아버 지인 도산에 대한 경의가 느껴지는 대목이다.

그런데 요시타츠의 경우는 온통 적대감뿐이다. 도산이 자 신의 아버지란 것을 거부하고 도산의 아들이 아니라고 선전 한 것이다. 스스로 여자를 고르고 작년 말에 자식이 태어나 자 요시타츠는 적극적으로 나서기 시작했다.

도산과 요시타츠는 같은 성 안에 살고 있지만, 요시타츠 의 세력이 확장되면서 이미 그 안에 또 하나의 보이지 않는 성이 존재하고 있었다.

도산은 도키 요리노리를 쫓아내고 미노 지역을 빼앗을 때 그의 첩을 데려다 자신의 아내로 삼았다. 그때 그녀는 임신 중이었기 때문에 도산의 장자로 태어난 요시타츠는 실은 미노의 전주인의 혈통이었던 것이다.

요시타츠는 스무 살이 될 때까지 자신을 진짜 도산의 자식으로 알고 살았다. 그러니 자신의 출생의 비밀을 알고 난 후부터 뭔가 꺼림칙한 것이 가슴 깊이 남아 있었다. 그러는 중 자신의 아이가 태어났고, 그제야 비로소 도산과는 아무 상관없는 순수 도키 씨가 태어났다는 생각이 들었다. 그리고 그즈음 요시타츠의 무리는 이미 많이 확장되어 도산의 직속 병사들과 대항할 수 있을 정도의 규모가 되었다.

그들은 아이의 탄생과 함께 일동들이 더욱 의기투합하면서 점점 도산의 눈귀를 두려워하지 않고 비밀리에 음모를 세우기 시작했다.

천하에 둘도 없는 악인으로 이름 높은 도산이 팔짱끼고 수수방관하면서 이렇게까지 넋 놓고 앉아있는 꼴이 되다니, 그렇게 대단했던 그도 요즘 기분이 영 개운치 않다.

"노부나가라는 녀석이 내 눈에는 바보로 보이지 않는데, 나 외의 천한 만인들이 입을 모아 바보라고 단정 짓는다니 참 묘하구나. 내가 요시타츠 녀석에게 왠지 모를 두려움을 느끼기 때문에 내 눈에만 노부나가가 그렇게 보인다면, 나도 어쩔 수 없이 기운 빠진 호랑이가 되었단 얘기겠지."

그러나 노히메의 편지를 다시 읽어 보면 아무래도 노부나가가 그냥 바보로는 보이지 않는다. 오히려 터무니없는 대단한 인물인 것 같은 기분이 들 정도다.

어린 딸의 눈은 신불처럼 통찰력이 있을 때가 있다. 뼛속까지 바보라도 상관은 없다. 어쨌든 노히메가 이 정도로 후원을 하는 것이 애처로웠고, 도산은 자연스럽게 노부나가의 후원자가 된 것이다. 질투 같은 감정이 일어나지 않는 것은 노부나가 녀석이 바보로 천하에 이름을 떨친 명물이기 때문일지도 모른다.

내가 노부나가와 대면해서 그 녀석은 바보가 아니라는 말을 퍼뜨리면, 다른 녀석들도 놀라서 노부나가에게 쉽사리 손을 대지 못할지도 모른다. 이렇게 생각한 도산은 살짝 웃었다. 특별히 자비가 깃든 웃음이 아니라 비겁함이 가득한 얼굴이었다.

이런 생각 끝에 도산은 노부나가에게 사신을 보내 회견을 요청했다.

그런데 이 사신의 행렬이 여간 호들갑스러운 것이 아니다. 백여 명이 넘을 만한 수행원을 거느리고 갖은 보화를 앞세워 위엄있는 행렬을 갖춰 찾아왔다. 마치 해가 지는 나라의 늙은 주군이 해가 뜨는 나라의 젊은 주군에게 보내는 듯한 예의를 갖추었다.

노부나가가 사신의 이야기를 들어 보니 특별히 내세우는

것은 없었다. 그저 만나고 싶다는 것뿐이다.

"기껏 사위와 장인의 연을 맺었는데 아직까지 한 번도 본 적이 없으니 안타깝다. 가까운 시일에 도미타의 절 쇼도쿠사 안에서 기다릴 테니 발걸음 해주길 바란다."

대충 이런 이야기였다. 별 고민없이 노부나가는 알겠다는 대답과 함께 사신을 돌려보냈다.

노부나가가 노부히데의 뒤를 이은 지 벌써 일 년이 다 되었지만, 그는 여전히 들판에 놀러다니는 것만 좋아하는 것 같았고 사람들 역시 그를 어엿한 주군으로 대접하지 않았다. 외교나 수교도 중신들을 상대로 한 교섭은 있었지만, 그를 직접 군주로 예의 갖춰 찾아온 전례는 없었다. 그런데 처음으로 온 사신이 호사스러울 정도로 예의를 갖춰 온 것이다.

장인이자 관록적인 면에서도 격이 완전히 다른 도산이다.

"어떠냐? 애송이 녀석아, 내 집으로 놀러오거라."

이렇게 떡 한 접시 주면서 불러도 뭐라 불평 한 마디 할 수 없을 정도의 상대다.

도미타의 쇼도쿠사는 미노와 오와리 양국에 접한 절로 양쪽 지역 어느 곳에도 속하지 않은 곳이다. 거리상으로는 나고야 성 쪽이 조금 더 가깝지만 기후에서는 배를 이용할 수 있으니 중간지점이라 볼 수 있다. 이곳은 천하의 두 거물의 회견지로 어울리는 곳으로 대원로로 손꼽히는 군주와 꽁지머리의 불량스러운 젊은이가 만날만한 장소가 아니다.

노부나가는 쉽게 승낙하긴 했지만, 그럼에도 여러 가지 면에서 자신과 조화되지 않는 구석이 너무 많다는 생각이 들었다. 별안간에 어엿한 성인 이상의 대접을 받고 출세시켜준 것은 고마운 일이지만, 그저 고마워만 하고 있을 노부나가가 아니다.

노부나가는 모든 이들을 의심하고 있다. 이것은 바람직한 처세는 아니다. 하지만 그는 자신이 놓인 입장을 알고 있고, 자신의 모든 판단이 거기에서 출발해야 한다는 것을 알고 있다.

노히메는 도산만이 노부나가의 편이라고 말했다. 물론 노부나가는 그것을 믿지 않았지만, 사람들이 전대미문의 악당이라며 두려워하는 만큼은 무섭지 않았다. 착한 사람인 척하는 친척과 중신들은 비록 아군일지라도 쉽게 단정하고 의지할 수 없다. 오히려 악당이라는 간판을 걸고 있는 도산 쪽이 다른 생각이 있는 건 아닌지 억측할 필요가 없는 만큼 가까이 다가가기 쉽다. 애당초 그는 노부나가에게 다른 꼼수를 쓸 만큼 그와 상대가 되는 자가 아니다.

노부나가는 마치요와 센쿠로를 불러 명령했다.

"미노에 잠입해서 도산의 꿍꿍이를 알아내거라. 무슨 꿍꿍이가 없고서야 이런 일을 할 리가 없다. 도산은 시답잖은 잡배들과는 다르기 때문에 녀석의 꿍꿍이를 찾아내는 것은 어려울 것이다. 각오를 단단히 하고 가거라."

두 사람을 보내고 노부나가는 노히메의 방으로 정탐하러 갔다.

노부나가는 유도심문 같은 기술이 없었기 때문에 턱을 괴고 앉아 이렇게 물었다.

"당신의 아버지 쪽에서 부담스러울 정도로 대단한 사신이 왔소. 정말 희한한 일을 벌이시는 분이야. 혹시 당신에게 전언이 있었나?"

"없었습니다."

"사신이 여기에도 들렸지?"

"들리지 않았습니다."

"단 한 명도?"

노히메는 노부나가의 속셈을 알아채고는 얼굴이 싸늘하게 변했다.

"아버지의 사신이 뭐 하러 다른 용무를 갖고 오겠습니까? 남에게 줘버린 딸에게."

"하하하하."

"사신이 온 것은 무슨 용무였습니까?"

"아직도 그 얘기를 모르고 있었단 말인가?"

"대강의 이야기는 들었습니다. 방 안에서만 지내는 한낱 아녀자라도 귀로 들어오는 소문만은 막을 수 없는 법이지요."

사람은 자신의 비밀을 숨겨야 될 때면 이런저런 방법으로 적의가 담긴 공격을 하게 된다. 그러나 노히메는 노부나가에게 불리한 계략을 꾸밀 만한 사람은 아니다.

노히메가 이렇게 촉각을 곤두세우고 짜증나는 듯이 이야기하는 것은 그녀 역시 아버지가 보낸 사신이 어쩐지 불안해서 그런 것은 아닐까? 노부나가가 번지수를 잘못 찾아와 속을 떠보려 하니 그의 미덥지 않은 구석이 그녀의 짜증을 부채질하고 있는 것일지도 모른다.

노부나가는 노히메의 짜증 안에서 자신의 실수를 발견하고 부끄러웠다. 천하의 악당 도산을 만만하게 보고, 그가 남에게 줘버린 딸에게 야단이나 맞다니 노부나가의 체면이 말이 아니다.

생각해 보면 천하의 악당이 남에게 줘버린 딸과 연락해서 나쁜 짓을 꾸밀 리가 없다. 자신의 생각이 너무 짧았다.

"이제 이 이야기는 그만 할까?"

노부나가는 항복의 뜻을 밝혔다. 그리고 노히메의 마음을 사기 위해 그럴듯한 말로 아첨을 시작했다.

"당신의 아버지는 진정한 대장부야. 그를 아군으로 두든

적으로 돌리든 간에, 보통 방법으로는 상대할 수 없을 것 같소. 당신의 아버지를 이기기 위해 당신과 상담 좀 해보려 했는데 내 생각이 짧았군."

노부나가의 얼굴색을 살피던 노히메가 냉담하게 말했다.

"지지 않도록 열심히 갈고 닦으십시오. 그리고 때가 되면 아버지를 죽이십시오. 당신이 이기고 돌아오는 그 날 성 밖에 나가서 기다리겠습니다."

대단한 자의 딸이니 만큼 그녀의 뜻이 뭐가 진심인지를 알아내는 것 역시 쉽지 않다. 그녀를 상대로 괜한 허세를 부리는 것도 쓸데없는 짓일 테고, 그렇다고 얌전하게 대응하면 멍청이같이 보이겠지. 노부나가는 아무래도 형세가 자신에게 불리하다는 생각이 들었다.

"실례했소."

노부나가가 자리에서 일어서자 노히메의 말이 그의 뒤에 대고 울렸다.

"한가하시면 매일 밤 이야기하러 오십시오. 곧 헤어지게 될지도 모르니."

독한 말도 서슴없이 던지는 심술궂은 여자다. 그런데 노부나가가 뒤를 돌아보니 노히메는 서글픈 얼굴을 하고 있었다. '나는 영원히 죽지 않습니다'라고 말하는 듯한 얼굴은 무슨 이유에서인지 빙긋 웃고 있다. 어딘지 고독한 듯 보이면서도 아름다운 미소다. 노부나가는 놀라서 문을 닫았다.

마치요와 센쿠로는 각자 따로 변장하고 이나바 성 근처
마을로 잠입했다.

센쿠로는 명랑하고 쾌활한 면을 살려 집을 뛰쳐나온 바보
로 분장했다. 돌머리라는 그의 별명과 딱 어울리는 적절한
분장이다.

"우와, 떡이다. 에이, 아저씨, 겨우 그 정도로 휘청거리는
거야? 그 절굿공이 좀 줘봐. 내가 해줄게. 대신 나도 떡 줄
거지?"

센쿠로는 떡집 주인의 목덜미를 잡고 절굿공이를 빼앗았
다. 떡집 주인은 곰처럼 힘만 센 바보가 갑자기 목덜미를 잡
자 깜짝 놀랐다.

"넌 뭐, 뭐하는 놈이야?"

"뭐든 무슨 상관이래. 이거 내가 해주면 떡 줄 거지?"

"어디서 왔냐니까?"

"어디서 왔는지는 나도 모르겠네. 온 세상이 다 우리 집
인 걸. 근데 이 동네는 특히 마음에 드네. 나 떡 줄 거야, 안
줄 거야?"

"하하, 웬 바보 녀석이 왔군."

떡집 주인은 마침 제례 준비로 한창 바쁜 시기였기 때문

에 그동안만 그에게 일을 시키기로 했다. 일도 잘 하지만, 먹기도 잘 먹는다.

"잠깐. 이 자식, 옷자락 안에 떡을 가득 넣고 어딜 가는 거냐?"

"가긴 누가 간다 그래. 이제부터 이거 먹을 거야."

"이런 바보 같은 녀석. 그 정도면 열 명이 배부르게 먹고도 남을 양이다."

"치사하게 굴기는. 내가 얼마든지 더 만들어주면 되잖아."

센쿠로의 무서운 식탐에 주인아저씨는 경계심이 들었지만, 타고난 마음씨는 좋아 보이는 바보라 딱히 그를 의심하지는 않았다.

밤일이 끝나면 마을로 나가 한량 노릇을 하여 그는 마을 사람들과 순식간에 허물없는 사이가 됐다.

"자네는 어디 사람인가?"

"나? 난 저 앞 떡집에서 살아."

"그래. 어째 본 적이 없는 얼굴이다 했더니 제례 준비를 돕는 중이구만."

"근데 이렇게 바쁜데 제례는 나중에 하면 안 돼?"

"제례는 예전부터 날짜가 정해져 있는 건데, 입장료를 받고 곡예를 보여주는 축제날처럼 날짜를 미룰 수야 없지. 젊은 시절에는 제례가 즐거움 아니겠나."

"제례 때는 떡을 먹을 수 있으니까. 나이를 먹으면 떡도 맛없어지는 거야?"

"떡이 문제가 아니라, 제례가 중요한 거지."

"떡은 왜 일 년 내내 먹을 수 없는 걸까?"

"왜랄 것도 없지만 그게 관습이란 거지. 일 년 내내 먹을 수 없으니 그만큼 가치가 있는 거 아니겠나. 듣자하니 오와리의 나고야에 오다 노부나가라는 바보 젊은이가 있는데, 이 바보는 쉴 새 없이 떡을 먹으면서 돌아다닌다지. 일 년 내내 떡을 먹는다니 그게 어엿한 대감 나리가 할 짓인가. 쯧쯧."

"흐음."

"이 노부나가라는 바보가 우리 영주님의 사위인데 천하에 바보라는 소문이 파다하다지. 그래서 영주님도 기분 전환용으로 바보 구경을 하려고 불렀다던데. 영주님도 참 별난 걸 좋아하는 양반이지. 내일 모레 도미타의 쇼도쿠사에 사위를 불러내서 골탕을 먹일 작정이라더군. 그것 때문에 우리도 눈코 뜰 새 없이 바쁘다네. 그날 입을 수행원들의 옷을 만들어야 하거든. 예의라고는 코빼기도 모르는 사위를 놀려주기 위해 일부러 나이 많은 신하들의 시체에서 머리만 똑 떼어내 8백 개를 가져온다지. 그 머리에 예복을 갖춰 입혀 놓고 노부나가를 맞이하는 자리에 죽 늘어놓는 거야. 아마 그 모습을 보면 아무리 대단한 자라도 간담이 서늘할 걸세."

도미타로 출발하기 전날 밤 드디어 센쿠로가 돌아왔다. 더러운 옷을 걸친 그는 어린아이처럼 털이 북슬북슬한 정강이를 그대로 드러내놓고 있었다.

"그게 자네의 변장인가? 그걸로 어린아이인 척한 것인가?"

"아니오. 그냥 집도 절도 없이 떠돌아다니는 바보인 척했습니다. 사람들이 감쪽같이 속아서 떡집에서 일도 하고 매일 떡도 먹고 잘 지냈습니다. 제례 준비도 딱 맞추고 도산의 꿍꿍이까지 알아내서 제시간에 딱 맞춰 왔지요."

센쿠로는 자랑스러운 듯 말했다.

마치요의 보고로는 별로 특별한 준비는 갖추고 있지 않다는 정도였지만, 센쿠로는 회견의 목적을 알아내왔다. 그러나 떠돌이 바보라는 변장이 어디까지가 실제인지 구분이 안 갈만큼 돌머리로 보이는 그이니 어디까지 믿어야 할지 알 수 없다. 사람을 속이는 것은 꼬리 아홉 달린 구미호만 하는 것은 아니다. 센쿠로 역시 무언가가 사람으로 변신해 있는 것인지도 모른다.

"하하하. 미노에 저를 홀릴 정도로 기교가 뛰어난 자는 없습니다. 갑자기 밀려든 주문 때문에 밤낮없이 자수를 놓으면서 의복을 만들고 있는 노인의 이야기를 들은 것이니 틀림없습니다. 그는 오와리 나고야의 노부나가라는 바보에 대해 잘 알고 있었습니다."

자세하게 들어 보니 그가 하는 말이 일리가 있다. 산더미 같은 주문을 받고 빠르게 손을 놀리고 있는 주인의 이야기라면 확실한 정보일 것이다.

바보를 골려 주기 위해 일부러 팔백 명의 머리를 준비했다니 살무사도 참 한가한 자다. 그렇게까지 수고를 할 만한 놀이가 아닌데, 게다가 사실 나고야의 바보 한 명을 구경하는 것보다는 예복을 반듯하게 갖춰 입고 선 팔백 명의 머리를 구경하는 편이 훨씬 재미있지 않을까? 인간뿐만 아니라 모든 오래된 것은 자연히 더러워지는 법이다. 그 안에서 혼자만 위엄 있는 얼굴을 하고 있겠다니 요상한 취미다.

이런 쓸데없는 장난을 생각해낸 미노의 도산이란 자가 어이없긴 하지만, 그 자가 그저 도락만 좋아하는 영감이라고 단정해버릴 수는 없다. 도산이란 괴물은 노부나가에게 매우 매력적인 괴물로 보였다.

다음날 아침을 위한 출발 준비를 끝낸 노부나가는 그날 밤 꽤 늦은 시간에 노히메의 방에 놀러갔다.

"내일은 당신이 마을 아래까지 마중을 나와야만 하는 날

일지도 모르겠군. 하긴, 내가 이겼는지 졌는지 당신은 미리
다 알고 있으려나."

　노부나가는 이렇게 얘기하며 노히메가 말문이 막히길 기
대했지만, 오히려 괜한 허세를 부린 꼴이었다.

　"승전보는 원래 대장이 오기 전에 성으로 소식이 당도하
는 법입니다."

　마치 지금까지 한 번도 승리한 적이 없다는 사실을 꼬집
는 것 같다. 그리고 노히메는 한마디 더 덧붙였다.

　"그러나 졌을 때는 그러고 싶어도 할 수 없겠지요. 왜냐
하면 사자를 보내려 해도 당신의 머리는 이미 그것을 명령
할 수 없기 때문입니다."

　노히메는 아무래도 화가 누그러지지 않는 눈치다. 내일
어떤 결론이 나오든 한쪽은 그녀의 남편이고, 다른 한쪽은
그녀의 아버지인 것이다.

　초여름의 날씨, 무사 행렬이 강을 건넜다. 강의 건너편은
이제 더 이상 오와리의 땅이 아니다.

　선두에는 철포 대대가 5백여 명, 5미터 남짓 하는 긴 창
대대가 5백, 그 뒤로 걸어가는 젊은 무사가 1백 명이고 말을
탄 대장과 친위대의 거창한 행렬이 따른다. 거리에 나와 있
던 사람들은 그 대장의 모습을 보고 놀라지 않을 수 없었다.

대장은 투구와 갑옷 같은 것은 아무 것도 걸치지 않았다. 마치 주요 부위만 가린 듯한 옷에 소매 없는 조끼 같은 것을 입고 있다. 허리에는 긴 가죽끈을 둘러매고 있고, 부싯돌 주머니와 조롱박이 일고여덟 개 매달려 있다. 마치 원숭이 조련사 같은 모습이다.

허리 아래로는 호랑이 가죽과 표범 가죽을 반반씩 이은 듯한 긴 바지 옷자락이 아래로 길게 늘어져 있다. 연둣빛 줄로 높이 붙들어 맨 머리가 말의 걸음에 맞춰 흔들리면서 마치 초여름 바람 속 잠자리처럼 춤추고 있었다.

드디어 소문으로만 듣던 나고야의 바보가 온다는 소식에 구경하러 나온 자들은 그의 신기한 옷차림에 깜짝 놀라 멍하니 서서 바라보고 있었다. 하지만 사실 오늘 그의 복장은 평상시와 전혀 다를 바 없었다. 한 가지 다른 것이 있다면 호랑이 가죽과 표범 가죽을 반반으로 이어 만든 바지다. 이것이 오늘을 위한 특별 예복인데, 여름 날씨에 조금 무리를 한 듯하다.

노부나가의 뒤로도 6백여 명 정도의 병사가 따르고 있다. 굉장히 많은 인원들과 철포, 창이 호피 가죽 바지를 입고 꽁지머리를 묶은 가마를 둘러싸고 걷고 있었다.

먼저 도착한 도산은 엄선해서 골라 온 머리 750개에 고풍스런 예복을 갖춰 입히고 나란히 늘어 세웠다. 이걸로 노부나가를 맞을 준비는 끝났다.

　도산은 두세 명의 측근만을 거느리고 마을 밖까지 외출을 나왔다. 그곳에서 어느 집에 부탁해 집안에 들어가 문 그늘에 몸을 숨기고 나고야의 바보가 지나가는 것을 몰래 구경하려는 심산이었다. 아무리 바보라고 해도 윗사람 앞에 나설 때와 사람들의 눈이 없는 곳에서는 태도가 달라지겠지. 바보가 바보다운 행동을 보이지 않는다면 재미가 없다. 평상시 바보의 모습을 지켜보고자 한 것이다.

　철포 대대가 지나간다. 철포가 전래된 지 약 11년째. 이 정도로 제대로 정비된 철포 대대를 갖고 있는 것은 도산을 빼고는 거의 본 적이 없다.

　창 대대가 지나간다. 그놈 참 길기도 하구나. 천하제일의 내 창보다도 길지 않은가. 짧은 창은 보통 3미터에 미치지 못한다. 큰 창이 3미터 반, 길어도 4미터 반이다. 도산의 창 중에 5미터나 6미터도 있지만, 노부나가의 것은 모두가 똑같이 5미터.

　그러나 그 놀람도 잠시. 호랑이 가죽과 표범 가죽으로 만든 바지를 입고 머리를 동여 맨 바보가 나타나자 도산은 참을 수 없어 옆구리를 눌러가며 몸을 가누지 못할 만큼 크게 웃었다.

노부나가는 쇼도쿠사에 도착했다. 그는 우선 빈 방에 들어가더니 마치요를 불렀다.

"병풍을 둘러라."

"네."

"그리고 무기가 담긴 통을 가져오너라."

"네."

다른 가신들에게도 보이지 않도록 병풍을 두르고 노부나가는 그 속에 숨어버렸다.

마치요나 센쿠로 등 측근들만이 곁에 붙어서 병풍 안으로 들어갔다 나왔다 바쁘게 움직이고 있다.

"노부나가 공 출타요. 본당으로 들어가실 거니 가신들은 모두 나와 배웅을 하시오."

센쿠로가 나타나 이렇게 소리를 치자 쉬고 있던 가신들은 깜짝 놀랐다. 센쿠로가 흥분해서 허둥거리고 있는 것이 여실히 느껴졌다. 가신들이 노부나가를 배웅하려고 서 있다 고개를 든 순간 일동은 모두 얼굴색이 하얗게 질려버렸다.

그곳에 서 있는 노부나가는 말 그대로 노부나가 공. 오다 카즈사노스케 공이었다. 언제 준비를 했는지 태어나서 처음으로 제대로 예의를 갖춘 머리 모양을 하고 있다. 그리고 다른 이들에게 알리지 않고 몰래 준비해서 갖춰 입은 긴 예복. 그리고 역시 몰래 준비한 예식용 단도.

어디 하나 빠진 구석 없이 잘 차려입은 공식 예복. 갑자기 하늘에서 뚝 떨어진 듯한 어엿한 귀공자의 모습이었다. 오 와리의 바보는 이 순간 환상처럼 사라져버린 것이다.

나란히 늘어선 신하들은 마치 귀신에게 홀린 것만 같았 다. 너무 놀란 나머지 부들부들 떠는 자도 있었다. 모두들 그저 아연실색한 얼굴로 멍하니 배웅하고 있었다.

노부나가는 성큼성큼 걸어가 마루 끝에 올랐다. 그곳에는 750개의 머리가 빡빡하게 늘어서 있었다. 도산의 가신 홋타 도쿠와 카스가 마중을 나왔다.

"일찍 도착하셨군요."

노부나가는 아무 것도 못 들었다는 듯 머리통들 앞을 성 큼성큼 걸어가 한 기둥 옆에 섰다. 그리고 얼마 간의 시간이 흐르자 병풍을 밀어 제치고 도산이 나왔다. 그는 기둥에 기 대어 서 있는 노부나가 근처까지 왔지만, 노부나가는 여전 히 모르는 체 중이다.

홋타 도쿠가 노부나가에게 다가왔다.

"이분이 야마시로 도산 님입니다."

이렇게 소개하자 노부나가는 기둥에 기댄 몸을 일으켰다.

"그런가."

그는 문지방을 넘어 본당 안으로 들어갔다. 그리고 도산 앞에 서서 인사를 했다. 두 사람은 바로 객실로 옮겨 홋타 도쿠의 시중을 받으며 술잔을 나눴다.

　도산은 아무 말도 하지 않았다. 조용히 노부나가가 하는 것을 보고 있었다. 그리고 조용히 자신이 할 일을 했다. 조용히 술잔을 건넨다. 노부나가의 거동은 대체로 평범했지만, 당당한 눈빛에 조금도 흐트러짐이 보이지 않았다.

　술병이 비자 도산은 똥이라도 밟은 듯한 얼굴을 하고는 말했다.

　"다음에 또 만나지."

　그리고는 벌떡 일어서서 자신의 방으로 돌아가 버렸다.

　어린놈에게 한방 먹었으니 똥이라도 밟은 듯한 기분인 것이 당연했다.

　돌아오는 길에 도산은 노부나가와 말을 나란히 하고 길을 나섰다. 두 명의 영주 전후로 긴 행렬이 늘어서 있다. 양쪽 모두 철포 대대, 창 대대 등 행렬의 순서는 똑같았다.

　일행이 출발하자 노부나가의 행렬 안에서 묘한 행동이 일어났다.

　일동은 일사분란하게 걸으면서 "핫!" 하고 기합 소리를 냈다. 그러면 창 대대가 5미터 정도 되는 창을 들어 올려 바닥에 쿵 내려찍는다. 또 "핫!"하는 기합소리를 내고 창을 내려찍으며 걷는다.

노부나가의 가신과 도산의 머리통들이 서로 부대끼는 행렬이었다.

"이거 무슨 산적들도 아니고."

노부나가의 행렬은 도산 측과 전혀 모양새가 맞지 않았다. 오는 길에는 하지 않은 짓이었는데, 여러 가지 장기를 보여줄 작정인가 본데 조마조마하기 짝이 없다. 노부나가의 가신들은 부끄러워서 쥐구멍에라도 들어가고 싶었다.

그런데 도산은 아직도 말똥이라도 밟은 듯한 얼굴이다.

"음."

그의 못마땅한 얼굴은 점점 심각해져갔다.

도산의 창 중에도 5미터 정도 되는 것은 있었지만, 이렇게 놓고 보니 몇 개 되지 않았다. 1미터 반 정도가 절반 정도이고, 나머지는 그보다 훨씬 짧았다. 사실 그 전에는 도산이 새롭게 도입한 긴 창 대대에 대한 호평이 자자했다. 그런데 하필 이렇게 노부나가의 긴 창 부대와 나란히 서 있으니 그동안의 영광은 아무 것도 아니었다. 노부나가의 창은 5백 개가 모두 5미터로 하늘을 찌를 듯 당당하게 서 있었다. 대단한 위세다. 게다가 훈련도 잘 되어 조금도 흐트러짐이 없다. 도산의 부대는 그에 비하면 허수아비가 따로 없다.

노부나가가 3년 전부터 직접 훈련했다는 군대의 위력이 도산에게는 뼈에 사무치도록 느껴졌다. 길을 걷는 것만으로도 정연하게 느껴지는 위세와 능력이니, 철포를 쏜다면 어느 정도의 능력이 나올지 상상도 할 수 없을 정도다.

이노코 효스케는 도산도 이제 노부나가의 바보스러움에 질려버렸다고 생각했다. 아카나에라는 마을까지 왔을 때 이노코 효스케는 도산에게 말을 걸었다.

"제 눈에는 아무리 보아도 바보 같습니다만."

그러자 도산이 대답했다.

"음. 분하고 원통하다."

"네?"

"원통하기 짝이 없단 말이다."

"네? 무슨 말씀이신지?"

"도산의 일생 동안 쌓은 자존심과 명성이 저 바보에게, 갓난아기의 손을 잡히듯 아주 꽉 잡혀 비틀려 버렸단 말이다."

나고야 성으로 돌아온 노부나가는 현관에 마중을 나온 여자들을 보고는 큰소리로 "어이쿠"라고 하면서 말에서 내렸다. 그리고 조금도 주저없이 성큼성큼 욕탕으로 갔다. 뒤에서 따라 온 센쿠로가 욕조의 뚜껑을 열고 물 온도를 체크하면서 말을 걸었다.

"어째서, 어이쿠 라고 하셨습니까?"

노부나가는 아무 말도 없이 이미 옷을 홀딱 벗은 채 기다리고 있다. 센쿠로는 뜨거운 물을 마구 휘저었다.

"아니, 물 온도도 체크하기 전에 옷을 홀딱 벗어버리시면 어떡합니까. 어이쿠, 라는 외마디 비명 뒤에 욕탕으로 성큼성큼이라니. 아하, 이거 때문이십니까?"

센쿠로는 자신의 머리를 손가락으로 가리켰다. 노부나가는 뜨거운 물속에서 얼굴을 찡그리며 자신의 머리를 만졌다.

"음. 거울을 가져 오거라."

"하하하하."

센쿠로에게 거울을 받아 들고는 물속에서 상하좌우로 거울을 움직이며 들여다보았다. 옆모습을 보고 싶어 아무리 눈을 옆으로 흘겨 떠도 생각처럼 보이지가 않는다.

"어떻습니까? 다시 예전 머리 스타일로 하시겠습니까?"

"바보 같은 소리. 오늘부터는 이렇게 할 거다. 그리 나쁘지만도 않구나."

노부나가는 기분이 좋아보였다. 욕조에서 나오면서도 거울을 흘낏 보았다. 센쿠로에게 몸을 맡기면서도 센쿠로가 오른손을 잡아채면 왼손에 거울을 들고 들여다보고 있다. 보다 못한 센쿠로가 한 마디 했다.

"그렇게 마음에 드십니까?"

"내가 점점 대단하게 되면 네 녀석을 군주로 세워줄 텐데. 네 녀석이 과연 그만큼 멋있게 보이기나 할지 모르겠구나."

"나리도 하셨는데 저라고 안 될 리 있겠습니까? 근데 이름이 센쿠로 군주는 좀 이상하네요."

"그럼 뭐라고 할 테냐?"

"글쎄요. 오다 카즈사노스케 노부나가의 가신이니까, 시모사노스케가 어떨까요? 시바시 시모노사스케. 나쁘지 않군. 이걸로 부탁드립니다."

"알았다."

뜨거운 물에서 나와 식사를 마친 노부나가는 옷을 갖춰 입고 노히메의 방으로 갔다. 노부나가는 방에 들어가 중앙에 떡하니 섰다.

노부나가가 성으로 돌아왔을 때 현관에 마중을 나온 여자들 속에 노히메는 없었다. 그러나 마중을 나갔던 여인들에게 노부나가의 의외의 모습에 대한 이야기는 이미 들어 알고 있었다. 또한 도미타로 수행하러 갔던 가신들이 얼굴색이 변할 정도로 놀랐다는 이야기도 들었다. 그들은 노부나가 공이 지금까지 적을 속이기 위해 바보 연기를 했다고, 무서운 대장이라며 혀를 내둘렀다고 한다.

노히메를 둘러싼 여인들 사이에서도 큰 동요가 일어났다.

그의 변화에 대한 소식을 듣는 여자들 역시 한결같이 깜짝 놀랐다. 노히메는 만족스러웠다. 그러나 한편으로 짜증도 났다. 오늘의 비밀을 알려주지 않은 노부나가가 미웠다.

방 중앙에 우두커니 선 노부나가의 얼굴을 보자 노히메는 자신도 모르게 미간을 찌푸리며 말했다.

"저를 이기실 작정이십니까?"

노부나가의 새로운 모습은 노히메를 화나게 할 정도로 너무 훌륭했다.

제대로 예복을 갖춘 모습을 보여주기 위해 왔는데 지금까지 한 번도 본적 없는 성난 얼굴로 화를 내는 모습에 노부나가는 조금 놀랐지만 크게 신경 쓰지는 않았다.

"이 모습이 이상한가?"

센쿠로에 비해 노히메가 훨씬 더 점수가 짤지도 모르겠다고 걱정은 했었지만, 그녀는 아예 상대도 해주질 않는다.

"절은 마음을 수양하는 곳이라고 알고 있었는데, 은밀히 옷 입는 훈련도 하는 모양입니다."

노부나가는 자리에 똑바로 앉았다.

"평소처럼 배를 깔고 엎드려 턱을 괴시지요."

"오늘부터는 아니다. 앉을 때가 왔어."

"왜요? 복장을 제대로 갖춰 입고서는 엎드릴 수 없나요?"

"아니."

노부나가는 잠시 생각했다. 오늘 비로소 노히메를 얻겠다고 선언하고 싶은 마음도 있었다. 노히메가 배를 깔고 있으니 더욱 그런 말을 하고 싶은 기분이 들었지만, 생각해보면 오늘은 그저 750개의 머리를 골탕 먹이고 정식 예복을 갖춰 입었을 뿐 아닌가. 그다지 자만할 만한 날은 아니다.

노부나가는 오늘 도산에게 매우 강렬한 인상을 받았다. 살무사 선생은 결국 한 마디도 하지 않았다. 마지막으로 벌떡 일어서면서 다음에 또 만나자는 말이 다였다. 도산은 길을 걷다 말똥이라도 밟은 듯한 얼굴을 했지만, 노부나가는 도산을 제대로 골려줬다는 쾌감은 느낄 수 없었다. 750개의 머리를 골탕 먹인 것 정도로는 보잘 것 없는 짓이었단 생각이 들었기 때문이다.

다음에 또 만나지. 노부나가가 도산에게 얻은 것은 그것뿐이었다.

"내가 오늘부터 엎드리지 않는 이유는 천천히 생각한 후에 대답하지."

"그게 그렇게까지 생각이 필요한 대답입니까?"

"그런 것 같군."

그때 센쿠로가 노히메의 방을 찾아왔다. 그는 뛰어왔는지 약간 숨을 몰아쉬었다.

"지금 막 나루미를 통해 온 자의 이야기에 의하면 야마구치 사마노스케가 반역을 일으켰다고 합니다. 스루가의 군사들을 성 안으로 끌어들이고는, 성 밖에 전투를 위한 요새를 세웠다고 합니다."

노부나가는 고개를 끄덕였다. 모두 다 예상했던 일이다. 첫 번째 반역이 나루미 성의 야마구치 사마노스케에서부터 시작되었을 뿐이다.

"알겠다. 지금 바로 가겠다."

"드디어 시작되나 봅니다."

센쿠로는 살짝 웃음 띤 얼굴로 이렇게 말하고는 방 밖으로 나갔다.

노부나가도 빙긋 웃으며 노히메에게 말했다.

"들은 대로 지금부터 바빠질 것 같군. 마침 이런 모습을 한 날에……."

노부나가는 살짝 웃음을 남기며 일어섰다.

"내가 배를 깔고 엎드리지 않은 이유는 이거였나? 아니지. 이건 지금 일어나긴 했지만, 지금 시작된 건 아니야. 이미 진작부터 시작된 일이지."

복도로 나간 노부나가는 문틈으로 고개만 쑥 내밀고 말했다.

"이기고 돌아올 때에는 먼저 사람을 보낼 테니, 그때는 목욕 준비를 해주시오."

도미타에서 돌아온 도산은 완전히 지쳐버렸다. 이런 게 나이를 먹었다는 증거일 것이다. 게다가 나이값도 못하고 애송이 녀석에게 놀림을 당했으니 피곤함이 배로 느껴졌다.

"오늘부터 노부나가를 바보라 부르는 자가 있으면 용서치 않을 테니 그렇게 알라. 너희가 바보, 바보라고 하는 말을 그대로 믿었다가 제대로 당했다. 애송이 같은 녀석한테 이렇게 어이없게 당한 것도 모두 너희가 바보인 탓이다."

도산은 허리에 손을 얹고 문지르면서 가신들에게 잔소리를 해댔다.

정말 어처구니없는 일을 당했다. 노부나가 녀석은 온 천하에 바보라 소문이 났고, 그의 아비는 죽었으며, 그를 돌봐주던 마사히데는 할복을 했다. 이제 남은 거라고는 사방이 적들뿐이기에 가여워서 바보 녀석을 직접 눈으로 보고자 했다. 그리고 노부나가는 바보가 아니라는 소문으로 사위를 추켜세워서, 그를 만만하게 보는 녀석들로부터 보호해주리라 생각했거늘, 이렇게 되면 그의 생각대로 된 것은 하나도 없다.

바보는커녕 기분 나쁜 애송이다. 자신의 계획을 몰래 알아내어 머리 꼭대기에 앉으려 하다니. 바보가 아닐지도 모른다고 일찍이 생각은 하고 있었지만, 이렇게 확실하게 보여주다니 기분 나쁜 놈이다.

도산은 완전히 마음이 상해 가신들에게 마구 역정을 내면서 그날 밤은 늦게 잠들었다.

그리고 다음날 느지막이 일어나 아침식사를 하는데 나고야에 있던 첩자가 달려왔다.

"노부나가가 오늘 새벽 일찍 나루미로 출진했다고 합니다."

"나루미라. 야마구치 사마노스케의 반역인가? 야마구치가 끌어들인 스루가의 세력은 많은가?"

"그 규모는 알 수 없습니다."

"노부나가 쪽은?"

"일단 팔백 명을 이끌고 출전했습니다."

"고작 팔백 명?"

그러나 현재 반역을 한 야마구치가 중신 중 한 명이라는 것을 봐도 알 수 있듯이 노부나가는 지금 친척이나 중신들에게도 기댈 수 없다. 그렇다면 노부나가가 믿을 만한 것은 그가 직접 부리는 수병들 뿐. 그리고 설마 직접 지휘하는 병사들이 8백 명이 전부는 아니겠지만, 전부의 절반에는 해당될지도 모른다.

절반만을 이끌고 출진한 것은 사방이 전부 적일지도 모르기 때문에 절반은 빈 성을 지키기 위해 남겨두었을 것이다. 어설픈 애송이가 제대로 된 전법을 쓰고 있었다.

도산은 홋타 도쿠를 불렀다.

"사람은 옷깃만 스쳐도 인연이라 했거늘, 너는 어제를 기점으로 노부나가와 특별한 인연이 생겼다고 할 수 있을 것이다. 그러니 너의 군대를 이끌고 나고야로 가거라. 애송이 녀석이 겨우 팔백 명을 끌고 전쟁에 나갔다고 하는구나. 가서 애송이의 뒤를 지켜 주거라."

"어떻게 그렇게 훌륭하신 생각을……."

"뭐가 훌륭하단 말이냐?"

"아니, 좋은 생각을 하셨습니다."

"바보 같은 소리. 네 녀석은 가서 애송이에게 병법이라도 배워오면 그걸로 충분하느니라."

어제 이후로 노부나가의 후원자가 된 홋타 도쿠는 1천2백 명의 군사를 이끌고 신이 나서 달려갔다.

제5장

싸움과 전쟁

노부나가는 8백 명의 군사를 이끌고 새벽이슬 사이로 달렸다. 나카네 마을을 지나 고나루미를 돌아, 미츠노 야마를 넘어 잠시 행렬을 멈추고 정찰대대를 보냈다.

야마구치 사마노스케는 아즈키자카 전투에서 활약한 오다 노부히데의 일곱 무사 중 한 사람으로 오다 노부히데가 가장 신뢰한 장군이었다.

노부히데의 중신들은 그의 생전에 이미 노부나가와 간주로 두 아들에게 배속되었는데, 그 어느 쪽에도 배속되지 않은 것이 야마구치 사마노스케 단 한 사람. 그에게는 다른 중요한 역할이 있었기 때문이다. 그는 나루미 성을 맡아 스루가에서 서쪽 위를 노리는 이마가와 군대를 막기 위한 남쪽 끝 최전방을 지키는 역할을 맡고 있었다.

오다가 미노와 동맹을 맺은 후 남은 가장 큰 적은 이마가와였다. 영지도 병력도 오다의 열 배에 달하는 이마가와의 공격을 대비하기 위해 사마노스케는 오다 가문 중 가장 많은 군대를 갖고 있다.

스루가를 막기로 한 사마노스케가 스루가 군을 이끌고 반역을 일으켰으니, 이는 매우 중차대한 일이었다. 그런데 노부나가는 고작 8백 명의 군대를 이끌고 가볍게 적진의 한가운데로 뛰어들었다.

정찰대대가 돌아왔다. 그들의 보고에 의하면 나루미 성에는 사마노스케의 아들 쿠로지로가 나머지 군사들과 함께 문을 걸어 잠그고 있다고 한다. 사마노스케는 나카무라에게 본진을 내주면서 가사데라의 요지에 성을 쌓게 했다. 그리고 그곳에서는 다섯 명의 가신이 강력한 진을 치고 있었다.

그들의 병력 배치를 봤을 때 이마가와의 대군을 이끌고 밀어 닥칠 작정은 아닌 것 같다.

"고작 반역이라니. 사마노스케도 그 대단한 명성에 걸맞지 않은 소인배였나 봅니다. 요새에 진을 꾸려놓고 벌벌 떠는 모습이라니."

센쿠로는 껄껄대며 웃었다. 그는 말 위에서 허리춤을 풀더니 그의 축 처진 음경을 손바닥 위에 올려 노부나가에게 보여주었다.

"첫 출전의 기쁜 날입니다. 앞으로 전쟁에서 오그라들지 않도록 첫 출전의 바람을 맞게 해야겠습니다. 오늘은 이 음경의 성인식이다!"

센쿠로는 음경을 손에 올리고 바람에 나부끼면서 말을 몰아 주위를 한 바퀴 돌았다.

미츠노 야마는 나루미 성에서 1.5킬로미터 정도 거리. 쿠로지로는 노부나가가 미츠노 야마로 출전했다는 소식을 들었다.

"장님과 바보는 호랑이를 보고도 무서워하지 않는다더니, 겁도 없이 찾아왔구나. 아무리 그래도 병력수가 너무 적은 것 같은데 가서 보고 오너라."

그는 정찰병을 통해 노부나가의 군대가 8백 명이란 사실을 확인했다. 쿠로지로는 노부나가와 같은 나이로 창이나 활 실력으로 노부나가에게 지지 않을 자신이 있었다. 그는 노부나가를 가볍게 놀려줘야겠다 생각했다.

"바보가 일부러 여기까지 왔는데 성에만 틀어 박혀 있을 수는 없지. 성 밖으로 나가서 한수 가르쳐 주고 와야겠다."

여러 곳에 요새를 만들었으니 견고하게 지키며 수비만 잘하면 노부나가는 자연히 그냥 돌아갈 것이다. 그러나 노부나가를 그냥 돌려보내기에는 아쉽기 그지없다.

나루미 성을 지키는 군은 나카무라요 하치로, 아라카와

마타조 등 용맹하기로 이름난 장수를 비롯해 1천5백여 명. 수적으로 봤을 때도 배인 데다, 상대편 대장은 천하의 바보로 알려져 있다. 쿠로지로는 가볍게 약을 올리려고 1천5백명의 군사를 이끌고 성 밖으로 나갔다. 성에서 북쪽으로 1.5킬로미터 떨어진 아카쓰카에 진을 치고 노부나가를 불러들였다. 그곳은 미쓰노 야마에서도 동쪽으로 1.5킬로미터 떨어진 곳이다.

어려서 같이 놀던 친구 쿠로지로가 성을 나와서 약을 올리는데 노부나가도 가만히 있을 수는 없다.

"쿠로지로가 주제넘은 짓을 하고 있구나. 그럼 가서 인사라도 해줄까."

노부나가는 미쓰노 야마에서 내려와 아카쓰카의 적진으로 조용히 소수의 정찰대를 보냈다.

그것은 처음부터 전쟁이 아니었다. 적의 대장은 어려서부터 같이 놀던 친구이고 그 가신 역시 이쪽의 가신과 서로 얼굴을 아는 사이다. 이건 씨름의 승부를 창과 활로 지으려는 것과 마찬가지다. 쿠로지로가 나오라고 불러대니 나갔을 뿐이다.

노부나가는 적진에서 약 100미터 정도 떨어진 곳에 말을 세우고 일행에게 명령했다.

"적과 똑같이 해줘라. 쿠로지로와 같은 애송이 녀석을 상대로 어른의 전쟁을 하는 것은 우리의 첫 출전에 흠집을 낼 뿐이다. 적은 철포를 갖고 있지 않으니 아군의 철포는 뒤로 미뤄둬라. 적의 지원군이 나타났을 때 쏘는 것은 상관없지만, 애송이의 군에게 쏘아서는 안 된다. 적은 활을 갖고 있으니 이쪽도 활을 앞으로 내와라."

활 대대가 최전면에 배치되고 화살이 적진을 향해 날아갔다. 그리고 잠시 사이를 두고 말을 탄 무사가 일렬횡대로 서서 적진으로 전진했다.

노부나가의 활 대대는 적진으로 10여 미터까지 가까이 다가갔다. 아직까지 적은 활을 쏘지 않는다. 쏘지 않을 수밖에 없다. 그들의 화살은 위쪽을 향하고 있었다. 화살의 최종 목적지는 화살 대대의 머리 위를 통과해 말 탄 무사들을 노리고 있었다. 아직 거기까지는 거리가 있다.

노부나가의 활 대대가 코앞까지 다가오자 쿠로지로의 활 대대는 안절부절 못하고 있다. 자신들이 말 위의 무사를 노리는 것과 마찬가지로 적의 화살 역시 자신들의 등 뒤에 있는 무사를 노릴 거라 생각하면 마음이 편할 것을, 코앞의 화살을 보면서 그렇게 대담한 생각을 할 수 없었다. 그들은 그저 적의 화살이 자신의 가슴팍을 노리고 있다 생각했고 당황하기 시작했다. 거리는 어느새 9미터까지 좁혀졌다. 참다 못한 쿠로지로의 활 대대는 발사 명령을 내렸다. 그리고 그에 맞서 노부나가 쪽에서도 화살을 쏘았다.

기묘한 맞교환이었다. 높이 떨어진 쿠로지로 쪽의 화살은 단 한 명의 무사를 맞춰 떨어뜨렸다. 그리고 두 번째의 활은 쏠 수도 없었다. 하나의 화살을 쏜 순간 활 대대는 가슴팍을 겨냥당해 거의 전멸했기 때문이다.

노부나가 쪽의 두 번째 화살이 날아왔다. 그리고 이와 동시에 말 탄 무사들이 한꺼번에 뛰어들었다.

모래 섞인 먼지와 아비규환의 소동이 일어났고, 잠시 후 창과 활을 휘두르면서 엉겨 붙은 전투가 끝나고 서로 자연스럽게 멀어졌다. 말을 탄 무사들이 말에서 내렸다. 남겨진 말은 미친 듯이 적진을 뛰어다니다 먼 곳에서 모여 풀을 뜯어 먹었다. 적군과 아군은 7,8미터 거리를 두고 잠시 휴식.

그 한가운데에 노부나가 쪽의 무사 한 명이 말에서 떨어져 바닥에 쓰러져 있다. 허리에 거대한 칼을 차고 있는 것을 보니 한 눈에 아라카와 테이주로라는 것을 알 수 있었다.

적 쪽에서 우르르 테이주로의 목을 가지러 오자, 아군 쪽에서도 달려가서 목을 감싸고 몸체를 눌렀다. 적은 양쪽 다리와 칼에 매달려서 잡아당기고 아군은 몸체와 양팔에 매달려서 잡아 당겼다. 인간 줄다리기. 숨이 다 끊어져가는 테이주로는 매우 괴로웠다. 결국 노부나가 쪽이 이겼고 테이주로는 자신의 진지로 끌려갔다.

쿠로지로는 일어서서 코웃음을 쳤다.

"잡병에게 화살을 쏘다 아까운 명장을 잃다니, 바보 같은 노부나가 같으니라고. 그럼 이번에는 창 맛을 보여줘라."

적들이 우르르 밀려왔다.

정신없이 뛰어들어 엉겨 붙어 싸우다가는 우르르 물러간다. 그리고는 잠시 휴식 후 또 다시 같은 과정이 반복된다. 노부나가는 이제 질렸다. 바보를 상대로 노는 것은 이 정도면 충분하다. 이미 수 시간이나 반복되면서 벌써 정오가 되었다.

쿠로지로는 거칠게 창을 휘두르면서 적의 창을 힘으로 제압했다. 아카가와 헤이치가 그의 창에 눌려 생포되었다. 그러나 아군의 믿음직스러운 무사 아라카와 마타조가 어느새 노부나가 쪽에 생포되어 분함을 이기지 못하고 닭똥 같은 눈물을 흘리고 있다.

노부나가는 센쿠로와 마치요에게 명했다.

"아라카와 마타조를 비롯한 생포된 자들을 적진으로 끌고 가서 우리의 생포된 포로와 교환하고 오거라. 그리고 이제 점심을 먹을 시간이니 이쯤에서 놀이는 그만둔다고 전해라. 죽은 자도 목을 자르지 말고 교환하거라."

"네, 알겠습니다."

센쿠로와 마치요는 아라카와 마타조를 선두로 포로를 끌고 적진으로 갔다. 자신들의 자랑스러운 무사가 닭똥 같은 눈물을 흘리며 끌려오는 모습을 보고 적진은 순간 동요했지만, 으스대면서 그를 끌고 오는 덩치 큰 젊은이를 보고는 웃음이 터져버렸다.

센쿠로는 앞섶을 풀고 옷 틈으로 성인식을 한 음경을 내놓은 채 기분 좋게 걸어왔다.

그는 쿠로지로의 앞으로 나아가 인사를 했다.

"네 덕분에 반나절 동안 재미있게 놀았지만, 노부나가 공은 이제 질려서 놀이는 그만 하겠다고 하셨다. 너와 제대로 한판 붙지 못한 것은 아쉽지만, 나중에 천천히 놀 시기가 오겠지. 그날을 기대하며 오늘은 그만하기로 하지. 생포된 포로와 전사자를 교환하자. 그리고 우리의 말이 너희 성 근처에서 풀을 뜯고 있으니 데리고 가고 싶군."

센쿠로는 쿠로지로의 선배였다. 항상 자신의 실력에 자신 있어 하는 쿠로지로도 센쿠로에게만은 고개를 들 수 없다.

"그래? 이제 돌아가는 건가? 아직 더 놀고 싶지만 오늘은 그럼 그만하도록 하지. 가까운 시일 내에 내가 그 돌머리를 얻어갈 것이다."

"여기에 음경의 돌머리도 있다. 대장의 돌머리가 잘리면 이것도 같이 진상하도록 하지.”

쿠로지로는 적군의 말을 몰아서 돌려주었다. 그리고 그도 역시 전사자의 목을 자르지 않고 돌려주었다. 노부나가 쪽의 전사자는 서른 명이었다.

노부나가 휘하의 무사들은 쿠로지로가 돌려준 말에 올라타고는 우울한 얼굴로 발걸음을 돌렸다.

“이런 전쟁방식으로는 어떻게 버틸 수나 있을까 모르겠어. 사마노스케나 가사데라에서 지원군이 오지 않았기에 망정이지, 경솔하고 무모한 짓이었다고. 적이긴 하지만 창을 휘두르는 쿠로지로의 모습은 얼마나 멋있었나. 그에 비하면 노부나가 공은 적의 잡병에게 활을 쏘느라 아까운 무사가 화살에 맞게 하다니.”

그들은 아직도 노부나가의 병법을 이해할 수 없었던 것이다. 그들이 보기에는 노부나가의 수명이 점점 바닥을 드러내고 있었다. 적의 잡병과 같은 대접을 받은 무사들이 등을 돌릴 거라 생각했다.

그러나 그들이 나고야의 성문 앞에 도착했을 때 그들은 의아한 얼굴로 서로 마주보았다. 홋타 도쿠가 부근에 잠복시켜 둔 1천2백 명의 원군을 이끌고 인사를 하러 나타났기 때문이다.

“수고 많으셨습니다.”

도쿠는 이렇게 말하고는 군사들을 정리해서 싱글벙글 웃는 얼굴로 돌아갔다.

노부나가는 나루미에서 반나절의 작은 싸움을 끝내고 성으로 돌아온 후로는 야마구치 사마노스케를 어떻게도 할 수 없었다.

사마노스케는 그후 오다카와 구쓰카케 두 성을 공략하고, 가사데라와 나카무라의 요새를 더욱 강화했다. 그리고 나루미 성에는 이마가와 성에서 대리인 자격으로 오카베 고로베가 도착했다. 이마가와의 본진이 온다면 오와리는 한 주먹꺼리도 되지 않는다. 노부나가가 무너질 날이 바짝 다가와 있었지만, 노부나가가 가진 병력으로는 겨우 사마노스케의 어린 아들과 들판에서 싸울 정도였다.

그나마 다행히 이마가와 요시모토는 서쪽으로 올라오는 것을 서두르지 않았다.

요시모토는 노부나가의 아버지 노부히데와 아즈카전투에 같이 나가 고군분투했지만, 그의 전우 노부히데는 이미 죽었다. 미카와의 마쓰다이라가 죽고, 그의 어린 아들 이에야스는 자신이 있는 곳에 인질로 와 있다. 오와리는 바보 소년이 대를 이으면서 순식간에 나루미 성의 야마구치 사마노스케가 반역을 했고 결국 요시모토의 수중으로 들어갔다.

요시모토는 당황할 필요도 서두를 필요도 없었다.

그는 거만한 귀족이었다. 이마가와 가문은 아시카가 쇼군 집안 중 세 번째 집안이다. 쇼군 집안에 아이가 없으면 미카와의 기라 가문 아이가 쇼군이 되고, 기라 가문에도 아이가 없을 때에는 이마가와 집안의 아이가 쇼군을 잇게 되어 있었다.

미카와의 기라 가문은 이미 쇠퇴해 작은 반도의 한 구석에서 겨우 명문만 유지하고 있다. 노부나가가 열네 살 때 성인식을 겸해 첫 전투를 치른 것이 기라 공격으로, 이른바 신흥세력의 성인식 상대나 될 정도로 쇠퇴했다.

또한 아시카가 쇼군 집안도 그 위세를 잃어버렸다. 특히 여러 영웅이 각 지방에서 실력을 날리는 전국시대에 들어서면서 쇼군 가문 중 하나로 아직도 당당한 위세를 자랑하는 가문으로 이마가와 요시모토가 그 중심에 서 있었다. 그래서인지 그는 자신이 당연히 천하제일이라 생각하고 있었다.

"천하가 어지러워지면서 각 지역에 벌레 같은 놈들이 활동하며 초목을 시들게 하고 있다. 하지만 난세 속에 도카이 지역에서 한 송이의 꽃이 피고 이는 제국의 꽃의 뿌리가 될 것이다. 그 꽃이 바로 나, 이마가와 요시모토다."

요시모토는 몸통이 길고 다리가 짧았다. 무가 정권의 창시자인 미나모토 요리토모는 얼굴이 장대하고 몸통과 다리가 짧았다. 그래서 요시모토는 자신의 기형적인 체형 역시 귀족의 증표이자 특권이라 생각했다. 그리고 그것이 그가 말하는 '꽃'이었다.

흔히 풍류를 논할 때 꽃을 많이 들먹인다. 시인은 꽃을 찾지만, 꽃을 얻을 수는 없다. 왜냐하면 사람이 타고난 기품을 역시 꽃이라 하는데, 시인은 그것을 갖지 못했기 때문이다.

"천하가 난세로 어지러워지면서 이제는 꽃을 피울 수 있는 오직 한 사람의 귀족만이 살아남았다. 그것이 바로 나다."

또한 꽃 안에는 꿀이 있다. 벌레는 스스로 꿀을 모은다. 야마구치 사마노스케와 같은 자가 벌레다.

"이제 천하는 평화로워질 것이다. 도카이의 큰 꽃을 중심으로."

그러나 살아남은 한 송이의 이름난 꽃이라 할지라도 벌레 같은 놈들이 기어오르는 것을 그냥 두고 볼 수만은 없다. 특히 미카와와 오와리가 스스로 꿀을 모으기 시작하는 것 같은데, 그 배후에는 호조 씨와 다케다 씨라는 강한 벌레가 있다. 이 강한 벌레들에게 꿀을 주면서 달래는 것이 요시모토의 급선무였다.

"꽃 녀석, 달래는 것에만 마음을 쓰느라 벌레에게 속고 있다는 것을 모르고 있구나."

노부나가는 생각했다. 그는 병력이 약소할 뿐이지 수수방관은 하지 않았다.

"어디 꽃 녀석을 좀 속여 볼까?"

노부나가는 병력을 늘릴 시간을 버는 것이 급선무였다.

노부나가는 꽁지머리와 허리의 부싯돌 주머니를 끊은 후완전히 다른 인간이 되었다. 그는 예술과 다도에 취미를 갖기 시작했다.

소수의 병사들을 이끌고 사방으로 바쁘게 뛰어다니는 방랑벽은 낮지 않았지만, 벌판 대신 절의 문을 두드려 스님들의 이야기를 듣거나 마을의 백성들과 친목을 다졌다.

그리고 그의 그런 행동의 결과, 아무도 모르는 어떤 일이벌어지고 있었지만, 그것은 그림자처럼 그를 따라다니는 소수의 측근들조차 알지 못했다.

그 한 가지 예로 노부나가는 다도를 즐기기 시작했는데, 다도는 빈부에 상관없이 누구든지 서로 무릎을 맞대고 차를즐길 수 있는 취미다. 노부나가는 이것을 통해 많은 이들과교제할 수 있었고, 누구의 의심도 사지 않고 타인과 교제를하는 사이 사방으로 그의 첩자들을 퍼뜨릴 수 있었다. 하지만 그 첩자의 이름과 임무는 오직 노부나가와 당사자 이외에는 아무도 알 수 없었다.

첩자들은 주로 스루가에 있었다. 그들의 임무는 몸이 길고 다리가 짧은 도카이의 꽃, 요시모토를 속이는 것이었다. 첩자를 통해 유언비어를 퍼뜨려 사마노스케나 그들을 지원하기 위해 출발한 이마가와 무리들과 요시모토 사이를 이간질시키기 위한 것이 그들의 역할이었다.

노부나가에게 약소한 병력을 채울 방법은 그것밖에 없었다. 그리고 그것이 어떤 결과를 가져올지는 조만간 나타날 것이다.

한편 사마노스케의 반역을 보고 드디어 일어설 시기가 왔다고 생각한 또 다른 자가 있었으니 바로 기요스의 사카이 다이젠이었다.

노부나가의 새로운 취미 중 하나는 홋타 도쿠를 방문하는 것이었다. 그는 아무런 예고도 없이 산책하듯 가볍게 미노의 중신을 방문했다. 이 새로운 취미는 배신의 마음을 품고 있는 노부나가의 측근과 중신들에게 효과적인 견제 역할을 했다. 장인인 사이토 도산이 노부나가에게 힘을 실어준 이상 그들은 섣불리 움직일 수 없었다.

하지만 사카이 다이젠은 그런 것에 신경 쓰지 않았다. 그는 이마가와와 사이토를 저울질해 본 결과 쉽게 결론을 냈다. 그의 주군인 히코고로는 오다의 종가로 수호직의 가문이고, 그도 또한 그 신하라고는 하지만 수호 대리직이라 불리는 관직을 갖고 있다. 그런 그에게 실력으로는 최고의 가문인 이마가와 요시모토가 믿음직스럽게 보이는 것은 극히 당연한 일이다.

다이젠을 비롯한 사카이 진스케, 가와지리 요이치, 오다 산미 등 가신 네 명이 논의 끝에 드디어 거병을 결정. 그들은 8월 15일에 군사를 일으키고는 우선 기요스에서 가까운 마쓰요 성을 함락시키고 성의 주인인 오다 이가노카미를 인질로 잡았다. 그리고 계속해서 후카다 성을 공격해서 함락시키고 성주 오다 우에몬까지 인질로 잡았다.

노부나가는 8월 16일 새벽, 나고야를 출발했다. 모리야마 성의 숙부 오다 마고사부로도 자신의 군병을 이끌고 노부나가 세력에 가세했다. 마고사부로는 노부히데의 세 번째 동생으로 형을 따라 수차례 무공을 세워 가문에서도 손꼽히는 무사로 그의 출진은 노부나가에게 많은 힘이 되었다.

기요스 성에서 밖으로 나와 길을 막고 싸우던 반란군 부대는 노부나가군과 싸우다 밀려 50여 명의 주검을 남기고 성안으로 도망쳤는데, 이 중에는 사카이 진스케의 주검도 있었다.

후카다와 마쓰요도 초반에 항복을 외쳤고 결국 기요스 무리는 곧 원래의 기요스 일대로 쫓겨갔다. 기세를 모아 그들을 다 무너뜨리면 좋겠지만 기요스 성을 한 번에 무너뜨리기에는 병력이 모자라 어쩔 수 없이 노부나가는 군사를 추슬러서 발길을 돌렸다.

그들의 반역은 결국 실패로 끝났지만 그럼에도 사카이 다이젠은 기가 꺾이지 않았다. 그는 무슨 일이 있어도 자기가 생각한 것은 끝까지 밀고나가야 하는 끈기 있는 자였다.

기요스 성은 오와리 안에서도 가장 견고한 성이다. 또한 종가의 성으로 신하도 많고, 성문을 닫고 안에 들어가 버티면 오와리 전체의 병력을 다 쏟아부어도 쉽게 함락되지 않을 만한 곳이었다.

하지만 성 안에 적과 내통하는 자가 있다면 아무리 견고한 성이라도 무너질 수 있다.

예전에도 누군가가 노부나가와 내통해서 배신을 꾀한 적이 있었다. 사카이 다이젠은 누구인지 범인을 찾아내지는 못했지만 부위사마의 신하 짓이 틀림없다고 생각하고 있었다. 부위사마는 지금 기요스 성의 암과 같은 존재였다.

노부나가는 기요스 무리를 성 안에서 나오지 못하도록 지키며 그들의 논밭을 거두어들여 군량 압박으로 공격했다. 지금까지도 급여가 적다고 불평이 많았던 부위사마 일동이 앞으로 불만이 느는 것은 불을 보듯 뻔한 일이고, 그런 불만 가득한 자들에게 급여를 주기 위해 성안의 얼마 안 되는 군량이 축나야 되는 것이 다이젠의 마음에 들지 않았다.

노부나가의 멸망은 이마가와 요시모토가 언제 공격해올지 그 시간에 달렸다. 다이젠은 그때까지의 시간을 벌어야만 했고, 그러기 위해서는 부위사마를 죽여야 했다.

1554년 7월 12일의 일이었다. 부위사마의 아들 요시카네가 젊은 사무라이를 모두 데리고 사냥을 나섰다. 다이젠이 살짝 알아보니, 부위사마와 함께 성내에 남아 있는 것은 모리 교부노쇼, 니와 사콘, 쓰게 소우카 등 노장들만 34명, 그 외에는 여자들만 있다.

"이런 기회는 두 번 다시 없다. 늙은이들만 겨우 서른네 명. 이건 아무도 없는 거나 마찬가지지. 알겠나? 남은 자는 모리 교부로쇼, 니와 사콘……."

다이젠은 하나씩 손가락으로 꼽으면서 34명의 이름을 하나하나 읊었다. 그 모습을 보고 히코고로와 두 명의 가신은 눈을 동그랗게 뜨고 침만 꿀꺽 삼킬 뿐 도저히 반대의 말은 입도 벙긋할 수 없었다.

"부위사마 따위를 대접하느라 망설일 필요 없다. 녀석은 적의 분신, 노부나가의 편에 지나지 않는다. 가차없이 목을 쳐라. 여자와 아이들도 동정할 필요 없다."

사카이 다이젠은 미리 계획을 짜두고 부위사마 저택을 둘러싸고 한꺼번에 덮치기로 했다.

노인들만 모여있던 그들은 불시에 들이닥친 공격을 막아 낼 수 없었다. 마루로 나가 격렬하게 싸운 큐아미나, 뒷문을 막은 쓰게 소우카는 용감하게 끝까지 최선을 다했지만, 사방의 지붕 위에서 끊임없이 쏘아대는 활을 감당하며 도망갈 길은 없었다.

이미 저택에 불까지 붙여 어쩔 수 없이 저택 안에 갇힌 이들은 부위사마를 둘러싸고 남자 전원이 할복했다.

강에서 낚시를 하던 요시카네는 이 소식을 듣고 얼굴이 하얗게 질려서는 그 길로 바로 나고야 성으로 달려가 노부 나가에게 도움을 청했다. 요시카네는 낚시를 하다말고 뛰어 와서 빈털터리였지만, 노부나가는 그에게 안됐다는 따뜻한 위로의 말 한마디 건네지 않았다. 그저 그가 머물 거처를 내 주고 앞으로 급여를 2백 석으로 정하겠다는 말만 했다.

"그렇게 견고한 성을 두고 왜 나와서 진을 쳤을까? 다른 누군가 배신을 모의한 자가 있나?"

충분히 있을 법한 일이다.

기요스 무리는 산노우구치에 진을 치고 있다. 대장은 가 와지리 요이치와 오다 산미였다. 요이치와 산미는 견고한 기요스 성을 나와 밖에 진을 치는 것은 자살적 행위라고 생 각했다. 작년에 후카다, 마쓰요 두 성의 지원을 나가 노부나 가군의 길을 막으려다 전사한 사카이 진스케의 전례도 있다.

기요스에는 철포도 없고 야전에서 쌓은 경험도 적다. 자랑할 만한 것은 가신의 수가 많다는 것과 성이 견고하다는 것뿐이었다.

"기요스는 오와리 종가의 본성입니다. 선조의 역사와 수많은 무공이 담겨 완성된 것이 이 철벽의 성입니다. 이 성 안에 들어앉아 버티면서 지켜내는 것은 쉽지만, 나가서 싸운다면 군사들만 축나게 됩니다. 그것은 마치 성의 수족을 스스로 잘라내는 것과 마찬가지입니다."

사카이 다이젠이 솔직하게 자신의 병력이 약하다는 말이나, 밖으로 나가 자살 행위를 시키는 것이 모두 자기 때문이라는 인정을 하지 않자 요이치는 또 다시 이렇게 덧붙였다.

"용맹무쌍하기로 둘째가라면 서러울 사카이 진스케 장군이 성 밖에 나갔다 무참한 최후를 맞이했던 일을 벌써 잊으셨습니까? 저희는 당시 든든한 지주 하나를 어이없이 잃었습니다."

그러나 사카이 다이젠은 아무 말도 못들은 척하며 조용히 마룻바닥만 내려다보았다. 마치 마루 위에서 벼룩이 곡예라도 부리고 있는 듯 계속 바라보고 있다.

어느새 벼룩의 곡예가 끝났나 보다. 하지만 모든 것이 끝난 것이 아니라 잠시 다음 곡예를 위한 짧은 휴식시간인 것 같다. 그래서인지 다이젠의 눈은 마루 위를 떠나지 않는다. 그는 나지막한 목소리로 말했다.

"성 안에 가만히 들어 앉아 있으면 싸우러 나설 자가 없다. 그들과 호응해서 싸우는 자가 없다면 우리의 출혈이 모두 허사가 되어 버릴 것이다. 옛 주인인 시바 요시무네(부위 사마)를 죽인 것도 사람들이 좋게 얘기하지 않겠지. 적어도 우리가 노부나가를 죽이지 않는 한. 왜냐하면 요시무네를 죽인 것은 요시무네가 노부나가와 도모해서 배신을 꾀했다는 명분이 있었으니까"

다이젠은 고심 끝에 내린 결론을 전할 때면 상대방을 바라보지 않고 가능한 한 옆쪽을 향하며 바닥을 응시하는 습관이 있었다. 옆을 많이 보면 볼수록 더 오랫동안 생각했다는 증거다. 그리고 옆을 보는 각도가 작을 때는 그가 위압적인 자세로 이야기한다 할지라도 실은 그 자리에서 즉흥적으로 생각한 것일 경우가 많았다.

그런데 지금은 옆을 보다 못해 머리가 등 뒤쪽을 향해 있고, 한스러운 듯 바닥을 바라보고 있다. 기운이 전혀 없이 나직한 것이 한탄스러운 듯 보인다. 이것은 결코 그의 굳은 의지를 꺾을 수 없다는 얘기다.

"내가 성을 나가 싸울 수 있으면 좋겠지만 그럼 믿음직스럽게 성을 지킬 자가 없으니 아쉽군."

뭐가 그리 아쉽다는 것일까? 다른 이들은 이해할 수 없었다. 성주든 대리인이든 성을 나가 싸우지 못할 것은 없다. 오히려 기백이 좋은 성주나 대리인일수록 성 밖으로 나가 싸우려고 하는 것이 당연한 일이었다.

다이젠의 목은 이젠 누구도 흉내 낼 수 없을 정도로 뒤를 향해 있었다. 이것은 그에게도 전례 없는 꺾임이었을지도 모른다. 그리고 한탄스러운 듯 나긋하게 말하고 있다.

이 정도면 하늘이 두 쪽 나더라도 꿈쩍 않을 거란 것을 알기에 요이치와 산미도 그를 설득하길 포기했다. 그들의 출진을 배웅하고 돌아온 다이젠은 몸에 힘이 쭉 빠졌는지 암울한 얼굴을 하고 있다. 축 처진 어깨가 마치 여인네처럼 보일 정도로 기운없이 움츠려져 있었다. 그는 사람들 눈을 꺼리듯 자신의 방에 틀어박혀서는 가신에게 명했다.

"성문을 굳게 닫아라."

그리고 잠시 후 가신에게 확인했다.

"성문을 굳게 잠갔느냐?"

그는 방으로 술을 들이게 하고는 우울한 아침술을 마시기 시작했다.

작년에는 이렇게 사카이 진스케를 죽였다. 올해에는 요이치와 산미를 죽여야 한다. 이 정도만 정리해두면 나머지는 자신과 세력을 다툴만한 자가 없어진다.

　다이젠은 사실 기요스 성의 병력이 줄어드는 것보다 자신과 세력 다툼을 할 만한 역량 있는 자들이 주위에 있는 것이 더 걱정스러웠다. 그런 이들만 없다면 적과 내통할 자도 없고 성 안에서 무너질 걱정도 없다. 그에게는 이 성이 전부였다. 남은 성주 히코고로는 아직 젊고 그의 양자로 입적되어 있으니 언제든지 자기 뜻대로 움직일 수 있다.

　요이치와 산미는 무모한 출진에 역정을 내면서도 산노우구치에 요새를 세우느라 정신이 없었다. 하지만 그들은 야전 경험도 없고 그런 큰 전투에 필요한 마음가짐도 없었기 때문에 마음만 급할 뿐 일은 좀처럼 진척이 되질 않았다.

　한편 기요스 무리가 성 밖으로 나와 진을 치고 있다는 얘기를 듣고 노부나가 쪽에서도 기요스와 똑같은 일을 시작했다.

　성 밖 기요스의 요새를 공격하기 위해 노부나가가 시바타 곤로쿠에게 출진을 명한 것이다.

　곤로쿠는 용맹하기로 소문난 노부나가의 동생 간주로 쪽의 필두 중신. 물론 오다 가문 전체로 봤을 때 노부나가의 가신이기도 하지만, 그는 스스로 자신의 주인은 간주로 공으로 노부나가 같은 바보는 주인이 될 자격이 없다 생각하고 있었다.

어려운 적과 맞서거나 선봉에 서는 것은 그가 가장 좋아하는 것으로, 항상 전쟁이 있을 때면 무사의 마음가짐과 운이라 믿으며 이 몸 하나 받치겠다는 각오로 열심히 임하는 그였지만 이번만은 달랐다.

그때까지 곤로쿠는 전쟁 때마다 어린 간주로의 대리인으로서 참전해 누구에게도 지지 않을 만한 큰 공을 세웠지만, 어째서인지 이번에는 출진 명령을 받은 이는 곤로쿠 단 한 사람으로 대장인 노부나가도 움직이지 않는다.

곤로쿠의 병력은 간주로의 중심. 이 병력에 손실을 입는 것은 곧 간주로 세력의 손실이다.

"나 외의 아군은 어느 누구도 출진하지 않고, 노부나가의 대리인조차 나오지 않는다. 어디 그뿐이더냐. 졸병 한 명조차 내주지 않으니. 아무리 상대가 힘없는 기요스 놈이라고는 하지만 우리 군사만으로는 당해낼 수 없다. 어쩌면 큰 손실을 각오해야 할지도 모른다. 이 모든 것이 결국 노부나가가 노리는 것이겠지. 비겁한 놈, 녀석의 코를 납작하게 해주리라."

곤로쿠는 차마 거역을 할 수는 없기에 머리 뚜껑이 열릴 듯한 분노를 그대로 적을 향해 표출했다. 산노우구치의 요새는 살짝만 공격해보아도 얼마나 부실한지 쉽게 알 수 있었다. 기요스 군은 산노우구치를 버리고 점점 수세에 몰려 여러 마을을 전전하며 응전했다. 하지만 이들은 계속 어이없게 무너졌고 기요스의 오오호리 마을까지 도망갔다. 그런데 그곳에서는 사카이 다이젠의 가신 고누마 고스케가 기다리고 있었다.

"멈추시오. 가와지리 요이치, 오다 산미 장군. 적은 간주로 휘하의 잡배 시다타 곤로쿠 단 한 명, 아군은 기요스의 이름 높은 가와지리 요이치, 오다 산미 장군에 많은 지원 세력까지 있었소. 그런데도 어찌 적은 수에 쫓겨서 이렇게까지 도망쳐 온단 말이오! 무사로서 이렇게 불성실한 모습을 보일 수 있단 말이오? 지금 장군들의 모습은 저 높은 누각에서 성주님과 함께 모두들 내려다보고 있습니다. 이렇게 맥없이 성안으로 기어들어온다면 장군들의 모습은 기요스의 후대까지 영원토록 수치가 될 것이란 것을 명심하시오!"

고누마 고스케는 그들을 호되게 꾸짖었다.

이렇게 된 이상 하는 수 없다. 적은 시바타 곤로쿠 하나로 아군은 수가 훨씬 많다. 요이치와 산미는 도망치려는 군사들을 다시 정비했다.

"적은 지금 우리의 절반도 안 되는 수다. 이 성을 등지고 한 발도 물러서지 마라! 어서 가서 적을 쳐부수자!"

그들은 소리를 높여 적에게 맞섰다. 하지만 기요스의 창은 장난감 같이 짧은 창으로 성안에서 사용하기에는 편리

했지만, 야전에서는 전혀 제 기능을 할 수 없었다. 요이치와 산미는 그 자리에 뼈를 묻어도 좋다는 각오로 최선을 다했지만, 아군은 점점 더 무너졌고 결국 전원이 전사했다.

산미의 목을 벤 것은 유키 카즈미라는 열일곱 살짜리 소년. 그는 부위사마의 가신으로 특히 종군을 원했던 젊은이였는데, 소복 차림으로 난입해 산미의 목을 베고 복수를 했다.

요이치, 산미, 자이카 등 기요스 무리의 진영은 겹겹이 쌓인 시체들이 산을 이룰 정도였지만, 시바타 곤로쿠의 손실은 손가락으로 셀 수 있을 정도로 미비했다.

"어떠냐. 이 곤로쿠의 실력을 보거라. 이제 깨달았느냐?"

곤로쿠는 의기양양하게 귀환했다. 하지만 전투에서 이기고 성으로 돌아가는 곤로쿠보다 더 만족한 자가 있었으니, 그는 바로 겹겹이 쌓인 시체를 처리하는 패군의 총대장 사카이 다이젠이었다.

다이젠은 요이치 등의 사체를 성 안쪽에 안치하고 정성스럽게 명복을 빌었다.

"정말 안타깝다. 너희나 나나 조상 대대로 명가에서 태어나 직접 창을 잡는 미천한 일에 서투르다 보니 이 시대에 맞지 않는구나. 그러나 너희가 요새를 버리고 도망친 것이 실수였다. 요새란 곳은 그곳에 멈춰 싸우기 위해 만드는 것.

그곳을 도망쳐서 이렇게 안 좋은 결과가 나온 것은 어쩔 수 없는 일이다."

그리고 그는 가신들에게 잘 알아듣도록 타일렀다.

"성이란 곳은 그 안에 들어앉아 싸우기 위해 만들어진 곳. 그것을 버리고 도망치는 것은 죽음을 부르는 행위이다. 모두들 요이치 장군과 산미 장군이 전사한 이 전투를 좋은 교훈으로 삼아야 한다."

제6장

아군은 살무사 한 마리

노부나가는 이제 스물둘이 되었다.

그해 정월, 스루가 세력은 오카자키까지 진출해서 그곳을 본거지로 삼고 오와리를 뒤흔들기 시작했다. 오카자키는 도쿠가와 이에야스의 성이었는데, 그는 아직 어린 소년으로 스루가의 인질이 되어 있었다.

스루가 세력은 무라키에 요새를 만들어 오가와 성의 미즈노 긴고를 고립시켰다. 데라모토 성도 인질을 내놓고 스루가에 항복했기 때문에, 미즈노 긴고는 나고야와 연락할 길을 모두 차단당한 것이다. 이대로라면 오카자키에서 나루미까지 스루가 세력의 길은 탄탄대로로 열려 모두가 스루가의 영지나 다름없어진다.

나루미의 야마구치 사마노스케가 반역을 일으켜 인근에

요지를 세우고 진을 강화하고 있었지만, 그의 뒤로는 오가와 성의 미즈노 긴고가 있었다. 나고야, 데라모토, 오가와, 무라키로 연결되는 반원형의 중심에 나루미 혼자 고립되어 있었던 것이다. 그래서 그때까지 나루미는 나고야에 큰 위협으로 다가오지 않았다.

그러나 무라키와 데라모토가 적의 수중으로 들어가면 반대로 오카자키, 무라키, 나루미, 데라모토로 연결된 반원형의 중심에 오가와 성의 미즈노 긴고가 완전히 고립되게 된다. 오가와 성과 연락할 길도 바닷길만 남고 모두 차단되어 버린다.

적이 오와리로 진출해서 만들어낸 반원형을 돌파해서 미즈노 긴고와 육로의 연락로를 회복하는 동시에 나루미와 스루가의 연결을 차단하지 않으면 나루미는 단번에 오와리를 차지할 수 있는 무서운 거점이 되는 것이다.

"아군이 전멸하는 한이 있더라도 미즈노 긴고와 연락을 회복해 나루미 성을 고립시켜야 한다. 그렇지 않으면 오와리 전체가 적의 수중에 들어갈 거야."

노부나가는 이렇게 생각했지만, 그의 이런 생각에 동의하며 전쟁을 찬성한 것은 측근의 젊은 장수들뿐이었다.

"미즈노 긴고와 연락을 회복한다 해도 일시적인 겁니다. 오카자키까지 진출해 있는 적의 주력을 생각해보면 그들이 얼마나 쉽게 다시 연락을 차단할지 뻔히 보이지 않습니까? 그걸 모두 무시하고 무의미한 싸움을 걸어 귀중한 병력을 소모하는 것은 바보 같은 작전입니다. 그냥 기다렸다 적을 맞이해 최후의 결전을 치러야 합니다."

시바타 곤로쿠는 이렇게 주장하면서 노부나가의 작전을 받아들이지 않았다. 곤로쿠가 받아들이지 않는다는 것은 간주로 휘하의 모든 장수가 거부한다는 것과 마찬가지다.

하지만 곤로쿠의 주장은 그나마 나은 편이었다. 다른 장수들은 오와리의 오다도 이제 끝날 때가 다 되었다고 생각했다. 머지않아 오와리도 이마가와의 것이 된다. 바보에게 가담해서 죽느니 지금이라도 이마가와를 맞이할 준비를 해 두는 편이 나을 거라 생각했다.

그러나 단 한 사람, 이 작전에 찬성한 이가 숙부 마고사부로였다.

그는 노부히데에게 종군했을 때부터 발군의 장수로 칭송을 받았는데, 노부나가가 그 뒤를 이은 후부터는 항상 곤로쿠와 경쟁하며 문중의 신임을 모으고 있었다.

'이번 작전이 성공한다면 곤로쿠는 수치를 얻고, 나는 자연스럽게 이름을 알리면서 노부나가의 후계자 지위를 차지할 수 있을지도 몰라.'

마고사부로는 이렇게 생각했다. 곤로쿠라고 하면 간주로

의 대명사이기도 하다. 노부나가의 동생 간주로의 대리인이
자 노부나가의 대리인으로 오와리의 군주가 되는 것이 그의
야심이었다.

마고사부로 외의 모든 이들이 노골적으로 반대했지만, 노
부나가는 계획을 포기하지 않았다.

"곤로쿠 녀석, 건방진 소리를 하는구나. 가만히 앉아있다
적을 맞이해 죽기 살기로 싸우는 게 좋다는 것 누가 모르냔
말이다. 하지만 그것도 어떻게 맞이하느냐에 따른 것. 이대
로 그냥 두면 미즈노 긴고가 자멸해서 오카자키에서 나루미
까지 모두 이마가와의 수중에 들어간다. 만약 그들이 시간
을 두고 준비해 바로 코앞 나루미에서 공격해오면 나고야는
전혀 버틸 수 없다. 그런데도 가만히 누워 자멸할 날만 기다
리자는 바보 같은 계획이 어디 있단 말이냐. 곤로쿠가 지금
까지 나 때문에 혹사당하며 귀찮은 전쟁에 뛰어든 분풀이로
역정을 내는 것은 귀엽게 봐주겠지만, 협력을 거부하며 자
멸에 이를 수도 있음을 망각하다니 아둔한 자다."

싫은 녀석은 마음대로 하라지. 그들에게 일일이 부탁할
필요는 없다. 이렇게 생각한 노부나가는 직속 무사 전원에
게 출진을 명했다. 그리고 만약 그가 직속 무사 전원을 데리
고 가버리면 그가 없는 동안 누군가가 공격해 와 나고야 성

을 빼앗길지도 모르니 사이토 도산에게 그가 없는 동안의 경계를 부탁했다.

도산은 안도 이가노카미를 불렀다.

"이번 작전은 노부나가에게도 쉽지만은 않을 것이다. 그러나 노부나가의 생각대로 지금 미즈노 긴고와 연락이 끊기면 두 번 다시 되돌릴 수 없을 것이다. 지금의 노부나가에게 있어서는 이것이 최후의 결전인 셈이다. 곤로쿠 같은 녀석들은 모르겠지. 그의 빈자리를 지키는 너의 임무가 막중하다. 너 혼자서는 도저히 버틸 수 없는 큰일이 될지도 모르지만 우선 나고야 성 부근에 진을 치거라."

그의 명령에 안도 이가노카미는 천 명의 군사를 이끌고 오와리로 가서 진을 꾸렸다.

도산은 다미야, 가부토야마, 안자이, 구마자와, 모노토리고로 다섯 명의 장수에게도 출진을 명령했다.

"너희는 시시각각 오와리의 모습을 보고하거라. 어떤 기색도 놓치지 않게 눈에 불을 켜고 나고야 주위를 감시하는 데 있어 한 치도 소홀함이 없어야 한다."

도산의 명령으로 오와리로 달려가기 위한 군대의 준비가 끝났다.

도산의 군대가 자리를 잡았다는 통보를 받은 노부나가는 나고야 근교에 병력을 배치하고 있는 안도 이가노카미가 있는 곳에 예의를 표하기 위해 찾아갔다.

"힘들게 해서 미안하네. 미노의 어르신 외에는 여기저기 적만 가득해서 말이지. 근처에 있는 자들은 별 볼일 없는 잡물고기에 불과하지만, 잡물고기도 떼로 모이면 방심할 수 없는 법. 며칠 동안 잘 부탁하네."

"잘 알고 있습니다. 저 외에도 외에 다미야, 가부토야마, 안자이, 구마자와, 모노토리 고로까지 다섯 무사가 논밭에 진을 치고 시시각각 미노와 연락하고 있으니 어떤 대군이 나타나더라도 장군의 빈자리를 지키는 일에는 차질이 없을 것입니다. 걱정 말고 다녀오십시오."

미노의 지원군은 고작 1천 명이었지만 교통의 요지에 자리잡고 미노와 항상 연락 체계를 취하고 있었다. 또한 주력에 뒤지지 않게 정예군을 따로 선발해서 맡기고 있다니 놀랄 만한 지원이다. 도산의 따뜻한 배려와 전력적인 응원이 피부에 직접 느껴지는 것 같았다.

"미노의 살무사 나리는 정말 대단하십니다."

노부나가를 수행하고 나선 센쿠로가 감동한 듯한 얼굴로 말했다.

"그걸 봐서라도 미노를 친절히 돌보아 드리십시오. 제가 미노의 나리라면 이렇게 못난 사위를 그렇게까지 소중하게 대하진 않을 겁니다."

센쿠로는 이렇게 덧붙이는 것을 잊지 않았다.

안도 이가노카미를 만나고 돌아온 노부나가는 나고야에 모인 전군에게 다음날 출발하겠다는 뜻을 전했다. 그러자 그의 명령을 전달받은 하야시 사도노, 하야시 미마사노의 필두 가신 형제가 찾아왔다.

"황송하지만 저희는 이 전투에서 빠지고자 하며, 군주님의 뜻과 어긋나긴 하겠지만 이 전투를 그만 두는 것이 낫다고 생각합니다.

그들의 얼굴은 전투에서 빠지는 것이 죄송하다는 것이 아니라, 이 전투에 나가는 노부나가를 바보라고 업신여기는 듯한 얼굴이었다.

"이제 와서 생각이 바뀐 것은 무슨 연유인가?"

"이제 와서 바뀐 것이 아닙니다. 마음속으로 생각은 했었지만 얘기할 기회를 놓쳤을 뿐입니다. 드디어 출발하신다기에 말씀드리는 것인데, 애초부터 이 전투는 무모한 것입니다. 모든 가신들이 반대하는 것이 당연합니다."

"모두들 겁쟁이일 뿐이다. 마고사부로 숙부는 참가하고 있지 않은가?"

그러자 동생인 미마사카가 적극적인 관심을 보였다.

"마고사부로 님의 참가는 이유가 있어서 그런 것이지요."

형인 사도노가 험악한 눈빛으로 동생을 말렸지만, 미마사카는 모르는 척했다. 노부나가 같은 바보를 조심할 필요가 있느냐는 모습이다. 그는 바보 같은 애송이의 기세를 꺾고 타이르듯 말했다.

"마고사부로 님은 돌아가신 노부히데 공의 세 번째 동생. 두 번째 동생인 노부야스 님은 미노와의 전투에서 전사하시고, 아버님이 돌아가신 후 이제 마고사부로 님이 우리 일족의 장로입니다. 그는 이미 많은 무공을 세우며 대인으로 알려져 있지만, 인간의 욕심이란 끝이 없는 것. 그분은 한 마디로 오와리에서 가장 인기 있는 자가 되고 싶은 겁니다. 현재는 시바타 곤로쿠와 무인으로서 명성을 다투고 있지만 어떻게든 해서 곤로쿠를 누르는 인기인이 되고 싶다. 그래서 곤로쿠가 이 전투에 반대하고 나서니 마고사부로 님은 찬성한 것입니다. 곤로쿠와 반대 의견을 내고, 그것에 성공해서 가문에서 인정을 받고 싶은 것입니다. 게다가 이것 역시 간과하면 안 되는 것이 곤로쿠는 간주로 공의 필두 중신으로 젊은 간주로 공을 대신해 음으로 양으로 일을 하고 있습니다. 그러니 그의 무공은 간주로의 무공, 모두 간주로 공을 대신하고 있지요. 따라서 곤로쿠 이상의 인기인이 되고 싶다는 것은 바꿔 말하면 간주로 공 이상의 인기인이 되고 싶다는 것입니다. 그리고 간주로 공은 만인의 칭송을 받는 젊은 장군, 노부히데 공의 둘째 아들로 가장 인기 있는 분입니다."

이보다 더 노부나가를 멸시하며 이야기한 자가 또 있을
까. 그는 노부나가에게도 장점이 있을지도 모른다는 생각
따위는 한 번도 해보지 않은 자 같았다.

노부나가가 철이든 후에도 이런 바보 취급을 받는 것은
내심 분했지만, 그렇다고 특별히 화를 낼만큼 새로운 일도
아니다.

"이런 게 바로 세월의 지혜라 하는 건가? 자넨 사람 마음
을 잘 꿰뚫어 보는군. 하지만 미노의 주인도 힘을 보태어 주
었잖은가."

"하하하. 미노 도산 공의 깊은 뜻을 부족한 제가 어찌 알
겠습니까. 감사하게도 종종 빈자리를 지켜주고 계시지요.
노부나가 공이 사망한다면 불필요한 수고 없이 나고야의 주
인이 되는 것은 그 빈자리를 지킨 사람일 테니까요."

미마사카는 목소리를 가다듬고 말했다.

"미천한 저희 형제는 선조의 유언을 받아들여 노부나가
공의 보좌를 저희 평생의 업으로 여기고 있습니다. 그런데
지금의 형세를 보고 있자니 이마가와가 오와리를 어지럽히
고 있다고는 해도 결코 모든 군대를 동원해 압박하고 있는
것은 아닙니다. 아래쪽 지역의 일부를 어지럽힐 뿐이고, 그
것 때문에 오가와의 미즈노 긴고와 우리 쪽과의 연락이 끊

긴 것에 불과한 일입니다."

"그게 대단치 않은 일이라는 건가?"

"대단한 일은 아니지요. 지금으로서는 이마가와의 군대가 쳐들어온 기세는 보이지 않습니다. 그렇다면 그쪽으로 화급을 다툴만한 불안은 없는 것이지요."

"그 말이 맞다. 그렇기 때문에 화급한 일이 되기 전에 불안거리를 없애두자는 거지. 잘 생각해 보거라. 나고야의 급소에 해당하는 나루미에서는 야마구치 사마노스케가 이마가와와 뜻을 같이 해서 밤낮으로 요새를 더욱 강화하고 있지. 그것이 지금까지 나고야의 골칫거리가 되지 않은 이유는 나고야와 미즈노 긴고 사이에 연결선이 있었기 때문으로, 오카자키와 나루미의 연결을 끊고 나루미를 고립시켰기 때문이다. 하지만 지금은 어떠한가? 반대로 오카자키와 나루미의 교통이 뚫리면서 미즈노 긴고가 고립되어 있지 않은가. 이대로 방치해두면 이마가와의 중심 세력은 자신의 영내를 지나는 것처럼 안전하게 나루미에 도착할 수 있다. 이마가와의 주력이 나루미로 가게 된다면 나고야는 급소를 가격당한 것과 마찬가지. 힘없이 무너지고 말 것이다."

"그런 불안은 아직도 먼 미래의 일입니다. 지금 눈앞에 그보다 몇백 배는 더 무서운 불안이 있다는 사실을 잊고 계신 것 같군요. 눈을 돌려 보십시오. 성 밖에는 사이토 도산

님의 부하들이 진을 치고 쉴 새 없이 미노와 연락을 취하고 있습니다."

"그 병력은 내가 부탁해서 온 것이다. 도산 님은 나의 장인. 어떠한 불안의 요소도 없다."

"하하하. 삼척동자에게 물어보아도 일본 제일의 악당이 사이토 도산이란 것은 알 겁니다. 도산의 군대를 성 밖에 둔 채 성을 비우고 싸우러 가는 것은 호랑이에게 빈집을 내주는 것과 같은 꼴. 죄송하지만, 선조의 유언을 받은 저희 형제는 절대 호랑이에게 집을 맡기고 싸우러 나갈 수 없습니다."

꽤나 그럴 듯한 이유를 생각해냈다. 그들은 결국 이 작전이 성공할 리가 없다고 생각하는 것이다. 노부나가는 개의치 않았다.

"알았다. 너희가 이 작전에 반대한다면 굳이 장인의 험담까지 끌어다 붙일 필요없다. 괜한 핑계대지 말고 빨리 내 눈앞에서 사라지거라. 너희가 없어도 전투에는 아무 지장이 없는 노부나가라는 걸 보여주지."

노부나가는 아무렇지 않게 싱긋 웃으며 파리라도 쫓듯 하야시 형제를 내쫓았다. 그에게 있어서는 이것이 최후의 전쟁이나 마찬가지였다. 그의 각오는 이미 굳게 서 있었다.

하야시 형제는 자신들의 군대를 추려서 근처의 마에다 요주로의 성으로 들어갔다. 호랑이에게 빈 성을 맡길 수 없다는 이유로 억지를 쓴 체면 문제도 있지만, 실은 노부나가가 전사하면 나고야 성을 빼앗으려는 계산이었다.

"노부나가의 전사는 어쩔 수 없는 기정 사실. 시기를 놓치지 말고 이마가와와 내통해서 지원군을 받아 간주로, 곤로쿠를 짓밟고 미노 정벌의 길 안내를 해야 합니다. 이마가와 요시모토가 천하를 평정하면 오와리는 형님 것이 될 것입니다."

미마사카는 형에게 속삭였다. 하지만 사도노는 동생처럼 낙관적이지 않았다. 그는 도산이 무서웠다. 이마가와의 원군이 당도하기 전, 미노의 세력과 붙어 싸워 이길 자신도 없다.

"쉿!"

그는 날카로운 눈으로 동생을 제지하고는 우울한 표정으로 입을 다물었다.

노부나가는 직속 군사들을 이끌고 출발했다. 성에 남은 것은 여자들 뿐.

"내가 전사하거든 근처에 미노의 아버님 군대가 와 있소. 미노로 도망갔다 올 필요 없이 당신이 이 성의 주인이 되시오."

노부나가는 노히메에게 당부의 말을 남겼다.

주위의 중신 중 아군이라고 부를만한 자는 한 명도 없다. 이왕 각오를 다지고 출진하는 그에게 있어 차라리 뒷일을 신경 쓸 필요도 없는 깔끔한 출진이었다.

그가 아군이라 생각하고 의지한 자는 천하에 지독하기로 악명 높은 미노의 늙은 살무사뿐이다. 각오를 굳게 다지고 출진하는 자로서는 이것 또한 통쾌한 일이다. 살무사의 딸은 평온한 모습으로 한 마디 했다.

"다녀오십시오."

모든 것이 깔끔하기 그지없는 출진이었다.

그는 일단 아쓰타 신전에서 참배를 하고 그날 밤은 아쓰타에서 묵었다. 그리고 다음날 바다로 나갔다. 육지에는 적진만 가득하기 때문에 배로 지타 반도를 건너 오가와의 통로를 열려는 생각이었다.

1월 22일. 운이 없게도 아침부터 큰 바람이 불어 파도가 심했다. 뱃사공은 배가 좀처럼 나아가지 않는다고 우는 소리를 했지만, 노부나가는 듣지 않았다.

"빗발치는 총알 사이를 빠져나가려는 자에게 다른 위험 따위 안중에 있을 것 같더냐? 어차피 전장에서 죽을 각오를 하고 온 자는 어디서 죽든 마찬가지다. 빗발치는 총알보다 위험한 것도 없고, 죽음에 장소를 고를 여유도 없다. 어서

노를 저어라."

노부나가가 직접 모아 훈련시킨 소년병들은 그의 명령 한 마디에 모두 우르르 배로 달려들었다. 바람도 큰 파도도 전혀 걱정할 것이 없다. 자연의 힘조차 이들의 기세를 당해낼 수 없었는지 배는 바람을 타고 해상으로 8킬로미터 거리를 반나절에 질주해 단 한 사람의 부상자도 없이 목적지에 안착했다.

그날 밤은 노숙. 다음날이 되어서야 오가와의 미즈노 긴고와 합류할 수 있었다. 노부나가는 그를 보자마자 적의 동정을 물었다.

"적의 최대 거점은 새롭게 준비한 무라모토 성입니다. 그곳에 오와리를 어지럽히는 주력부대가 숨어서 오가와와 나고야의 길을 막고 있습니다. 그곳만 무너뜨리면 그 외에 두드러진 거점은 없고, 산을 타고 가는 길도 열립니다. 또한 서쪽 해안의 데라모토 성을 함락시키면 해안으로 통하는 길도 열립니다."

"무라모토 성은 견고한가?"

"동쪽이 정면 출입구, 서쪽이 뒷문, 남쪽이 특히 어려운 곳으로 큰 해자를 둘러싼 돌담이 높게 쌓여 있어 공격하기 어려운 곳입니다. 북쪽이 그나마 쉬운 곳으로 공격을 한다면 북쪽이 제격이라 생각합니다."

"그래? 그렇다면 북쪽은 그만 두겠네."

"네?"

"공격하기 쉬워 보이는 곳이 결국 가장 공격하기 어려운 곳이다. 양쪽 모두 같은 조건의 야전이 아니라 한 쪽은 성안에 들어가 있다. 공격하기 쉬워 보여도 조건이 전혀 다르다. 몇 배나 더 힘든 곳을 통해 일렬로 돌담을 넘어 오는 아군을 막기 위해서는 적도 일렬로 막을 수밖에 없다. 내가 군사들을 이끌고 가장 어렵다고 얘기한 남쪽의 해자를 철포와 활로 엄호하겠다. 그럼 북쪽을 공격하는 것보다 편하게 성안으로 들어갈 수 있을 것이다."

이것은 노부나가에게 있어서는 첫 성 공격이자 첫 전쟁이었다. 그리고 매우 힘든 전투였다. 큰 해자를 건너 높은 돌담을 기어오른 자들은 소년병이었다. 그리고 해자 끝 쪽에 병사를 배치해 철포와 활로 그들을 엄호하게 했다.

노부나가는 철포 부대를 지휘했다. 그가 삼단 태세로 철포 전술을 준비한 것은 이때부터였다. 예전의 철포는 화승총이라고 해서 지금처럼 방아쇠로 발포하는 것이 아니라 일일이 화약에 불을 붙여 폭파시켜서 발사했다. 때문에 화약에 불을 붙일 시간과 특별한 기술이 필요했다. 발사의 반동으로 어깨뼈가 부러질 염려가 있기 때문에 철포를 쏘는 것은 쉬운 일이 아니었다. 적을 겨냥하고 쏘기만 하는 것이 아니라 매우 복잡하고 정교한 기술을 요하는 것이었다.

철포 대대는 항상 허리에 화승과 불을 붙일 재료를 담은 주머니를 매달고 전쟁에 나간다. 그리고 전쟁이 시작되면 화승에 불을 붙이고 전쟁 내내 이 불을 꺼뜨려서는 안 된다. 한 발을 쏘고 초연을 닦아내고, 알을 채우고, 화약을 채우고, 어깨에 다시 잘 맞게 자리를 잡고 불을 붙인다. 여러 번의 훈련을 통해 속도를 조금 줄일 수는 있어도 한 발을 쏘고 다음 발을 쏠 때까지는 많은 시간을 요했다.

일본에서 가장 처음 철포를 도입해 연구한 것은 다케다 신겐이란 자였다. 그러나 신겐은 오랜 연구 끝에 철포는 전투에 도움이 되지 않는다고 결론을 내렸다. 한 발을 쏜 후 다음의 한 발까지는 꽤 시간이 걸린다. 그럼 그 사이에 적의 보병이 달려와서 칼로 베어버린다.

신겐은 철포는 최초의 한 발 밖에 도움이 되지 않는다고 생각했다. 아군의 철포만 그런 것이 아니라 적도 마찬가지이다. 따라서 적의 철포를 막기 위해서는 최초의 한 발을 막을 준비로 충분하다. 그래서 그 한 발을 막기 위해 대나무로 만든 방패를 들게 하고, 최초의 한 발을 방패로 막고, 두 번째 철포를 쏘기 전에 칼을 빼어 들고 적진으로 쳐들어가는 전법을 만들었다.

즉 신겐은 첫발과 두 번째 발사 사이의 시간을 메울 방법은 없다고 결론지어 버린 것이다. 그러나 노부나가는 이 시간을 메웠다. 기계를 통해 그것을 메울 수는 없었지만, 다른 방법으로 그것을 해결했다.

노부나가는 철포 대대를 3열로 준비시켰다. 첫 번째 열이 발사한다. 다음으로 두 번째 열이, 다음으로 세 번째 열이. 그리고 세 번째 열이 발사가 끝났을 때에는 첫 번째 열의 총알 장전이 완료되어 있다. 간단히 시간을 메워버린 것이다.

노부나가가 새롭게 발명한 철포 전술은 이미 무라모토 성을 공격했을 때부터 시작되었다. 철포 대대는 성벽의 좁은 틈에 대고 쉴 새 없이 철포를 쏘았다. 그리고 소년병 대대 역시 발 빠르게 돌담에 오른다. 숨도 못 쉬게 쏘아댔다. 밀어서 떨어뜨리면 다시 오르고, 떨어지면 또 다시 오르며 성벽에 붙어 공격해 들어갔다.

결국 저녁이 되자 성 안은 산더미처럼 시체가 쌓였다. 그리고 적의 모습이 거의 사라졌을 때쯤 그들의 항복을 받아내고 성을 함락시켰다. 아군의 피해도 만만치 않았다. 전사한 소년병의 수는 셀 수도 없을 정도였고, 그나마 살아남은 자도 피를 완전히 뒤집어 써 차마 눈뜨고 볼 수 없을 정도로 참혹했다.

그 밤은 모두 미즈노 긴고의 성으로 돌아가 그저 꺼억 꺼억 기쁨의 눈물을 흘렸다.

다음날 노부나가는 데라모토 성을 공격했지만, 아군은 이미 부상을 입은 자들로 가득해서 제대로 된 전투를 할 수 없었다. 하는 수 없이 성 밖 마을에 불을 지르고 바닷길을 통해 나고야로 돌아왔다.

노부나가는 이겼다. 그리고 목적을 달성했다. 그러나 노부나가가 가장 먼저 한 일은 생존자의 확인이었다.

"오오, 자네는 살아 있었나? 자네도?"

노부나가는 붕대를 칭칭 감아 오뚝이처럼 된 부하들의 얼굴을 한사람씩 살펴보며 생존자를 확인했다. 그의 눈에서 눈물이 계속 흘렀다. 모든 것을 다 쏟아부어 싸운 그에게는 승리의 기쁨보다 그저 통곡만이 있을 뿐이었다.

승리자의 귀성을 맞이해주는 이는 노히메를 비롯한 여인들뿐이었다.

노부나가의 꿈이 무너졌다. 그의 눈에는 살아서 전장에서 돌아오든 들것에 실려 하얀 천을 두르고 돌아오든 모두 똑같이 보였다.

얼굴에 하얀 천을 두르고 돌아온 자에게 현세의 사랑은 더 이상 아무런 도움도 되지 않는다. 눈물도 헛되고 육체도 헛되다. 이 세상의 것은 모두 환상에 지나지 않는다.

노부나가가 가진 모든 꿈이 환상으로 사라졌지만, 대신

또 다른 꿈과 현실이 그곳에서 태어났다. 그것은 노히메였다. 그리고 그녀의 아버지 사이토 도산과 그를 위해 죽은 부하들이었다.

그는 자신에게 주어진 인생을 정성을 다해 열심히 살리라 다짐했다. 그리고 이제 세상의 인간은 모두 아군과 적군 두 부류라 생각했다. 그는 자신의 귀성을 노히메와 소수의 여자들이 맞아주어서 행복했다. 그날 밤 나고야 성은 부상을 입은 사람들의 치료를 위해 전쟁터를 방불케 할 만큼 바빴다.

다음날 아침 노부나가는 예복을 고쳐 입고 나고야를 지켜준 것에 대한 인사와 승전 소식을 전하기 위해 안도 이가노카미를 찾아갔다. 그 외에는 전쟁의 승리를 보고하고 기쁨을 같이 나눌 아군이 없다는 것을 새삼 사무치도록 깨달은 것이다.

안도는 노부나가를 맞이하고 하루 종일 전쟁 이야기를 하며 연회를 베풀었다. 그리고 다음날 미노에 돌아가 도산에게 보고했다.

노부나가의 전법은 도산을 매우 놀라게 했다.

"가장 손쉬운 북쪽을 치지 않고 어려운 남쪽에서 공격을 했다니, 무서운 녀석이다. 너희도 잘 배워두거라. 노부나가라는 젊은 무사가 취한 전법은 그 어떤 병법보다 훌륭한 것이다. 녀석의 말을 가슴팍에 새겨두는 게 좋을 것이다. 공격하기 어려운 곳은 지키는 자 역시 어려운 곳이다. 공격하는 자도 한 줄, 지키는 자도 한 줄, 성의 좁은 틈을 철포로 쉴 새 없이 쏜다면 공격하는 쪽에 이점이 있겠지. 수비만 하는 자에게는 반드시 약점이 있는 법이다."

도산은 노부나가라는 괴력의 어린 사내가 사실은 그 바닥을 알 수 없을 만큼 천재임을 깨달았다.

"그래, 노부나가는 나에게 감사해 하더냐?"

"이 기쁨을 같이 나눌 자는 천하에 노히메의 아버님뿐이라며 매우 기뻐하고 있었습니다."

그 이야기를 듣고 늙은 살무사의 눈이 살짝 촉촉하게 젖어들었다. 노부나가가 많이 어려웠던 만큼 그도 또한 어려웠기 때문이다. 그리고 살무사의 최대의 적은 자신의 아들이었다.

"아하하. 천하 제일의 악당이라 불리는 내가 남을 돕다니 가소롭기 짝이 없구나. 오랫동안 저질러온 악행의 죄값을 치르는 건가?"

그는 한참 동안 기쁨인지 슬픔인지 모를 웃음을 웃어댔다.

제7장

불구덩이

참전을 거부한 곤로쿠와 하야시 형제는 설마 했던 노부나가가 이겨서 돌아오자 이제 그들이 당면한 적은 노부나가라고 생각할 수밖에 없었다.

하지만 누구보다 노부나가에게 불만이 많은 자는 마고사부로였다. 그는 이번 전쟁에 혼자 참가했고, 그의 부하들도 노부나가의 군대 못지않을 만큼 손해가 막심했다. 하지만 그는 노부나가에게 아무런 포상도 받지 못했다.

노부나가도 그에 대한 생각은 하고 있었지만, 이번 전투에서 손해를 입었기 때문에 무엇보다 군대를 재편성하는 것이 급선무였다. 곤로쿠나 하야시 형제의 영지를 압수해서 마고사부로에게 주고 싶어도, 적에게 더 빨리 반역을 일으킬 구실을 주는 꼴이 되니 그조차도 할 수 없었다.

포상을 목적으로 곤로쿠를 밀어내고 공신이 되기 위해 목숨을 걸고 참전한 마고사부로에게 이런 상황이 즐거울 리가 없다. 노부나가 겁쟁이 녀석, 곤로쿠나 하야시 형제를 때려눕혀서라도 그 영지의 반을 자신에게 주어야 하는 거 아닌가 하며 화가 나 있었다.

그의 그런 마음을 알고 기뻐한 것은 기요스의 사카이 다이젠이었다.

다이젠은 부위사마를 죽이고, 명분 좋게 사카이 진스케, 가와지리 요이치, 오다 산미 등의 가신도 정리했다. 그가 기요스 성내에 들어 앉아 있는 한 그는 세상 누구보다 안전했지만, 앞으로 나아가 세력을 넓힐 힘은 전혀 없을 뿐더러 스스로 그 위험한 다리를 건너고 싶지도 않았다.

그런데 오다 가문에서 용감하기로는 둘째가라면 서러워할만한 마고사부로가 노부나가에게 불만을 품고, 또한 곤로쿠나 하야시 형제를 밀어내고자 하는 야심을 품고 있다는 것을 알게 되자 이거야말로 하늘이 주신 기회라고 생각했다.

다이젠은 마고사부로에게 밀사를 보냈다.

오와리의 수호직은 시바 씨였지만, 위쪽 4개의 군을 오다 이세노카미, 아래쪽 4개의 군을 오다 야마토카미가 각각 수호대리직을 맡고 있었다. 그 중 오다 야마토카미 휘하의 일개 사무직이었던 노부나가의 아버지 노부히데가 난을 일으키면서 오와리를 넓혀서 그 영주가 되었다. 그러면서 자연히 수호직과 수호대리직이 공석이 되어버렸다. 위의 4개 군의 수호대리인이 죽고, 아래쪽 4개 군의 수호대리직 야마토카미의 아들이 기요스의 히코고로이고 그 가신이 사카이 다이젠인 것이다.

다이젠은 마고사부로에게 장장 7장에 걸친 서신을 보냈다. 주요 내용은 다음과 같았다.

"나는 지금 노부나가를 쓰러뜨리고 귀공을 현재 비어 있는 위쪽 4개 군의 수호대리직에 임명하고자 한다. 다시 오와리를 이등분해서 위쪽 4개 군은 귀공에게 아래쪽 4개 군은 종전처럼 기요스의 히코고로에게 주려고 하는데, 다시두 수호대리인 체제로 오와리를 다스려보지 않겠소?"

사카이 다이젠은 스스로 수호직의 역할을 할 생각이었다.

노부나가에게 불만이 가득한 마고사부로였지만, 아무리 그래도 이런 서신에 정면으로 상대할 수는 없었다. 기요스의 가신에 지나지 않는 다이젠에게 수호대리직으로 임명받는다고 한들 세간에서 통용될 리가 없다. 다이젠 자신이 준수호직이라며 허세를 부리고 있지만 그런 것은 어디에서도 통하지 않는다.

그러나 이렇게 일부러 찾아온 기회를 가만히 앉아 놓치는 것도 어리석기 짝이 없는 짓이다. 그는 이것을 기회로 기요스를 빼앗아 주리라 마음먹었다.

그래서 그도 7장의 서신을 써서 다이젠에게 승낙의 답장을 보냈다. 하지만 몰래 노부나가에게도 연락을 취했다.

마고사부로는 노부나가에게 밀사를 보냈다.

"오는 4월 19일 기요스 성안으로 들어가 위쪽 4개 군의 수호대리직으로 임명을 받기로 되어 있는데, 그때 히코고로와 다이젠 두 명을 처치하고 기요스 성을 점령해 군주님께 바치고자 합니다. 그리고 그와 교환조건으로 나고야 성을 제가 받고 싶습니다. 또한 아래쪽 4개 군을 둘로 나누어 강 서쪽을 노부나가, 강 동쪽을 마고사부로 지배로 만들고 싶습니다."

그는 중대한 교환조건을 내밀었다.

아래쪽 4개 군을 둘로 나누어 동쪽 지역을 지배하려는 것이다. 그쪽은 원래 사방에 적이 많은 곳이다. 남쪽은 나루미로 야마구치 사마노스케가 지키고 있고 이마가와의 세력이 들어와 있는 데다, 북쪽은 간주로, 곤로쿠와 같은 눈엣가시들이 대기하고 있다.

하지만 실력에 자신있는 마고사부로에게 있어서는 그 또한 재미다. 반항하는 녀석은 실력으로 밀어붙여 지배세력을 넓혀갈 수 있다.

그에 비해 기요스의 노부나가는 당면한 적으로부터는 멀리 떨어지게 되지만, 뒤쪽으로는 미노로 막혀있다. 즉 미노의 장인 보호 속에 있는 초라한 은거자가 되는 꼴이다. 그보다 훨씬 나이 많은 숙부 마고사부로가 패기만만한 야심을 보이며 내놓은 제안에 오히려 젊은 혈기의 노부나가가 더 놀랐다.

그러나 기요스는 난공불락으로 유명한 성이다. 사카이 다이젠이 들어 앉아 있어도 쩔쩔 맬 정도의 성에 마고사부로를 들여보내 적으로 만드는 것은 또 다른 골칫거리를 늘리는 꼴이다. 게다가 그렇게 되면 4면이 완전히 적으로 둘러싸이면서 노부나가는 나고야에 고립되어 손발이 꽁꽁 묶여버리게 된다.

노부나가는 마고사부로의 제안을 받아들이고 잠시 은거 상태로 지내는 것이 현명하다고 생각했다. 무엇보다 그에게는 군사를 재정비하는 것이 급선무였다. 병력이 충실하게 보충될 때까지 무슨 일이든 다 참아내야 한다. 노부나가는 결국 마고사부로에게 알겠다는 답변을 보냈다.

그즈음 사쿠마 다이가쿠와 사쿠마 지에몬이 몰래 노부나가에게 서신을 보내왔다. 다이가쿠와 지에몬은 간주로의 가신 시바타 곤로쿠에 이은 중신이다.

무라키 공격에 불참한 이후 하야시 형제는 곤로쿠와 연락을 취해 노부나가를 타도할 음모를 꾸미고 있었다. 이 계략의 주모자는 하야시 사도노가 아니라 그 동생인 미마사카노 쪽이었다.

미마사카노는 교활한 음모가로 간주로를 밀어올려 노부나가를 타도하자는 제안으로 곤로쿠를 품으려 했다. 하지만 이것은 실은 노부나가를 쓰러뜨리기 위한 방편 중 하나였다. 그의 진짜 속내는 일단 노부나가를 쓰러뜨리고 다음으로는 간주로를, 그리고 곤로쿠까지 몰아낸 다음 마지막에는 자신의 형인 사도노를 누르고 자신이 최후의 승자가 되는 것이었다.

곤로쿠는 선량하고 어수룩한 사람으로 간주로 후원 역할에 몰두하다 보니 미마사카노에게 속을 것 같았지만, 다이가쿠와 지에몬은 미마사카노는 속이 시꺼먼 자라고 생각했기 때문에 노부나가에게 몰래 연락해서 하야시 형제가 이런 일을 꾸미고 있으니 주의하길 바란다고 전해왔다.

노부나가는 그들에게 고맙게 여기며 마고사부로의 계획을 알리고 혹시 무슨 일이 있을 경우 협조를 부탁했다. 그러자 지에몬은 무릎을 탁 치며 감탄했다.

"이거야말로 절호의 기회입니다. 하야시 형제의 음모에서는 마고사부로가 눈엣가시이니 이 기회를 이용해서 하야시 형제와 마고사부로가 서로 다투도록 해야 합니다."

그 이야기를 듣고 노부나가는 수행원도 없이 홀로 하야시 사도노를 방문했다.

"실은 매우 곤란한 일이 생겼네. 여차여차하여 마고사부로가 기요스 성을 빼앗아 나에게 주기로 했는데, 그 대신 나고야 성을 마고사부로에게 주고 또한 아래쪽 4개 군을 둘로 나누어 동쪽을 마고사부로에게 주어야 한다는 거지. 자네는 돌아가신 아버지 때부터 우리 집안의 필두 가신으로 내가 기요스로 옮기면 나고야 성은 자네에게 주고 싶었지만, 그런 연유로 어쩔 수 없이 마고사부로에게 내주게 되었어. 자네에게는 미안하지만 어쩔 수 없는 사정이니 참아주길 바라네."

노부나가는 오랜 생각 끝에 상담을 하러 온 것처럼 연기했다. 원래 하야시 사도노는 대표 가신이니 이런 상담을 하러 오는 것이 지극히 당연한 일이었다. 최근에는 무슨 일이 있을 때마다 노부나가에게 무시를 당하고는 했는데, 이렇게 우는 소리를 하며 매달리는 모습을 보니 기분이 나쁘지만은 않았다.

그러나 노부나가가 꺼낸 이야기가 너무도 중요한 일이다 보니 사도노도 잠시 망연자실했다.

"아래쪽 군을 둘로 나누어 동쪽을 마고사부로에게 내주

겠다는 말씀이십니까?"

"어쩔 수 없다. 이 제안을 거절한다면 마고사부로는 기요스와 손을 잡고 우리의 적이 될 것이다. 기요스 쪽에서 마고사부로를 수호대리인으로 임명하겠다고 제안했다는군."

"차라리 그 전에 마고사부로를 쓰러뜨리는 게 어떨까요?"

"그렇게 되면 가만히 앉아 얻을 수 있는 기요스를 버려야 된다는 말이지."

"그건 도대체 언제입니까? 마고사부로가 기요스 성에 들어가는 날이?"

"4월 19일이다."

"4월 19일? 아니, 오늘 아닙니까?"

"실은 그렇네. 그래서 어쩔 수 없이 동의를 구하러 온 거네. 나고야 성은 마고사부로에게 줄 테니 자네가 이해하게."

"그럼 마고사부로 님의 모리야마 성은 어찌 됩니까?"

"그건 마고사부로의 동생 마고주로에게 주어야 하네. 이것도 마고사부로의 요구로 받아들일 수밖에 없었어."

노부나가의 영지 안 성은 본성이 나고야고 이에 필적할 만한 성이 스에모리 성으로 그곳에는 간주로가 있다. 그리고 그 다음이 모리야마 성으로 지금 마고사부로가 지내는 성이었다.

노부나가의 숙부 중 살아남은 자는 마고사부로와 마고주로 두 사람인데, 마고주로는 용맹한 장수인 형에 비해 매우 평범한 자였다. 실력도 없지만 야심도 없는 인물이었다. 하지만 노부나가의 숙부이자 마고사부로의 동생이기 때문에, 형의 오랜 성을 물려받는 것은 지극히 당연한 일이었다.

그러나 선대 때부터 각별한 신임을 받아온 하야시 사도노는 스스로 주인 일족보다 격이 높다는 생각을 하고 있었다. 사정이 그렇다면 어쩔 수 없지만, 마고사부로가 나고야 성주가 되어 아래 4개 군의 절반을 지배하는 것은 영 내키지 않는다.

그러나 노부나가가 이렇게 순순히 자신에게 비밀을 이야기하는 것을 보자 일족 중신들에게 배척당하고 마고사부로의 횡포에 쩔쩔매고 있는 노부나가가 불쌍하다는 생각도 들었다.

"그런 사정이라면 어쩔 수 없지만, 마고사부로 녀석 역시 능구렁이 같은 속이 있는 놈이었군요."

사도노는 일단 이해했지만, 미마사카노는 눈에 불을 켜고 형에게 속삭였다.

"노부나가에게 속아서는 안 됩니다. 하지만 일단 노부나가와 마고사부로가 사이가 좋지 않다는 것을 알았으니 우리에게 좋은 일이지요."

마고사부로는 약속대로 4월 19일 기요스 성으로 출발했다. 그는 그날 다이젠으로부터 수호대리의 임명을 받고 노부나가를 토벌하기로 약속했다. 그리고 그날은 성 안에서 묵었다.

다음날 다이젠이 어제 임명에 대한 축하 인사차 마고사부로를 방문하기로 되어 있었다. 마고사부로는 그가 오길 기다리며 다이젠을 무너뜨리기 위해 준비하고 있었다.

다이젠은 마고사부로를 만나러 가는데 이상한 느낌이 들었다. 왕래하는 사람도 없고 왠지 조용하게 착 가라앉은 분위기가 이렇다 할 확실한 증거가 있는 것은 아니지만, 다이젠 역시 음모술수에 능한 자인만큼 묘한 느낌이 들었다.

"잠깐 기다려라. 갑자기 공기가 냉랭하구나. 배가 아파오네. 음, 공기가 너무 차서 그런가? 괴롭군. 아무래도 안 되겠다. 잠깐 변소에 다녀와야겠어. 방으로 돌아가자."

가신은 다이젠의 얼굴색이 여느 때 같지 않은 것을 보고 크게 걱정했다.

"왜 그러십니까?"

"아니, 그냥 배가 아플 뿐이다. 아무래도 썰렁하구나. 성 안도 이 근처도. 너무 썰렁해."

"네? 오늘 날씨가 따뜻한 편인데……."

다이젠은 서둘러 발길을 돌렸다. 방으로 돌아온 그는 방문을 닫아걸고는 서둘러 여행 준비를 꾸렸다. 그리고 아무 것도 모르는 가신들을 불러 말했다.

"너희는 지금 마고사부로에게 가서 갑자기 몸이 아파 오늘 찾아뵙지 못하니 죄송하다고 전하거라."

마고사부로에게 가신 몇 명을 보낸 뒤 자신은 몇 명의 충신들과 도망칠 준비를 마치고 숨어서 동태를 살폈다.

"지금 떨고 계신 겁니까?"

"왠지 모를 냉기가 느껴져. 미천한 녀석을 성 안으로 끌어들인 천벌이겠지."

"어디로 가실 겁니까?"

"당연히 이마가와 님을 찾아가야지. 귀족은 역시 귀족과 만나 일을 도모해야 했어. 이마가와 님과 함께 힘을 합쳐 미천한 녀석들을 하늘 아래에서 쫓아내고, 오와리도 다시 빼앗아야지."

과연 해낼 수 있을까. 갑자기 밖에서 왁자지껄한 소리가 들려왔다. 다이젠이 아프다는 사자의 소식에 그가 눈치를 챘음을 알고 마고사부로와 그의 일당들이 창칼을 휘두르며 오는 소리다.

멀리서 들려오는 소리에 벌떡 일어난 다이젠은 누구보다 쏜살같이 달려가 쪽문을 통해 성 밖으로 빠져나갔다. 그리고는 준비해 놓은 말에 올라 말 한마디 없이 달리기 시작했다.

마고사부로는 저항하는 자들은 가차없이 칼로 베고 히코고로를 체포해 성 안을 점령했다. 하지만 어디에도 다이젠의 모습은 보이지 않는다.

"성 안의 바람이 차다면서 방안으로 들어가신 후 모습을 보지 못했습니다."

마고사부로는 가신들에게 묻고 나서야 다이젠이 스스로 바람이 되어 사라져버린 것을 알았다. 마고사부로는 히코고로에게 할복을 명했다. 히코고로는 자신을 남겨두고 사라진 다이젠을 원망했다.

"분하다. 이렇게 당하다니. 양자로 들여 아버지라 할 땐 언제고, 녀석이 말하는 대로 휘둘리다 결국 나만 두고 도망가다니. 어찌 그럴 수 있단 말이냐. 나에게 한 마디 정도는 알려줄 여유가 있었거늘."

히코고로는 눈물을 흘리며 할복했다.

마고사부로는 약속대로 기요스 성을 노부나가에게 넘기고 자신은 나고야 성의 주인이 되었다. 그리고 모리야마 성은 그의 동생에게 물려주었다.

하야시 형제는 노부나가를 퇴치하기 전에 나고야 성의 마고사부로와 모리야마 성의 마고주로를 정리해야 한다는 생각에 계략을 짜기 시작했다. 그런데 그로부터 2개월째 되던 날 마고사부로가 자멸하는 사건이 일어났다.

6월 26일 모리야마의 새로운 주인 마고주로가 젊은 무사들을 데리고 강으로 낚시를 하러 갔다. 류센지 아래의 마쓰가와 근처에서 고기를 잡고 있는데 말을 타고 강둑을 지나는 젊은이가 있었다.

당시 마고주로의 가신들은 자신들의 주인이 모리야마 성주로 출세를 하면서 모두들 목에 뻣뻣하게 힘을 주고 다니며 으스대고 있었다. 그래서 웬 젊은이가 오는 모습을 보고는 한 수행원이 그의 앞길을 막았다.

"멈춰라! 멈추라니까! 모리야마 성의 주인이신 마고주로 님이 낚시중이시란 말이다. 말에서 내려 예의를 표하거라. 이런 무례한 놈! 당장 말에서 내리지 못할까!"

말 위의 젊은 무사는 수행원의 제지를 듣고도 말에서 내리기는커녕 멈추려고도 하지 않았다. 그가 그대로 지나치려 하자 스가 사이조라고 하는, 평소 자신의 뛰어난 활 실력을 자랑하던 젊은 무사가 활을 꺼내 힘껏 당겨 뒷모습에 대고 휙 하고 쏘았다. 그의 화살은 보기 좋게 명중했고 젊은 무사는 외마디 비명을 지르며 말에서 떨어졌다.

"어떠냐, 스가 사이조 님의 솜씨가. 하하하."

"역시 대단해."

지루해 하던 수행원들도 모두 박수갈채. 화살에 맞아 떨어진 놈이 누구인지 신경 쓰는 이는 하나도 없었다.

잠시 후 낚시를 하던 마고주로가 뭍으로 올라왔다.

"화살 하나로 무례한 놈을 멈추게 했다니, 역시 사이조구나. 어디 얼마나 정확하게 맞았는지 한번 보자."

낙마한 젊은 무사에게 다가가서 보니 그는 가슴팍을 관통당해 이미 숨이 끊어져 있었다.

그가 이미 죽은 자인 탓도 있지만, 마치 하얀 밀가루라도 뒤집어 쓴 듯한 하얀 얼굴에 착한 인상의 미소년. 입술을 살짝 벌리고 있는 그는 눈이 시릴 만큼 아름다운 얼굴이었다.

그런데 그를 보고 있던 마고주로가 부들부들 떨면서 무릎이 탁 꺾이더니 땅바닥에 양손을 털썩 대고 엎드렸다.

"어, 어, 어찌, 어찌 이런 일이."

그는 얼굴이 하얗게 질려 실신하기 직전의 얼굴빛이었다.

"왜 그러십니까?"

"이, 이건 노부나가 공의 동생 기로쿠로 님 아니냐."

"네? 하지만 그런 높으신 분이 어찌 수행원도 없이 혼자서……."

그러나 그는 분명 기로쿠로였다. 노부나가에게는 12남 7녀라는 형제자매가 있었는데, 그 중에서 노부나가와 같은 어머니에게서 나온 형제는 간주로와 기로쿠로 두 명.

기로쿠로는 아직 나이가 어려 따로 가신들을 갖고 있지

않았지만, 머지않아 노부나가, 간주로와 함께 가신을 셋으로 나눌 젊은 주군. 특히 온화하고 아름다운 용모는 집안사람들에게 많은 지지를 받았고 형 노부나가와 간주로에게도 사랑받고 있었다.

"내 운명은 정녕 이걸로 끝이란 말이냐."

망연자실한 마고주로는 잠시 후 휘청휘청거리며 힘없이 고삐에 매달리듯 말에 기어올랐다.

"성으로 돌아가실 겁니까?"

수행원이 이렇게 묻자, 마고주로는 절망적인 얼굴로 몸을 떨면서 말했다.

"아아, 나는 이제 오와리에는 있을 수 없다. 아아, 정녕 어째야 한단 말이냐. 나는 대체……."

그는 슬픈 목소리로 중얼거리더니 반대 방향으로 쏜살같이 달려가 버렸다.

주인이 어딘가로 사라져버렸지만, 그렇다고 자신들까지 사라져버릴 수는 없었던 마고주로의 수행원들은 모리야마 성으로 돌아와 가신인 쓰노다 신고와 사카이 기자에몬에게 보고했다.

주인이 사라져버렸다니 당혹스럽긴 했지만, 오히려 더 잘된 것인지도 모른다고 쓰노다 신고는 생각했다.

모리야마 성은 나고야와 스에모리에 이은 굴지의 견고한 성이기 때문에 여기에 틀어박혀 있으면 당분간 외부의 공격을 받아 망할 염려는 없다.

모리야마 성을 동생의 원수라며 이를 갈 노부나가와 간주로는 서로 대립상태이고, 나고야의 마고사부로와도 서로 대립상태이기 때문에, 무작정 성에 틀어박혀 있으면 누군가 구하러 나설 것이란 생각이 들었다. 그들이 표적으로 삼고 있는 주인이 바람처럼 사라져 버렸으니 농성하는 가신들은 끝까지 의리나 충정을 세울 필요도 없고 부담이 없어 좋다.

하지만 쓰노다 신고는 자신의 속마음을 숨기며 자못 긴장된 표정을 지어보였다.

"주군의 자리가 비어 있는 만큼 우리의 책임은 더욱 막중하다. 설사 우리에게 과실이 있거나, 주군의 혈통을 적으로 돌리는 한이 있어도 무사는 자고로 자신의 주인에게 충절을 지켜야 한다. 누가 공격해 오더라도 이 성을 넘기지 마라!"

그는 가신들을 모아놓고 이렇게 엄명했다.

한편 마고주로가 기로쿠로를 죽이고 바람처럼 사라져 버렸다는 보고는 모리야마 성에서 그리 멀지 않은 스에모리 성에 우선 전해졌다.

이 소식을 듣자마자 간주로는 흥분하여 이성을 잃었다. 동생이 혼자 말을 타고 류센지 앞을 달려온 것은 분명 자신이 있는 스에모리 성에 놀러오는 길이었을 것이다.

노부나가와 기로쿠로는 나이 차이도 많고 성격도 다르기 때문에 특별히 친분이 있지는 않았지만, 간주로와 기로쿠로는 연령도 비슷하고 기질도 닮은 부분이 많아서 우애가 두터웠다.

특히 주위의 정세에 눌려 자연스레 노부나가와 대립하게 된 간주로는 자신의 친동생인 기로쿠로를 자신의 아군으로 만들기로 마음먹고 있었다. 그런데다 자신의 동생을 죽인 것이 마고주로의 가신이란 소식은 그를 더욱 화나게 만들었다. 마고주로는 마고사부로의 동생으로 하수인이나 마찬가지였기 때문에, 항상 노부나가와 친분을 쌓으며 스에모리 성에 반하는 행동을 많이 했었다.

평소에도 마음에 들지 않았던 자가 사랑스러운 동생을 죽였다는 소식을 듣자 자신의 화를 억누를 수 없었던 간주로는 가신들과 논의도 없이 혼자서 말을 타고 모리야마로 달려갔다.

그는 모리야마의 성 주위에 불을 지르고, 마을을 돌아다니며 주민들을 내쫓고 집집마다 불을 놓았다. 모리야마 주위의 마을이 간주로 한 사람 때문에 쑥대밭이 되어버린 것이다. 간주로는 이렇게 마음속의 응어리를 풀고 성으로 돌아왔다.

기요스의 노부나가는 이보다 늦게 소식을 전해 들었다. 성질 급한 것으로는 둘째가라면 서러울 그였기에 그 역시 바로 말을 타고 달려나갔다. 야마다 지에몬을 비롯해 마침 그곳에 있던 가신들이 바로 뒤를 쫓았지만 약 1킬로미터의 길을 달려 성 입구에 도착한 자는 노부나가 혼자였다. 그를 쫓던 가신들은 대부분 말이 견디지 못하고 중도에 죽어버렸다.

그가 도착했을 때 모리야마의 마을은 이미 모조리 불에 타 황야가 되어 있었다. 노부나가가 마을 입구에서 말에게 물을 먹이고 있자, 성 안에서 이누카이 쿠라가 나왔다.

"아까 간주로 님이 혼자 달려와 성 주위에 불을 지르고 가셨습니다. 마고주로 님은 행방불명이고 지금 성 안에는 아무도 없습니다."

그는 거짓을 고하며 스스로 자진해서 나온 듯 적의가 없다는 표시를 하며 일단 노부나가를 붙들었다.

노부나가는 간주로가 혼자 말을 타고 와서 모리야마의 성 주위에 불을 지르며 돌아다녔다는 소식에 기분이 썩 유쾌하지는 않았다.

전광석화처럼 재빨리 달려와 일을 처리하는 것은 노부나가가 원조이지만 마고주로가 기로쿠로를 죽였다는 보고가 있었을 뿐, 어떤 사정이 있었는지에 대한 조사도 행해지지 않았고, 진위도 확실하지 않은 비공식적 보고에 지나지 않았다. 게다가 숙부와 조카라는 가족간의 문제가 아닌가. 노부나가는 문제를 조사하러 달려온 것이었는데, 그보다 앞서 간주로가 혼자 와서 마을을 온통 쑥대밭으로 만들었다니, 그의 감정적인 대처에 화가 났다.

사정을 알아보니, 마고주로 쪽이 확실히 잘못이 있었다. 그러니 마고주로가 잘못을 인정하고 행방을 감추어버린 것이다. 또한 그 가신도 죄를 인정해 혼자 달려온 간주로가 성 밖을 불태우는 데도 대항하러 나가지 않았다.

"그러나 어찌된 사정인지 제대로 알아보지도 않고 마치 적지에 뛰어든 것처럼 친족의 성 밖을 불태워 버리는 것은 절대 용납할 수 없는 일이다. 게다가 스스로 손을 더럽히며 불을 지르는 것은 주군에게는 있어서는 안 되는 경거망동한 행동. 아녀자처럼 감정적으로 움직이는 꼴사나운 짓이다. 두 번 다시 이런 감정적인 행동을 하면 내가 용서하지 않겠다고 간주로에게 전하거라."

노부나가는 매우 화를 내며 간주로를 꾸짖었다. 그리고 모리야마 성 안에 남은 이들에게 주인이 스스로 과실에 의해 행방불명이 되었으니 성을 비워주고 나가라고 했다. 하지만 쓰노다 신고는 이 의견을 받아들이지 않았다.

"그럴 수는 없습니다. 주군이 성으로 돌아오지도 못하고 바람과 함께 현장에서 모습을 감추었으니, 그 속내는 알 수 없지만 그의 빈자리를 지키는 것이 저희들이 임무입니다. 주인의 명령 없이 성을 내어드릴 수는 없습니다. 반항은 하지 않겠지만, 만약 공격해온다면 성을 무덤으로 삼고 사투를 벌일 각오가 되어 있습니다."

쓰노다 신고는 대담한 척하며 이야기했다. 노부나가를 비롯해 각자 이해관계에 놓인 이들이니 모두가 이 성을 원하는 것이 당연하다. 그들은 성 안에 틀어박혀 자신들에게 유리한 쪽을 고르려는 속셈이었다. 성에 틀어박히는 것 외에 방법이 없었다.

가장 먼저 스에모리 성의 시바타 곤로쿠가 역정을 내며 스스로 정예 팀을 이끌고 와서 성을 포위했다. 이에 노부나가는 가문 안에서 전쟁을 일으키는 것이 마음에 들지 않았기 때문에 곤로쿠를 견제하는 의미로 이노오 오우미와 그의 아들 사누키노 가미를 대장으로 임명하고 이들도 역시 성으로 보냈다.

이러한 돌발상황을 가장 반긴 것은 하야시 미마사카노였다. 그는 형인 사도노를 부추겼다.

"노부나가는 모리야마 성을 공격할 생각이 없습니다. 새로운 모리야마 성주를 정하고 모리야마 성 안의 자들을 설득해서 새로운 주인을 앉힐 생각이지요. 그러니 우리는 몰래 성 안의 자들에게 손을 써서 노부나가의 형 사부로고로를 새로운 주인으로 뽑게 하는 게 어떻습니까?"

사부로고로는 노부나가의 형으로 12남 7녀의 장남이었지만, 첩의 자식으로 좋은 대우는 받지 못했다. 그런데 그와 같은 배에서 나온 누이가 미노의 사이토 요시타츠의 아내가 되어 있었다.

"요시타츠와 도산은 사이가 나빠서 지금 당장 일이 터져도 이상할 게 없을 정도라고 합니다."

미마사카노가 사도노에게 속삭였다.

장남 사부로고로는 온화한 인물로 도리를 잘 알았기 때문에 첩의 자식의 몸으로 난을 일으킬만한 자가 아니었다. 그러나 사부로고로와 같은 어머니에게서 나온 누이가 미노의 노히메와 맞교환으로 도산의 장남 요시타츠의 아내가 된 이후, 도산과 노부나가가 친해진 만큼 도산과 요시타츠의 사이는 악화되었다.

이미 앞에서도 말했듯 요시타츠는 명목상 도산의 장남이기는 하지만 옛 미노의 주인 아들이었다. 즉 도산의 장남으로 태어났기는 했지만, 혈통을 따지자면 요시타츠에게 도산은 친아버지를 죽인 원수였다.

요시타츠는 키가 2미터 가까이 되는 장신의 용맹한 장수인 데다 바른 행실로 많은 이들의 칭송을 받고 있었다. 그의 그런 모습은 친아버지의 원수인 도산이 천하제일의 악당이라서 그에 대한 대항의식이 뿌리 깊이 깔려 있기 때문이기도 했다.

모든 것이 바른 요시타츠에게 있어 현재의 아버지를 친아버지의 원수라 여기며 적의를 품는 것이 유일한 도리에 어긋나는 행동이었지만, 악명 높은 도산에게 반대한다는 면에서 오히려 그의 유일한 단점은 미화되었고, 사람들은 그를 이해해 주었다.

그는 도산과 같은 성안에 살면서 도산의 기반을 무너뜨리고 그의 유능한 무인들을 자신의 편으로 끌어들이는데 성공했다. 그리고 이제 그는 도산과 실력 면에서도 대항할 수 있을 정도로 성장했고, 그의 부하들은 이미 요시타츠를 새로운 미노의 구세주처럼 숭상하기 시작했다.

요시타츠는 나병 환자였다. 그의 증상은 점점 심해져 다른 이들 눈에도 확연히 알 수 있게 되었지만, 그것이 요시타츠의 신망을 낮추지는 않았다. 오히려 요시타츠에게 아버지의 복수를 더욱 서두르게 하는 힘이 되었을 뿐이다.

요시타츠는 항상 도리와 인륜을 중시하였기 때문에 내심 자신을 적으로 노리는 도산이 준 노부나가의 이복 여동생,

사부로고로의 친누이를 형식적으로 정중하게 받아들였다. 그리고 그에게 소홀하지 않도록 신경을 썼고 부부의 연 이외의 면에서는 항상 인륜에 맞도록 신경을 썼다.

도산이 의외로 노부나가를 배신하기는커녕 오히려 친밀하게 지내며 든든한 후원자가 되자 하야시 형제나 곤로쿠 등 노부나가를 적으로 생각하는 자들에게는 도산이 거북하기 그지없었다. 그리고 그가 있는 한 도저히 노부나가를 괴롭히는 것은 불가능하다는 생각마저 들었다. 도산의 병력은 강하기 때문에 하야시 형제나 곤로쿠 무리로는 상대도 안 되었기 때문이다.

그러나 이 도산에게도 요시타츠라는 무서운 적이 있다는 사실이 점점 다른 지역의 사람들에게도 알려지게 되었다. 하지만 노부나가만 혼자 밀접하게 도산과 친분을 다지고 있다 보니 다른 이들은 미노와 교제를 할 만한 구실조차 없었다.

그러니 이 시점에서 도산의 최대의 적 요시타츠의 표면상의 부인의 오빠인 사부로고로의 존재가 유일한 희망이었고, 그 점을 누구보다 빨리 발견한 것이 미마사카노였다.

모리야마 성의 새 주인을 일족 중에서 고른다면 이번 사고로 죽임을 당한 기로쿠로가 가장 적당했다. 노부나가와 간주로의 친동생으로 곧 가문의 중진이 될 만한 인물이었기 때문에 마고주로 보다도 관록이 위다. 마고주로가 바람처럼 사라질 수밖에 없던 이유도 그것 때문이었다.

그 외에는 12남 7녀나 되는 노부나가의 형제는 모두 첩의 자식뿐이었다. 첩의 자식으로는 사부로고로가 장남으로, 그는 19남매 중 장남이었지만, 나이 어린 노부나가를 높이기 위해 형이란 명목만 있을 뿐 스스로 작아져야 했다. 그리고 이미 평생을 그렇게 움츠린 채 살아온 그는 집안에서 거의 잊혀진 존재로 관록도 없었다.

하지만 어쨌든 장남이기 때문에 하야시 형제가 이 사람을 추천해 모리야마의 성주로 사부로고로가 적임이라고 내세운다면 나름 일리가 있는 말이었다. 노부나가는 항상 논리를 잘 따지기 때문에 다른 타당한 자가 없다면 당연히 그를 받아들일 거라는 계산이었다.

그런데 그들의 계획에 찬물을 부은 자가 있었으니 바로 사쿠마 지에몬이었다.

지에몬이 사쿠마 다이가쿠와 함께 사면초가의 노부나가 편에 선 것은 하야시 형제의 음모를 증오했기 때문이었다. 그러니 그들은 항상 하야시 형제의 속을 꿰뚫어 보는 것에 민감했다.

하지만 노부나가는 근거 없는 추리를 믿지 않는 사람이다. 하야시 형제가 사부로고로를 추천한 것은 사부로고로의 친누이가 미노의 요시타츠의 부인이 되었기 때문이라고 추리는 할 수 있어도 그 증거를 대지 못한다면 오히려 긁어 부스럼을 만들 우려가 있다.

노부나가는 모든 가능성을 열어 두고 자신만만하게, 혹은 내일 당장 죽어도 어쩔 수 없다는 각오로 불구덩이에도 뛰어들 사람이다. 그에게는 하야시 형제뿐만 아니라 사방이 모두 불구덩이였다.

하야시 형제가 사부로고로를 추천하는 것이 미노의 요시타츠를 움직이기 위한 것이라면 하야시 형제도 사부로고로도 어차피 꼭두각시에 지나지 않는다. 진짜 적은 요시타츠라는 불변의 진리가 확립되고 있는 것이다.

노부나가는 항상 모든 가능성을 염두에 두고 있다. 그리고 확실한 증거도 없이 추리만으로 충신의 얼굴을 하거나 선인인 척하는 소인배의 공연한 참견을 시끄럽다 생각할 수도 있다. 어차피 4면이 모두 불구덩이라면 괜스레 옆에서 잔소리를 해대는 아군이 더 시끄럽고 방해만 될 뿐이다.

사쿠마 지에몬은 그런 사실을 잘 알고 있기 때문에 괜히 긁어 부스럼 만들지 않게 조심하면서 노부나가에게 진언했다.

"모리야마 성의 농성군(성문을 굳게 닫고 철저히 수비에만 전력을 쏟는 병법)이 사부로고로 님을 새로운 주인으로 인정하고 받아들일까요?"

"그건 물어보지 않으면 모르는 일이지."

"그렇습니다. 물어보지 않으면 모르겠지요. 하지만 만약 농성군이 그 뜻에 불복할 경우 계속해서 사부로고로 님을 밀어붙이실 겁니까? 아니면 농성군의 의지를 받아들이실 겁니까?"

노부나가는 하야시 형제가 사부로고로를 추천하는 속내는 이미 잘 알고 있었다. 그런데 지금 지에몬의 얘기를 들어 보니 그에게 이미 대책이 준비되어 있다는 것을 알 수 있었다. 좋은 대책이 있다면 구태여 일을 크게 벌일 필요는 없다.

"사부로고로보다 적당한 자는 누구인가?"

노부나가가 단도직입적으로 물었다.

노부나가의 이복동생 중에 기조라는 소년이 있다.

기조는 성인식 후 아와노카미 노부토키라는 이름을 갖게 되었고, 유달리 똑똑한 머리로 집안사람들에게 아와노카미 님이라 칭송받으며 어린 나이였지만 좋은 평판을 받고 있었다.

지에몬이 눈을 돌린 자가 바로 그였다. 형제의 순서로는 다섯 번째로 가문 안에서 다소 인기가 좋은 것 외에는 형을 물리치고 모리야마 성의 성주가 될 만한 대의명분은 없다.

하지만 그는 사실 그 누구보다 모리야마 성주에 어울리는 한 가지 이유를 갖고 있었다. 바로 노부나가가 이 동생에게 특별히 눈길을 주고 있었기 때문이다. 그러나 노부나가는 사사로운 감정보다도 이치를 앞세우는 사람이기 때문에 무작정 자신의 뜻을 밀어붙이지는 않는다. 이번에 기조를 내세우지 않은 것 역시 그런 이유였는데, 지에몬이 그것을 알아채고 하야시 형제의 계획을 방해하기 위해 그를 추천한 것이다.

그러나 타당한 이치 없이는 노부나가를 납득시킬 수 없다.

"제 생각으로는 형제의 순서로 보면 사부로고로 님, 재능과 집안의 평판으로 보면 아직 어리지만 노부토키 님이 적당하다고 여겨지는데, 문제는 농성군이 어떤 분을 기쁘게 새주인으로 받아들일까에 있겠지요. 농성군이라고는 하지만 그들은 결코 적은 아닙니다. 그들 역시 다른 지역에서 새로운 주인을 맞이하기보다는 가문 안에서 가장 적당한 사람을 군주로 모시고 싶을 겁니다. 그러니 집안끼리의 어수선한 말썽을 늘리느니 그들의 자유로운 선택에 맡겨 납득시키는 편이 좋을 거라 사료됩니다."

그의 진언은 타당했고 도리에도 맞았다. 노부나가 역시

내심 사부로고로를 세우는 것이 마음에 들지 않았는데 타당한 이유를 찾아서 매우 기뻤다.

그는 바로 중신들을 불러 모았다.

"모리야마 성의 새로운 주인으로 하야시 형제가 추천한 사부로고로와 사쿠마 지에몬이 추천한 노부토키 두 명이 거론되고 있다. 내 생각에는 둘 다 적당한 인선이지만 이를 받아들일 가신들이 납득하지 않으면 의미가 없으니 최후의 선택은 농성군의 의지에 맡기도록 하겠다."

사쿠마 지에몬은 실수를 모르는 자다. 특히 상대가 음모술수에 강한 하야시 형제인 만큼 무슨 일이든 선수를 쳐서 준비해야 한다. 그래서 그는 사전에 성 안의 쓰노다 신고와 연락해서 미리 협의해 두었다.

쓰노다 신고는 처음부터 가장 유리한 조건으로 새로운 주인을 받아들일 작정이었기 때문에 비밀리에 지에몬과 연락을 계속하면서 귀족들의 정세에 주목했다. 노부나가나 간주로, 마고사부로, 하야시 형제 등 모두들 강한 세력을 가진 자로 누구를 주인으로 받아들이든 줄만 잘 서면 큰 혜택을 얻을 수 있을 것 같았다.

형제의 순서로 봤을 때는 장남인 사부로고로가 오는 것이 당연하겠지만, 당연한 이를 주인으로 고르다면 그는 고마운 마음을 가지지 않을 것이다. 하지만 노부토키를 고른다면

그들이 무리해서 골라준 만큼 노부토키는 그들에게 고마워
할 것이다.

이런 생각 끝에 쓰노다 신고는 지에몬에게 연락을 넣었
다.

"성 안의 자들이 사부로고로 님을 밀고 있지만, 제가 압
력을 넣어서 노부토키 님을 선택하게 하고 존경하며 따르게
만들겠습니다."

그는 생색을 내며 노부토키를 택했다.

이에 모리야마 성의 새로운 주인은 아와노카미 노부토키
로 결정되었다.

누구보다 기뻐한 자는 생각지도 못하고 있다 성주가 된
노부토키였다. 그는 그 모든 것이 지에몬 덕분이라 생각하
며 감격했지만, 오히려 생색을 낸 것은 쓰노다 신고였다.

"지에몬 님의 노력이 없었다면 당연히 사부로고로 님이
성의 주인이 됐을 겁니다. 평생 잊지 말아야 할 은인이니 녹
봉을 통해 보답하는 것이 좋을 것 같습니다."

그는 노부토키를 부추겨 새로운 영지에서 100석의 녹봉
을 지에몬에게 주게 했다. 그의 말 속에는 지에몬의 은혜를
잊지 않는 것과 동시에 자신의 은혜 또한 잊지 말라는 뜻이
담겨 있었다. 지에몬의 추천이 있었다고는 하지만 최후의

판단은 자신에 의한 것이니 그것을 잊지 말라는 노골적인 생색이었다.

애초부터 쓰노다 신고는 녹봉 같은 것을 바라지 않았다. 그는 그저 어떻게 해서든 영리한 새로운 성주를 자기 뜻대로 부리고 싶을 뿐이었다.

하지만 나이는 어리지만 영리한 노부토키는 무슨 일이든 자기 혼자만의 판단으로 해결하고 싶었다. 그에게는 그를 항상 따라다니는 시종들이 있었는데 그 중에 마고 헤이지란 자가 있었다. 그는 모리야마 성의 서열 두 번째 가신인 사카이 기자에몬의 아들이었다.

노부토키는 무슨 일이든 항상 첫 번째도 마고 헤이지, 두 번째도 마고 헤이지였다. 그는 심지어 정치적인 문제까지 마고 헤이지와 상의했다. 마고 헤이지는 자신의 아버지인 사카이 기자에몬의 도움을 받았는데, 결과적으로 그로 인해 쓰노다 신고는 허수아비 같은 신세가 되어 버렸다. 그가 쓸데없이 생색을 내며 자기 마음대로 조정하려다 오히려 반감을 사고 만 것이다. 이에 쓰노다 신고가 이런 대접을 받아들이지 못하고 큰 소동을 벌이게 되는데 그것은 1년 후의 이야기다.

한편 모리야마의 성주로 사부로고로를 추천했다 실패한 하야시 형제는 약이 잔뜩 올랐다. 그들은 집안 대대로 필두 가신의 명문 집안으로 주인 다음 가는 존재다. 사실상의 실권이나 관록도 두 번째인 간주로나 숙부 마고사부로 보다도 위여야만 하고 사실 위이기도 하다. 집안의 가신들 중에는 노부나가를 제쳐두고 하야시 사도노를 따르고 싶어 하는 자도 적지 않았다.

노부나가가 나고야를 버리고 기요스로 옮기면 나고야는 당연히 사도노의 성이 되어야 했는데, 갑자기 바람이 바뀌면서 마고사부로의 것이 되고, 모리야마 성 조차도 손에 넣지 못했다. 이번 모리야마 성주를 결정하는데 있어서도 본래대로라면 마침 모리야마가 비었으니 누추하지만 잠시 그 정도라도, 라며 사도노에게 인사가 있었어야 했다.

사실 모리야마의 농성군과 하야시 형제는 사이가 좋지 않기 때문에 농성군을 그대로 두고 성주만 결정한다면 사도노에게 주는 것은 모양새가 좋지 않다. 그래서 아직 가신을 갖지 않은 형제들 중에서 선정했던 것이다.

하지만 본래대로라면 당연히 사도노가 성주가 될 자리였으니 사도노의 체면을 봐서 그가 추천한 사부로고로를 택하는 것이 지당한 일. 게다가 많은 이들이 지켜보는 가운데 그것이 이치에 맞는 인선이기도 했다.

이제 더 이상 하야시 무리는 참을 수 없다. 그런 식으로 싸움을 걸어오겠다니 제대로 상대해 주마. 겉으로는 드러나

지 않았지만 하야시 무리는 긴장으로 술렁거리기 시작했다.

　사카이 다이젠을 배신하고 나고야 성을 차지한 마고사부로. 그때 마고사부로와 다이젠의 밀사 역할을 한 신구 토나이는 최대의 공적을 세웠지만, 다이젠을 배신할 때 그 역시 배신당하고 말았다. 그의 공적은 다른 이들에게 빼앗기고 그는 빈손으로 쫓겨나버리고만 것이다.

　마고사부로는 신구 토나이에게 위로의 말을 건넸다.

　"원래 계략이라는 것이 은밀하게 진행되는 것 아니겠나. 적을 속이기 위해서는 부득이하게 아군까지 속일 때가 있다는 것은 무사들 사이의 불문율. 가장 많은 피해를 보게 된 자네에게는 정말 미안하게 생각하네. 곧 좋은 시절이 오겠지."

　하지만 마고사부로도 말만 그렇게 할뿐 그를 거두어주지 않았다. 그냥 따돌림만 당했다면 그나마 나은데 사람들은 그의 공적까지 손가락질했다.

　애초에 세운 밀약은 다이젠과 손을 잡고 노부나가를 무너뜨리면 마고사부로를 수호대리직으로 세워준다는 내용이었다. 즉 이것은 주인을 배신하는 밀약이었다. 하지만 상황은 오히려 거꾸로 마고사부로가 노부나가와 손을 잡고 다이젠을 배신하는 계획으로 바뀌었다. 주인을 배신하라는 꼬드

김에 넘어가지 않고 오히려 꼬드긴 이들을 배신하는 데에는 대의명분이 있었다. 그리고 이 전투에 공을 세운 자들은 마고사부로에게 기요스 성을 갖게 할 밀약을 갖고 온 신구 토나이를 오히려 원수처럼 말하며 낯짝도 두꺼운 녀석이라 손가락질했다. 신구 토나이의 가슴속은 억울함으로 멍들어 있었다.

그의 그런 심중을 파악한 하야시 미마사쿠는 신구 토나이에게 밀서를 보내 마고사부로를 살해하면 성 한 개를 내주겠다는 약속을 했다.

당시 모든 성에는 토노이라는 이름의 숙직실이 성주의 침실 옆에 있었다. 그곳에서는 사실 삼엄한 경계를 해야 하지만, 특별히 조심성이 많은 이들 외에는 대부분 형식적으로 운영되고 있었다.

신구 토나이는 우연히 숙직 담당을 맡은 날, 일동이 잠드는 것을 보고 마고사부로의 침실로 숨어들어갔다. 그리고 술에 만취해서 잠들어 있는 마고사부로를 단칼에 살해했다. 갑작스런 소동 소리에 놀라 일어난 다른 숙직 담당자들이 신구 토나이에게 덤벼들었고, 결국 신구 토나이는 칼에 맞아 죽었다.

마고사부로의 비명횡사 소식에 많은 이들이 기뻐했다. 아군인 노부나가 역시 마고사부로가 기요스 성을 빼앗아 주었기 때문에 어쩔 수 없이 나고야 성을 그에게 내주었지만, 그 속이 편치는 않았었다. 마고사부로의 죽음 소식에 주위가 술렁거렸지만 누구도 그의 아들에게 대를 잇게 하자는 얘기는 꺼내지 않았다.

이번에는 서열에 맞춰 하야시 사도노가 나고야의 성주가 되었다. 그 대신 노부나가는 유능한 장수들을 많이 얻을 수 있었다.

아버지 노부히데가 죽은 지 3년, 일족 중신들의 지지를 잃고 도대체 언제 망하는지 모든 이들의 이목을 끌던 바보 소년이 지금은 오와리를 비롯해 기요스 성의 주인이 되었다. 그리고 필두 가신인 하야시 사도노에게 나고야 성을 내주는 등 일찍이 아버지도 하지 못한 성공 일도를 달리고 있다. 훗날 노부나가가 애착을 갖고 절대 놓으려 하지 않았던 기요스 성은 이렇게 해서 그의 품에 들어올 수 있었다.

하지만 그의 고난의 역사는 이제부터 시작이나 다름없었다. 그의 유일한 후원자였던 미노의 살무사가 장남 요시타츠에 의해 살해되었기 때문이다.

제 8 장

살무사 간신히 목숨만 건지다

사이토 도산은 겨울이 되면 성에서 내려와 산 아래의 저택에서 새해를 맞는 습관이 있었다. 그는 성을 떠나기 전 나가이 하야토노쇼를 불렀다. 나가이 하야토노쇼는 도산의 형이지만 기민하지 못해 도산의 집사 같은 역할을 맡고 있었다.

"꺽다리 녀석은 어찌하고 있나?"

도산은 그게 약간 걱정이 됐다. 꺽다리 요시타츠는 한 달 전부터 병으로 드러누운 후 누구에게도 모습을 보인 적이 없었다. 나가이 하야토노쇼만이 가끔씩 병문안을 겸하여 그의 모습을 보러 갔다.

"이제 곧 죽을 것 같습니다. 길지는 않을 겁니다."

나가이 하야토노쇼는 싱긋 웃으며 답했다. 그의 대답이

도산의 마음에 들 것이라 생각했기 때문이다.

하지만 도산은 기분이 상한 얼굴이다. 모든 일에는 예의라는 게 있다. 아무리 도산이 싫어하는 아이라 할지라도 너의 아들이 곧 죽는다는 말을 웃으며 하는 자가 어디 있을까.

천성이 심한 아첨꾼이라 해도 이런 말을 할 때는 눈살을 찌푸리면서 음울한 얼굴로 이야기하는 것이 당연한 예의로, 웬만한 바보가 아닌 이상 이런 대답을 웃으며 할 사람은 없다. 자신의 형이니 만큼 바보취급을 하고 싶지는 않지만 그는 항상 그의 기분을 잡치는 말만 한다.

도산의 안색이 좋지 않자 나가이 하야토노쇼는 알랑거리며 웃었다.

"제행무상, 색즉시공. 사람은 아침에 태어나 저녁에 백골이 되는 법. 이 또한 어쩔 수 없는 일이지요."

도산은 더더욱 벌레 씹은 얼굴을 했다.

"귀공에게 비어 있는 성을 맡기고 겨울 준비를 하려고 하는데, 귀공은 언제나 천하태평인 것 같군,"

"그럼요, 천하는 태평합니다."

"귀공은 가끔씩 희한한 말을 잘 하는데 그 말이 무슨 뜻인지나 알고 하는 건가?"

"제 말에서 대단한 진리 같은 걸 찾으려고 하시지는 마십시오."

"하하하. 그 말도 맞구나. 그럼 비어 있는 동안 알아두어야 할 사항을 전달하도록 하지. 셋째 기헤이지가 이번에 새로운 관직을 얻는 것을 보고 눈치 챘겠지만, 우리 가문은 셋째 기헤이지가 이을 것이다. 집안에서는 장남 요시타츠를 큰 인물이라고 평가하고 있지만, 그건 그 녀석의 허울 좋은 위세에 넘어간 거지. 기헤이지는 보기에는 용감한 무사 같은 구석은 없지만 천하를 좌우하는데 충분한 식견을 갖고 있다. 꺽다리 녀석은 산골의 약해빠진 귀신들이나 감당할 정도일 걸. 귀공의 머리로는 이해되지 않겠지만 이것은 나의 명령이다. 귀공의 뜻에 상관없이 이 명령을 믿고 받들며 셋째 기헤이지를 항상 추대하며 무슨 일이 있어도 꺽다리 녀석이 형 노릇을 하려들지 못하게 신경써주길 바라네."

"노력하겠습니다."

"노력이 아니라 꼭 그렇게 해야만 하네."

"네. 꼭 그렇게 하겠습니다."

이렇게 다짐을 받은 도산은 산 아래의 사택으로 겨울을 나기 위해 내려갔다.

도산이 사라지자 나가이 하야토노쇼는 혀를 한번 날름 내밀더니 히죽히죽 웃으며 요시타츠의 병실을 찾아갔다. 오늘내일 한다던 요시타츠는 쌩쌩하게 일어나 책을 보고 있었다.

"도산이 산을 내려갔다."

나가이 하야토노쇼는 여기서도 아첨이 줄줄 흐르는 웃음을 지어 보였다.

도산이 셋째 기헤이지에게 대를 잇게 할 생각을 굳히자 요시타츠는 슬슬 결전의 시기가 왔다고 생각했다.

그는 병세가 위독하다는 핑계를 대고 방안에 틀어박혔다. 그리고 외부 사람들에게는 그의 병세가 날이 갈수록 악화되어 죽을 날만 기다리고 있다고 소문냈다. 이런 무리수를 두지 않으면 살해될 것이 뻔하기 때문이다. 그는 금방이라도 죽을 것 같은 환자연기를 하면서 때가 되기를 기다렸다. 그 때란 것은 도산이 산 아래의 사택으로 내려가는 때였다.

드디어 기다리던 날이 왔다.

요시타츠는 나가이 하야토노쇼의 보고를 듣고는 책을 덮고, 가신들에게 예전부터 준비시킨 대로 병상을 만들게 했다.

"그럼, 숙부님, 이제 슬슬 임종이 임박했다고 하며 마고지로와 기헤이지를 이쪽으로 불러와 주십시오."

"그렇게 하지."

"만약을 위해서 말씀드리는 건데, 임종 얘기를 할 때는 우울한 얼굴로 하셔야 합니다."

"내가 그 정도도 모를 것 같더냐? 남의 임종 소식을 전할 때와 세무서에 갈 때는 우울한 얼굴이 기본 아니더냐."

바보도 바보 나름대로 지혜는 있다. 바보를 얕보다가는 큰일 난다.

그는 바보 취급당하는 것이 싫었다. 그가 형인데도 불구하고 도산의 온갖 뒤치다꺼리를 해줬는데 고마워하기 보다는 항상 바보취급을 당하니 그는 가슴속에 한이 쌓이고 쌓였다. 그래서 언제부터라고 할 것 없이 요시타츠와 손을 잡게 된 것이다.

요시타츠도 그와 마찬가지로 형이면서도 소홀한 대접을 받았고 동생 기헤이지에게 주군의 자리까지 빼앗기게 되었다. 두 사람은 비슷한 입장에 서로 끌렸던 것이다. 도산은 잔악무도한 자이니 언제 무슨 일을 당할지 알 수 없지만, 인륜과 도리를 중시하는 요시타츠는 절대 자기 밑으로 들어온 자를 배신할 염려는 없다. 사람 보는 눈에 정통한 도산이 바보에게 당한다면 이것 역시 오랜 악행의 죄값일 것이다.

나가이 하야토노쇼는 마고지로와 기헤이지를 찾아갔다.

"요시타츠 님이 병세가 악화되어 내일을 장담할 수 없는 상태가 되었다. 너희를 만나서 후사를 부탁하고 싶다고 하니 한번 가보도록 해라."

나가이 하야토노쇼에게는 천하를 호령할 만한 능력과 식견은 없다. 그저 좋기만 한 천성에 도산의 눈에는 어수룩해

보였지만 그도 나름의 배짱은 있었는지, 눈 하나 꿈쩍하지 않고 거짓말을 했다.

하지만 마고지로와 기헤이지는 예전부터 요시타츠와 사이가 좋지 않았다. 요시타츠가 아버지를 향한 음모를 꾸미고 있다는 사실도 알고 있고, 무엇보다 특별히 그들을 만나 후사를 부탁할 만한 까닭도 없다.

마고지로는 유심히 숙부를 바라보았다.

"요시타츠 형님이 죽을 때 우리에게 용무가 있을 리가 없을 것 같은데, 용건이 있다면 숙부님이 전해주십시오."

"지금 당장이라도 숨이 끊길 것 같은 병자가 다 죽어가는 목소리로 동생들을 보고 싶다고 하는데, 차마 나는 매정하게 동생들이 보고 싶어 하지 않으니 나한테 말하라고는 못하겠구나."

"그럼 그냥 두면 되겠네요. 어차피 용무라면 누군가에게 남기고 죽지 않겠습니까."

"아무리 평소에 사이가 나빴다고 해도 다 죽어가는 병자인데 한번 가보는 게 어떻겠느냐? 죽은 사람 소원도 들어준다는데 이것도 다 공덕이다. 그래야 요시타츠도 죽어서 편히 눈을 감지."

마고지로와 기헤이지는 설마 이 멍청한 노인이 적과 한편이라고는 상상도 하지 못했다.

"설마 형님이 꾀병을 이용해 우리를 유인하려는 것은 아니겠지요?"

"당치 않은 소리. 하루살이 같은 목숨을 가진 병자가 그런 계략이나 세울 수 있겠느냐?"

"혹시 숙부님이 속고 계시는 거 아닙니까? 요시타츠 형님이 숙부님을 속이는 것쯤은 식은 죽 먹기일 겁니다."

"내가 요시타츠 병문안을 다닌 것이 어제 오늘이더냐. 도산 님의 대리로서 계속 드나들었으니 꾀병이 아니란 것은 이미 확인했고, 요시타츠의 심중도 이해 안 가는 것도 아니다. 녀석도 알고 보면 마음씨는 착한 놈이야."

"숙부님이야 워낙에 사람 좋으신 분이시니 어련하시겠습니까. 어쨌든 형이란 자가 죽을 날을 앞에 두고 있다고 하니, 내키지는 않지만 한번 보고 올까요?"

마고지로와 기헤이지는 논의 끝에 함께 요시타츠를 만나기로 했다.

나가이 하야토노쇼는 두 사람을 요시타츠의 방 앞으로 안내하고는 허리춤의 칼을 빼서 바닥에 내려놓았다. 하지만 이 모습을 보며 두 형제는 고개를 갸웃거렸다.

"요시타츠 형님의 병문안을 가는데 칼을 뺄 필요는 없지 않나?"

"당연하지요. 저도 이제 엄연히 관직을 받아 승진했는데,

무관인 요시타츠를 방문하면서 허리의 칼을 뺄 필요는 없다 생각합니다."

"쉿!"

나가이 하야토노쇼가 그들에게 주의를 줬다.

"임종을 앞둔 병자에게 그런 매정한 소리는 하는 게 아니다. 이제 세상을 떠나려 하는데 그동안 묵은 일들은 그냥 물 흐르듯 흘려보내고 좋은 마음으로 편안하게 갈 수 있게 해줘야 한다."

옆방에 병자를 두고 정에 관한 이야기를 하니, 차마 반발을 할 수 없었던 형제는 하는 수 없이 칼을 빼놓았다.

병실에 들어가 보니 요시타츠는 중앙에 누워 있다. 나병이 얼굴에 드러나 있으니, 꾀병은커녕 요괴 고양이의 임종처럼 오싹함이 느껴졌다. 요시타츠는 머리맡의 가신에게 가는 목소리로 속삭였다.

"마지막 이별을 위해 술자리를 대접하고 싶다."

"네. 알겠습니다."

준비되어 있던 이별의 술상이 들어왔다. 나병으로 얼굴이 뭉그러진 사람과 이별의 잔을 교환하는 것은 과히 유쾌한 일은 아니다. 마고지로와 기헤이지는 생각만으로도 토할 것 같은 기분이 들어 도저히 할 엄두가 나질 않았다.

"좀 더 이쪽으로."

이별의 술잔을 중간에서 전달할 나가이 하야토노쇼가 눈짓으로 두 형제에게 좀 더 앞으로 오도록 신호를 보냈다. 가신들이 요시타츠의 상반신을 안고 일으켰다. 방안에는 향이 가득했기 때문에 정확히 알 수는 없지만 갑자기 훅 하고 악취를 뒤집어 쓴 듯한 기분이 들었다.

나가이 하야토노쇼는 우선 마고지로에게 잔을 들게 하고 술을 부었다.

'괴물이 먼저가 아니라 내가 먼저라니 그나마 낫군.'

마고지로는 안심하고 잔에 술을 받았다.

그때 바로 옆에 대기하고 있던 무사 하나가 재빨리 칼을 뽑아 들고는 단숨에 마고지로의 목을 내려쳤다. 그리고 바람을 가르듯 기헤이지도 단숨에 베었다. 손놀림이 보이지 않을 정도로 빠른 솜씨였다.

도산은 산 아래의 사택으로 내려오니 왠지 안심이 되었다. 아무래도 이나바 성의 생활에는 안도감이 없다.

툇마루에 나가보니 학이 한 마리 지나쳐간다. 사람이 있든 없든 신경 쓰지 않고 지나가는 새의 모습을 보니 그 역시 한때는 저렇게 안정된 생활을 한 적이 있는 듯한 기분이 들었다.

"나도 늙었나 보구나."

도산은 생각했다. 요시타츠의 존재를 신경 쓰기 시작하고 난 후부터 그의 생활은 더 이상 고결함을 추구할 수 없었다. 암살의 위험이 언제나 그의 옆에 함께 하는 이상 모든 것을 초월하고 고귀하게 사는 것은 무리였다.

홋타 도쿠가 인사를 하러 왔다.

"어제 노부나가 공이 갑자기 수행원도 없이 저희 집에 놀러왔습니다."

"그 녀석도 바쁘겠구나."

"그렇지도 않은 것 같습니다. 최근에는 전통 춤에 빠졌는지 저희 집에서도 한 번 보여준 적이 있습니다. 여름 내내 전쟁 틈틈이 백성들과 전통춤을 즐기며 보낸 것 같습니다."

"어떤가? 여전히 바보로 보이나?"

"바보라고 생각하면 바보로도 볼 수 있는 생활입니다. 아직도 속옷 한 장만 입고 마을 사람들과 씨름을 하고 있으니까요."

자유분방. 도산은 문득 그렇게 생각했다. 예전부터 그랬다. 그는 그렇게 자신을 누르는 압박을 머릿속에서 떨쳐낸 것이다.

"노부나가는 대단한 녀석이다. 그에 비하면 나는 참 헛살았구나."

"지금 노부나가 공과 비교하시는 겁니까?"

"바보 같은 소리. 노부나가는 노부나가, 나는 나다. 죽음을 내 손아귀에 쥐고 있다고 생각했던 내가 죽음을 쥐기는커녕 나를 넘어선 죽음을 기다리고 있다니, 나도 참 못난 녀석이었다는 소리다."

"죽음을 기다리다니요?"

"못난 꺽다리 녀석이 죽기를 기다리고 있잖나. 암살과 독살의 대가였던 내가 그저 녀석이 죽기만을 기다리고 있다니 한심하지. 노부나가를 만나거든 전해주게. 바보짓이 바보를 넘어서면 그때는 끝이라고. 평생 어른이 되지 말라고 해."

두 사람이 정원 앞에서 이야기를 나누고 있는데 갑자기 신하 한 명이 그를 찾아왔다.

"지금 성 안의 요시타츠 공의 심부름꾼이 와서는 화급한 용무가 있다고 합니다."

"요시타츠가 죽었나?"

"그런 얘기는 하지 않았지만, 요시타츠 공으로부터의 급한 용무라고 합니다."

"도쿠, 자네가 가서 듣고 오거라."

"네."

도쿠가 들어가 보니 요시타츠의 심부름꾼 유리 산사에몬이 기다리고 있었다.

"유리 산사에몬인가?"

"홋타 도쿠 님. 오랜만에 뵙습니다. 그동안 격조했음을 너그러이 용서해주시기 바랍니다."

"그런데 용건은?"

"오늘 오후 11시 요시타츠 님이 마고지로 님과 기헤이지 님 두 형제를 살해하셨다는 소식을 보고하고 오라는 명령이었습니다."

"그런 큰일이. 그런데 자네는 적의 사자인가, 아군의 사자인가?"

"요시타츠 님의 사자입니다."

"그럼 적이군."

"그런 셈이지요."

임종 직전의 환자라 하던 사람이 두 형제를 죽였다고 한다. 게다가 살인한 당사자가 특사를 파견해서 보고하라 했다니 웬만한 일로는 잘 놀라지 않는 도산도 간담이 서늘해져 유리 산사에몬을 접견했다.

그런데 요시타츠의 사자를 고르는 법이 교묘하기 짝이 없다. 두 형제를 불러들일 때는 사람 좋은 숙부를 이용했지만, 도산에게 사자로 온 유리 산사에몬은 좋은 집안에서 교육을 잘 받고 자란 예의가 바른 자로 나가이 하야토노쇼보다 한 수 위인 인물이다.

유리 산사에몬은 도산의 앞에 엎드려 절했다.

"이거 정말 대단하신 존안을 뵙게 되어⋯⋯."

"대단할 것 없다. 너는 그저 내가 묻는 말에 대답만 하면 충분하다. 요시타츠는 머리도 들지 못할 정도의 병자가 아니었느냐?"

"네, 병이 낫지 않아 일어나지는 못하지만 혈색도 좋고 매우 건강하십니다."

"마고지로와 기헤이지가 어떤 식으로 죽었느냐?"

"칼로 베었습니다."

"그건 이미 알고 있다. 칼로 치기 전에 요시타츠의 수족이 공격을 해왔다던가, 유인했다던가 그런 것이 있을 거 아닌가."

"발단은 나가이 하야토노쇼 님입니다."

"나가이 하야토노쇼가 어떻게 했나?"

"요시타츠 공의 명령을 받아 마고지로 님과 기헤이지 님께 가서 임종 전에 한번 보고 싶어한다며 안내했습니다. 그리고 이별의 술잔을 교환하면서 그때 칼로 벤 것입니다."

"요시타츠가 베었나?"

"요시타츠 님은 병자인 척 하고 있었기 때문에 스스로 벨 수 없었습니다. 다른 누군가가 베었다고 하는데 저는 그 자리에 있지 않았기 때문에 그것까지는 모르겠습니다."

"성 안의 자들은 요시타츠의 명령에 따르고 있는가?"

"네, 소문을 들은 즉."

"성 안은 평안한가?"

"왁자지껄한 것 같았습니다."

"전쟁준비를 하고 있는 것이냐?"

"아마 그런 것도 같은데, 실은 제가 점심시간에 식사를 하다말고 급하게 특사로 오는 바람에……."

"좋다, 잘 알았다. 성으로 돌아가 요시타츠에게 전하거라. 너의 이야기를 잘 들었고 탄복하고 있다고. 하지만 점심도 먹는 둥 마는 둥 해서 심부름을 보내면 사신이 너무 당황한다고 전하거라. 너는 빨리 돌아가서 다시 점심을 먹거라."

"거기까지 신경써주시니 진심으로 감사드립니다."

유리 산사에몬은 무사히 역할을 달성하고 성으로 돌아갔다.

도산은 중신들을 불러모았다.

"상황은 너희들도 들은 대로니, 나는 우선 이곳을 떠날 것이다."

"일단 성 안의 동정을 살펴보게 하는 것이 어떻습니까?"

"이런 때는 빨리 도망가는 것이 최선이다. 적의 모습을 살펴보는 것은 도망간 후에 해도 충분하지만, 도망칠 시각을 놓쳐버리면 아무 것도 할 수 없는 법이지. 군자는 사려

깊고 몸을 조심하며 쓸데없이 위험한 일을 하지 않는다 하지 않더냐. 불시에 일을 당했을 때에는 도망치는 것이 가장 현명한 것이다. 꺽다리의 꾀병을 보고도 놓친 몹쓸 눈으로 낙착해본들 어찌하겠느냐. 나도 이제 완전히 맛이 간 늙은이인 모양이다."

도산은 물건도 제대로 챙기지 않고 도망쳤다. 나가라 강을 건너 산속으로 숨어 들어가 야마가타란 곳에서 겨울을 나며 전쟁준비를 시작했다.

제 **9** 장

살무사 패하다

　도산이 야마가타로 도망간 것은 11월 22일. 산속에서 겨울을 나면서 전비를 갖춰 다시 출진한 것이 다음해 4월 18일. 가쿠잔이라는 높은 산의 꼭대기에 진을 치고 전 지역을 내려다보며 위세를 떨쳤다.

　애초에 도산이 산 아래로 내려간 사이에 갈취당한 이나바 성은 상당히 높은 산꼭대기에 지어진 곳이었다. 서북으로 나가라 강이 흐르면서 자연스레 성으로의 접근을 막는 해자 역할을 했고, 남쪽으로는 넓은 산기슭을 자연의 요새로 삼으면서 이나바 성은 아무리 대단한 장수라도 함락시키는 것이 거의 불가능해 보일 정도로 굳건한 성이었다. 게다가 악독하기로는 따라올 자가 없는 도산이 반생애를 거쳐 만든 곳으로 웬만한 적은 질려서 엄두도 못 내는 성이었다.

이런 성을 빼앗겼으니 도산이 당황하는 것도 당연했다. 이성과 비이성의 조화가 누구보다도 뛰어났던 도산이 쓸데 없이 무리수를 두지 않고 재빨리 도망친 것은 현명한 일이 었다.

추운 산속에서 무념의 전쟁 준비 기간 5개월. 미노 일당 이라는 이름으로 천하에 용맹을 떨치던 그의 가신 중 절반 이상이 적이 되어 도산의 성에 틀어박혀 있으니 최악의 전 쟁인 것이다.

하지만 기가 센 도산은 4월 18일에 출진해서 나가라 강을 막고 이나바 산보다도 더 높은 가쿠잔 정상에 진을 치고 나 니 봐라, 하며 당당하게 나설 수 있다는 생각에 기분이 후련 해졌다. 그러나 기가 지나치게 센 것도 쇠약해짐의 한 증상. 강한 것만이 능사는 아니다.

노부나가도 출진했다. 도산에게 있어서는 미노를 다시 되 찾느냐 마느냐의 중대한 일전. 지금까지 계속 도산의 도움 만 받고 자신은 한 번도 힘이 되지 못한 노부나가는 의욕 충 만하게 출진 준비를 하긴 했지만, 사실 그도 그리 좋은 상황 은 아니었다.

우선 1월에는 이마가와 세력이 오카자키에 진을 치고 나 와 오와리를 어지럽히고, 오가와의 미즈노 긴고를 고립시 켜, 그들을 돕고 연결로를 회복하기 위해 출진해야 했다. 당시에는 그가 없는 동안 기요스 무리가 나고야를 어지럽힐 불안이 있어 도산에게 빈 성을 맡겼다.

1월 20일, 출진을 정했더니 하야시 형제가 불평을 하며 참가 거부. 어려움 끝에 출진해서 적을 격파하고 목적을 달성했지만, 아군의 사상자가 수를 셀 수 없을 정도로 많아 그의 군사력 중 절반을 잃고 말았다.

4월 19일, 마고사부로가 사카이 다이젠을 배신하고 기요스 성을 손에 넣고 노부나가에게 주었으나, 노부나가는 나고야 성과 아래쪽 4개의 군 절반을 마고사부로에게 주어야 했다.

6월 22일, 모리야마 성주 마고주로가 노부나가의 동생 기로쿠로를 죽이고 도망쳐 행방을 감췄다. 사쿠마 지에몬의 알선으로 동생 기로쿠로를 모리야마 성주로 세우는데 성공했지만, 그것 때문에 간주로, 시바타 곤로쿠, 하야시 형제, 사부로고로 등과의 불화는 더욱 깊어졌다.

11월, 마고사부로가 살해당하고 나고야 성은 하야시 도노의 것이 되었다.

이와 같이 노부나가의 주변에는 이미 아군이라 부를 만한 자는 하나도 없고 장인인 도산만이 유일한 버팀목이었다. 그런 도산이 11월 22일에 산 아래의 저택으로 내려가자마자 산 위의 성을 빼앗겨버린 것이다.

시간은 쏜살같이 지나갔고, 주위의 모든 적들이 숨죽이고 앉아 장인과 바보 사위가 쓰러지는 날만을 기다리고 있다. 깊은 숲속에 박혀 지내듯 적막 같은 매일이었다. 하지만 곤란한 일은 이것 뿐만이 아니었다.

도산이 성을 빼앗기자 그때까지는 적도 아군도 아닌 듯 아무런 태도도 취하지 않던 가까운 자들이 하나둘 적의 색을 명확하게 드러내기 시작한 것이다.

그 첫 번째 인물은 오다 이가노카미.

이가노카미는 오다 종가 중 하나이자 이와쿠라의 성주로 명목은 위쪽 4개 군의 수호대리였다. 즉 아래쪽 4개 군의 수호대리인 기요스와 어깨를 나란히 하는 오다 일족의 종가였던 것이다.

그는 기요스처럼 반항하지 않고 명목뿐인 수호대리에 만족하며 노부나가의 밑에서 조용히 명예를 지키며 조상 대대로 이어온 이와쿠라성을 지켜왔다. 그가 그렇게 지낸 것은 노부나가 배후의 도산이 무서웠기 때문이기도 하지만, 오래된 가문답게 쓸데없이 욕심 부리는 대신 단념도 빠르고 무사안일주의가 몸에 배어 있기 때문이기도 했다.

그런데 노부나가의 친동생인 간주로가 이제 어른이 되면서 자신의 가신인 시바타 곤로쿠에게 휘둘리는 것만이 능사가 아니란 것을 알게 되었다. 그리고 스스로의 힘으로 바보 형 노부나가를 대신하고 싶다는 생각을 갖기 시작했다.

간주로의 가신 중에 삿사 구란도라는 자가 있었다. 빈틈 없고 약삭빠른 성격의 그는 간주로를 부추겼다.

"시바타 곤로쿠는 노부나가의 중신 하야시 형제를 아군으로 만들어 노부나가를 쓰러뜨릴 작정인데, 이 계획에는 많은 위험요소가 잠재되어 있습니다. 하야시 형제는 재략에 뛰어날 뿐만 아니라 그 관록이 젊은 주인을 초월할 정도이기 때문에 마고사부로가 죽은 후 나고야 성을 차지할 때도 그 누구도 부족하다 말하는 자가 없었습니다. 즉 관록에서 보더라도 하야시 사도노 님이 우리 가문보다 한 수 위라는 것을 모두들 자연스럽게 인정하고 있는 뜻 아니겠습니까? 그러니 하야시 형제와 손을 잡고 노부나가를 쓰러뜨린다 해도 자칫하다가는 노부나가의 후임은 주군님이 아니라 하야시 사도노가 될지도 모릅니다."

"그 부분은 나도 신경 쓰이는 대목이다."

"그래서 제 생각입니다만, 하야시 형제와 연락은 전적으로 곤로쿠에게 맡겨두고, 몰래 이와쿠라 성의 이가노카미를 포섭하는 것이 어떨까요? 이가노카미는 기요스 멸망 후 유일한 오다 가문의 종가로 그를 아군으로 끌어들인다면, 노부나가의 후임은 군주님이라는 것을 공인 받은 거나 다름없는 것입니다. 노부나가는 기요스를 쓰러뜨리기 위해 적에게 휘둘려 오랫동안 고생을 했지만 그것은 어리석기 그지없는 일입니다. 우리가 이가노카미를 포섭해서 아군으로 끌어들인다면 크게 힘들지 않고 오와리의 주인으로 합당한 인식을 얻을 수 있습니다. 저에게 맡겨 주시면 제가 확실하게 이가노카미를 포섭해 보이겠습니다.”

“그럴 듯한 얘기구나. 네게 맡길 테니 어디 한번 해 보거라.”

삿사 구란도는 몰래 이와쿠라 성 안으로 들어갔다. 마침 그때 도산이 이나바 성을 빼앗기면서 이가노카미의 마음이 조금 움직였다.

노부나가는 바보이고 간주로는 이성적인 자라는 평판이 자자했고, 도산이란 후원자가 없어지면서 노부나가는 이제 한 줌 거리도 안 된다고 모두들 수군거리고 있었다.

삿사 구란도는 이가노카미에게 속삭였다.

“귀공이 간주로 공의 아군이 되어 주신다면 오와리 위쪽 4개 군의 수호직이라는 지위를 지금처럼 명목만이 아니라 실권을 같이 드리겠습니다. 그리고 간주로 공이 아래쪽 4개 군을 통치해서 서로 협력하여 오와리를 평화롭게 하는 것이 좋지 않겠습니까?”

삿사 구란도의 달콤한 속삭임에 결국 이가노카미의 마음

도 간주로를 향해 돌아섰다. 그러자 도산이 완전히 무너지고 나면 바로 간주로 공을 추천해서 노부나가를 토벌하기 위한 군사를 일으킬 것이라는 뜬소문이 높아져갔다.

이와 같이 도산이 성을 잃은 후 노부나가에게도 많은 변화가 생겼다. 지금까지 적이 아니었던 자들까지 적의 색을 띠기 시작했고, 이번에는 전쟁에 나가는 데도 도산에게 빈자리를 지켜달라고 할 수도 없다. 노부나가가 직접 관할하는 지역의 반수 이상이 적으로 돌아설 것이 분명했다.

노부나가는 허리춤에 부싯돌 주머니를 주렁주렁 달고 다닌 시절부터 같이 지내온 가신들을 불러모았다. 그들 외에는 기댈 수 있는 아군이 없었다.

누구보다도 위험한 길을 즐기는 센쿠로가 의외로 정면으로 반대하며 나섰다.

"이건 의리, 인정의 문제가 아닙니다. 출진하면 누군가에게 성을 빼앗길 뿐입니다. 사위와 장인 똑같이 적에게 성을 빼앗겨버리면 서로 닮아서 좋을지 모르겠지만, 그렇다고 사이좋게 둘 다 성을 되찾을 수 있는가 하면 그렇지도 않지요. 지금 미노의 경우에도 중신들과 군대의 절반 이상이 적으로 돌아섰는데, 오와리의 대부분이 적으로 돌아서리라는 건 자명하지 않습니까? 성이 있으면 어떻게든 버틸 수 있겠지만,

성을 잃으면 지킬 수도 없습니다. 하물며 빼앗긴 성을 되돌리는 것은 가당치도 않습니다. 도산 님의 은혜는 잊을 수 없지만 자멸하는 게 뻔히 눈에 보이는데 의리를 앞세우는 것은 바보 같은 짓입니다."

매우 그럴 듯한 말을 했다. 노부나가는 껄껄 웃었다.

"마냥 돌머리는 아니었던 모양이구나."

"나이 탓이겠지요. 무엇보다 도산 님이 노부나가 같은 애송이의 도움을 달가워하지 않을 겁니다. 그 영감님은 대단한 분입니다. 천성이 나쁜 놈들은 다른 이에게 의리, 인정을 요구하는 법인데 그 영감 나리는 자신이 남의 의리, 인정을 짓밟은 것처럼 남들에게도 의리, 인정을 요구하지 않습니다. 게다가 장군에게만은 의리, 인정을 쏟아주었지만 그런 장군에게조차 의리, 인정을 요구하지 않습니다. 오히려 장군이 의리를 보이다 자멸하면 바보 같은 녀석이라며 화를 낼 겁니다."

"마치요는 어떻게 생각하나?"

"저도 돌머리와 같은 생각입니다."

"다른 의견이 있는 자는 없는가?"

"……."

"모두 돌머리인가?"

"하하하하. 제 머리가 점점 명석해진 탓입니다. 훗타 도쿠 님이 도산 님의 말을 전해왔습니다. 암살과 독살의 귀재 도산에게 죽음이 넘쳐나면 이제 끝이라고요. 사위에게 의리, 인정을 받친 걸로 만족하고 이제 끝났다는 의미입니다. 사위에게 의리, 인정의 답례를 요구하는 처량한 짓은 하지 않겠다는 의미이기도 합니다. 살무사는 역시 오싹할 정도로 대단합니다."

"나도 그 말을 떠올리고 있었다. 그래서 나는……."

노부나가는 슬며시 웃음을 흘렸다.

"전쟁에 나갈 것이다."

"장군이 살무사를 도우러 나가도 살무사에게 웃음꺼리가 될 뿐입니다."

"도산 님의 또 다른 말씀을 잊었나 보구나. 바보짓이 바보를 넘지 못하게 하라고. 평생 어른이 되지 말라고. 하하하. 바보짓이 나를 넘치면 노부나가는 끝이다. 전쟁에 나갈 테니 그렇게 알아라."

"음, 역시 대단하신 분이다."

센쿠로는 탄식했다.

"그럼 나는 오늘을 끝으로 은거할 테니 준비를 하거라."

일동은 당황해서 노부나가를 바라보았다.

"내년에 다섯 살이 되는 아드님이 아무리 나날이 아버지

보다 조숙해진다고, 어찌 스물셋이란 나이로 세상을 저버리려 하십니까."

센쿠로가 중간에 끼어들었다.

"내가 은거하는 것은 아들에게 자리를 물려주기 위해서가 아니다. 노부나가는 오와리의 우두머리 자리를 은퇴하고 오늘부터는 부에사마가 나라를 지킨다고 오와리 전체에 포고하거라. 기요스 성도 곧 부위사마에게 내어주고 나는 이제 북쪽 성루에 은거한다. 지금부터는 부위사마를 이 지역의 다이묘로 받들 것이니 소홀함이 있어서는 안 된다."

지금의 부위사마란 시바 요시카네. 2년 전 아버지 요시무네가 히코고로와 다이젠 등에게 살해당한 후로 요시카네는 노부나가의 식객노릇을 하면서 북쪽 성루에 은거하고 있었다. 그런데 오늘부터는 반대로 부위사마가 다이묘로 부활하고 노부나가는 북쪽 성루에 은거하겠다는 것이다.

"지금 최악의 상황을 준비하며 계획을 세우시는 겁니까?"

마치요는 감탄하며 혀를 내둘렀지만 노부나가는 별거 아니라는 듯 고개를 가로저었다.

"나 스스로도 비참하고 슬픈 일이다. 하지만 내가 이렇게 무력하니 어쩌겠느냐. 조금이라도 도움이 될 만한 것은 무슨 짓이든 할 수밖에 없다."

어쩔 수가 없는 선택이었다. 그냥 흉내만 내서는 세간의 눈을 속일 수 없기 때문에 오와리 전체에 포고하는 것뿐만 아니라 이마가와 요시모토에게도 사자를 보냈다.

"나 노부나가는 이제부터 은거생활에 들어가고 대신 부위사마를 총대장으로 세울 작정입니다. 그러니 미카와 지역에서도 기라 님을 총대장으로 세우는 게 어떻겠소? 그리고 이와는 별개로 두 지역의 친교를 맺고자 하니 그 자리도 마련해주시기 바랍니다."

미카와의 기라 가문은 지금은 쇠퇴했지만, 아시카 장군을 잇는 일본의 두 번째 가문이었고, 이마가와는 세 번째였다.

아시카가 쇼군 집안에 아들이 없을 때는 기라 가문의 아들이 쇼군이 되고, 기라 가문에도 아들이 없으면 이마가와의 아들이 쇼군을 잇게 되어 있었다. 하지만 기라 가문은 기요스의 북쪽 성루에 은거중인 시바 요시카네와 마찬가지로 무력하게 되었기 때문에 스스로 힘을 키운 이마가와 요시모토에게 있어서는 기라 가문이라는 존재는 이미 안중에도 없었다.

기라를 명목상의 미카와의 다이묘로 세웠을 때 이마가와의 위세는 아무 지장도 없겠지만, 시바 씨가 오와리의 다이묘로 부활하고 노부나가가 은거하게 되면 노부나가처럼 실력도 신용도 없는 애송이에게 있어서는 꽤 치명적인 문제이다.

그래서 기라 씨가 미카와의 다이묘로, 시바 씨가 오와리 다이묘로 양쪽이 만나는 친교의 자리를 위해 격이 더 아래인 오와리 쪽에서 직접 미카와로 움직였다. 노부나가는 부위사마의 시중 역할로 미카와로 갔다가 무사히 모임을 마쳤다. 이것이 4월 초의 일이다.

그리고 부위사마에게 기요스 성을 넘기고 자신은 북쪽 성루에서 자리를 잡으면서 모든 출진의 준비가 끝났다.

노부나가가 자리를 비운 동안 부위사마가 배신할 작정으로 누군가를 성 안으로 끌어들이면 노부나가는 더 이상 천하에 머물 곳이 없게 되지만, 어쨌든 부위사마의 합의가 없으면 누가 기요스 성을 빼앗든지 대의명분이 없어진다. 위엄이 서지 않는 대의명분이지만, 이것이 노부나가에게는 최선의 방법. 위험한 줄타기로 최악의 위험도 각오했다.

"겨우겨우 누더기처럼 기워놓기는 했는데 참담하기 그지없구나. 하지만 모든 것이 하늘의 뜻, 당할 사람은 어떻게든 당하게 돼 있다."

노부나가가 쓴웃음을 지으며 택한 영웅적인 행동에 감동한 것은 노히메였다. 당시 노히메는 폐병으로 침상에 누워 지내는 날이 많았다.

부위사마에게 성을 넘기고, 남편이 북쪽 성루에 머물게 되면서 노히메도 시녀들의 보살핌을 받으며 북쪽 성루의 한 구석으로 이사했다. 태양 볕이 들지 않아, 죽기도 전에 미라가 되어버릴 것 같은 방이었다.

하지만 이 모든 것이 노부나가가 아버지 도산을 돕기 위해 무모한 출진을 결정하며 생긴 일이기 때문에 노히메는 이대로 숨이 끊어져 미라가 되어도 기쁠 것 같았다. 미노의 살무사와 오와리의 바보를 연결하고 있는 오색 무지개보다 아름다운 위대한 우정을 볼 수 있는 것만으로도 행복했다.

그러나 노히메는 그런 생각에 마냥 빠져 있을 수만은 없었다. 너무 바빴다. 세상에 남자에게는 전쟁, 여자에게는 이사만큼 바쁜 일은 없다.

노부나가가 부위사마를 다이묘로 세우고 그 시중이 되어 미카와로 출장을 가서 기라 씨를 만나고 돌아와서 성을 넘긴 4월. 이미 살무사는 미노의 산속 야마가타에서 출진, 4월 18일에는 가쿠잔의 정상에 진을 세웠다. 노부나가는 그의 속도에 맞추는 것만으로도 숨이 벅찼다.

"이번 만큼은 내가 전사하면, 미안하지만 당신도 자결하기를 바라오."

노부나가는 노히메에게 이런 말을 남기고 출진했다. 기소천, 히다천을 넘어 오오요시에 본진을 차렸다.

4월 20일 도산은 가쿠잔을 내려와 나가라 강까지 나가면서 전장에서 생을 마감할 각오를 굳혔다.

"성을 이렇게 빼앗기니 속수무책이구나. 새삼스럽긴 하지만 이렇게 밖에서 내 성을 바라보니 공격하는 이에게는 위대하기 그지없는 성이다. 하지만 저 성 안에 나의 군대와 병기가 그대로 남아 있으니 어떻게도 할 수 없구나."

가쿠잔의 정상에서 내려다보니 성 안의 자들은 아무도 아군에게 올 것 같지 않았다. 이틀 동안 사태를 지켜보다 아무런 징조가 없자 결국 도산은 패전의 각오를 굳혔다. 내통자가 있는지를 지켜보는데 이틀 이상을 허비할 정도로 늙어빠진 도산은 아니었다.

도산은 중신들을 불러 모았다.

"아무래도 우리를 도우러 나올 자는 없는 것 같구나. 쓸모 있는 무기들은 모두 성 안에 놓고 왔으니 선물을 들고 우리를 찾아올 배신자가 없는 이상 우리는 제대로 된 전투를 할 수 없다. 내 수명이 다 됐다는 얘기겠지. 나는 내일 최전선으로 갈 것이다. 너희는 뒤쪽에서 보고 있다가, 내가 죽거든 내키는 대로 하거라. 요시타츠에게 항복하고 다시 미노의 주인을 섬기는 것도 좋겠지만, 다른 곳으로 가서 주인을 찾는다면 오다 노부나가의 가신이 되거라. 곧 요시타츠도 노부나가에게 목을 내줄 시기가 올 것이다."

"장군, 어찌 이리 성격이 급해지셨습니까. 그런 식으로 쉽게 운명을 단정 짓지 마십시오."

"너희들은 쉽게 나쁜 짓도 할 수 없는 자들이니, 수명이 다해 가는 것을 보는 게 익숙지 않겠구나. 하지만 나는 여태껏 남의 수명을 쥐락펴락하며 살아왔으니 내 수명이 다른 이의 손에 쥐어지는 것 또한 알 수 있다. 내일은 그냥 슬슬 악당이 죽는 모습이나 구경들 하거라. 쓸데없는 관심이나 동정은 그만 두는 것이 좋다."

그러나 도산이 소수의 군대를 이끌고 최전선에 나가는 것 또한 운명을 건 최후의 모험 중 하나다. 그가 움직이지 않으면 주사위도 움직이지 않는다. 최후의 주사위는 과연 어떻게 움직일 것인가. 어쩌면 도산은 악당이라기보다는 순진한 인물이었을지도 모른다. 하늘이 그의 손을 들어줄 기회는 그것뿐이다.

4월 20일. 도산은 가쿠잔을 내려왔다. 그리고 나가라 강의 강변으로 나왔다.

도산은 갑옷 위에 화살을 피하기 위한 천을 뒤집어쓰고 있었다. 그는 좌우로 군사들을 거느리고는 전면으로 나와 의자를 펴고 앉았다.

요시타츠 곁으로 파수병이 다가왔다.

"도산 님의 본진, 강변 최전선으로 출진했습니다."

의붓아버지와 싸움을 앞둔 요시타츠는 경계를 늦추지 않았다. 아군의 동정을 계속 살펴봤지만 그를 새로운 주인으로 받드는 결속은 다행히도 매우 굳건했다. 혹시라도 배신할 불안의 여지가 있는 자라고 하면 다케고시 도우진 정도였다. 사실 다케고시도 마음속 깊은 뜻을 알 수 없을 뿐이지 수상한 구석이 없는 것은 아니다.

이에 요시타츠는 중신들을 불러 모았다.

"도산이 직접 무사들을 끌고 전면으로 나섰다. 내 생각에는 광기로 밖에 생각되지 않지만, 상대가 도산이니 만큼 또 다른 계략이 있을지도 모르지. 하지만 도산이 전면으로 나온 이상 이보다 좋은 결전의 기회는 없을 것이다. 우리 쪽에서도 전군을 이끌고 단판에 승부를 걸겠다. 그런데 이 결전에 앞서 두 가지를 대비해야 한다. 첫 번째는 오오요시의 노부나가 쪽으로 견제의 군사를 보내는 것. 이쪽은 활과 총포를 가진 발이 빠른 자들로 구성해서 많은 수를 보낼 것이다. 그리고 또 다른 한 가지는 전군이 한꺼번에 강을 건너 적진으로 쳐들어가기 전에, 우선 적의 의도를 파악하기 위한 선발대를 보낼 것이다. 이 선발대는 창 대대를 중심으로 할 것이며 선발대의 선봉은 다케고시 도우진을 명한다."

요시타츠는 도산이 분명 아군 쪽에서 그를 보고 반기며 달려갈 배신자의 출현을 기대하고 있다고 생각했다. 그런 자가 있다면 다케고시 정도일 텐데, 배신당할 거라면 전쟁 전에 적진으로 보내버리는 편이 낫다.

다케고시의 대대 하나 정도라면 이미 예상하고 있던 일이 기에 적진으로 간다고 해도 큰 영향은 없다. 오히려 아군 쪽에서는 그로 인해 사기가 오를 수도 있다. 또한 만약 다케고시가 제대로 선발대의 역할을 해낸다면 그의 배신을 기대하던 도산을 크게 낙담하게 만들 것이다. 믿었던 다케고시조차 그런 기세로 나오는 것을 보면 정말 모든 것이 끝났다는 생각에 적의 사기가 떨어질 것이고, 반대로 아군의 사기는 높아질 것이다.

다케고시는 자신을 선봉대로 뽑은 요시타츠의 의중을 살폈다. 역시 의심받고 있던 것인가? 배신할 수도 있었지만 그는 오히려 이곳이 자신이 뼈를 묻을 곳이라고 마음을 굳혔다. 요시타츠는 의리를 중시하는 자이기 때문에, 그가 열심히 싸우다 전사하면 그에게 연민을 느끼며 높이 세워줄 것이다. 좋다. 멋지게 죽어 보이리.

"명예로운 선봉대로 뽑아주신 은혜에 황감할 따름입니다."

다케고시는 예의를 표했다. 전쟁에 임박하면서 흥분으로 몸이 떨렸다.

그는 6백 명의 군사를 이끌고 일사분란하게 강을 건너 적진으로 돌입했다. 그는 수많은 병사들을 베며 도산의 앞까지 다가갔지만 좌우에서 다가온 무사의 칼에 말이 찔리면서 바닥으로 털썩 떨어졌다. 당황한 그가 얼른 칼을 주워 일어서려는 순간 누군가 다가와 그의 칼을 밟았다.

"나다."

천을 뒤집어 쓴 얼굴이 차분한 목소리로 말했다. 도산이었다.

"하하하하. 어디 칼을 잡아보거라."

도산은 한 걸음을 더 내딛고는 칼을 내려쳤다. 다케고시의 머리가 떨어졌다. 도산은 의자로 돌아와 앉더니 크게 웃으며 천을 벗었다.

다케고시 도우진의 수병은 불꽃을 날리며 격렬하고 일사분란하게 돌입, 아군과 적군이 뒤섞여 많은 이들이 칼에 맞아 죽었다. 그리고 그 뒤로 기다리고 있던 전군이 눈사태처럼 밀려왔다. 강물이 보이지 않을 정도로 많은 군병이 검은 물결을 이루며 강가로 밀려왔다.

그때 군사들보다 훨씬 앞서 말을 타고 달려오는 장수가 하나 있었으니 바로 나가야 지에몬이었다. 그는 요시타츠의 진군 명령이 내리기도 전에 전쟁에서는 무조건 진격만 있을 뿐이라며 미친 듯이 달려온 것이다.

나가야 지에몬이 오는 것을 보고 기다렸다는 듯 도산의 진영에서 뛰어나온 것이 시바타 가쿠나이.

정신없이 강가로 올라온 나가야 지에몬이 말고삐를 당기며 말했다.

"나의 앞길을 막지 마라. 아니면 단칼에……."

하지만 안달하는 나가야와는 달리 그에게 칼을 휘두를 여유조차 주지 않으면서도 침착한 시바타. 그는 창을 고쳐 잡고 살짝 찔렀다.

"헉!"

허를 찔려 말에서 떨어지려는 나가야를 시바타가 여유롭게 목을 치면서 승리. 하지만 양군이 지켜본 승부는 그게 다였다. 순식간에 전군이 밀려와서는 서로서로 엉겨 붙어 싸우고, 베고, 찌르고, 엉망진창이다. 다른 장소에서 무슨 일이 일어나고 있는지 아무도 알 수 없다.

도산의 호위를 맡은 무사들도 각자 이곳저곳에서 목숨을 걸고 칼부림을 하면서 눈앞의 적을 상대하느라 바빠 미처 주인을 돌볼 새가 없다.

덮쳐오는 무사들과 싸우느라 살짝 비틀거리는 도산을 발견한 나가이 추에몬이 그를 베기 위해 무서운 기세로 달려왔다. 도산이 겨우겨우 그를 막아냈지만, 나가이가 또 다시 밀어붙여 숨을 헉헉거리며 눈이 뒤집혀 흰자가 보일 정도로 힘겨워하며 겨우 버티며 서 있었다. 나가이는 도산이 지쳐 힘이 빠진 것을 알고 이대로 밀어붙여 생포하기로 마음먹었다. 마치 맹수사냥이라도 하는 듯한 모습이었다. 하지만 맹수 사냥꾼은 그 혼자가 아니었다.

그때 갑자기 뛰어든 고마키 겐타. 그는 도산을 한번 보고는 옆에서 힘쓰고 있는 나가이 추에몬의 존재 따위 눈에 들어오지도 않는 것 같았다. 고마키는 도산의 정강이를 칼로 후려쳤다. 떨어지는 도산을 나가이가 칼로 머리를 내려쳤다. 드디어 맹수를 잡은 나가이는 흥분을 감추지 못했다.

"잠깐, 이건 자네 혼자의 공은 아니지."

"나도 알고 있어. 그럼 둘이서 이긴 기념으로 우리 이름을 외칠까?"

"이 환란 속에 이름을 소리친들 누구에게 들리기나 하겠나. 증거로 나는 도산의 코를 가져가겠네."

나가이 추에몬은 도산의 코를 베어 주머니에 넣었다. 고마키는 코가 잘린 머리를 허리에 차고 돌아갔다.

전투에서 이긴 요시타츠가 적의 머리를 확인하고 있는데 나가이 추에몬이 다가와서는 주머니에서 코를 내놓았다.

"도산의 코입니다."

"머리는 어떻게 했는가?"

"고마키의 허리춤에 있는데, 잠시 다른 곳을 들르는 모양입니다."

그때 고마키가 머리를 매달고 돌아왔다. 코를 합쳐 보니 틀림없는 도산이었다. 이걸로 아버지의 원수는 갚았구나. 요시타츠는 기뻐하며 노부나가와 전투를 하고 있는 곳으로 도산 토벌 소식을 전할 겸 지원하러 갔다.

오오요시의 노부나가 진영 쪽에서도 전쟁이 시작되었다.

노부나가는 큰 강을 등지고 자갈밭에 진을 치고 있다.

요시타츠의 군이 공격해 온다는 보고에 노부나가는 철포와 활 대대를 주력으로 자갈밭 상류 쪽에 진영을 갖추었다. 본진의 근처에서 갑자기 적군을 맞이하면 막을 방법이 없기 때문이다.

적의 주력부대 역시 철포와 활 대대였다. 양군이 자갈밭에 대치해서 탕탕, 휙휙 철포와 화살이 날아다녔다. 적도 결코 대군은 아니지만 노부나가 쪽도 대군은 아니다. 도산이 아끼는 철포 대대였던 만큼 정교한 기술로 쉴 새 없이 날아왔지만, 그들의 전법을 입수하고 거기에 새로운 방식을 첨가한 노부나가에게는 무서워할만한 대적은 아니었다.

수적으로는 요시타츠 쪽이 앞섰지만, 총으로 쏘는 것은 노부나가 군이 우세했다. 노부나가 쪽에서는 끊임없이 총알이 날아왔다. 요시타츠 쪽도 대응했지만, 후퇴하지 않고 견려내는 것만으로 벅찼다. 그리고 적의 철포술에 너무 놀라 그들의 비밀을 알아내는 것조차 불가능했다.

독자들은 기억하고 있을 것이다. 소년시절 노부나가는 꽁지머리를 묶고, 허리에는 부싯돌 주머니를 일고여덟 개나 차고 다니며 바보 소리를 들었다. 하지만 바로 거기에 그의 전법의 비밀이 있었다. 아니, 비밀이라고 할 것까지도 없다. 노부나가는 어린 시절부터 특별히 노력하지 않고 자연스럽게 이런 병법을 체득한 것이다.

그의 신기술은 총알을 채우는 시간을 줄이고 끊임없이 철포를 쏘는 것으로, 세 줄로 서서 쏘는 철포전법을 만들어냈다. 끊임없이 철포를 쏘기 위해서는 많은 총알과 화약이 필요하다. 그가 허리에 많은 주머니를 달고 다닌 것은 그것 때문이었다. 다른 철포 대대는 철포란 무한으로 총알을 쏘는 것이 불가능한 병기였기 때문에 그런 복장이 필요 없었다. 그리고 다른 이들 또한 그럴 필요가 없었기 때문에 노부나가를 이해할 수 없었던 것이다.

가쿠잔 아래에서는 전투가 열리자마자 도산이 전사했다. 그리고 적의 새로운 지원군이 승리의 만세를 부르며 달려오고 있었다. 아군의 척후병에게도 도산 전사, 아군 패배라는 보고가 들어왔다.

그러나 최종적인 보고가 오기도 전에 예상했던 불안이 현실이 되어 우울한 보고로 나타났다. 우려하던 이와쿠라의 성주 오다 이가노카미가 결국 거병해서 적의 색을 분명히 드러냈다는 소식이었다.

아직 간주로나 하야시 형제와 함께 본격적인 반란을 일으킨 것 같지는 않지만, 기요스 근교의 마을이 이가노카미의 군대에게 당해 불타고 있다는 보고가 들어왔다.

도산이 싸움에서 이겨 분전중이라면 몰라도 이미 전사한 이상 이제 싸워야 될 명분도 없다. 머뭇거리고 있다가는 자신도 도산처럼 돌아갈 성이 없어져 버린다.

도산이 전장에서 죽었다는 말을 들었을 때 노부나가는 순간 긴장이 풀리면서 망연자실해 보였다. 그리고는 잠시 후 눈물을 뚝뚝 흘렸다.

"미노의 도산도 결국 죽었단 말이냐. 오늘은 어쩔 수 없지만 내가 곧 꺽다리 녀석의 머리를 베어 주리라."

노부나가는 마음을 다잡고서 곧 전군에게 퇴각을 명했다.

그들의 퇴각 모습이야말로 노부나가의 진면목을 드러냈다.

노부나가는 강을 등지고 자갈밭에서 싸우고 있었다. 적군의 포위와 공격 속에서 강을 건너 도망쳐야만 했다.

전군에게 퇴각 명령을 내렸지만, 노부나가와 그 가신들만은 유유히 자갈밭에 머물러 있었다. 강은 사람이 말을 타고 넘어갈 수 있는 깊이였기 때문에 왔을 때처럼 가는 길도 달려가야 했다. 그곳에는 노부나가를 위한 한 척의 배만 준비되어 있었다.

전군이 강을 다 건너는 것을 지켜본 후에야 노부나가와 가신들은 작은 배에 오르기 시작했다. 그들의 기에 압도되어 그저 멍하니 바라보고 있던 요시타츠의 진영 안에서 그제야 몇몇이 달려나와 쫓았다. 말을 탄 적의 무사가 강가까지 달려왔을 때 노부나가는 강 중간쯤에 잠복시켜 둔 철포대대에게 발사를 명했다.

노부나가는 작은 배 한쪽에 다리를 올린 채 계속 지켜보고 있다.

철포대대의 불 뚜껑이 한꺼번에 열리면서 적의 무사들이 사정거리 밖으로 물러섰다.

"하하하하."

노부나가는 웃음을 남기고 배에 올랐다. 그리고 배를 저으며 무사히 강가에 도착했다.

이것이 노부나가의 전법이었다. 그는 항상 부하들 먼저 안전한 길을 확보하게 하고 자신은 가장 최악의 길을 골랐다. 전장에서뿐만 아니라 일상생활 속에서도 항상 그랬다.

이때로부터 4년 후, 노부나가가 스물일곱 살이 되던 해

정월의 일이었다.

아지키무라의 마타자에몬이 아카마 연못의 둑을 걷다가 머리가 사람 크기 정도 되는 큰 뱀이 둑을 넘어 연못 속으로 들어가는 것을 보았다.

노부나가는 이 얘기를 듣고 마타자에몬을 앞세워 아카마 연못으로 갔다. 근처에서 사람들을 몇백 명을 불러 모아 두레박으로 물을 퍼내게 했는데 연못이 워낙 크다보니 4시간이 걸려도 줄어드는 기색이 없다.

"이제 그만 됐다. 열흘 동안 해도 연못의 바닥이 보일 것 같지 않구나."

사람들의 작업을 중지시킨 노부나가는 옷을 모두 벗었다. 그리고는 단도를 입에 물고 연못 안으로 뛰어들었다.

아직도 날이 추운 1월이었으니, 연못에 뛰어든 것만으로도 큰일 날 일이다. 노부나가는 이곳저곳 물속 깊이 잠수해서 찾아봤지만 뱀은 보이질 않았다.

"내 수영 실력이 미숙해서 깊은 골짜기에 도달하지 못하는구나. 우자에몬은 여기 없는가?"

"네, 여기 있습니다."

"수고스럽겠지만 자네가 한번 잠수해서 찾아봐 주게."

수영의 달인 우자에몬이 잠수해봤지만 역시 큰 뱀은 찾을 수 없었다. 결국 노부나가는 크게 실망하며 성으로 돌아갔다.

수영의 달인을 잠수하게 하기 전에 우선 자신이 바로 단도를 물고 물속으로 들어가는 것, 그가 바로 노부나가였다. 스물일곱 살이나 되어서 한 겨울에 큰 뱀을 보려는 바보라 하지 말라. 요괴 여우가 진짜 있다고 믿어지는 시대였다. 놀라울 정도의 호기심. 놀라울 정도의 실증 정신이라고 해야 하지 않을까?

홋타 도쿠는 수병들을 이끌고 오와리의 산길을 걸었다. 황혼 무렵이었다.

도쿠는 자신과 어깨를 나란히 하고 말을 타고 달리고 있는 삼십대의 무사에게 말을 걸었다.

"일본 무적의 철포 전술을 발명한 도산 공이 철포 없이 전쟁을 했으니 어쩔 도리도 없이 져버린 거지. 본인이 질 거라 생각하고 뛰어든 일이니 어쩔 수 없네. 철포 다이묘 가문 안에서 유일한 철포의 명인이라 일컬어지는 귀공이 철포 없이 지는 게 뻔한 전투에 참석한 게 그저 안타까울 뿐이야. 운명이라고 하는 녀석은 어쩔 수 없는 거라네. 하지만 너무 낙심하지 말고 기요스의 노부나가 공에게 눈을 돌려 보게. 그는 놀랄만한 인물이야. 도산 공이 고심 끝에 만든 철포기술도 노부나가 공에게 비하면 상대도 안 되었다지. 그 의지 강한 도산 공이 혀를 찰 정도였으니, 귀공에게 부족함이 없는 장군 아닌가."

말 위의 무사는 도키 주베에 미쓰히데로 훗날의 아케치 미쓰히데다. 아케치 미쓰히데는 잠시 생각하는 것 같더니 드디어 결심을 굳힌 듯 말했다.

"역시 저는 노부나가 공에게 가지 않고 지금부터 여행을 떠날까 합니다."

"왜 여행을 떠나나?"

"마음이 정리되질 않습니다. 도산 공의 허망한 참패를 본 탓도 있겠지만, 병법에 몸을 던진 자로서 철포라는 병기를 최대한으로 살릴 수 있는 전법을 연구하고 싶습니다."

"그렇기 때문에 노부나가 공에게 가라는 것일세. 귀공은 항상 새로운 것에 도전하는 것을 좋아하지. 자네가 그런 정신을 체득한 것 역시 천하제일의 진보주의자 도산 공이라는 놀라운 인물을 통하여 그 가르침을 얻었기 때문이야. 이런 놀라운 인물이 항상 천하에 널려 있는 것이 아니네. 또 있다고 하면 노부나가 공이지. 가까이 있는 것을 가깝다는 이유로 가볍게 여겨서는 아니 되네. 또한 나이가 어리다거나 세간의 평판이 나쁘다는 이유만으로 직접 확인도 하지 않고 버려서는 안 되지. 노부나가 공처럼 구습을 버리고 독자적으로 새로운 시도를 하는 사람은 세상에 인정받지 못하는 것이 당연하네. 이렇게 말로만 들어서는 모르겠지. 실제로 노부나가 공을 만나보면 납득이 갈 거야. 납득할 수 없다면 다시 마음대로 여행을 떠나도 좋네."

"저의 솔직한 마음을 털어놓자면 노부나가 공이란 인물 은 지금의 저에게 있어서 아무런 문젯거리도 아닙니다. 저 는 그저 방방곡곡을 돌아다니면서 병법을 찾아보고 싶습니 다. 그 결과 어디에서도 스승으로 받들 만한 인물도, 깨달음 을 얻을만한 풍류도 없다는 것을 깨닫게 된다면 기쁘게 노 부나가 공에게 가겠지요. 어쨌든 쓸데없는 짓일지라도 끝까 지 찾아보고 싶습니다."

"시간낭비일세."

"그럴지도 모르지만 지금 이 기분을 무시한다면 제 마음 에 평정이 오지 않을 것 같습니다."

"전혀 쓸데없는 짓이야."

"저는 그럼, 이만."

아케치 미쓰히데는 말을 세웠다.

밤이 깊어지려 하고 있다. 도쿠는 더는 말릴 수 없었다.

"쓸데없는 짓이란 걸 알게 되거든 돌아오게."

도쿠는 이렇게 얘기하고는 돌아보지 않았다.

아케치 미쓰히데는 뒤로 돌아 말을 달렸다. 사실 그가 얘 기한 만큼의 거창한 목적이나 계산이 있는 여행은 아니다.

그냥 자포자기였다.

"어디 두고 보라지."

그저 그렇게 생각했다.

제10장

살무사의 죽음 후

노부나가는 촌각을 다투며 밤길을 서둘렀다.

노부나가가 미노에 출진한 것은 이것이 두 번째였는데, 두 번 모두 바쁜 마음으로 밤길을 서둘러 달려왔다. 첫 번째는 열다섯 살 때의 일이다. 아버지를 따라 미노에 난입한 것까진 좋았지만, 마을을 어지럽히기만 하고 끝난 그날의 일과는 약간의 나쁜 장난 정도에 지나지 않았다. 난입이라고는 하지만 정식으로는 이기지도 못했으니 아무 영광 없는 쓰레기 같은 밤이었다.

그리고 그에 대한 벌은 즉각적으로 나타나, 그가 없는 동안에 기요스 무리가 자신의 성 밖에 난입해 논밭을 황폐화시키고 마을을 불태워버렸다. 역시 괜한 허세를 부리는 것이 아니었다. 그것 때문에 그는 첫 번째로 미노에 출진한 그때 밤길을 달려 서둘러 오와리로 와야만 했다.

그러나 이번에는 허세가 아니었다. 그리고 자신이 없는 동안 자신의 성이 공격받을지도 모른다는 것을 각오한 출진이었다. 바보짓이란 것을 알고 한 것이다. 때문에 이번에 돌아오는 길이 바빠질 것이라고 어느 정도 예상은 했었지만, 막상 이렇게 되고 보니 참 숙명적인 길인 것 같았다.

첫 번째에 이 길을 달릴 때 니와 마치요는 아직 그와 함께하지 않았다. 당시부터 그를 따르고 있던 소년들은 그 후에 있던 몇 번의 전투에서 전사하고, 지금까지 건강하게 남은 자는 돌머리 센쿠로 정도다.

기소천을 건너 갈 배가 미리 준비되어 있어서 군사들은 기다릴 필요 없이 강을 건널 수 있었다. 그리고 밤은 점점 하얗게 밝아왔다.

"이 강만 건너면 오와리지요. 확실히 우리가 그곳에서 태어난 것 같긴 한데 지금은 거기가 우리 땅인지, 적의 땅인지. 거참, 갑자기 마음이 착잡해지네. 그럼 우린 지금 황천길을 건너는 건가?"

센쿠로가 농담을 건넸다.

"황천길을 건너려면 강을 세 개 건너야 한다던데, 그럼 이게 세 번째 강인가?"

"한밤중에 강을 건너니 기분이 묘합니다. 근데 망자도 끼니를 굶으면 배가 고프긴 한가 봅니다."

"도중에 먹을 만한 곳이 없었으니까."

"기요스에 돌아갔는데 성마저 이미 넘어가 있으면 우리 뱃속은 어찌되는 거지?"

"철포 총알이라도 먹어 둬."

기소강을 넘어서도 휴식이나 음식을 취할 여유는 없었다.

성에서 쫓겨나버리면 그걸로 끝이다. 도산이 전사했다는 소식이 이미 어젯밤에 오와리의 모든 성에 도착했을지도 모른다. 그렇게 되면 그 순간부터 모두가 공공연한 적이다.

그러나 다행스러운 것은 기요스는 미노와 가깝다. 그리고 그들과 적이 될 만한 인물들은 모두 그보다 먼 거리에 있다. 소식이 전해지는 데도 그만큼의 시간이 걸리고 공격을 해오는 데에도 그만큼의 시간이 걸린다. 기요스에서 스에모리까지의 거리, 나고야까지의 거리는 매우 짧다. 그것은 밥 먹는 시간이 두려워 주저하게 만들만큼 짧다.

기요스의 마을이 눈앞에 보이기 시작했다. 다행히 불타지 않고 남아 있다. 하지만 성 안에 있는 자들이 바뀌어 있을지도 모르니 아직 안심할 수는 없다.

마을사람들이 거리로 뛰어나왔다. 기쁨의 눈물을 흘리며 맞이하는 자도 있었다. 노부나가는 안심했다. 늦지 않았다. 그의 운명에. 노부나가는 복받치는 눈물을 숨기기 위해 노력했다. 그럼에도 눈물이 흘러나왔다. 어쨌든 오늘은 늦지 않았다. 오늘 하루는.

도산이 죽는 것과 동시에 사방에서 동맹을 맺고 총공격이 시작되는 것인가 했지만, 그렇지는 않았다.

삿사 구란도와 같이 이와쿠라의 오다 이가노카미를 부추겨서 즉전즉결을 꾀하는 자도 있었지만, 역시 노부나가와 간주로의 중신인 만큼 하야시 사도노와 시바타 곤로쿠는 가능한 한 전쟁만은 피하려고 수시로 논의했다.

노부나가를 타도하자는 것에 대해서는 양자의 의견이 일치하고 있다. 또한 간주로를 세우는 것에 있어서도 양자의 의견은 똑같았다. 단, 전쟁을 피하고 어떻게든 평화롭게 노부나가를 은퇴시키고 가능하다면 승려가 되게 하거나 할복시키는 등, 본인이나 본인 가신의 충분한 양해를 구해 해결하고자 하는 속셈이다.

노부나가의 유일한 후원자였던 도산이 죽어버렸다면 이제 누구에게도 신경 쓸 필요가 없다. 그저 세간의 이목이란 것이 있으니 평화롭게 형이 아우에게 지위를 물려주는 것으로 대의명분을 세웠으면 하는 것이 걱정이라면 걱정이었다.

이미 노부나가 개인의 실력 따위는 무시하던 하야시와 시바타는 남의 눈을 피할 것도 없이 공공연하게 회담을 열고,

노부나가를 타도할 수단에 대해 논의했다. 물론 이러한 소식은 세간에도, 노부나가의 귀에도 훤히 들렸다.

예전부터 가문을 섬겨온 중신들도 수시로 논의하며 그 전까지는 어느 파에도 소속되지 않은 자들까지 하야시 사도노가 간주로를 세운다면 거기에 따르겠다는 뜻을 보였다. 뭐가 됐든 하나로 만들어 적으로부터 몸을 지켜야겠다는 생각이 그들을 그렇게 뭉치게 만든 것이다. 그 전까지 아무런 흑심 없이 노부나가에게 종군한 무사들 중에서도 노부나가를 버리고 하야시 사도노를 따르겠다는 자가 속출할 지경에 이르렀다.

차라리 죽느냐 사느냐의 총 전쟁을 한바탕 치르는 것이 그나마 낫다는 것이다. 노부나가는 생각했다. 이렇게 조금씩 하루를 보내는 사이에 오와리의 일원들은 모두 타도 노부나가 물결에 휩싸여버린다. 그렇다고 해서 노부나가가 전쟁을 시작한다면, 그것은 아군을 잃는 시간을 당기기만 하는 것으로 그런 방법으로는 아군을 늘릴 수 없다.

상황이 점차 악화된다는 것이 바로 이런 경우를 두고 하는 말일 것이다. 무언가를 해야만 하는데 아무 것도 할 게 없다. 그럴만한 실력이 없는 것이다. 있는 것이라고는 그저 자신의 목숨 하나 뿐으로 이제 속이 뻔히 들여다보이는 책략 하나에 맨몸뚱이로 달려들어야 하는 것이다.

노부나가는 모리야마 성의 아와노카미 노부토키를 불렀다.

노부토키는 사람들이 추천한 사부로고로를 배제하고 모리야마 성을 내준 후부터 노부나가의 친척 중 유일한 노부나가 파였다.

"잠시 나를 따라오거라."

"네. 그런데 어디로 가십니까?"

"잠깐 나고야에 놀러가자."

"네, 그러지요. 무슨 용건이신지?"

"놀러간다지 않느냐. 나를 따라와라."

노부나가는 노부토키를 이끌고 말에 올랐다. 목적지는 누구에게도 알려주지 않았다. 수행원은 한 사람도 없다. 노부토키는 금방이라도 울음을 터트릴 듯한 표정이 되어버렸다.

"하야시 사도노가 반역을 계획하고 있다는 소문이 자자한데 수행원도 없이 나고야 성에 가는 것은 죽으러 가는 것과 마찬가지 아닙니까?"

"그런 모양새구나. 너와 내가 죽고 나면 방해자가 모두 사라지니 우리 두 사람이 죽는 게 여럿에게 편한 길이지. 쓸데없는 수고를 덜어주는 것도 덕을 쌓는 길 아니겠느냐. 계속 그렇게 죽을상을 하고 있으면 내가 먼저 너를 베어 버릴 테니 그리 알아라."

노부나가와 노부토키가 수행원도 없이 놀러온 모습을 보고 나고야 성 안의 자들은 경악했다. 어쩔 줄 몰라 하는 그들에게 노부나가는 말했다.

"별 뜻은 없다. 그저 놀러왔다고 사도노에게 전하거라. 어린 시절부터 오래 살던 성이어서 그런지 참 정겹구나. 사도노는 주머니 사정이 좋은 것 같군. 내가 살던 때보다 훨씬 좋아졌어."

노부나가는 그리운 고향에라도 온 것처럼 성 안을 두루두루 둘러보며 돌아다녔다.

사도노는 노부나가가 방문했다는 보고를 듣고 그 진의를 알 수 없어 당황했다. 누구라도 당황하는 것이 당연할 것이다. 그는 동생인 미마사카노와 머리를 맞대고 생각했다.

"노부나가의 생각 따위 깊게 생각하지 않는 게 좋습니다. 이거야말로 하늘이 주신 기회, 노부나가의 운이 다했다는 것이지요. 노부나가를 할복시킬 절호의 기회입니다."

"바보 같은 소리. 여기서 할복을 시키면 내가 주도적으로 죽게 했다는 악명을 뒤집어쓰게 된다. 지금까지 시바타와 계속해서 이야기를 나누면서 되도록 평화롭게 추진하려는 이유는 무엇보다도 그런 악명을 피하고 싶기 때문이다. 그런데도 악명을 내가 도맡아 쓰는 것은 다른 이를 기쁘게 해주는 거 아니겠느냐?"

"꼭 악명을 듣는다고는 할 수 없습니다. 노부나가가 각오를 하고 스스로 할복하기 위해 나고야 성에 왔다고 하면 되지요. 오히려 앞으로 주도권을 쥘 수 있지 않겠습니까?"

"그게 어디 숨긴다고 숨겨지겠느냐. 모든 비밀은 원래 다 드러나게 돼 있다. 너와 나 둘이서 노부나가를 할복시킬 수 있다면 얘기가 달라지겠지만, 그 난폭한 녀석을 누르기 위해서는 백 명이 둘러싸도 스무 명 정도의 부상자가 나올 거란 사실은 안 봐도 훤하다. 그러고서도 스스로 한 할복이라고 숨길 수 있겠느냐?"

"하지만 이런 기회는 두 번 다시 오지 않습니다. 고작 스무 명의 부상으로 야생마를 정리할 수 있다니 꿈만 같은 기회이지요. 형님과 시바타가 아무리 이마를 맞대고 지혜를 짠들 노부나가를 얌전히 할복하게 할 수는 없습니다."

"그래도 상관없다. 지금 죽이지 않아도 노부나가는 언제든지 죽일 수 있다. 녀석이 아무리 애쓴다 한들 도망갈 구석이 없지. 하지만 지금 죽여서 혼자 악명을 뒤집어쓰는 것은 절대로 싫다. 무엇보다 양심에 찔려 개운치 않아. 어렸을 적부터 내가 키운 녀석이다. 그를 죽인다 해도 가능한 한 다른 이들이 원해서, 나는 어쩔 수 없이 집안의 평화를 위해 따른 것으로 하고 싶다. 나이 탓인지도 모르겠지만 꿈자리가 사나울 만한 짓은 이제 싫다."

참으로 뻔뻔스러운 생각이다. 하지만 미마사카노도 굴복했다. 이런 기회가 두 번 다시 없을 거라면 굴복하지 않았겠지만, 형의 말처럼 이렇게 된 이상 노부나가의 운명은 정해져 있다. 도망갈 구석이 없는 것이다. 이번 기회를 놓쳐도 발을 동동 구르며 이를 꽉 깨물어야만 하는 상태는 아니다.

　"그럼 형님 마음대로 하십시오. 하지만 이대로 곱게 돌려보내면 저의 꿈자리가 뒤숭숭할 테니 저는 노부나가를 만나고 싶지 않습니다."

　"알았다. 설마 노부나가가 나를 죽이러 온 것은 아닐 거야. 그건 누가 생각해도 바보 같은 일이니까."

　사도노는 많은 가신들을 데리고 노부나가와 대면했다.

　"배가 고프네. 오차즈케가 먹고 싶은데."

　노부나가는 사도노에게 오차즈케를 요구했다. 사도노는 영 못마땅한 얼굴이다.

　"원하신다면 준비는 시키겠지만, 지금은 오전 열시 반, 아침 식사 시각에도 점심 시각에도 맞질 않습니다. 아직 어린 아이일지라도 무사의 아이라면 엄한 예의범절 속에 식사 시간 정도는 지킵니다. 하물며 귀공은 이미 한 성, 한 지역의 주인으로 식사시간도 지키지 못해서야 한 성, 한 지역은 물론이고 한 가정도 지킬 수 없을 겁니다."

"나도 평상시의 식사시간은 바르게 지키지만, 옛날 집에 놀러와서 그런지 아이처럼 배가 고픈 걸 어떻게 하겠나. 그렇게 어린 아이 꾸짖는 것 같은 삼각형 눈을 풀고 오차즈케 좀 내오라 하게."

"꼭 원하신다면 준비하겠습니다.

"꼭 원하네. 그리고 오차즈케 준비가 될 때까지 잠시 성 구경을 하고 싶네. 천수각에 가보고 싶어. 예전부터 거기서 아래를 내려다보는 걸 좋아했는데, 어렸을 적부터 보고 자란 아래 세계를 보는 것만큼 정겨운 게 없지."

노부나가는 냉큼 일어나 언짢은 표정을 짓고 있는 사도노를 재촉했다.

사도노는 바보의 마음을 도무지 알 수가 없어서 우거지상을 한 채 일어서려 하지 않는다. 노부나가는 사도로의 가신들에게 눈을 돌렸다.

"무사에게는 엄한 법도가 있어서, 아침저녁으로 천수각을 돌아보며 아래 세상 보는 것을 게을리 하게 되면 한 성, 한 지역은 지킬 수 없게 되는 법이다. 사도노는 늙어서 허리가 펴지질 않는 모양이구나. 너희가 사도노를 대신해서 안내하거라."

사도노는 마지못해 일어났다.

"가지 못할 거야 있겠습니까. 다만 천수각 같은 곳은 다이묘가 가는 곳이 아니라 천치 바보들이 가는 곳입니다."

"천수각에 올라 아래를 둘러보고 나서 오차즈케를 먹으면 정말 맛있다네."

노부나가는 사도노를 놀리며 앞장서서 걸었다. 그 뒤로 일동들이 줄지어서 따라온다. 누가 안내인인지 분간이 가질 않는다.

작은 성이라도 천수각에 오르기 위해서는 미로와 같은 긴 계단을 올라야 한다. 그 계단은 한 사람이 간신히 통과할 수 있을 정도로 폭이 좁아서 앞선 자가 아랫사람을 향해 창으로 찌르면 아무리 용감무쌍한 자라도 당해낼 수 없다. 또한 앞선 자 역시 뒷사람의 창이 두려워 내려오지 못하면 바싹 말라서 죽을 때까지 위에 있을 수밖에 없다.

그러나 노부나가는 선두에 서서 아무렇지 않게 성큼성큼 올랐다.

노부나가를 따라 노부토키도 천수각에 도착했다. 그 뒤로 사도노의 가신들이 고개를 내밀고 눈을 반짝인다. 상대가 온 세상이 다 아는 바보이기 때문에 무슨 짓을 할지 알 수 없다.

노부나가는 뒤따라오는 일행 따위 염두에 없는지 높은 창에 마치 개가 발돋움하듯 매달려 아래를 구경하고 있다. 옹색한 모습으로 발돋움을 하고 구경하고 있으니 충분히 만족하기는 쉽지 않다. 그는 한참 후에야 손의 먼지를 털면서 창에서 내려왔다.

"내가 있을 적에는 발판을 준비해 놓았었는데 사도노는 여기 장성한 가신들을 구경하며 지내나 보구나."

노부나가는 사도노 앞에 섰다. 호걸들이 어수선하게 둘러싸고 있다. 노부나가는 웃으면서 그들을 둘러보고는 말했다.

"어째서 나를 찌르지 않는가. 이 창으로 나는 도망칠 수 없다. 좁은 계단도 너희에게 막혀있지. 나를 벨 거라면 지금이다."

노부나가는 기둥을 등지고 앉았다.

"어때, 자네들도 앉지. 먼지가 많이 쌓여 있구만. 먼지를 뒤집어쓰는 것도 무사의 일 중 하나지. 그러나 천수각에 먼지를 쌓이게 해서는 한 지역, 한 성을 지키지 못한다. 사도노는 곧 망하겠구나."

히죽히죽 웃으며 상대방의 기분을 상하게 할 만한 이야기들만 하고 있다. 진심인지 농담인지 알 수가 없다.

긴장한 나머지 일동들도 어느 틈에 앉았고 사도노도 마지못해 먼지를 털고 앉으려 했다.

"아니, 아니지. 먼지를 털지 말라. 이만큼 쌓인 먼지는 턴다고 해서 털어지는 것이 아니다. 일단 조용히 앉고, 일어설 때 먼지를 터는 게 훨씬 효과적이지. 앞으로도 종종 겪을 일이니 기억해 두게."

노부나가에게는 준비도 계획도 없었다. 계산도 없다. 그저 한 가지 각오만 있을 뿐이다. 죽을 운명이라면 죽자.

노부나가는 사도노가 앉는 것을 보고 말했다.

"자네와 곤로쿠가 종종 만나 반역할 계획을 짜고 있다는 소문은 이제 숨길 것도 없다. 설마 자네도 그건 부정하지 못하겠지. 그럼 지금 내가 노부토키와 단둘이서 이렇게 자네의 천수각에 앉아 있으니, 나를 벨 거라면 지금이 적기일세."

사도노도 침착함을 되찾았다.

그들의 반역 논의를 온 천하가 알고 있다는 것은 새삼스러울 것도 없는 일이다. 노부나가의 귀에 들어가는 것 또한 당연히 예상한 일.

그들의 반역은 그렇게 흠칫흠칫 놀라며 해야 하는 반역이 아닌 것이다. 오히려 흠칫흠칫 놀랄 자는 노부나가로, 가능하면 반역 당일까지 숨겨서 자신의 불안을 줄여주고 싶을 정도다. 그것을 아는지 모르는지, 바보는 정말 천하에 두려운 게 없다는 사실에 사도노는 얼굴을 찡그렸다.

"그렇습니다. 반역이라고 하기에는 어울리지 않지만, 모든 중신들의 상의 결과 오다 가문의 미래를 위해 노부나가 공은 도저히 가문의 명예를 지킬 수 없다는 결론을 내렸습니다. 그래서 간주로 공을 세우고 귀공은 은퇴하게 하자고 수시로 얘기되고 있지요. 물론 저의 의견 역시 이미 굳혀졌습니다. 이것은 오와리 전체의 목소리로, 오와리는 물론이고 천하에 더 이상 귀공의 아군은 없습니다. 이미 들었다면 어쩔 수 없지요. 애석하지만 이제 그만 은퇴의 각오를 다지시지 않겠습니까?"

"자네도 이제 머릿속 생각을 정직하게 말하게 되었다니 기쁘군. 그러나 아직 정확하게 말하는 법까지는 도달하지 못한 것 같군. 자꾸 은퇴, 은퇴하는데 저승 말고는 내 은퇴 장소가 없을 거란 건 알고 있겠지? 그렇다면 은퇴하라 하는 게 아니라, 당신을 살해할 테니 각오하시오, 라고 해야 하는 것이다. 사람들에게 알려지지 않은 천수각에 노부나가라는 봉이 노부토키라는 유일한 아군까지 끌고 와 있으니 자네 생각대로 하는 게 어떤가?"

사도노는 더욱 얼굴을 찌푸렸다.

"그런 것은 귀공에게 재촉당할 만한 일은 아닙니다. 오늘은 이쯤에서 조용히 돌아가시지요."

"왜지?"

노부나가는 사도노의 코앞까지 고개를 내밀고 껄껄 웃

었다.

이런 바보, 정말 처치 곤란이라 생각한 사도노는 단념한 듯 말했다.

"실은 아까 귀공이 왔다는 보고가 있었을 때 미마사카노가 저에게 얘기했었습니다. 이거야말로 좋은 기회이니 살해하라고 부추겼지요. 미마사카노는 귀공과 깊은 교제가 있었던 적이 없었으니 이번 기회에 죽여 버리면 성가신 일이 줄어 좋을 거라 생각할 겁니다. 성가시다고 생각하면 그의 말대로 지금 당신의 목을 치는 게 훨씬 간단하겠지요. 그러나 저는 귀공을 손수 공들여 키운 적이 있기 때문에 그렇게 간단히 목을 칠 수는 없습니다. 제대로 이유를 이야기한 후에 이쪽에서 목을 달라고 할 것입니다. 다소의 성가신 일은 어쩔 수 없겠지요. 우연히 놀러왔다고 해서 그 김에 목을 칠 기분은 내키지 않습니다. 그러니 오늘은 목을 치지 않을 것입니다."

"그럼 제대로 이유를 얘기했으니 지금은 목을 쳐도 될 것 같구나."

"그래서 당신은 사람들에게 바보라는 소리를 듣는 것입니다. 목숨은 하나밖에 없는 것입니다. 단 한 시간이라도 오래 살 수 있다면 간직하는 게 좋은 것이지요. 오늘은 죽이지 않겠다고 하는데 재촉하는 건 용기가 아닙니다. 그거야말로 바보 천치가 하는 일입니다."

"그럼 언제 죽일 건가?"

"언제라고는 말씀드릴 수 없습니다. 중신들과 상담 끝의 일이니 언젠가 결론이 정해지면 알려질 것입니다. 하지만 이렇게 저의 뜻은 전해드렸으니 이제 제가 당신의 적이란 것은 내일이면 온 천하에 퍼지겠지요. 그리고 모두와 논의 가 끝나면 언젠가 전장에서 만나게 될 겁니다. 오늘은 빨리 돌아가시는 게 좋을 것 같습니다."

"그럴 수는 없다. 지금부터 약속한 오차즈케를 먹고 돌아 가도록 하지. 슬슬 오차즈케의 준비도 되었겠지. 덕분에 목 이 붙어 있어 오차즈케를 먹을 수 있게 됐네. 고맙군."

노부나가는 스스럼없이 다시 선두에 서서 내려왔다. 그 리고 오차즈케를 내오라 하더니 입맛을 다시면서 잔뜩 먹었 다.

"아, 잘 먹었다."

노부나가는 잔뜩 배가 불러 일어나서는 엉덩이 주위를 두 손으로 탁탁 털었다.

"먼지라는 건 이렇게 마지막에 섰을 때 탁탁 터는 것이 다."

나고야 성의 먼지를 한 번에 털어낸 노부나가는 노부토키 와 말을 나란히 하고 돌아갔다.

얼굴을 잔뜩 찡그리고 있는 사도노에게 미마사카노가 찾아왔다.

"얘기는 들었습니다. 녀석이 자기를 죽이라고 재촉까지 했는데 그냥 돌려보내다니 바보 같은 짓입니다. 이별의 선물로 오차즈케라니 목을 치기에 안성맞춤 아닙니까?"

"쓸데없는 소리 말거라. 그런 바보를 간단히 해치우는 것은 언제든지 가능하다."

사도노는 다음날 약속대로 노부나가에게 정식 사신을 보내 자신은 이제 귀공을 주인으로는 생각지 않는다는 것을 온 천하에 알렸다.

노부토키는 형 노부나가를 따라 나고야 성의 천수각에 올라 이대로 죽는 것은 아닌가 하는 두려움에 떨었다. 하지만 무사히 위험을 벗어나 모리야마 성으로 돌아오자 노부나가에게 감탄했다. 그리고 괜히 과시를 하며 두 그릇이나 꾸역꾸역 먹은 오차즈케가 스무 그릇 정도는 먹고 온 듯한 기분이 들었다.

노부토키가 모리야마 성으로 돌아왔다. 그 다음날에는 하야시 사도노가 노부나가에게 공공연한 적의 색을 띠었고, 이에 따라 기요스 주변의 작은 성주들도 각각 색을 분명히 하며 모두 사도노를 따르게 되었다.

모리야마 성은 노부나가를 반대하는 두 가지 큰 축인 나고야와 스에모리 두 성 사이에 끼어 있다. 또한 기요스로 가는 길은 군소의 적에게 막혀 이렇게 적들에게 둘러싸인 형세로는 노부나가에게 목숨 받쳐가며 끝까지 같이하겠다는 것은 어리석기 짝이 없는 짓으로 아무리 생각해도 이치에 맞지 않다.

가신들의 우두머리인 쓰노다 신고는 중신들을 불러모아 오전 회의를 열었다.

"우리 주군이 노부나가 공의 꼬드김으로 둘이서 나고야 성에 간 것은 노부나가 공에게 속은 거나 마찬가지입니다. 덕분에 우리 성의 입장은 매우 난처해졌습니다. 노부나가 공은 우리 주군의 형이지만, 이런 시국에 그런 건 문제가 되지 않습니다. 그리고 우리 주인에게 있어서는 노부나가 공과 마찬가지로 간주로 공도 형제입니다. 또한 하야시 님과 시바타 님 등에게 있어서는 노부나가 공과 간주로 공 둘 다 노부히데 공의 아들입니다. 즉 가신들에게 있어서는 가문의 장자로 누구를 택할까의 문제입니다. 실례이지만 우리 주군은 아직 어리기 때문에, 노부나가 공에게 속아서 선동을 당하고 있는 것으로, 천하의 형세를 보면 노부나가 공의 아군은 이제 이 근처는 물론 기요스 근처에서도 거의 찾아볼 수가 없습니다. 대세가 간주로 공으로 간다면, 그것이 공론이란 것으로 공론은 동시에 정론이기도 하지요. 우리 주군이 노부나가 공에게 선동당해서 둘이서 나고야 성에 간 인연 따위는 깔끔하게 잊고, 간주로 공 쪽에 협동하는 것이 좋다고 생각하는데, 다들 어떠하오?"

오전 회의라는 것은 중신들이 논의를 하고 군주가 결론을 내는 것이 자연스러운 흐름이지만, 아와노카미 노부토키는 스스로 잘난 척을 하며 군신들을 얕보고 있기 때문에 이런 논의는 의미가 없어 보였다.

그는 쓰노다 신고를 가볍게 나무랐다.

"영웅은 혼자 살아가는 거라고 이야기들 하지만, 그 조용한 실상을 너희같이 그릇이 작은 자들은 이해할 수 없을 것이다. 영웅이 진짜 영웅의 기를 발산할 때는 평범한 자들은 거기에 압도되어 상대도 할 수 없지. 그런 것도 겪어보지 않은 너희는 아무 말도 할 자격이 없다. 나와 노부나가 공은 나고야 성의 천수각에 올랐다. 보란 듯이 사도노와 그의 가신들까지 꾀어서 어디 죽일 테면 죽여 보라는 배짱으로 올라가서 바닥에 앉았지. 하지만 우리는 이미 자신이 있었기에 평정심을 갖고 있었고 조금도 자긍심이 흐트러지지 않았다. 영웅과 평범한 자의 차이는 감추려야 감출 수 없는 것. 그들도 우리의 자긍심에 눌려 벼락이라도 맞은 것처럼 아무것도 할 수 없었다."

"네, 그러고는 내려와서 오차즈케를 스무 그릇이나 먹었다는 말씀은 벌써 몇 번이나 들었습니다."

"그래, 그리고 우리는 유유히 가슴을 펴고 돌아왔다. 노부나가 공과 내가 손을 잡으면 천하에 무서울 자가 없다."

쓰노다 신고는 너무나도 미련한 얘기에 자신도 모르게 난색을 표했다.

"하야시 님이 노부나가 공을 그냥 돌려보낸 것은 어렸을 때부터 손수 기른 노부나가 공을 벨 수 없었기 때문이란 것은 온 천하가 다 아는 사실입니다. 또한 언제든 할복을 시킬 수 있기 때문에 일단 돌려보냈을 뿐이지요. 유유히 오차즈케를 먹은 것은 좋습니다만, 바보의 조력은 도움이 될 만한 것이 아닙니다. 기껏해야 적 앞에서 허겁지겁 오차즈케나 먹는 게 최대한입니다."

조목조목 이치를 따지는 얘기에 노부토키가 말문이 막히자 그의 곁에 대기하고 있던 사카이 마고헤이지가 날카로운 눈초리로 쓰노다 신고를 노려보았다.

"쓰노다 신고 님은 천하의 대세를 공론이라 밀어붙이지만, 사람은 누구나 저마다의 의리가 있는 법입니다. 오늘날 이 성이 있는 것은 노부나가 공의 덕택으로 마고주로 공이 기로쿠로 공을 베고 도망쳐 행방을 감추자, 자칫하면 간주로가 이 성을 공격해버릴 뻔한 것을 노부나가 공이 중재해 주셨습니다. 그리고 새롭게 주인을 맞이하면서 쓰노다 신고 공을 비롯한 우리 모두 성과 함께 토사될 뻔한 것을 면했지요. 우리의 목숨은 모두 노부나가 공과 우리 주인님의 것입니다. 쓰노다 신고님은 마고주로 공 이후 성의 대리인이지만, 이 성의 녹봉을 받으면서도 은혜를 모르는 자들은 지금 바로 이 성을 떠나는 것이 좋을 것입니다."

쓰노다 신고는 최고 가신으로 연배 역시 장로이지만, 그를 날카롭게 노려본 사카이 마고헤이지는 주인인 아와노카미 노부토키보다도 어린 이제 열일곱 살의 소년.

사카이 마고헤이지는 서열 두 번째 가신 사카이 기자에몬의 아들로 노부토키의 시중을 드는 소년으로 발탁되어 특히 총애를 받아 밤낮으로 붙어 있는 자이다.

노부토키는 평범하고 어린 재능 있는 소년이지만, 마고헤이지는 용모가 아름다울 뿐만 아니라 두뇌회전이 빠르고 영리한 자이다. 처음에는 아버지인 사카이 기자에몬의 의견을 따라서 정치 방향의 진언을 했지만, 곧 자신의 의견을 갖기 시작하면서 진언했고 노부토키는 이 진언을 받아들였다. 스무 살도 되지 않은 성주가 열일곱의 어린이를 서열 1위 가로로 여기며 어른들에게 상의도 없이 정치를 하게 하는 것이다.

넋 놓고 있다가는 언제 무슨 짓을 당할지도 모른다는 생각에 주의를 게을리 하지 않았건만, 오전회의에서조차 어린 녀석이 그럴듯한 논리로 쓰노다 신고를 누르려 하고 있었다.

기로쿠로의 살해사건 문제나, 노부나가의 중재 등 그가 한 말은 모두 사실이었으니 쓰노다 신고는 반박할 말이 없었다. 그 자리에 앉아 있던 중신들도 마고 헤이지의 설득에 앞날이 위험하다는 생각이 들면서도 어린 소년의 논리에 설득당하고 있었다.

쓰노다는 상대가 어린 소년이긴 하지만 이런 형세로는 더 이상 논리로 타개할 수 없다고 생각했다. 다른 중신 일동 모두 입에 발린 논리에 설득당해서는 지극히 당연하다고 머리를 숙였지만, 그 논리가 정답이라는 생각은 들지 않았다. 애송이의 논리에 설득당해 허둥지둥하고 있는 사이에 말려들었다가는 노부나가가 중심이 되는 어처구니없는 모습을 지켜봐야만 한다. 그렇게 돼서는 큰일이라고 내심 일동도 두려움을 떨치지 못하고 있었다.

그래서 쓰노다 신고는 어쩔 수 없이 최후의 수단을 쓸 때가 됐다고 결심했다. 새파랗게 젊은 녀석의 논리에 설득당해 무력을 쓰려니 자신의 백발 머리가 무색하긴 했지만, 어쨌든 애송이에게 이렇게 쉽게 설득당해서는 이런 일이 이번만이라고 단정 지을 수는 없을 것 같았다.

때는 초여름으로 장맛비가 계속 되면서 모리야마 성의 성벽 흙이 조금씩 쓸려내렸다. 그러더니 어느 폭풍우가 심한 날 쓰노다 신고에게 급한 보고가 들어왔다. 이대로 비가 계속 내리면 머지않아 흙이 무너져 내릴 것만 같다는 것이었다.

당시 쓰노다는 어떻게든 자신의 수병을 성 안으로 끌어들여 쿠데타를 일으키고 싶었지만, 애송이 정치의 위력과 명령이 여러 곳에 손을 뻗고 있다 보니 성문이든 성벽으로든 자신의 수병을 끌어들일 수단을 찾을 수 없었다.

마침 그때 성벽이 무너질 것 같다는 급보가 들어온 것이다. 이것은 현장을 발견한 몇 명만이 알고 있었다. 쓰노다는 발견자들을 불러모았다.

"이 사실은 성 안의 다른 이들에게는 알리지 않는 편이 좋겠구나. 혹시나 주위의 치안을 문란하게 할 우려가 있으니 모두들 눈치 채기 전에 수리하도록 하자."

그는 사람들을 입단속 시키고는 자신의 심복을 불러 몰래 성벽을 천재지변처럼 무너뜨리게 했다.

"큰일이다! 비에 성벽이 무너졌다."

그는 일단 응급처치를 시행하게 했다. 응급처치는 흙이

무너지는 것을 막기 위한 것으로 성벽 수리의 전단계이다.

이렇게 해두고 쓰노다 신고는 몰래 자신의 군대를 성 안으로 끌어들였다. 그리고는 성의 중심이 되는 건물에 난입해서 노부토키와 마고 헤이지를 잡고 성 안의 자와 장외의 중신들에게 사신을 보냈다.

"우리는 본래 마고주로 공의 가신으로 마고주로 님은 현재 방랑 중에 계시지만 결코 사망하신 것은 아니다. 즉 노부토키 공은 잠시 비어 있는 성을 맡은 것이다. 그러나 노부토키와 마고 헤이지의 애송이 정치는 이 성의 존립을 위협하고 있으며, 이대로 가다가는 동족을 적으로 몰며 우리를 자멸하게 할 것이다. 그래서 나는 최고 가신으로서 화급한 일에 대한 조치를 취했는데, 이것은 전적으로 우리 성의 평화를 위한 것으로 귀공들과 싸우기 위해서가 아니라 함께 목숨을 구하고자 한 것이다. 나의 간절한 바람으로는 모두와 협력해서 이 성을 지키고 싶다. 그러니 우선 화급을 다투는 부서진 성벽의 수리에 모두들 도움을 주길 바란다."

다른 중신들 역시 애송이 정치에 내심 불만을 갖고 있었기 때문에 누구도 쓰노다의 처치를 반대하지 않았다.

"그럼 빨리 성벽을 수리합시다."

중신들은 각자의 수병을 이끌고 성으로 올라와 성벽 수리에 전력을 다했다. 쓰노다는 성벽을 무너뜨리고, 군사를 끌어들여 쿠데타를 일으키고, 사람들의 관심을 성벽 수리로 향하게 함으로써 무너진 벽을 이용해 일을 성사시킨 것이다.

노부토키와 마고 헤이지에게는 그 자리에서 할복이 명해졌다. 노부토키가 이성을 잃고 흐트러진 모습을 보인 것에 반해 마고 헤이지는 의외로 침착했다.

"새파랗게 어린 녀석이 정치를 아는 척하며 성을 위험으로 몰아넣은 죄, 하늘을 대신해서 벌을 내린다."

이렇게 죄상을 밝히자 마고 헤이지는 느긋하고 대범하게 고개를 끄덕이며 말했다.

"나이 많은 자들이 능력을 잃고 나면 음모를 만들어내는 것은 언제나 있는 일이었다. 그에 비해 젊은이는 이치를 따지고 의리를 따라 정도를 걷지. 능력도 없는 쓰노다 신고가 이런 짓을 할 거란 생각을 아니 한 것은 아니었지만, 고귀한 몸으로 천한 태생의 추한 마음을 깊이 생각하고 싶지는 않았다."

벌벌 떨기는커녕 점점 더 그의 신경을 거슬리는 말을 하는 마고 헤이지를 보며 쓰노다는 결국 참지 못하고 자신의 칼을 빼서 그의 가슴팍을 찔렀다.

제**11**장

최악의 순간

노랗게 익은 벼들이 고개를 숙인 채 추수하는 날만 기다리고 있다. 농민들에게 있어서는 풍작이든 흉작이든 반년 동안의 성과가 나오는 시기로, 이것으로 영주의 할당량이 해결되면 어깨의 짐도 내릴 수 있다.

영주 역시 마찬가지다. 그 쌀에 가문 전체의 생계를 의지하고 있기 때문에 결실이 맺힐 때까지는 마음을 놓을 수 없다. 수확량 검사와 할당이 끝나면 농민들과 마찬가지로 한숨 놓게 된다.

당시 간주로는 병력이 급격히 강대해지면서 시바타 곤로쿠를 비롯한 신하들에게 딸린 수병도 많이 늘어났다. 그러나 스에모리 성은 산 근처로 수확량이 많지 않았기 때문에 그들을 위한 녹봉과 식량을 위한 곡식이 바닥을 드러낼 지경이었다.

하야시 미마사카노는 이 사실을 알아채고는 사도노에게 진언했다.

"슬슬 노부나가의 숨통을 조이는 것이 좋을 것 같습니다. 노부나가가 간주로와 싸워 자멸하는 것이 가장 좋은데, 지금이 바로 적기입니다. 간주로는 그의 영지에서 생산해내는 것만으로는 가문의 식비가 충당이 되지 않아 새로운 토지를 원하고 있는데, 노부나가의 영지 중 스에모리에 가까운 시노기가 쌀 작황이 좋은 곳으로 올해는 특히 풍작이라고 합니다. 이 땅을 간주로의 마음대로 해도 좋다고 형님을 비롯한 가문의 중심이 되는 분들이 동의를 해준다면, 식량 부족으로 고민하던 간주로는 하늘의 도움이라 생각하고 밭의 작물을 수령하러 가겠지요. 한편 노부나가 역시 올해는 흉작으로 곤란해 하고 있으니 이곳을 빼앗긴다면 가만히 있지 않을 것입니다. 그럼 전쟁이 시작됩니다. 노부나가에게 이길 가망은 없지요. 우리가 측면에서 공격한다면 노부나가 따위 한줌 거리도 안 될 겁니다."

하야시 사도노는 가능한 한 자신이 직접 손을 대지 않고 노부나가를 자멸시키고 싶었다. 자멸이라고 해도 자연히 소멸할 리가 없지만, 스스로 군사를 일으키다 쓰러지는 것이 가장 좋다.

지금 기요스 성의 귀족들 대부분은 사도노를 따르고 있지만, 어쨌든 주인은 노부나가이기 때문에 주인을 죽였다는 꼬리표는 그들이 죽은 후까지 따라다니며 화가 될 수 있다. 특히 세간이란 것은 쉽게 흔들리는 것으로 지금은 사도노에게 붙은 세력이 많기 때문에 노부나가를 쓰러뜨려도 주인을 살해했다는 얘기를 듣지 않을지도 모른다. 하지만 나중에 정세가 변하면 예전에 주인을 죽인 사건이 또 다시 회자되며 화가 될 수 있다.

　　사도노는 어떻게 해서든 나중에라도 화가 되지 않도록 돌다리도 두드려볼 생각으로 기다리고 있었다. 노부나가가 쓰러진 다음에 간주로도 쓰러져버리면 오와리가 자연히 자신의 수중으로 들어올 것은 확실하기 때문이었다. 그가 굳이 지저분한 일을 직접 벌이지 않아도 조용하고 원만하게 가질 수 있었다.

　　미노의 요시타츠와 의형제인 사부로고로를 부추겨서 요시타츠를 움직이게 해 노부나가를 망하게 하는 방법도 있다. 하지만 그러다가는 미노의 손이 오와리로 뻗어 오게 된다.

　　간주로와 노부나가를 싸우게 하는 것도 좋지만, 간주로나 특히 그 첫 번째 가신인 시바타 곤로쿠의 위력이 세지는 것이 사도노는 가장 걱정됐다. 가문의 자들이 노부나가와 간주로를 비교하듯 사도노와 곤로쿠를 나란히 두고 생각하기 때문에 사도노의 실질적인 적은 곤로쿠다.

"노부나가와 간주로의 토지 싸움으로 노부나가가 망해버리면, 노부나가의 것은 모조리 간주로에게 가버리지 않는가."

사도노의 표정이 영 언짢다.

"형님처럼 생각한다면 아무 것도 할 수 없습니다. 만사형통하게 한 번에 정리되는 기회 따위 영원히 있을 수 없습니다. 간주로와 곤로쿠의 일은 노부나가가 정리된 후에 생각하면 됩니다. 지금은 노부나가를 쓰러뜨리는 것이 목표라는 사실을 잊어서는 안 됩니다."

사도노의 안색은 그 정도 얘기로 밝아지지 않았다. 그는 오히려 몹시 못마땅한 얼굴을 했다.

"너는 너무 많은 말을 하지 말라. 네 말을 듣고 있다 보면 그 간교한 지혜에 질려서 자연스레 네가 싫어진다. 너는 그렇게 해서 아군을 하나씩 정리하고 결국에는 너 혼자 남을 생각이겠지만, 너의 그 정도 잔머리는 나뿐만 아니라 다른 이들도 충분히 알 수 있다는 것을 잊지 말거라."

"형님, 의심이 과하십니다. 의심도 그 정도면 병적인 망상입니다."

"쓸데없는 소리. 곤로쿠를 비롯한 근처의 성주들을 모아라. 간주로 공의 영지 일로 상의할 게 있다고 전하거라."

"그럼 제가 드린 말씀대로 하는 거지요?"

"실행은 하겠지만 내 생각대로 할 거다. 그 정도면 네가 할 일은 다 한 셈이니 나머지는 내가 하는 대로 맡기거라."

사도노는 기껏 노부나가를 멸망시킨 후 그가 아닌 간주로와 곤로쿠에게 모든 권력이 가는 위험요소를 막기 위해 다른 중신들이 있는 자리에서 곤로쿠에게 쐐기를 박아두고자 했다.

"간주로 공이 점점 세력이 커지면서 지금 가진 영지만으로는 부족할 텐데, 게다가 올해는 흉작이라니 더 곤란하시겠습니다. 그래서 생각해봤는데 시노기가 올해는 특히 풍작으로, 원래는 노부나가 공의 영지이지만 스에모리의 영지에 가까우니 올해는 이곳의 작물을 가져다 쓰는 게 어떨까 합니다. 이곳을 앞으로 간주로 공의 영지로 할지 어떨지는 노부나가 공과 상의를 해야 하고, 물론 결국은 제가 결정하겠지만 말입니다. 어찌됐든 올해의 부족분은 일시적으로 여기서 대용하시라고 제가 허가해 드릴까 합니다."

원래부터 사도노는 오다 가문의 최고 가신이기 때문에 이런 명령을 내릴 수도 있는 데다, 그날 모인 중신들은 모두 사도노의 선언을 계기로 노부나가를 떠나 사도노에게 붙은 무리가 주였기 때문에, 그의 명령은 곧 법과 같았다.

사도노의 이 말에는 간주로와 곤로쿠에게 시노기의 쌀을 힘으로 가져가기는 하지만, 그 영지를 주는 것이 아니라 일시적으로 하니 계속 그의 관리하에 두겠다는 뜻이 담겨 있었다. 영리한 곤로쿠 역시 그의 의도를 파악했다.

"이런 감사하기 그지없는 일입니다. 다른 분들에게도 이견은 없겠지요?"

그는 우선 같이 자리한 사람들에게 다른 의견이 없다는 것을 확인했다.

"그럼 사양 않고 바로 시노기의 논밭을 받아들이도록 하겠습니다. 이 땅을 간주로 공에게 줄 것인가 말 것인가에 대해서는 굳이 사도노님을 번거롭게 할 필요도 없을 것 같습니다. 노부나가 공과 간주로 공은 형제이니 원만히 서로 이해가 성립될 것입니다. 두 분 다 성인인데 남들이 이러쿵저러쿵 말참견할 필요가 있겠습니까? 어떻게 생각하십니까, 사도노 공?"

곤로쿠는 눈을 부라리며 사도노와 동생 미마사카노를 노려보았다.

미마사카노가 형 대신 곤로쿠의 말에 답했다.

"시바타 님의 말은 자칫 평지풍파를 일으킬 수도 있을 것 같군요. 간주로 공의 형편이 힘들어 곤란해 할까 우려한 형님의 배려이니 귀공은 이것을 그대로 받아들이면 될 것 같습니다만."

"그렇습니까? 저 역시 그대로 받아들이고 있습니다. 그저 앞으로 이것을 간주로 공의 영지로 할지에 대해서는 사도노님이 걱정하실 필요 없다는 말씀을 드린 것뿐입니다. 형제분들끼리 서로 알아서 할 터이니 남들의 배려는 필요 없다는 것입니다."

그런 이유라면 일시적으로 토지를 빼앗는 것 역시 형제들끼리 서로 알아서 하면 된다. 그런데 그것만 사도노의 뜻을 사심없이 받아들이겠다니 뻔뻔하기 짝이 없는 이야기다.

하지만 곤로쿠의 입장에서 보면 이치를 따질 문제가 아니었다. 쌀 부족은 현재 그들에게 닥친 문제로 지푸라기라도 잡고 싶은 심정이다. 그러나 한편으로는 하야시 형제의 오만방자함을 보면서 비굴하게 있어야만 하는 상황이 참을 수 없이 싫다.

미마사카노는 곤로쿠가 기분이 상한 것을 눈치 채고 서둘러 이야기를 정리했다.

"심정은 이해하지만, 형 사도노를 비롯한 이 자리의 사람들은 모두 노부나가 공과 군신의 연을 끊고 있으니 그것을 이해해 주시오. 또한 만약 형제간에 불화가 생기면 이쪽에서도 군사를 보내 지원할 테니 마음 놓고 시노기에 군사를 보내 작물을 가져가셔도 됩니다."

이야기가 이렇게 되자 곤로쿠는 크게 기뻐했다. 그는 어떻게 해서든 간주로를 노부나가를 대신하는 오와리의 영주로 하고 싶긴 했지만, 가능한 한 원만하고 자연스럽게 그리되길 원하고 있었다. 그것을 위해서는 사람들의 이해 속에 영지를 조금씩 넓혀가는 것이 가장 원만한 방법이었으니 곤로쿠가 이번 일이 기쁘지 않을 리가 없다.

그는 바로 시노기 성을 둘러싸고 군사를 보내 압박하는 작전을 짰다.

그러나 간주로의 두 번째, 세 번째의 가신인 사쿠마 다이가쿠, 사쿠마 지에몬이 노부나가 편이다 보니 이 계획은 노부나가의 귀에도 들어가게 되었다.

노부나가는 진작부터 이런 날이 오리라 예상하며, 그 날을 스스로의 운명의 날이라 여기며 각오를 해두고 있었다.

전국시대 세상사라는 것이 헤어졌다 다시 뭉쳤다를 밥 먹듯이 한다지만, 그게 쉽지 않은 때가 바로 가장 아끼는 아군이 되어 싸우는 경우다. 이때는 다시 합치는 것은 생각할 수 없다.

노부나가가처럼 게의 다리를 하나씩 잡아 떼이듯 아군을 하나씩 잃고, 또한 아군에게 배신당해 온 자에게는, 배신해야

할 모든 것에 배신당하고 고립되면서 자신의 최후의 운명을 시험해보고자 하는 생각이 들었다.

적인지 아군인지 분명치 않은 형제처럼 불쾌한 존재가 또 있을까. 두루뭉술하게 불명확한 자세를 계속 유지하는 것보다는 확실하게 적의 모습을 보이는 편이 오히려 낫다.

결국에 간주로가 확실하게 적의 색을 띠고 군사를 움직여 적대한다는 것은 노부나가에게 있어서는 최악의 시기이기는 하지만, 어차피 더 이상 잃는 것이 없을 때이기도 하다. 가신들도, 숙부도, 형도, 동생도 모조리 적이 되어 그에게는 이미 남은 것이 없다.

더 이상 나빠질 것이 없다는 것은 사람에게 평정심을 가져다준다. 그대로 거지가 될 수도 있고 죽을 수도 있다. 또한 다시 일어설 수도 있다. 그 최후의 절벽에 서기를 노부나가는 오히려 기다리고 있었다.

노부나가는 사쿠마 다이가쿠를 불렀다.

다이가쿠는 시노기에 가까운 곳에 영지를 갖고 있었다. 어린 시절부터 영지의 구석구석까지 놀이터 삼아 놀러 다닌 노부나가에게는 모든 지형이 눈에 선하다. 노부나가는 다이가쿠에게 그림을 그려서 보여줬다.

"곤로쿠가 군사를 보내 시노기를 진압하기 전에, 네가 먼저 내일 새벽부터 강 건너에 있는 나즈카에 요새를 만들어라. 곤로쿠가 곧 공격해올 터이니 그때까지는 밤낮으로 비바람이 몰아치더라도 쉬지 말고 요새의 공사를 서둘러야 한다."

"그 요새로 출진하실 겁니까?"

"그곳에 곤로쿠와 사도노를 끌어들여 네가 싸워야 한다. 그리고 적이 요새를 공격하기 시작하면 내가 출진한다. 너는 내가 출진할 때까지는 요새 안에 틀어박혀 싸워야 한다. 밤을 낮처럼 쓰면서 공사를 서두르면 내가 나즈카에 달려갈 때까지는 버틸 수 있을 정도의 요새를 만들 수 있을 것이다. 하지만 곤로쿠도 이미 반역의 마음을 굳히고 전쟁 준비를 서두르고 있을 테니 네가 요새를 짓고 있다는 소식을 들으면 출진을 서두를 거야. 내일쯤에는 출진할 테니 지체없이 서둘러서 공사를 해야 한다."

"출격은 하면 안 됩니까?"

"내가 출진할 때까지는 한 발도 움직이지 말고 요새로 끌어들여 지켜라. 전멸할 때까지 요새를 떠나지 마라. 내가 출진해서 싸움이 시작되면 그때는 내키는 곳으로 출격해도 좋다. 내가 출진한 후에는 어디서 전쟁이 일어날지 알 수 없지만, 너도 상황에 따라 출격하게 된다면 너의 뜻대로 하면 된다."

"분부 받들겠습니다."

"요새의 공사가 중요하다는 것을 잊지 말거라. 적이 공격해올 때까지의 시간은 많지 않고, 그 시간은 기다려주지 않는다. 공사에 걸린 시간이 몇 배의 적을 막는 시간과 똑같은 역할을 할 것이다."

"알겠습니다."

"서둘러라."

사쿠마 다이가쿠는 그날 밤 바로 군사를 이끌고 가서 나즈카에 요새를 짓기 시작했다. 그것이 1556년 8월 22일이었다. 다이가쿠가 노부나가의 엄명대로 밤낮으로 쉬지 않고 공사를 계속하는데, 다음날인 23일에 새벽부터 호우가 내리기 시작했다. 낮이 되자 강물이 불어나 자갈밭은 탁류의 흐름으로 용솟음치면서 저지대는 홍수가 날 정도로 물이 불어났다.

하지만 다이가쿠는 노부나가의 엄명을 잊지 않았다. 그는 호우를 맞아가면서 더욱 공사를 서둘렀다. 흙탕물이 용솟음치는 자갈밭을 내려다보니 수면이 턱없이 부족한 머릿속에서 감동으로 끓어올랐다.

"마치 노부나가 공은 이 호우를 알고 있었던 것 같구나. 역시 위대한 장군이란 항상 만전의 준비가 되어 있는 것. 아니, 하늘이 그 마음에 탄복한 것일지도 모르지."

밤이 되자 비는 그쳤고, 다이가쿠는 공사를 더욱 서둘렀다.

다음날인 8월 24일. 노부나가가 최후의 절벽에 설 운명의 날의 하루 전인 이 날은 전날의 호우 따위는 잊은 듯 화창한 아침이었다. 당시 노부나가는 스물세 살이었다.

시바타 곤로쿠는 동이 트는 것과 동시에 출진의 준비를 마쳤다. 전날 밤 내일 아침에 출진하겠다는 사신을 하야시 사도노에게 보내자 사도노도 지원군을 보내겠다는 답변이 왔다.

"공사가 아직 완성되지 못했을 때 단번에 쳐부수자. 모두들 서둘러라."

설마하니 밤에도, 비오는 날에도 쉬지 않고 공사가 진행되었으리라고는 곤로쿠는 꿈에도 생각지 못했다.

곤로쿠와 사도노가 스에모리와 나고야에서 각각 출격했다는 보고는 노부나가의 귀까지 들어갔다.

노부나가는 그해 4월 20일에 장인 도산을 잃은 이후, 훗타 도쿠를 비롯한 도산의 유능한 부하의 일부를 종속시킬 수가 있었다. 그러나 그들 중 대부분이 전쟁에서 승리한 요시타츠의 은밀한 유혹에 넘어가 다시 미노의 주인을 섬겼고, 아직도 거취에 망설이는 자도 있었다. 노부나가가 힘이 되어 달라 부탁할 만한 자는 매우 적었다.

세간에서의 요시타츠의 목소리는 높고, 그에 비해 노부나가의 목소리는 턱없이 낮다. 게다가 일족 중신들까지 등을 돌리고 있는 노부나가이니 도산의 연줄이 있다고는 해도 노부나가를 선택하지 않고 요시타츠를 섬기는 것이 당연하다. 요시타츠는 어제까지는 적이었다고는 하지만, 미노의 정통 주인이기도 하고 오히려 의리에 이끌려 바보에게 질질 끌려다니며 종속되는 쪽이 세간의 웃음거리가 된다.

노부나가는 누구의 도움도 구할 생각이 없었다. 물에 빠진 사람은 지푸라기라도 붙잡는다고 한다. 그러나 지푸라기를 잡는다고 한들 어떻게 되는 것도 아니지 않은가.

사람이 최후의 벼랑 끝에 섰을 때 다른 이의 도움을 구하거나 기적을 바라는 것은 망하는 길이다. 자신이 모든 노력을 다했을 때 비로소 기적을 만들어내는 것이다. 만약 그것을 기적이라 부른다면.

노부나가가처럼 소년시절부터 싸움에 몸을 담아온 사람은 싸움의 원리로 인생의 원리까지 배우게 된다. 싸움에는 실력 외에도 계책, 간교함이 필요하다. 그러나 시간이 촉박할 때에는 계책도 간교함도 소용이 없다. 계책이나 간교함은 평상시의 준비로, 진짜 결전의 장에서는 평상시의 훈련 결과를 전적으로 활용하는 것 이외에 계책도 기적도 기대할 수 없다. 만약 기대하는 사람은 그것을 기대하려는 미숙함에 패배해버릴 뿐이다.

물에 빠져 지푸라기를 잡는 사람은 살아날 수 없다. 숨이 끊어질 때까지, 손발이 움직이는 한, 육지를 향해 온 힘을 다해 헤엄치는 것만이 살아나는 길이다. 땅에 서 있는 사람에게 구원을 요청하는 노력만 하는 것은 스스로 목숨을 버리게 되는 원인이 될 뿐이다. 아슬아슬한 순간은 언제나 그렇다.

천하의 바보 소년이라 불리며 자란 노부나가는 스스로를 벼랑 끝에 세워 궁지에 몰아넣는 대신에 거기에 바르게 대처하는 방법을 몸에 익혔다. 그것뿐만이 아니다. 그 절벽을 기회로 새로운 인생을 여는 요소들까지 이미 몸에 익히고 있었다고 해야 맞을지도 모른다. 즉, 과거에 일어난 여러 가지 우연들이, 마치 오늘을 예기한 것처럼 그에게 득이 되어 돌아왔다. 과거의 우연을 필연처럼 다시 돌아오게 한 힘, 그게 바로 재능이 아닐까?

남의 밭에 뛰어들어가 망친 방탕함이 지금은 놀랄 만한 훌륭한 실력이 되어 돌아왔다. 노부나가는 지금 출진해서 최후의 운명을 결정할 전장을 눈으로 그릴 수 있다. 덤불 속의 웅덩이와 소나무 가지조차 그의 눈앞에 그대로 펼쳐져 있는 것 같이 생생하다.

어차피 죽음이 정해져 있다면, 미련없이 싸워주리라. 노부나가는 전쟁에 임박하여 흥분으로 몸이 떨렸다. 그리고 넉살좋게 웃었다.

"출진 준비!"

노부나가의 소리가 쩌렁쩌렁하게 울렸다. 24일 오전 6시.

노부나가의 군사는 겨우 650명. 그가 의지할 무사는 이들 뿐이다.

그러나 노부나가는 조금도 초조해하지 않았다.

이미 주사위는 던져졌다. 사쿠마 다이가쿠에게 짓게 한 나즈카의 요새가 노부나가의 생각대로 움직일지 어떨지는 이제 어쩔 수 없는 운명이다. 그는 자신이 정한 진로를 걸어 갈 뿐이다.

이노우의 마을을 벗어난 덤불 그늘에 군대를 멈추게 했다. 덤불 그늘을 끼고 길은 남쪽과 동쪽으로 통해 있다.

"여기가 오늘 우리의 진영이다. 그리고 어디서 전쟁이 시작될지는 아직 아무도 모른다. 신조차 모른다."

노부나가는 껄껄 웃었다.

한편 시바타 곤로쿠는 아침 여덟 시경부터 나즈카의 요새를 공격하기 시작했다.

틀만 겨우 잡힌 공사장일 줄 알았던 나즈카의 요새는 의외로 틀이 잘 잡혀 있었다. 아마 자연 지형 때문일 거라고 곤로쿠는 생각했다. 그러니 공사는 눈으로 보이는 만큼 진행되어 있을 리가 없다. 그는 가신들을 돌아보며 크게 웃었다.

"잔재주만 있는 얼간이 다이가쿠 녀석이 만든 저 공사장을 보라. 이 얼마나 다이가쿠 답단 말이냐. 급하게 산을 깎고 나무를 쓰러뜨리고, 나무를 엮어서 보기에 화려한 요새처럼 세워져 있지만, 사실은 종이로 벽을 메워 눈속임이나 하려는 것이다. 한 번에 무너질 만한 공사장이다. 쓸데없이 작전 같은 것을 세울 필요도 없겠구나. 정면으로 쳐들어가 뭉개버려라."

곤로쿠는 다이가쿠를 얕잡아 보았다. 오랫동안 간주로를 위해 일해 친한 사이였기 때문에 그 인물도, 능력도, 병력도 이미 다 꿰뚫고 있다. 잔재주는 있지만 큰일을 할 수 있는 자는 아니다.

곤로쿠는 천여 명의 군사를 이끌고 성의 정면으로 쳐들어가 손에 손에 칼과 창을 들고는 한꺼번에 와, 하고 눈사태처럼 밀고 들어갔다.

곤로쿠를 비롯한 말 탄 장수들이 화살을 뚫고 성벽 아래에 붙었지만 힘으로 밀어붙여 쓰러질만한 성이 아니었다. 말의 다리가 성벽에 걸려 거꾸로 뒤집히고, 기어오른 자들이 비틀비틀거리는 사이 위에서 창으로 찌르거나 밀어 떨어졌다. 그의 예상과 달리 첫 번째 공격은 무참하게 당하면서 쫓겨 돌아오고 말았다.

곤로쿠는 그때까지도 자신이 경솔했다는 사실을 깨닫지 못했다. 그저 불같이 화를 냈다.

이때 하야시 미마사카노가 형 대신 7백 명의 군사를 이끌고 지원을 왔다.

곤로쿠는 나고야에서 응원이 있을 거란 것은 알고 있었지만, 그저 예의상 지원을 받을 뿐 실제로는 그들의 도움 따위 필요없다는 것을 제대로 보여줄 작정이었다. 그리고 그 지원군이 도착하기 전에 가볍게 한 번에 끝내리라 생각하며 총공격을 한 것 역시 그 때문이기도 했다.

그런데 어찌 생각이나 했으랴. 한심한 상황에 운 없게도 미마사카노가 왔다.

곤로쿠는 미마사카노에게 지원에 대한 인사에도 화를 숨길 수 없었다.

"너무 다이가쿠를 우습게 보다 실패했군. 녀석의 능력을 너무 잘 알고 있기 때문에 아무래도 긴장이 좀 풀렸었는데, 금세 해치울 테니 천천히 구경이나 하게."

"저는 곤로쿠 님을 도우라는 형님의 명령을 받고 왔으니 저희도 돕겠습니다. 저는 뒤에서 공격하도록 하지요."

"마음대로 하게."

곤로쿠는 이미 미마사카노 따위는 돌아보지도 않고, 두

번째 총공격을 준비했다. 우선 급한 대로 대충 준비했다. 이에 뒤질 수 없다 생각한 미마사카노도 서둘러 공격 준비를 했다.

두 번째의 총공격이 대실패로 끝난 것은 말할 것도 없다.

곤로쿠는 그제서야 적의 준비가 허술하지 않다는 것을 깨달았다.

"이것은 다이가쿠의 지혜가 아니다. 웬만한 각오와 계획 없이는 그 짧은 기간 동안에 이 정도의 요새를 지을 수 없다. 지금 성 안에는 다이가쿠 수중의 자들만 있지만, 노부나가의 본진에서 군사가 오고 있을지도 모르지. 그럼, 그 군사는 누구지? 하지만 요새에 이만큼 준비가 되어 있다는 것은 적에게 제대로 된 기습의 준비가 있다는 것과 같은 뜻. 노부나가가 애송이 녀석을 만만하게 보다가는 크게 한방 먹겠구나."

그는 겨우 깨달았다. 그는 서둘러 미마사카노 쪽에 사자를 보내 경계의 필요가 있으니 함부로 성에 손을 대지 말라는 말을 전했다. 적의 배후 기습에 대비해 당분간 군사를 쉬게 하고 동정을 살피라는 것이었다. 하지만 미마사카노는 책사이기는 해도 병법은 모른다. 요새가 만만치는 않다 해도 겨우 이틀 밤낮으로 준비한 작품에 지나지 않는다. 적의 수도 많지 않다.

게다가 모리야아 성에서 쓰노다 신고도 수병을 이끌고 참가하고 있고, 노부나가에게 원한을 가진 기요스 무리의 낭인 등이 서둘러 한두 명씩 참가하면서 아군은 위세를 더욱 넓히고 있었다.

"뭣이라, 시바타 님은 이런 요새에 애를 먹고 계시나 보구나. 조금 전만 해도 호언장담을 하시더니, 호랑이가 갑자기 고양이가 되어버렸나? 하하, 시바타 님께 전해 주게. 천천히 쉬면서 구경이나 하시라고. 내가 한 번에 뭉개줄 테니."

미마사카노가 바로 다음 공격을 준비했다.

사신이 돌아와 이 이야기를 곤로쿠에게 전하자 곤로쿠 역시 휴식을 취하며 구경만 하고 있을 수는 없다. 미마사카노가 혼자 힘으로 성을 함락시킨다면 기껏 노부나가를 쓰러뜨린다 해도 하야시 형제의 위세를 강하게 해주는 꼴로 끝나버린다.

"제군들 다시 무기를 들어라. 말에게 물을 먹이고 있는 자들은 서둘러 돌아오라. 공격 준비!"

여기저기 흩어져서 느긋하게 쉬고 있던 자를 서둘러 불러 모으는 사이에 이미 반대편에서는 미마사카노의 공격이 시작되었다.

"에잇!"

"와아!"

군사들의 외침과 말발굽 소리, 총포 소리, 사람과 말이 뒤엉킨 절규로 전장은 그야말로 아수라장이다.

병사들보다 빨리 준비를 마치고 말 위에 올라 안절부절못하던 곤로쿠는 그 모습을 보며 참지 못하고 군사들의 절반 이상이 준비를 마친 것을 보고 출격을 명했다.

"가자!"

어제의 호우로 충분히 물을 먹은 요새의 흙과 목재는 거듭되는 공격으로 더욱 미끄러워졌다. 무작정 돌진하던 자들은 대부분 말에서 떨어져 진흙 구덩이에 얼굴을 처박았다. 적의 화살보다도 굴러 떨어진 아군과 말이 더 위험하다. 게다가 허겁지겁 준비하는 바람에 어떤 자는 투구를 잊고, 어떤 병사는 자신의 창을 들고 간 동료를 찾느라 정신없는 등 붙어 싸우지도 못하고 멍하니 서 있는 자가 적지 않았다.

싸움에 실패한 무리가 온몸이 진흙투성이가 되어 뭐가 뭔지 알아볼 수 없게 되어 돌아오자 멍하니 서 있던 이들도 슬쩍 얼굴과 손발에 진흙을 바르고 같이 철수했다.

"이거 이렇게 미끄러워서는."

모두들 투덜거리며 후퇴. 세 번째도 실패.

곤로쿠는 자신의 실수를 깨달았다. 이제 오기를 부리거나 의리로 군사를 움직일 것이 아니다. 미마사카노가 단독으로 성을 빼앗는다면 빼앗게 두자. 우선 군대에게 휴식을 취하게 하고 다시 정비해야 한다.

이런 생각에 곤로쿠는 먼지투성이의 군사들에게 강가에서 휴식을 취하게 하고 얼굴과 발을 씻었다. 어제의 흙탕물이 아직 남아 있는 데다, 이들이 달고 온 진흙도 만만치 않아 물가는 온통 흙천지다.

이런 전쟁 때마다 논밭이 황폐해지고 군사들의 온갖 횡포에 억울하지만 울며 겨자 먹기로 당하는 백성들만큼 약한 자도 없다. 하지만, 또 그만큼 생활력이 강한 자들도 없다.

그들은 동네 아낙들까지 강가의 제방에 나와 곤로쿠의 실패를 구경하며 거리낌없이 저마다 한 마디씩 하고 있다.

"저기 저 수염 난 대장, 보기에는 강해 보이는데 영 못쓰겠네. 지금이라도 노부나가가 공격해오면 한 번에 가버리겠어."

"노부나가는 강하니까. 노부나가나 그 가신들은 모두 말도 얼마나 잘 타고 씨름도 잘한다고. 저런 요새 따위 한 번에 말 타고 오를 걸."

"그럼, 그럼. 저 수염이나 대장이나 다들 형편없네."

일부러 들으라는 듯 근처에 와서 말한다. 딱히 노부나가의 후원자는 아니지만, 군사들 때문에 당하고 있으니 약을 올리려고 하는 말이다. 외국인과 달리 말을 알아듣는다는 것이 운이 나쁠 뿐이다.

"야 이놈들아!"

이렇게 쫓아버려도 또 다시 모여들어 더욱 심한 비평을 지껄인다. 익명의 비평가가 따로 없다.

그때 다행히도 반대편으로 미마사카노의 군사들이 내려와서 먼지투성이의 몸을 씻어냈다. 곤로쿠를 비롯한 그의 가신들은 안도의 한숨을 쉬었다.

"아하하. 녀석들도 똑같네, 똑같아. 아하하. 알몸이 되어 씻고 있네. 저기 봐, 옷을 빨고 있는 놈도 있어. 아하하, 우리보다도 더 호되게 당했군."

동맹군의 처참한 참패에 크게 기뻐하며 좋아하고 있다.

그런 와중에 파수꾼의 보고가 들어왔다.

"노부나가 공이 마을 끝의 덤불에 진을 쳤다고 합니다."

곤로쿠는 파수꾼을 불러들였다.

"노부나가 공의 병력은?"

"총수 7백여 명입니다. 절반 이상이 활과 총포를 든 보병들입니다."

"그 외에 후속 부대는 없나?"

"아직 알 수는 없지만, 지금으로서는 그것뿐입니다."

제방 위의 구경꾼들이 그의 말을 들었다.

"우와! 왔다, 왔어. 노부나가야. 전쟁이 시작된다. 거기 자네들, 얼른 이쪽으로 와. 그쪽의 병사들이랑 있다가는 같이 죽음을 당할 걸세."

곤로쿠는 대기하고 있는 보병 부대를 향해 소리쳤다.

"전투준비를 하라. 척후병을 보내라."

그렇게 서두르고 있는 사이에 제방의 백성들은 순식간에 흩어졌다.

"가자, 출격!"

보병 부대가 강을 건너고, 남은 이들이 사람과 말을 정리시켜 서둘러 준비하는 사이에 제방을 사이에 두고 탕탕, 서로 총을 쏘기 시작했다.

제방 위까지 올라 유리한 위치에서 적을 맞은 곤로쿠 쪽의 보병 부대는 순식간에 적의 화살에 맞고 싸우러 가기는커녕 금방이라도 도망칠 태세다.

곤로쿠는 갑작스레 준비를 마친 부하들을 이끌고 말에 올랐다.

"도망치지 마라! 우리에게도 충분한 화살이 있고, 적은 낮은 곳에 있다. 한 발도 물러서지 마라!"

다행히 곤로쿠 쪽은 도망치려는 순간에 막을 수 있었지만, 미마사카노 쪽은 이미 뿔뿔이 흩어졌다. 보병 부대까지

팬티 한 장만 걸친 채 세탁하고 있는 중에 당했으니 어쩔 수 없다. 도망치는 발도 빠르고 탁류의 강을 사이에 두고 있어서 사상자는 거의 없었지만, 맨몸으로 부리나케 도망가는 광경이 과히 장관이다.

화살 소리가 멈춰서 제방 뒤에 숨어 있던 곤로쿠가 고개를 내밀고 보니 적은 콧노래를 부르며 철수하는 중이었다.

공격해온 것은 적의 발 빠른 보병 대대뿐으로, 대기조의 모습은 보이지 않는다. 그 수가 어림잡아 2백여 명. 활과 총포를 짊어지고는 웃으면서 돌아갔다. 그리고 그들의 모습이 시야에서 사라졌다.

곤로쿠는 이를 악물고 안타까워했지만 어쩔 수 없다. 적에게 완전히 선수를 빼앗겼으니, 아군의 출진 준비가 끝나도 어느 길을 골라 어떻게 가야할지 감을 잡을 수 없다.

"적은 가까운 길을 차단하고 발 빠른 이들로 잠복시켜 놓은 것 같은데, 척후병은 아직도 돌아오지 않았나?"

"네. 아무래도 적의 복병에게 당한 것 같습니다."

"넓은 길이 있나?"

"여기에서 강을 거슬러 올라 서쪽으로 향하는 길과 강의 하류로 내려가 남쪽 밭에서 북쪽으로 향하는 길 두 가지가 있습니다."

"어느 쪽이 가까운가?"

"강을 거슬러 올라 북쪽으로 공격하는 길이 훨씬 가깝습니다."

곤로쿠는 미마사카노와 미리 협의했다.

"우리는 강을 올라 서쪽으로 공격할 테니 귀공은 강을 내려가 남쪽에서 북쪽으로 공격하기로 하지."

"알겠습니다."

"그럼 우리가 먼저 출발한다."

곤로쿠는 강을 거슬러 올랐다.

남겨진 미마사카노 역시 출진을 서둘렀다.

"준비가 다 된 자부터 강 쪽과 요새 쪽의 망보는 자를 교체하라."

벌거숭이의 군사들이 활과 철포, 창을 들고 덜덜 떨면서 망을 보다 순차적으로 준비를 마친 자와 교체하면서 이럭저럭 출진 준비를 마칠 수 있었다.

성 위에서 사쿠마 다이가쿠의 군대가 이 모습을 구경했다.

"이 녀석들아, 준비가 끝나거든 다시 한 번 덤벼 보거라. 몇 번이고 세탁하게 해줄 테니."

"무서워서 이제 오지도 못하려나?"

그들은 킥킥거리며 놀려댔다.

미마사카노와 쓰노다 신고의 군대는 화가 났다.

"노부나가를 처리한 다음에는 네 녀석들을 진흙탕 속에서 회를 떠줄 테니 기다려라!"

"하하하. 노부나가 공과 싸울 때에는 방심하지 말거라. 땅바닥으로 질질 끌려가 회를 떠줄 테니."

미마사카노와 쓰노다 신고의 군대는 다이가쿠 병사의 비웃음을 뒤로 하고 강을 터벅터벅 내려가기 시작했다. 상당히 먼 거리를 돌아가는 길이다.

노부나가는 곤로쿠가 상류에서 우회의 길을 골랐다는 보고를 듣고 미마사카노 쪽은 내버려두고 곤로쿠와 싸울 태세를 갖췄다. 전원 7백여 명도 되지 않는 병력을 둘로 나눌 여유는 없다. 적이 둘로 갈려 상하로 각각 진행해오다니 하늘이 주신 기회다.

"바보는 자연스럽게 바보의 길을 골라 주는구나."

노부나가는 만족스러워하며 웃었다.

노부나가는 철포 대대와 활 대대에게 칼과 창을 쥐게 했다.

"전원 한 무리가 되어 돌파하는 거다. 적이 붕괴되면 깊이 파고들지 말고 다시 모여라. 아직 남쪽에서 오는 미마사카노가 남아 있다. 적은 이미 지쳐있으니, 정신이 쏙 빠지도록 몰아붙여라."

복병도 두지 않았고 전진도 하지 않는다. 그저 덤불에 진을 치고 느긋하게 곤로쿠가 오는 것을 기다리고 있다.

곤로쿠는 상류로 돌아 강을 건넌 후로 안절부절 못하고 있다. 사방에 파수병을 보내고는 말을 재촉했다. 노부나가라는 혈기왕성한 바보가 처음 그 장소에서 느긋하게 기다리라고는 생각도 못했다.

그가 생각한 언덕이나 덤불 속 어디에서도 적의 모습은 찾을 수 없었다. 복병은커녕 파수병이 있는 기색조차 없자 자신만만하던 곤로쿠도 반신반의.

"그렇다면 노부나가 녀석, 미마사카노의 병력이 적다고 보고 그쪽으로 돌렸나 보구나. 미마사카노에게 공격을 빼앗겨서는 안 되지."

그는 더욱 초조해 했다. 기껏 절반의 길을 신중을 기해 왔으면서 노부나가의 진 근처에 와서는 오히려 안절부절 못하며 길을 서두르기 시작한 것이다. 그럼에도 일단 주의를 기울이며 언덕을 끼고 굽은 길로 나오자 그 반대편이 노부나가의 덤불이다.

선두가 앗, 하고 생각했을 때에 이미 대열을 갖춘 노부나가 군이 돌진해 왔다. 선두는 순식간에 무너졌다. 그리고는 이쪽도 저쪽도 그저 제 나름대로 서로 치고 박고 싸운다.

곤로쿠 무리는 갑작스런 습격에 무너지기는 했지만 수적으로는 배 가까이 우세했기 때문에 다시 밀고왔다. 기껏 돌

진한 노부나가 세력이 점점 밀리자 뒤쪽에서 40여 명의 창
대대를 데리고 전장을 지켜보던 노부나가가 갑자기 말을 달
려 무너지기 시작한 아군의 한가운데로 뛰어 들었다.

"다시 밀어라! 돌진하라! 한 발도 물러서지 말라!"

가까이 오는 적을 발로 차고 칼을 휘둘러 적과 아군을 노
려보며 큰소리. 그는 마치 맹수처럼 사납게 울부짖었다. 그
의 분노가 전신으로 흘러넘치면서 그를 둘러싼 주위 공기까
지 터질 것만 같았다.

전장은 순식간에 그의 기세에 휘말렸고, 노부나가가 이끄
는 창 대대 40여 명이 창을 휘두르기 시작했다. 밀리던 아군
들이 용기백배되었음은 말할 것도 없다.

"그래, 한 발도 물러서지 마라. 집요하게 파고들어라!"

앞 다투어 너도 나도 죽을 각오로 돌진하기 시작했다.

곤로쿠 세력은 순식간에 붕괴되었다. 곤로쿠는 붕괴된 아
군의 한가운데 떡하니 버티고 섰다.

"물러서지 마라! 돌아와 돌진하라!"

그 역시 피를 뒤집어쓰고 악귀처럼 소리를 질러댔다.

그의 모습을 보고 쏜살같이 말을 달려 온 야마다 지에몬.

"네 이놈, 곤로쿠! 전장에서는 첫 대면이구나. 이 지에몬
의 칼을 받아라!"

큰 칼을 휘두르며 달려와서는 단숨에 내리쳤다. 곤로쿠는

허리를 비틀어 재빨리 몸을 피했다. 하지만 칼끝은 어깨를 가격했다.

저돌적인 곤로쿠는 어깨에서 피가 나오기 시작하니 흡사 궁지에 몰려 필사적으로 반격하는 멧돼지 같았다. 그는 분노로 눈을 번뜩이며 소리쳤다.

"감히 이놈이!"

그는 달려가는 야마다 지에몬을 쫓아가 단칼에 내리쳤다. 말과 말이 뒤엉켰다. 말은 행동이 잽싼 동물이기 때문에 부딪힐 것 같자 휙 하고 벗어나 두 마리가 나란히 섰다. 사방이 온통 적과 아군으로 가득한 전장이다 보니 말도 생각대로 달려갈 수도 없다.

곤로쿠의 칼에 맞은 지에몬이 말을 세우고 뒤를 돌아보더니 피를 뿜으며 오뚝이처럼 눈동자를 희번덕거리고 있는 곤로쿠의 얼굴을 노려보았다. 너무 가까워서 둘 다 칼을 휘두를 수 없다.

지에몬이 허리를 비틀고 팔을 돌려 곤로쿠에게 덤벼들려는 기세를 보이는 찰나,

"이거나 받아라."

곤로쿠는 머리를 숙이고는 지에몬의 가슴팍으로 박치기 일격을 가했다. 지에몬이 말에서 떨어지자 근처에 있던 곤

로쿠의 부하들이 지에몬을 붙들고 그의 목을 쳤다. 한참을 그러다 정신을 차리고 보니 이미 아군은 무너졌고 적의 무리가 6,7미터의 거리까지 다가와 있었다.

곤로쿠는 아까 박치기를 했을 때부터 아무래도 자신의 몸 상태가 이상하다는 생각이 들었다. 그의 생각대로 몸이 움직이질 않는다.

"목뼈가 부러졌나?"

오른손으로 왼쪽 어깨를 만져보니 피가 계속 뿜어져 나오고 있었다. 왼손이 전혀 움직이지 않는다. 이래서는 말고삐를 잡을 수 없다. 이대로 싸우는 것은 무리다.

곤로쿠는 하는 수 없이 오른손으로 고삐를 잡았다.

"모두들 후퇴하라!"

아무리 멧돼지 같은 곤로쿠라도 눈물을 머금고 후퇴를 명할 수밖에 없었다. 곤로쿠가 후퇴를 하면서 보니 아군의 대부분이 부상을 입고 있었고, 꽤 많은 수가 줄어 있었다.

"아직 후퇴하지 않고 싸우는 자가 있느냐? 적이 쫓아오지 않는 것도 이상하다. 잠시 멈추어라."

파수꾼을 보내니 잠시 후 시무룩한 얼굴의 파수꾼이 돌아왔다.

"더 이상 싸우고 있는 자는 없습니다. 적의 모습도 어디로 갔는지 보이지 않습니다. 그저 죽은 자들의 시체로 뒤덮여 있을 뿐입니다."

곤로쿠는 뼛속으로 스며드는 추위를 느끼며 주위를 둘러보았다. 이 모든 상황이 마치 거짓말 같았다.

"어찌 이렇게까지 당할 수 있단 말이냐. 불시에 당한 습격이라 말할 정도도 아니었다. 지극히 당연하게 서로 충돌해서 창을 부딪치며 싸웠을 것이다. 그렇지 않은가?"

"그렇습니다. 서로 충분히 싸웠습니다."

"노부나가 쪽의 사망자도 많겠지?"

"그럴 거라 생각합니다."

"그럼 노부나가 녀석은 미마사카노를 기다리지 못하고 도망갔을 것이다. 녀석이 도망갔다면 다행이지만, 내가 이렇게까지 쫓겼는데 녀석의 머리를 미마사카노의 손에 건네줄 수는 없지. 잠시 기다려라."

그는 파수꾼을 다시 보냈다. 그리고 그동안 병사들에게는 휴식을 취하게 하고 상처 입은 자들을 처치하게 했다. 잠시후 파수꾼이 돌아왔다.

"노부나가 공은 미마사카노 님과 싸워서 대승. 미마사카노 님의 목은 노부나가 공이 직접 베었다고 합니다. 그 외쓰노다 신고님을 비롯한 대장의 사상 수는 알 수 없습니다."

곤로쿠는 크게 낙담하였고 어깨의 상처가 천근만근 돌처럼 무겁게 짓눌러 오는 통증에 몸을 부들부들 떨었다.

제*12*장

별의 탄생

곤로쿠는 스에모리 성의 누각에서 이미 모든 것을 포기해 버린 듯한 망연자실한 얼굴로 성 밖을 내려다보았다.

성 밖의 마을은 이미 사라지고 없었다. 불에 타다 남은 대들보 하나 찾아볼 수 없다. 그 마을이 불타고 있을 때의 모습은 대단했다. 불 속을 미친듯이 헤집고 다니는 노부나가의 군사가 아니, 노부나가의 모습은 섬뜩할 정도였다. 그 무사가 노부나가라는 것은 그가 어디를 뛰어다니든 한 눈에 알 수 있었다. 그가 정지해 있는 순간조차도 모든 것을 철저하게 망가뜨리지 않고는 참을 수 없다는 분노가 발산되고 있었다.

성문을 열고 나가면 적을 쓰러뜨릴만한 충분한 병력이 있음에도 불구하고, 아무리 많은 병력이 맞서 싸운다 해도 노부나가 한 사람에게 모두가 무너져버릴 것 같은 생각이 들 정도였다.

"그런 바보 같은 일이……."

곤로쿠는 조바심이 났다.

어깨에 입은 상처 때문에 기가 약해진 것일까? 공포심을 느꼈기 때문에 적이 크게 보일 뿐이라고 곤로쿠는 스스로에게 되뇌어 봤지만, 현실에서 보이는 노부나가의 모습은 결코 작지 않았다.

곤로쿠와 달리 머뭇거릴 이유가 없는 일개 병사들까지 자연스레 노부나가의 모습만 눈으로 쫓고 있다.

"저게 노부나가다."

"이번에는 저쪽에 있어."

"마치 평지를 달리는 것처럼 불속을 뛰어다니는군."

"불길이 자연스럽게 길을 내주는 거야."

"노부나가가 멈추면 불도 멈출 것만 같아."

그들은 노부나가의 모습에 홀린 것 같았다. 곤로쿠는 그들의 말이 들리지 않는 척하며 머릿속에서 흘러내리는 진땀에 눈을 깜빡거리며 이를 악물고 있었다.

노부나가는 스에모리를 불태운 것처럼 나고야도, 모리야마도 그 외 적장의 모든 성 밖 마을을 그날 밤 다 태워버렸다. 마치 악마가 일으키는 바람 같았다. 모두들 성문을 걸어 잠근 채 그저 망연자실 그것을 바라볼 수밖에 없었다.

그들 중 몇 개의 성은 낮에 있던 전투에서 대장이 죽고, 나머지 몇몇은 성문을 열고 나와 항복한 곳도 있다고 한다.

곤로쿠는 하늘을 올려다보며 한탄했다.

"자기 생각대로 됐다고 우쭐거리며 불이나 지르고 다니는 애송이 녀석 같으니라고. 내가 기요스에 가까이 있었다면 그가 빈 사이에 기요스 성을 빼앗을 수 있었을 텐데, 안타깝구나."

그러나 생각해보면 그도 결국 노부나가 세력이 성 밖 마을을 불태우는 것을 멍하니 지켜본 사람 중 하나 아닌가.

스에모리에서 기요스까지 거리가 멀긴 하지만 노부나가가 이끌고 있던 수는 기요스의 빈 성을 지키는 병사의 수와 다를 바 없이 소수였을 것이다.

"그럼 스에모리의 일개 병사까지 노부나가의 모습에 반한 것처럼, 다른 성의 사람들도 노부나가의 모습에 반했겠구나."

이런 생각이 들자 곤로쿠는 또 다른 두려움이 느껴졌다.

패전 다음날부터 대장을 잃은 자들과 어제까지 적이었던 대장들까지 노부나가에게 항복하면서 기요스의 길은 패전 무사들의 통행으로 성황을 이루고 있다고 한다.

"어디 한번 구경 좀 하고 올까."

곤로쿠는 성 밖으로 나섰다.

곤로쿠는 어깨의 상처를 숨길 수 없어서 싸움에 진 무사 같은 모습으로 어슬렁어슬렁 걸었다. 그러나 자신의 영지를 채 벗어나기도 전에 그가 본 광경은 더 이상 다른 곳의 형세를 볼 필요도 없다는 사실을 깨닫게 했다.

그곳에서는 아이들이 모여 전쟁놀이를 하고 있었다. 한 아이가 좌우로 큰 칼을 휘두르며 나아가자 적은 좌우로 풀을 베듯 펄썩 쓰러졌다. 마치 아무도 없는 황야를 지나가는 것 같았다.

최후의 한 명이 그를 맞이했다. 그리고 그가 의자에서 일어서려는 순간

"네 이놈, 미마사카노!"

그 아이는 큰 소리를 지르며 큰 칼로 의자 위의 자도 쓰러뜨리고 말았다. 모든 것이 큰 칼 하나로 끝나버렸다.

곤로쿠는 그 대장을 불렀다.

"네가 노부나가냐?"

"응."

"무척 강하구나."

아이는 곤로쿠의 어깨 위의 상처를 힐끔힐끔 보고는 그가 싸움에서 진 능력 없는 말단 무사라고 얕본 듯 했다.

"아저씨, 그 어깨의 상처는 노부나가의 가신한테 당한 거지?"

"허허, 어찌 알았느냐?"

"노부나가에게 당한 사람들은 모두 단칼에 죽어버렸거든."

"노부나가는 너처럼 적을 획획 베었느냐?"

"당연하지. 전쟁이 시작되었을 때 노부나가랑 미마사카노는 이백 미터나 떨어져 있었는데, 노부나가가 단숨에 미마사카노를 찾아 적군 속으로 뛰어들었어. 그가 좌우로 칼을 휘두를 때마다 그의 앞에 적들이 칼에 베이면서 순서대로 쓰러졌지. 단 한 명도 제대로 맞설 여유도 없었어. 미마사카노 앞까지 길이 순순히 열린 거지."

"네 녀석은 그걸 보고 있었단 말이냐?"

"그걸 모르는 사람은 없어. 그렇지?"

"그럼. 노부나가에게 베인 자는 갑옷도 투구도 없는 것처럼 단칼에 대나무처럼 쪼개졌다고."

"과연 노부나가는 강하구나."

"당연하지, 하하하."

곤로쿠는 웃으며 아이들과 헤어졌다.

그러나 몇 발짝 가지 않아 또 다시 똑같은 전쟁놀이를 보았다. 노부나가가 획획 하고 단칼로 적을 내려치며 전진하는 모습이 전에 본 모습과 똑같았다. 그러나 이번에 최후의 한 명이 남았을 때.

"미마사카노! 각오해라!"

노부나가가 소리치며 허둥지둥 양손을 모으며 고개를 숙이고 있는 미마사카노를 단칼에 두 동강 내버렸다. 엎드려 빌면서 눈을 감고 죽어버린 것이다.

그러나 진짜 미마사카노는 이렇게 한심하게 죽지는 않았다. 그는 오다 가문 안에서도 용맹하기로 이름난 구로다 한베이와 맞붙어 싸우다 구로다 한베이의 왼팔을 베어버렸다. 이에 싸움이 잠시 결렬되고 지친 미미사카노는 의자에 앉아 휴식을 취하고 있었다.

이때 노부나가가 그를 보고 곧장 달려왔다. 이에 당황한 미미사카노가 일어나는데 노부나가보다 한발 앞서 접근한 구치우 스기와카라는 소년이 갑자기 미마사카노의 허리를 찼다. 미마사카노가 불시에 당해 노부나가 쪽으로 넘어지는 것을 단칼에 가슴팍을 찌른 것이다.

그러나 곤로쿠에게 진실은 문제될 것이 없다. 아마 오와리의 모든 어린이가 이와 똑같은 방식의 전쟁놀이에 신이나 있을 것이다. 이만큼 암울한 현실이 있을까.

"나는 졌다. 아니, 노부나가가 이겼다!"

곤로쿠는 피를 토하는 듯한 절규를 지르지 않을 수 없

었다.

곤로쿠는 성으로 돌아와서는 조용히 방안에 틀어박혔다. 그리고 여러 가지 생각을 했다. 그는 결국 자신의 생각이 틀렸다는 결론을 부정할 수 없었다.

이전부터 그는 여러 번 노부나가와 함께 전쟁에 나가면서 천하의 바보라는 세간의 평을 정정할 기회가 있었다. 특히 그의 발군의 용기와 뛰어난 전략은 누구보다도 먼저 곤로쿠가 이해해야 할 것이었다.

그런데도 곤로쿠는 간주로 공의 후원자라는 명분으로 언제나 간주로 공, 간주로 공만 찾으며 무슨 일이 있을 때마다 마치 공염불을 외치듯 눈감고 넘어가는 버릇이 있었다. 그것 때문에 그는 노부나가의 대담함을 느끼기보다는 부정하기에 급급했다.

하지만 그는 마지막으로 노부나가의 대단함을 확인할 수 있는 기회는 놓치지 않았고, 그것을 인정하는데 있어서 조금도 망설이지 않았다.

그는 가신을 불렀다.

"어디든 절에 가서 내 몸에 맞을 만한 승복을 찾아오거라."

"네? 스님들이 입는 그 검은 옷 말입니까?"

"그렇다."

"네……."

이에 가신이 근처의 절을 돌아다니며 덩치 큰 남자가 입을 만한 검은 옷을 한 벌 찾아왔다. 곤로쿠는 그 사이에 머리를 밀고 기다리고 있었다. 푸르스름하게 민 큰 머리에는 여기저기 상처가 나서 피가 흐르고 있다. 곤로쿠의 모습은 승려라기보다는 마치 괴물처럼 보였다. 곤로쿠는 승려가 되어 속세를 떠나리라 마음먹었다.

스에모리 성에는 노부나가와 간주로의 친어머니가 있었다. 사람들은 이 분을 그냥 어머님이라고 부르고 있다. 옛날 사람들은 존귀한 사람은 가능한 한 실명을 멀리하고 사용치 않았다. 실명을 부르는 것은 아무리 '님'자를 붙여도 불경하다고 생각한 것이다. 그래서 실명을 알 수 없는 사람들이 있다. 노부나가의 어머니 이름이 그 예이다.

승복을 입은 곤로쿠는 어머님을 만나러 갔다.

"꽤 귀여운 모습으로 변하셨습니다."

"네. 정말 마음이 편안하기 이를 데 없습니다."

"그래, 머리를 빡빡 밀어 놓으니 추워 보이네요. 눈에서 콧물이 흐르고 있습니다."

"이것은 눈물입니다."

"이런, 내가 미처 알아보지 못했습니다."

"이번에 저의 미숙함으로 노부나가 공과 적대관계가 되면서 간주로 공을 비롯해 어머님과 가문의 모두에게 폐를 끼치게 되어 정말 죄송합니다. 이제 이 집안의 평화는 못난 제 힘으로는 도저히 지킬 수 없을 것 같습니다. 나머지는 그저 어머님의 중재에 달려 있을 뿐입니다. 부디 노부나가 공에게 사과의 뜻을 전하고 간주로 공을 도와주시기 바랍니다."

"그걸 안 것만으로도 나는 만족합니다. 이번만은 내가 중재에 나설 테니 두 번 다시 이런 일이 없도록 하십시오."

"곤로쿠도 이제 곧 끝나갑니다. 앞으로는 간주로 공을 받드는 것과 함께 노부나가 공에게 진력을 다해 오로지 오다 가문의 번성을 위해 분골쇄신하겠습니다."

"그럼 바로 노부나가 공에게 사죄의 사자를 보냅시다."

이리하여 어머님이 관여하게 되었다.

어머님은 우선 기요스에 개인적인 사자를 보내 부탁하고 싶은 것이 있는데 마땅한 자를 보내주지 않겠냐고 부탁했다.

그러자 기요스에서 무라이 나가토와 시마다 토코로노스케 두 사람이 어머님의 용무를 들으러 스에모리 성으로 왔다. 어머님은 곤로쿠의 뜻을 전하고 모쪼록 노부나가 공에게 중재를 하고 싶다고 부탁했다. 무라이 나가토와 시마다 토코로노스케는 깜짝 놀라 물었다.

"곤로쿠가 승려가 되었단 말씀이십니까?"

"그뿐만이 아닙니다. 분명 눈에서 눈물이 흘렀습니다."

당연한 말씀. 아무리 곤로쿠라도 귀에서 눈물이 나오지는 않는다. 두 사람 모두 놀라서 서둘러 돌아와 노부나가에게 상세하게 보고했다.

노부나가는 전장에서는 적을 끝까지 쫓아가 반드시 죽였지만, 전장 이외의 곳에서는 죽인 적이 없다. 적이라고 하면 사방의 모두가 적이 아닌가. 하나하나 죽이기 시작하면 끝이 없다. 미마사카노처럼 도저히 같은 하늘 아래 지낼 수 없을 정도의 깊은 원수는 끝까지 쫓아가 둘 중에 누가 죽을지 결판을 냈지만, 그 외의 적은 그저 형편에 따라서 그렇게 됐을 뿐이다.

무엇보다도 우선 노부나가는 희망을 믿고 사는 젊은이였다. 젊은이의 마음은 엄격하기도 하지만, 또한 넓기도 했다. 그의 마음은 일시적인 형편에 의한 적을 영원한 적으로 미워할 만큼 편협하지는 않았다.

오히려 난폭한 곤로쿠에게, 곤로쿠가 은밀히 그러하듯 노부나가 또한 애정을 갖고 있었다. 간주로를 대신해 종군한 전장에서 곤로쿠는 오로지 전쟁 하나에 매달려 성심을 다해

왔다.

곤로쿠가 항상 간주로만 받들어온 것은 그만큼 간주로를 사랑하기 보다는 오히려 곤로쿠 자신을 사랑한 탓이었다. 그가 노부나가를 인정하고 싶지 않았던 것은 그와 동격에 해당하는 노부나가의 중신들을 인정하고 싶지 않아서였다. 그 밑에서 일하고 싶지 않기 때문이다. 노부나가는 곤로쿠의 마음을 이해했다.

곤로쿠가 머리를 민 것은 완전한 패배의 인정 이외에 다른 어떤 마음도 없다는 것을 노부나가는 이해했다. 노부나가는 무라이 나가토와 시마다 토코로노스케의 이야기를 듣고 고개를 끄덕였다.

"어머님의 중재이니 이번에는 용서해주지. 곤로쿠의 파란 머리도 보고 싶으니 머리가 자라기 전에 출두하라고 하라."

"넓으신 아량에 감탄할 따름입니다."

"그리고 간주로와 삿사 구란도도 함께 출두해서 사죄하라고 전하라."

"네."

노부가나의 말이 스에모리 성에 전해지자 설마 목숨을 구하리라 생각도 못했던 간주로는 안도의 한숨을 내쉬었지만, 정작 놀란 것은 삿사 구란도였다.

간주로와 곤로쿠는 총대장이기 때문에 출두 명령을 받는 것이 당연했지만, 삿사 구란도는 그때까지는 음지의 인물로 밖으로 나와 노부나가의 적이 된 일은 없다. 원래 안에서는 노부나가를 비롯해 곤로쿠까지 적으로 보고 다른 음모를 꾸미고 있었지만, 혹시 그게 발각된 것이 아닌가 해서 얼굴이 하얗게 질리고 가슴이 철렁했다.

하지만 원래 타고나기를 흰 피부로 난 그는 그 정도로 놀라서 평정심을 잃을 만큼 소심하지는 않다.

"노부나가의 지명은 감사하지만 설마 나만 죽이지는 않겠지. 이것을 기회로 얼굴을 알리고 곤로쿠를 대신해 세력을 모아주지. 오히려 좋은 기회다."

삿사 구란도는 곤로쿠와 똑같은 검은 옷 두 개를 입수해서는 간주로를 만나러 갔다.

"내일은 드디어 기요스로 가는 날입니다. 부디 이것을 입으시고 머리를 **빡빡** 미십시오."

"머리를 왜 밀라고 하는가?"

"자, 소인의 머리를 보십시오."

삿사 구란도가 머리에 쓰고 있던 삿갓을 벗자 푸릇푸릇하게 윤이 나는 볼록한 머리가 나타났다.

"자네 승려가 된 건가?"

"인간의 머리라는 것은 마치 호박처럼 올록볼록합니다. 그 올록볼록한 것을 감추기 위해 털이 나 있는 것인지도 모르지요. 곤로쿠가 승려가 되어 검은 옷을 입고 있는 것 같으니, 저희도 그에게 져서는 안 됩니다. 일시적으로 중이 되는 것 정도는 아무 것도 아닙니다. 그러나 결코 곤로쿠의 흉내를 내서 스님이 되었다고 하시면 안 됩니다. 이제 속세를 떠났으며 다른 마음 같은 건 없다고 하면서 눈물을 뚝뚝 흘리십시오. 곤로쿠 같은 자가 스님이 되는 건 대단할 것도 없지만, 귀공이나 저와 같은 미남자가 스님이 됐다고 하면 무엇보다 세간의 사람들이 동정하며 그냥 두지 않을 것입니다. 훌륭한 일이다, 불쌍하다, 안쓰럽다며 동정해 줄 것입니다. 그렇게 되면 노부나가 역시 잔인한 일은 할 수 없겠지요."

"그렇군. 좋은 생각을 해냈어. 그렇다면 나도 스님이 되지."

"이 옷을 입으시면 한층 돋보일지도 모릅니다."

"지는 게 이기는 것이라 했으니, 중도에 실패했을 때는 진 것 같은 흉내를 내는 것도 병법 중 하나지. 이런 마음을 바보 형님이 알 리가 없을 것이다."

"그렇고말고요. 그러나 알아 채게 해서는 안 되니까 가능한 한 왈칵 눈물을 쏟을 수 있도록 심각한 기분으로 해야 합니다."

삿사 구란도는 순진한 간주로를 치켜세우며 머리를 **빡빡** 밀게 만들었다.

"그럼 이것으로 모양새는 갖췄지만, 적은 노부나가 한 사람이 아니라 곤로쿠도 어머님도 적이라는 마음가짐으로 이 성을 나가기 전부터 가련한 중의 마음이어야만 합니다."

"그건 나도 잘 알고 있다."

"하하하. 주군의 스님 연기를 보고 의외로 주변 사람들까지 마음을 바꿔 먹을지도 모르지요."

삿사 구란도는 배짱이 두둑한 자로 아무도 모르게 주종 둘이 승려가 되어서는 다음날 검은 옷을 입고 나타났다.

"아니, 어린 주군께서 언제부터 스님이 되셨습니까?"

자신이 스님으로 만들어 놓고는 모르는 척 시치미를 뚝 떼고 있다 .

"거참, 이상하네. 곤로쿠 님까지 출가하시다니. 왠지 불길하다고 해야 하나. 역시 인간은 같은 일을 당할 때에 같은 마음을 갖는가 봅니다."

아무 것도 모르는 어머님은 그 모습을 보며 눈물을 흘렸다.

"정말 이상한 일입니다. 그러나 귀공들이 그런 기분이라면 노부나가 공도 기분 좋게 용서해 주겠지요. 감사한 일입니다."

어머님을 선두로 세 명의 스님은 마치 형장에 끌려가듯 암울한 얼굴로 기요스 성으로 향했다.

네 명이 기요스 마을 입구에 다다르자, 그곳에서 기다리고 있던 파수꾼이 헐레벌떡 뛰어왔다.

"잠시 멈춰라."

가마 안을 직접 확인했다.

"간주로 공을 비롯한 어머님이시다."

가마꾼과 가신들이 위세를 보여도 마치 지나가는 짐짝을 확인하듯 무정한 표정으로 들여다본다. 지금까지의 신분 따위는 아무 상관없는 것 같았다.

"그 가마만 바로 성 안으로 들어가십시오."

어머님만 별도로 경호원이 한 명 붙어 성 안쪽으로 끌고 갔다.

남은 세 명의 검은 옷.

"이쪽으로 오거라."

그들은 번잡한 마을과는 반대로 음산한 쪽으로 끌려갔다. 경비원이 그들을 숲 속으로 데려가자 그 안에 절이 있었다.

가만히 뒤를 따르던 삿사 구란도는 더 이상 참지 못하고 불만을 터뜨렸다.

"이보게, 그쪽은 잘못된 방향 아닌가. 여기에 있는 분은 노부나가 공의 아우 간주로 공이시다."

"명령이다. 잠자코 따라와라."

경비원은 무서운 눈초리로 날카롭게 꾸짖었다. 노부나가 공은 있어도 그 동생 따위 이제 다 닳아버린 동전만큼도 가치가 없는 것 같았다. 이제 세 명에게 남은 것이라고는 그들이 범한 죄뿐인 것이다. 죄인으로 취급받고 있다는 것을 확실히 알 수 있었다.

"여기서 대기하라."

그는 본당에 세 명을 남겨놓고 돌아가 버렸다. 세 명은 서로 얼굴을 마주보며 식은땀을 흘렸다. 경비원을 베고 도망가고 싶어도 스님 복장이라 무기를 전혀 갖고 있지 않다. 머리도 맨머리 아니던가. 그야말로 불길한 징조다.

"곤로쿠 공, 이제 정말 끝일까요?"

"어쩔 수 없다. 세 명 모두 이런 옷을 입고 온 것 역시 부처의 뜻인지도 모르지. 불경이라도 읊읍시다."

이제 와서 어쩔 수 없다는 생각에 그들은 쓸데없는 말을 하고 있지만, 이미 얼굴은 창백하게 질려 절망의 구렁텅이에 빠져 있는 것 같았다.

그때 '쉿!' 하는 소리가 들리고 문이 열리자 세 명은 납작 엎드렸다.

"얼굴을 들라."

세 명이 얼굴을 들고 위에 앉은 사람을 보니, 그는 노부나가가 아니라 노부나가보다 젊은 자였다.

"노부나가가 공의 명령을 받들어 조사를 시작한다. 노부나가가 공 소유의 영지라는 것을 알면서 시노기에 군사를 보낸 것은 어떠한 이유에서인가? 할 말이 있으면 해보거라."

간주로와 필두 중신 시바타 곤로쿠는 꼿꼿하게 얼어버렸다. 곤로쿠가 진땀을 흘리며 말했다.

"하야시 사도노 님의 허가를 받고 했습니다."

"시노기는 사도노의 소유인가?"

곤로쿠는 할 말이 없었다. 때마침 말 대신 눈물이 왈칵 쏟아졌다.

"드릴 말씀이 없습니다. 전적으로 저의 모자람 때문입니다. 부디 미천한 저를 처벌하시기 바랍니다."

"누구의 죄인가는 지금부터 조사할 것이다. 아직 아무 것도 조사된 바가 없다. 황망한 얘기를 하는 녀석이구나."

젊은 녀석에게 매섭게 꾸중을 듣고 곤로쿠는 눈물을 그쳤다.

동생 간주로 공이나 중신 곤로쿠를 재판하는 자가 어떤 노신일까 했더니, 이제 막 스무 살 정도 되어 보이는 젊은이다. 그러나 어린 나이에도 충분히 재판을 할 만한 관록을 갖추고 있다. 시대가 변했다. 이미 새로운 별이 나타나고 있다. 곤로쿠는 놀라움을 금할 수 없었다.

젊은이의 이름은 니와 마치요. 스물한 살이었다.

세 명은 마치요에게 조사를 받으며 호된 꾸중을 들었다. 그들이 몰래 계획하고 있던 음모는 이미 모두 알고 있었으며 사소한 것 하나하나까지 추궁당했다.

그 중에는 삿사 구란도와 간주로 둘이 짠 계획으로 곤로쿠가 지금까지 알지 못한 것들도 있었다. 이와쿠라 성이나 이누야마 성과 비밀리에 문서를 주고받은 일은 곤로쿠가 전혀 모르는 일이었다.

거짓 눈물로 속여 넘기려던 간주로와 삿사 구란도는 증거와 함께 들이미는 치밀하고 정확한 마치요의 추궁이 신랄하기 짝이 없다보니, 그들의 계획과는 달리 거짓 눈물 대신 온몸에 식은땀이 흘렀다.

이윽고 마치요는 조사를 마쳤다.

"위에 보고를 하고 올 테니 판결이 있을 때까지 휴식을 허락한다. 그러나 절대 밖으로 나가서는 안 된다."

이렇게 얘기하고는 사라졌다.

세 사람 모두 각오를 다졌다. 검은 옷을 입고 온 것도 불길했는데, 이제 구명할 길이 없다. 곤로쿠는 길게 탄식을 뱉었다.

"나나 귀공이 간주로 공을 보필하며 남들보다 한 발 앞선 척하고 있는 사이에 시대가 변했군. 지금의 젊은이들은 참 대단하구나. 나는 지금껏 큰 착오를 하고 있었던 거야. 노부나가 공의 가문 안에 이 곤로쿠를 재판할 만큼 관록이 있는 자가 있을 리가 없다고 자부하고 있었던 거지. 그런데도 저 젊은이는 자리에 앉아 대면한 순간부터 나를 복종시키고 있어. 말을 하면 할수록 나의 변명은 궁지에 몰리기만 했지. 아무래도 단칼에 자를 수가 없어. 저 자는 분명 작년까지 꽁 지머리를 하고 있던 니와 마치요인데, 나와 자네가 헛되이 나이만 먹으면서 장난질을 자랑하고 있는 사이에 새로운 별 이 나타나 있었군. 두려움을 모르고 산 나의 삶이 부끄럽기 짝이 없다. 죽기 전에 노부나가 공을 한번이라도 뵙고 그 위 세를 눈으로 한번 보고 싶구나."

곤로쿠는 세상을 향해 감고 있던 눈이 떠진 것 같았지만, 삿사 구란도와 간주로는 곤로쿠가 나이를 먹더니 약해졌다 고 생각했다.

"마치요가 정말 그렇게도 대단하다 생각하십니까?"

"대단하고말고. 적어도 2, 3년 전까지만 해도 오다 가문 안에 이 곤로쿠가 노려보면 제대로 대꾸할 만한 녀석조차 없었다."

"하하하, 실례이지만 과연 이 삿사 구란도도 시바타 님의 눈빛에 말문이 막힐까요?"

삿사 구란도의 눈에는 깊은 멸시가 담겨 있었다.

더 이상 살 길은 없고 이게 마지막이라 생각될 때 사람들은 진심을 표현하게 된다. 이제 죽을 몸이니 거짓을 고할 필요도 없고 아무 것도 걱정할 필요가 없기 때문이다. 그 순간까지 거짓을 말하는 것도 대단한 일이지만, 확실한 경멸을 표하다니 이 역시 대단한 일이다.

곤로쿠가 흠칫 놀라 간주로에게 눈을 돌리니 그 또한 삿사 구란도와 똑같이 경멸이 담긴 얼굴이다.

'아차, 실수했구나.'

곤로쿠는 순간적으로 깨달았다. 자신이 노골적으로 마치요를 칭찬하고, 노부나가를 동경한 것이 잘못이었다. 아마 그것이 이런 반발을 만든 것이리라 생각했다.

그러나 마치요나 노부나가의 대단함을 알지 못하다니 정말 대단한 두 바보에게 곤로쿠는 화가 날 지경이었다.

세 명은 잠시 후 성 안으로 끌려가 노부나가의 앞으로 나갔다. 하지만 정작 노부나가는 꾸짖음 한 마디 없었다.

"어머님의 청에 의해 이번에는 그냥 용서해주겠다."

그의 단호한 그 말조차 귀에 확실히 들어오지 않을 정도로 검은 옷의 세 남자는 그 자리에 건성으로 서 있었다.

하야시 사도노 역시 기요스로 출두하라는 명령을 받았다.

본래대로라면 과단성 있게 처리해야 할 일이지만, 일전에 노부나가가 각오를 하고 나고야 성에 놀러 갔을 때에 미마사카노의 끊임없는 진언에도 불구하고 당일에는 죽이지 않고 살려보냈다. 그 역시 그 마음을 기억하고 죽음 대신 원래대로 그를 섬기는 것을 허락했다.

즉 노부나가는 전장에서 미친듯이 미마사카노에게 돌진해서 그 자리에서 바로 목을 친 것 외에는 누구도 벌하지 않았다. 모든 적을 용서했다. 그 목숨뿐만 아니라 영지도 원래대로 허락했다.

그 결과 어제까지 적이었던 자들 중 새로운 아군들이 나타났다. 그 중에서도 강력한 자가 시바타 곤로쿠였다. 히데요시나 미쓰히데 등이 나중에 출세할 때까지 한참 동안 노부나가의 가장 출중한 가신은 니와 마치요와 시바타 곤로쿠 두 명이었다.

기노시타 도키치로가 입신해서 하시바 히데요시라고 이름을 바꾼 것도 니와(丹羽)와 시바타(柴田)를 닮고 싶다는 뜻에서 한자를 하나씩 따다가 하시바(羽柴)라고 이름붙인 것이다. 히데요시는 아직 이때는 하인으로조차 등장하지 않았을 때다.

곤로쿠는 목숨을 건진 그날 밤 기요스 성에 묵으면서 옛 친구 사쿠마 다이가쿠, 지에몬 등과 술을 마셨다.

이미 노부나가에게 마음이 기운 곤로쿠는 노부나가의 심복 중에서는 가장 연장자라 할 수 있는 다이가쿠 등과 허물없이 사귀며 취하는 것이 더할 나위 없이 만족스러웠다. 이들이 까마득히 어린 후배라는 것 따위 조금도 문제가 되지 않았다.

곤로쿠가 다이가쿠에게 말했다.

"귀공이 지킨 나즈카의 성에서 그 정도로 고생을 할 거라고는 생각도 못했는데 말이야. 만약 노부나가 공의 출진 없이 그 성에서 해가 질 때까지 있었다면 함락되었겠지?"

"물론입니다. 처음부터 귀공이 신중하게 공격했다면, 노부나가 공이 오기 전에 함락되었을 것입니다. 가볍게 무너질 것이라 생각했기 때문에 무너지지 않았지. 차근차근 공격했다면 한 줌 거리도 안 됐겠지요."

"귀공은 그것을 알고 있었나?"

"제가 알고 있었던 것은 아닙니다. 노부나가 공의 선견지명이었지요. 귀공이 멧돼지처럼 굉장한 기세로 돌파하는 자라는 것을 알고 있었기 때문에 특별한 공사를 명하신 것입니다. 그의 지적대로 귀공은 멧돼지 그 자체였지요."

곤로쿠가 너무나도 정곡을 찌르는 말에 불쾌한 기색을 띠고 있는데 노부나가가 홀로 술자리를 찾아왔다.

"곤로쿠, 아직 병법에는 어둡구나. 아무리 밤낮으로 만든 성이라고 하지만 그래봤자 하룻밤에 만든 성이다. 차근차근 공격했다면 아무 것도 아니지. 너는 그것을 반대로 단숨에 쳐부수겠다며 달려들어 실패한 것이다. 게다가 나의 본진을 공격할 때는 멀리 돌아왔지. 그때야말로 복병을 두려워하지 말고 죽을 각오로 가까운 도로로 쳐들어가야 하는 것이다. 나는 그것이 무서워서 철포 부대를 전면에 배치하고 복병이 있는 척한 것이다."

곤로쿠는 이 주군에게는 도저히 이길 수 없다는 것을 다시 한 번 가슴에 새기게 되었다.

제 13 장

바보를 우습게 본 사람들

미노의 사이토 요시타츠는 고립무원의 노부나가가 일족의 배신으로 머지않아 자멸할 것이라고 우습게 보았다.

요시타츠는 미마사카노가 살아있을 때 노부나가를 협공하자는 제의를 받았었다. 노부나가의 이복 형 사부로고로는 요시타츠 부인의 오빠이기도 하니, 노부나가를 쓰러뜨리고 사부로고로를 기요스의 주인으로 하지 않겠냐는 얘기였다.

이 계략은 쉽게 성공할 것 같았다. 당시 고립무원 상태의 노부나가는 사방의 적들에게 밭의 농작물을 약탈당하고 어지럽힘을 당하는 일이 빈번했다. 기요스는 쌀이 풍부한 곡창지대이기 때문에 그 약점을 간파당하면 농작물을 약탈당하는 일이 많아진다.

물론 노부나가가 뻔히 알면서 논밭을 약탈당하고 있을 자는 아니다. 그런 때마다 노부나가는 항상 직접 군사들을 이끌고 나갔다. 논밭 약탈이라고는 하지만 적도 대개 거의 모든 병력을 동원해서 오기 때문에 약탈이 곧 전쟁이나 마찬가지다. 하지만 적의 성까지 쫓아가서 깊이 추격하지는 않는다. 워낙 사방이 적이다 보니 한 적만 깊이 추격하고 있을 여유가 없다.

사부로고로는 노부나가의 이복형이긴 하지만, 형 노릇을 하려고 들기 보다는 오히려 스스로를 낮추고 노부나가를 위해 노력하는 성실하고 의리 있는 자였다. 그래서 그는 노부나가가 출진했다는 소식을 들으면 언제나 도와주러 달려왔었다. 당시 노부나가가 성을 비울 때마다 빈 성을 지키는 것은 사와키 후지에몬이라는 노인과 약간의 병사가 다였다.

사부로고로가 노부나가를 도우러 가는 길에 기요스 성 앞을 지나다보면 항상 사와키 후지에몬이 나와 있었다.

"감사합니다. 하지만 적은 소수인 데다 노부나가 공이 직접 출진했으니, 전투 쪽은 걱정 없을 것 같습니다. 다만 걱정되는 것은 성의 수비로 병사들이 많지 않다 보니 노부나가 공이 돌아올 때까지 성에 머물면서 수비를 해주십시오. 노부나가 공이 그렇게 해달라고 전하고 출진하셨습니다."

노부나가는 사부로고로가 의리가 있고 잡념이 적은 사람이란 것을 믿고 있었기 때문에 자신이 자리를 비웠을 때 사부로고로가 군대를 이끌고 기요스를 통과하는 일이 있으면 반드시 그를 성 안으로 불러들여 빈 성을 지키게 하는 것이 습관이 되어 있었다.

미노에서 강을 건너 약탈을 하러 오면 지원하러 온 사부로고로는 어떻게 해서든 기요스 성 앞을 지나게 된다. 그럼 사와키 후지에몬이 나와서 성 안으로 들어와 빈자리를 지켜 달라고 할 것이다.

이 모든 것을 알고 미마사카노가 사부로고로를 설득하고 요시타츠의 손을 통해 미노에서 약탈을 하게 하려는 것이다. 그럼 사부로고로가 지원하러 가는 도중 기요스 성 안으로 들어가게 되고 이때 사와키 후지에몬을 죽이고 성을 차지하는 것이다.

기요스 성은 철벽의 성이기 때문에 노부나가가 이만큼이나마 버틸 수 있는 것. 성을 빼앗기면 그저 6,7백여 명의 군사를 이끈 장군에 지나지 않는다. 특히 그를 도울 자가 아무도 없기 때문에 그는 자포자기하고 전쟁을 피해 자멸하든지, 산속으로 도망가서 자연히 소멸하든지 둘 중 하나일 것이다.

사부로고로가 기요스 성주가 되면 자연히 인접한 미노가 여동생이 시집간 곳이니 오와리와 미노를 연결하는 가교 역할도 하면서 천하가 태평해질 거란 것이 미마사카노의 얘기였다.

그러나 요시타츠는 경계심이 많은 남자다. 그는 미마사카노의 말을 그대로 믿을 수는 없었다.

사부로고로란 자는 만약 아군으로 끌어들인다면 신뢰할 수 있는 의리가 강한 자이지만, 그렇게 정직하고 성실한 사람인만큼 그 스스로는 모략을 막을 힘이 없다.

미마사카노의 대본이 틀린 것은 없다. 미노가 약탈을 한다. 노부나가가 예전처럼 군대를 이끌고 출진한다. 사부로고로가 지원을 위해 기요스를 지나간다. 사와키 후지에몬이 맞이하러 나와 빈 성을 부탁하면서 성 안으로 들어간다. 이 것은 언제나의 습관이니 이번에도 틀림없이 그러할 것이다.

그렇게 되면 사와키 후지에몬 휘하의 군사는 매우 소수이기 때문에 사부로고로가 사와키 후지에몬을 죽이고 기요스 성을 차지하는 것도 간단하다. 거기까지는 예상했던 대로 움직일 것이다.

그러나 그 직후에 하야시 사도노와 미마사카노가 찾아와 성문을 두드린다.

"사부로고로 님 어떻습니까?"

그럼 사람 좋은 사부로고로는 지옥에서 부처님이라도 만난 것처럼 기뻐하며 문을 열어줄 것이다.

"잘 오셨습니다. 어찌하다 보니 사와키 후지에몬를 죽이고 성을 빼앗기는 했지만, 마음 한구석이 괴로운 게 아직도 초조해하던 중이었습니다."

이런 얘기를 하며 하야시 형제를 성 안으로 끌어들이면 그 순간 사부로고로는 형제에게 죽임을 당하고 기요스 성은 그대로 하야시 형제의 수중에 들어가 버린다. 이런 결과가 충분히 예상되는 것이다.

사부로고로에게 넌지시 조심하라고 암시를 준다 한들 권모술수에 뛰어난 하야시 형제가 쓰는 온갖 술수를 예측할 수 있을 리도 없고, 사람 좋은 사부로고로가 절대로 거기에 걸리지 않을 대비를 한다는 것은 불가능한 얘기다.

가만히 있어도 언젠가 자멸할 듯한 노부나가 대신에 노부나가의 위력을 자신들에게 유리한 쪽으로 빼앗아버린 하야시 형제를 인접국인 기요스로 맞이하는 것은 결코 좋은 결말을 가져올 수 없다. 요시타츠는 미마사카노의 속을 꿰뚫어보고 있었기 때문에 그의 입발림에 절대 놀아나지 않았다.

그런데 의외로 시바타 곤로쿠와 하야시 형제의 오와리 2대 연합 세력은 소수의 노부나가 세력에게 무참히 참패를 당했다. 이름 있는 무사만 전사 450명, 일반 병사들의 사망까지 합치면 1천여 명의 사체를 남기고 나머지도 거의 전원이 온몸에 부상을 입고 도망가 버린, 전혀 상상조차 할 수 없는 결과가 나와버렸다.

그리고 그날을 경계로 오와리의 형세는 완전히 바뀌었다. 하야시 형제를 따르던 노부나가의 예전 신하들은 속속들이 백배사죄하며 노부나가의 품으로 복귀했다. 시바타 곤로쿠까지 심복이 되어 버렸다. 살아남은 하야시 사도노 역시 위세가 약해지면서 힘을 모두 잃고 말았다.

노부나가가 자멸한 후의 오와리는 시바타와 하야시 두 세력의 대립이 되어 형에게 붙느냐 동생에게 붙느냐의 문제로, 이 싸움의 결말은 막대한 출혈없이는 정리가 되지 않을 것 같았다. 또한 출혈이 없는 양자의 타협이란 것은 생각조차 할 수 없는 형세였다.

즉 노부나가 자멸 후의 오와리란 두 호랑이의 막대한 출혈의 본격적인 싸움으로 인접한 요시타츠에게 있어서는 그야말로 즐거움이 될 것 같았다.

그런데 질 줄 알았던 노부나가가 이기는 순간 한 마리의 호랑이는 사라지고, 남은 한 마리는 노부나가의 심복이 되어 오와리는 스스로 평화의 상태에 들어갔다. 비옥한 오와리 평야가 한 주군의 품으로 정리되면서 그의 병력이 어마어마하게 늘어났다. 요시타츠는 이런 반전에 크게 놀라지 않을 수 없었다.

기회를 보는데 민감한 요시타츠는 더 이상 망설여서는 안 된다는 판단이 들었다. 노부나가의 위력이 더욱 강해지기 전에 정리해야 한다.

사실 노부나가를 정리할 시기로는 전보다 지금이 더 낫다고도 할 수 있다. 왜냐하면 미마사카노가 죽어버리고 하야시 사도노도 희미한 존재가 되어 버렸기 때문에 사부로고로가 기요스 성을 차지한 뒤에 누군가 가로채갈 염려가 없다.

미노의 군대가 약탈을 하러 갔을 때 노부나가가 성을 비우고 뛰어 나올 것이 확실하다면, 지원하러 간 사부로고로가 기요스 성 앞을 지나갈 때 사와키 후지에몬이 나와 성안으로 불러들이는 것도 확실하다. 마고사부로가 사와키 후지에몬을 죽이고 기요스 성을 빼앗는 것까지는 매우 쉽고 확실하기 때문에 잘못될 가능성은 희박하다. 그러니 미마사카노가 죽어버린 지금 하루라도 빨리 실행해야 한다.

요시타츠는 일단 사부로고로에게 밀사를 보내 절차를 확인해두고 약탈을 위한 군대를 보냈다. 때마침 계절도 수확의 계절인 가을이다. 약탈하기에 안성맞춤인 절기였다.

미노의 군대는 약탈이 목적이 아니라 노부나가를 이기기 위한 출진인 만큼 약탈과는 위세가 다르다. 몇 번에 나누어 당당하게 강을 건너면서 약탈을 하는 듯한 흉내를 내고 있지만, 그야말로 흉내만 내는 것으로 실은 군대를 집결하고 있었다.

군사들은 앞으로 대전이 벌어질 것이란 생각에 묘하게 들떠있다. 백성인 척하면서 그 모습을 보고 있던 노부나가의 첩자는 물론 그 모습을 놓치지 않았다.

전국시대인 만큼 군사라면 누구나 여러 번의 전투 경험을 갖고 있다. 그리고 전투를 기다리는 동안 군사들의 심리가 어떠한지 정도는 아무리 말단 병사일지라도 대부분 경험을 통해 알고 있다.

들판의 첩자로부터 보고가 들어왔다.

"약탈의 무리는 몇 개로 나뉜 대군대일 뿐만 아니라 약탈은 허세일 뿐, 모두들 와자지껄하게 들떠 있습니다."

"그것 참 묘한 일이군."

노부나가는 생각에 잠겼다.

"미노 세력은 분명하게 내게 싸움을 걸 작정인 것 같긴 한데, 요시타츠의 성격상 진짜 싸움을 건다면 전 병력을 이끌고 정면으로 돌진해올 것이다. 그런데도 약탈을 하는 척 하는 건 나를 밖으로 유인할 작정이구나."

상당한 수의 군대라고 하지만, 강국 미노의 전 병력을 놓고 보면 극히 일부분의 병력에 지나지 않는다. 그렇다면 노부나가를 불러내서 싸운다고 해도 그 전투에 큰 의미는 없다는 얘기다.

"하하하. 그렇다면 내통자가 있구나. 나를 성 밖으로 끌어내서 비어 있는 동안 성을 빼앗기로 되어 있는 것이 틀림없다."

노부나가는 요시타츠의 계략을 완전히 간파해버렸다.

배신자를 찾는다면 첫 번째로 떠오르는 것이 미노와 혼약으로 맺어진 사부로고로이지만, 그것을 확인하는 것은 나중 일로, 어쨌든 적의 유혹에 걸려들지만 않으면 되는 것이다.

"꺽다리 녀석, 소인배 같은 수작을 부리고 있구나. 그들을 꿰뚫어 보고 성 밖으로 나가지 않는 것이 가장 좋은 방법이겠지만, 기껏 강을 건너 유람을 온 미노 무리에게 아무런 대접도 없이 돌아가게 하는 것도 예의가 아니지. 나는 살짝 전투 맛만 보여 주고 올 테니 준비하거라."

그리고 노부나가는 빈 성을 지키기 위해 사와키 후지에몬을 불렀다.

"내가 없는 동안 이 성을 차지하기 위해 오는 자가 있을 것이다. 처음부터 적의 기색을 띠고 공격해올지도 모르지만, 혹은 아군인 척하고 문을 열게 해서 싸움없이 성을 빼앗을 작정인지도 모른다. 내가 없는 동안에는 누가 와도 절대 성문을 열어서는 안 된다. 또한 성 아래 마을 사람들에게도 모두들 가게를 닫고 집에 틀어 박혀 외출하는 자가 없도록 포고해 두거라."

엄명을 내린 노부나가는 군사들을 이끌고 약탈꾼 미노 무리와 전투를 하기 위해 뛰어나가 버렸다.

한편 사부로고로는 미노의 요시타츠에게 절차에 따라 일을 일으키겠다는 통보를 받고는 전날 밤부터 잠을 이루지 못했다. 노부나가가 사면초가에 몰린 때라면 몰라도 미마사카노는 노부나가에게 죽임을 당하고, 곤로쿠는 노부나가의 심복이 되고, 다른 가신들도 계속해서 노부나가에게 복귀를 원하고 있는 요즘 같은 때에 노부나가를 배신하는 것은 위험한 짓이다.

의리를 중시하는 사부로고로는 이 배신을 생각해 낸 미마사카노가 최대의 위험인물이란 것을 알아채지 못했다. 자신에게 일단 기요스 성을 빼앗게 하고, 실은 그 다음에 자신을 죽이고 기요스 성을 손에 넣으려는 배신에 배신이 있는 계획이란 것을 알아채지 못한 것이다.

따라서 이것을 생각해 낸 미마사카노가 죽은 후, 이 계획을 실행으로 이끈 요시타츠의 마음을 헤아릴 수 없어 마음이 초조하다. 이래서는 형세역전으로 고립무원 상태인 것은 노부나가가 아니라 바로 자신이 아닌가. 그런데도 다른 지역의 사람인 요시타츠와 손을 잡고 군사를 일으켜 기요스 성을 빼앗는다면, 혹시 성공한다 해도 성을 빼앗긴 노부나가는 어제와 달리 더 이상 외톨이가 아니다. 오히려 성을 빼앗은 자신이 오와리 전체를 적으로 돌리고 고립되는 것이다.

다음날 드디어 미노 무리가 기소천을 넘었다는 보고가 들어왔다. 그러나 사부로고로는 아직도 마음을 정하지 못하고 어찌할 바를 모르고 있었다.

중신들은 일찍이 이 일을 알고 같이 준비하고 있었다.

"대장, 슬슬 출진의 준비를 서두르시는 게……."

"서두를 것 없다."

"노부나가 공은 언제나 그랬듯이 전광석화처럼 출진했을 것입니다."

"그랬겠지. 우리도 슬슬 준비하도록 하자."

그러나 마고사부로는 좀처럼 움직이려 하지 않는다. 몸에 힘이 들어가질 않는다.

노부나가가 약탈꾼과 전투를 벌이고 성으로 돌아왔을 때쯤 달려가면 빈 성을 지키라는 명령을 받을 걱정도 없고 미노의 요시타츠에게도 일단 출진했다는 것으로 어떻게든 의리는 지킬 수 있을 것이다. 그는 이렇게 생각하며 꾸물꾸물거렸지만, 갑옷을 입는데 그렇게까지 시간이 걸릴 이유가 없고 이럴 때면 줄이 엉키는 일도 없이 묘하게 잘 묶였다.

어쩔 수 없이 사부로고로는 군사들을 이끌고 출발했다.

슬슬 기요스의 성 앞으로 가는데 마을의 집들이 하나같이 문을 걸어 잠그고 왕래하는 사람도 찾아볼 수 없다. 마치 죽은 마을을 걷고 있는 것 같았다.

"노부나가 공 출진 뒤에는 언제나 이랬던가?"

"아니오. 지금까지 성 주위의 모습이 특별히 이상했던 적은 없었습니다."

"그럼 무슨 일이지?"

"모르겠네요."

스스로 켕기는 구석이 있다 보니 평소와 다른 성 밖 모습에 이미 두려움을 느끼며 마치 살얼음판을 걷는 기분이었다.

성문 앞에 도착했다. 평상시라면 성문이 열려 있고, 사와키 후지에몬이 맞이하러 나와 있었을 것이다. 그런데 웬일인지 성문이 닫혀 있고 주위에는 누구의 모습도 보이지 않는다.

"묘하군. 어찌된 일이지?"

"어쩔 수 없지요. 문을 두드려서 열게 해보겠습니다."

용감한 자가 한명 앞으로 달려나와 문을 두드렸다.

"오다 사부로고로 님이 오셨다. 문을 열어라."

그러자 성 안에서 경비원의 대답이 들려왔다.

"문은 열 수 없습니다. 도와주러 오신 거라면 전장으로 바로 가시는 것이 좋을 것 같습니다."

"언제나 빈 성을 지키라는 분부를 받았기에 오늘도 그럴 생각으로 왔는데……."

"다른 땐 어땠는지 모르겠지만, 오늘은 그런 분부는 없었습니다. 노부나가 공이 돌아오실 때까지 누구도 안으로 들여보내서는 안 된다는 엄명이 있었습니다. 가세하실 거라면 그냥 바로 가시는 편이 좋을 것 같습니다."

"사와키 후지에몬의 의견을 듣고 싶구나."

"노부나가 공이 직접 내린 엄명이기 때문에 사와키 후지에몬의 의견은 물을 것도 없습니다. 일부러 도와주러 온 건데 이러다 전투마저 놓쳐버립니다. 빨리 출진하시오."

성 안의 경계가 매우 완강하다는 것을 알았다. 이들의 대화를 듣고 있던 사부로고로를 비롯한 가신들의 얼굴이 하나같이 하얗게 질리더니 덜덜 떨기 시작했다.

사부로고로는 이미 노부나가의 단칼에 맞아 베인 듯한 기분이 들었다.

"어떻게 할까요? 성 안에서 저렇게 얘기하는데 전장으로 갈까요?"

"전장으로 가서 누구를 도우란 말이냐?"

"미노 쪽에서는 자신들을 돕기 위한 것이라고 생각하겠지만, 노부나가 공도 적이라고는 생각지 않을 것입니다."

"양쪽에 모두 설 수는 없겠지?"

"차라리 돌아가시지요."

"도와주러 왔는데 성 안으로 들여보내 주지 않아서 돌아 가다면 스스로 배신자라는 증거를 보여주는 것과 다름없다."

"배신의 증거는 이미 드러나 있는 것과 다름없습니다. 이미 엎질러진 물을 담으려 괜한 짓 하지 말고 일단 돌아가서 성 안에서 농성을 합시다."

"농성을 하면서 적이라는 사실을 드러낼 거라면 차라리 지금 전장으로 가서 노부나가 공을 같이 공격하는 것이 좋을 것 같습니다."

"농성하고 할복합시다."

"다짜고짜 할복입니까?"

"어쨌든 성에 틀어박혀 생각하도록 하자."

"그럼 그렇게 합시다."

사부로고로와 그의 군대는 터벅터벅 돌아갔다. 성 안에 있는 자들이 이 모습을 내려다보고 있었다.

"저, 저런. 도와주겠다고 온 녀석들이 그냥 돌아가네. 그렇다면 저들이 배신자인가?"

사부로고로가 기요스 성에 들어가지도 못하고 헛되이 성

으로 돌아갔다는 보고가 전장에 도착하자 미노 세력은 포기하고 도망갔다.

노부나가도 뒤를 쫓지 않고 성으로 돌아왔다.

사부로고로는 자신의 성으로 돌아가서는 언제 공격해올지 모르는 노부나가를 막기 위해 그날 밤은 부지런히 농성 준비를 했다. 한숨도 못자고 여기저기 돌아다니던 그는 아침 해가 밝아오자 전날 밤에 느꼈던 공포가 사라지면서 약간의 평정심을 찾기 시작했다. 그리고는 진지하게 생각했다.

노부나가는 여태껏 스스로 잘못을 뉘우친 자를 벌한 적이 없다. 그렇게 강한 반역자였던 하야시 사도노나 간주로 공, 시바타 곤로쿠도 용서해 주었으니, 자신도 스스로 항복하고 충성을 맹세하면 용서해 줄지도 모른다.

사부로고로가 가신들을 불러놓고 논의를 시작했다. 그들 중 누구도 강하게 항전을 주장하는 자는 없었다.

"그럼 지금 바로 기요스 성에 항복하러 가겠다."

"저희는 어떻게 할까요?"

"내가 노부나가 공의 용서를 얻지 못하고 목숨을 잃게 되더라도 반역을 꾀한 나의 잘못이니 어쩔 수 없다. 너희는 괜히 나 때문에 의리를 세우며 농성할 생각은 하지 마라. 노부나가 공은 나의 주인이니 너희들에게도 주인이다. 내가 죽은 후에는 노부나가 공의 지도에 따라 충성을 다해라."

"그렇게 하겠습니다."

마고사부로는 스스로 기요스로 출두해 죄를 고백하고 판결을 받았다.

노부나가는 마고사부로가 자발적으로 모반을 계획할 만한 인물이 아니란 것을 알고 있다. 다른 이에게 꼬드김을 당해 모반에 가담했다 해도, 종종 남에게 유혹 당할만한 위험 인물은 아니다. 그저 시쳇말로 마가 껴서 나쁜 마음을 먹게된 것이리라.

게다가 그는 일단 모반의 약속을 맺은 이상, 정세가 바뀌면서 모반이 불리해져도 일단 약속한 것을 지키기 위해 바보 같은 의리를 달성하려는 인물이기도 하다. 이번 일 역시그 강한 의리 때문에 일어난 일로, 일단 죄를 뉘우치고 용서를 빌며 충성을 맹세한 이상 두 번 다시 다른 생각을 할 걱정은 없다.

예전부터 빈 성을 지켜달라 부탁할 정도로 신뢰한 사부로고로였으니, 노부나가는 그가 새롭게 충성을 맹세한 이상 형식적으로 꾸짖음의 말을 할 필요도 없다고 생각했다.

그래서 힘없이 저벅저벅 항복하러 온 사부로고로를 위로하며 몰래 자신의 방으로 데려갔다.

"이번 일은 어쩔 수 없는 일이다. 나는 조금도 신경 쓰지 않으니 너도 그냥 잊도록 하거라."

"감사합니다."

"하지만 너의 동생도 참 불쌍하게 됐구나."

"네?"

그러나 사실 노부나가가 생각한 것은 노히메였다. 불쌍한 노히메. 노히메는 폐병으로 계속 누워 지내고 있었다. 아버지와 형제들이 모두 이복 오빠에게 살해당하고 남편인 노부나가에게는 아내로서 사랑도 받지 못한 채 지금은 계속 누워서 죽기만을 기다리고 있다. 노부나가의 일생이 어떻든 간에 오늘과 같은 날이 온 것은 모두 노히메의 덕이라고까지는 말할 수 없다 해도 노히메를 통한 그 아버지 도산 덕분이란 것은 부정할 수 없다.

노히메가 불쌍하듯 그와 많이 비슷한 사부로고로의 여동생과 사부로고로까지 묘하게 노부나가에게는 안쓰럽게 느껴졌다. 노부나가가 그런 친밀감을 느끼는 것은 매우 드문 일이었는데, 사실 사부로고로 역시 묘하게 노부나가에게 속 깊은 애정을 느끼고 있었다.

시바타 곤로쿠와 마찬가지로 스님이 된 삿사 구란도는 사실 처음 머리를 밀 때는 거기에 이자를 붙여 돌려받을 것을 계산하고 있었다.

그는 원래 재능이 있고 두뇌회전이 빨라 간주로 공의 신임이 두터웠으며 정치적인 면에서도 그의 발언이 점점 무게가 실리고 있었다. 하지만 아무리 그래도 필두 가신 시바타 곤로쿠의 세력에 대등하게 겨룰 정도는 아니다. 곤로쿠는 간주로가 어릴 때부터 보살펴온 가신으로 정치적인 면의 발언력에 있어서는 주인 이상의 무게가 있었다.

간주로는 이것이 항상 불만이었다. 어떻게든 해서 곤로쿠의 발언력을 누르고 자신이 주인답게 휘두르고 싶었다. 그리고 그런 그의 마음을 부추긴 것이 삿사 구란도였다. 게다가 곤로쿠가 노부나가와 싸워 대실패를 하자 내심 기회가 왔다며 기뻐한 간주로와 삿사 구란도였다.

특히 삿사 구란도는 곤로쿠와 마찬가지로 노부나가에게 불려가 질책을 받았다. 그동안 간주로의 측근으로 세력이 조금 있었다고는 하지만 가신도 아니고 특별한 가문도 아닌, 집안 서열로는 말단인 삿사 구란도, 이거야말로 절호의 기회라고 생각했다.

곤로쿠와 똑같이 머리를 민 것 역시 이번 기회를 발판으로 곤로쿠와 똑같이 세력의 범위를 넓히겠다는 수단이었다. 대중들은 종종 겉모습으로 내용을 판단하기 때문에 삿사 구란도는 자신도 머리를 빡빡 밀어서 자신의 수난이 곤로쿠와 똑같다는 인상을 사람들에게 심어주려 했다.

기요스 성에 출두해서 호된 꾸지람을 듣고 돌아온 후 그는 공공연하게 말했다.

"이번 일은 모두 곤로쿠의 잘못으로 간주로 공이나 나에게는 아무 책임이 없다. 시노기의 쌀을 가져오기로 한 것은 하야시 형제와 곤로쿠 두 사람이 한 얘기로 간주로 공이나 나는 관여한 적도 없다. 곤로쿠가 하야시에게 꼬드김을 당해 마음대로 벌인 일이지. 그런데도 내가 불려가서 꾸지람을 받은 것은 실은 노부나가가 내가 무서워서 그랬던 거다. 사실 나는 일찍부터 이와쿠라의 오다 이가노카미의 뒤를 이어 간주로 공을 오와리 아래쪽 4개 군의 수호 대리로 세우려 했었다. 그런데 노부나가는 이 계획이 무서웠던 거지. 나는 곤로쿠처럼 힘만 세고 난폭한 자가 아니라, 칼이나 창에는 서투르지만 그들에게는 없는 지혜가 있거든. 노부나가는 항상 실력으로 자만하지만, 지혜가 부족하기 때문에 나처럼 지혜가 뛰어난 자들을 눈엣가시처럼 여기지. 아무튼 나를 그냥 두면 내가 그의 발밑에 몰래 구멍을 파서 녀석을 훅 하고 지옥으로 떨어뜨려 버릴 테니, 그는 무서워서 밤잠도 제대로 이룰 수 없었던 거야. 그래서 이번 일은 나에게 죄도 과실도 없는데도 불구하고 곤로쿠와 함께 부른 거였다. 즉 혼을 내기 위해서가 아니라 의향을 묻고 자신의 측근으로 만들겠다는 거였지. 그리고 제군들이 본대로 곤로쿠는 노부나가에게 구워삶아져서 완전히 그의 편이 되지 않았는가? 역시 무식한 자들은 나이를 먹어도 한심하기 그지없다. 지략에 있어서는 장님이나 마찬가지라 앞날을 읽지 못하는 거지. 그러나 이 삿사 구란도나 간주로 공은 절대 노부나가 같은 놈에게 넘어가지 않는다. 머리를 빡빡 밀고 노부나가의 눈을 속여 무죄방면 되었지."

말도 안 되는 호기. 그러나 그는 이 일을 계기로 가문의 신망을 얻게 되었다.

곤로쿠는 패전의 책임자이기 때문에 이득이 없었다. 특히 그 패전이 적보다 훨씬 우세한 병력을 갖고 있음에도 불구하고 당한 패인이었기 때문에 변명할 여지가 없다.

곤로쿠는 패전의 책임을 느끼고 머리를 빡빡 밀었지만 사람들은 그의 진심을 알아주지 않았다. 오히려 그가 노부나가의 심복이 되자 패전의 이유를 노부나가의 대단함으로 핑계대고 있는 계략가라 오해했다.

"쳇, 곤로쿠도 허울만 그럴 듯한 자였군. 좀 더 기개가 있는 자라 생각했는데, 이래서는 전장에서 목숨을 잃은 영혼들이 마음 편히 눈이나 감을 수 있겠어?"

"우리가 대체 누굴 위해 싸운 거야? 간주로 공은 노부나가라는 바보 같은 형님을 대신해 오와리의 총대장이 되어야

할 분이고, 그 분의 천하를 만들려고 이 한 목숨 바쳐 싸웠는데. 곤로쿠가 전쟁에서 진 것은 안타깝지만 어쩔 수 없는 일이라 치자고. 전쟁에는 가끔씩 패할 수도 있으니까. 그때의 운이 그랬을 수도 있으니까. 하지만 패전의 책임이 노부나가가 위대해서 그렇다는 거잖아. 그런 핑계로 여전히 필두 가신 노릇을 하겠다니 말도 안 되는 소리지. 비겁하고 교활하고 얘기할 가치도 없어. 그런 놈인지도 모르고 지금까지 필두 가신으로 존경하고 그의 지도에 따랐다니 이 얼마나 바보 같은 이야기냐고. 우리가 계속 놈의 명령대로 움직인다면 우린 평생 바보 동생의 가신으로 끝내야 한다는 건데. 간주로 공이라는 명군도 그렇게 가로로만 머물게 된다면 평생 싹을 틔울 수 없을 거야."

"곤로쿠는 정나미가 떨어질 만큼 경멸할 녀석이지만, 삿사 구란도는 어린 나이이면서도 대단해. 노부나가도 삿사 구란도가 무서워서 잠도 못 잤다지 않나. 똑같이 머리를 빡빡 밀었어도 머리를 땅바닥에 대고 목숨만 살려달라고 구걸한 곤로쿠와 어디 같겠나. 혀를 날름 내밀고는 노부나가를 감쪽같이 속이고 온 삿사 구란도는 정말 품위도 대담함도 천양지차라니까."

시간의 힘이란 것은 무서운 것이다. 지금까지 가문 안에서 아무 존재감 없이 지내던 삿사 두란도는 단번에 곤로쿠를 대신할 최대의 위력을 갖게 되었다. 그리고 이에 반해 시바타 곤로쿠는 무슨 말을 하든 가문의 조소를 사기만 할뿐 아무도 제대로 상대해주지 않았다.

삿사 구란도는 예전부터 곤로쿠에게는 비밀로, 이와쿠라의 오다 이가노카미를 부추겨서 간주로를 오와리 하군의 수호대리로 세우려고 계획하고 있었는데, 슬슬 그것을 실행할 때가 되었다고 생각했다.

이와쿠라의 오다 이와노카미는 위쪽 4개 군의 수호대리인으로 원래 그 주인에 해당하는 진짜 시바 요시카네다. 그는 현재 가요스 성 안에 노부나가와 동거하고 있다.

노부나가는 사면초가일 때에 적의 창끝을 피하기 위해 시바 요시카네를 기요스 성의 주인으로 세우고, 자신은 성 안의 한쪽 구석에 은거하며 세상을 속인 적이 있었다. 그때는 시바 씨와 나란히 그 이상의 명가인 미카와의 기라 씨를 도구로 이용했다. 두 몰락해가는 명문 가문을 미카와의 기라는 이마가와의 후원자로, 오와리의 시바는 노부나가의 후원자로 세우며 명목상의 총대장으로 인정하는 공식 자리를 마련해주었다.

노부나가의 예상은 적중했고 일시적으로나마 세간을 속일 수 있었으니 오래된 명문 가문이란 것은 무서운 것이다. 물론 임시방편이다 보니 기라 씨와 시바 씨는 그 후로 그럴 듯한 대우는 받지 못했다. 그래서 그들은 별로 좋지 않은 일로 기억하고 있었다.

삿사 구란도는 이러한 사실을 알고는 시바 씨와 기라 씨를 자기편으로 끌어들여 오와리와 근처 명문 가문의 모든 뜻이라는 명목으로 간주로를 노부나가를 대신할 수호대리인으로 세우고자 했다.

노부나가는 위급한 순간에 시바 요시카네를 이용해서 오와리의 대장으로 세우고, 자신은 은거해서 일시적으로 남의 눈을 속일 수 있었다. 그러나 사실 이것은 노부나가가 그럴 수 있는 입장에 있었기 때문이었다. 시바 요시카네가 노부나가의 식객이 되어 기요스 성 안에 있었기 때문에, 노부나가는 그를 쉽게 이용할 수 있었다.

그런데 간주로의 경우는 다르다. 시바 요시카네는 지금도 기요스 성 안에 있다. 노부나가에게 불만을 갖고 있다고는 하지만, 노부나가의 보호를 받고 있는 인물에게 노부나가를 배신하는데 협력하라는 것과 같은 것이니 결코 쉬운 일은 아니다.

시바타 곤로쿠는 이 계획을 알고는 깜짝 놀라 간주로 앞에 나아갔다.

"이번에 겨우 어머님의 중재로 노부나가 공과 화해가 가능해졌는데, 형님에게 충성하는 대신에 어찌 배신을 생각한단 말입니까? 이제는 노부나가 공의 명성이 더욱 높아져 근처의 많은 지역에서도 점점 복종하게 되고 있는 시기입니다. 이런 때일수록 다 같이 마음을 모아 가문의 명예를 높여도 시원찮을 판국에 동생이 배신을 꿈꾸고 있다니 이 무슨 일입니까?"

"하하하하. 자네가 하고 싶은 말이 그건가? 잠깐, 잠깐. 이것 참, 나 혼자 듣기 아깝군. 잠시만 기다려라."

간주로는 시바 요시카네를 비롯한 같은 일당들을 급히 불러모았다. 그리고는 일동들 앞에 곤로쿠를 앉혔다.

"제군들 내가 이렇게 갑작스레 불러 모은 것은 다름 아니라 곤로쿠가 나에게 충고할 말이 있다는구나. 나 혼자서 듣기에는 아까워서 다들 모이게 했다. 어디 노부나가에게 패배를 당하고도 그에게 깊이 감동받은 오다의 공신 시바타 곤로쿠의 충의의 말을 들어보자."

빈정거림이 가득 담긴 간주로의 말에 곤로쿠는 가슴을 쓰다듬으며 화를 누르고, 묵묵히 고개를 숙이고 있었다.

"왜 그러는가? 빨리 말 하거라."

"주군께서는 지금 저를 조롱거리로 만드실 작정이십니까?"

"조롱거리로 만들겠다는 게 아니다. 너의 충의의 말을 다른 이들에게도 들려주려는 것뿐이다.”

“충의의 말을 들려주고 싶다면 들려드리지요. 지금은 바야흐로 노부나가 공의 명성이 높아져, 돌아가신 노부히데 공의 시대보다 훨씬 우월한 명예를 자랑하고 있습니다. 또한 오와리가 자연스레 노부나가 공을 따라가게 되면서 통일을 향하고 있지요. 이런 때야말로 형제가 마음을 합쳐 가문의 이름을 높여야 할 때입니다. 그런데도 동생이 배신을 꿈꾸고 있다니 이는 말도 안 되는 얘기입니다. 이 계획은 잊으십시오.”

이때 삿사 구란도가 침묵을 지키고 있는 모두를 대신해 말했다.

“실례이지만, 시바타 님은 어느 분의 가신입니까?”

“나는 돌아가신 노부히데 님의 명령으로 간주로 공의 필두 가신을 명받은 자다. 즉 곤로쿠는 노부히데의 가신, 오다의 가신이다.”

“시바타 님은 예전에 스스로 군사를 일으켜 노부나가 공과 전쟁을 치르고 다수의 사상자를 냈는데, 그 전쟁은 간주로 공의 가신으로 하신 건가요?”

“…….”

“대답이 없으시군요. 시바타 님은 스스로 간주로 공의 가신을 이끌고 노부나가 공과 싸워 다수의 사상자를 냈습니다. 그 시바타 님이 간주로 공의 가신이 아니라니, 모자란 저 같은 자는 이해하기 어려운 발상입니다만……."

곤로쿠는 최근에 무슨 말을 꺼내든 비웃음을 면치 못했었지만, 이번만큼은 시비를 따질 여지가 없다. 하지만 곤로쿠는 화를 누르며 말했다.

"시바 씨, 기라 씨, 이와쿠라의 오다 이와노카미 님까지도, 백성들이 그 이름에 복종한 것은 이미 옛날 일이다. 지금은 실력자의 시대로 허세뿐인 옛 명성만으로는 더 이상 통하지 않는다. 천하의 쇼군, 아시카가 쿠보 님의 증서로도 천하를 움직일 수 없는 시대 아닌가. 물론 일전에 노부나가 공이 궁여지책으로 기라 공을 오와리의 수호직으로 숭상하고 자신은 은거해서 일시적으로 적의 공격을 피하고 성공시킨 예는 있다. 하지만 이것은 시바 공의 문서가 효력이 나타난 것이 아니라, 그 반대로 실력 있는 노부나가 공의 문서이기 때문에 백성들이 복종해서 군주로서 받든 것이다. 기라 씨의 실력이라고 해봤자 노부나가 공 덕택에 겨우 목숨만 건져 은거하고 있었다는 건 백성들 모두 잘 알고 있었다. 노부나가 공이 있었기 때문에 기라 공이 그만한 위세를 가질 수 있는 것이다. 그런데도 그런 시바 씨나 기라 씨, 이와쿠라의 오다 님 등이 자신들의 문서를 몇백 장 겹친다 한들 그것은 문서 세 장의 위력도 가질 수 없다. 그저 그런 문서를 내세운 자가 세상의 웃음거리가 되겠지. 하물며 노부나가 공은 최근 위세와 명성이 높아지면서 이제 스스로 그의 명령을 받드는 자들이 많아지고 있다. 그러니 이건 그야말로 사마귀가 땅강아지에게 수레를 거슬러 오르라고 하는 거나 마찬가지지."

"지금 노부나가 공은 수레이고, 간주로 공은 땅강아지라고 하셨습니까?"

"그렇다. 노부나가 공에 비한다면 땅강아지다. 그 실력도 좋고 식견도 좋다. 하지만 앞으로 오와리 전체의 사분의 일을 지키는 것이 그나마 최대한이겠지. 성급한 이야기이긴 하지만 시바 공이나 기라 공의 문서로 처세를 하려는 근성부터 그렇지 않은가?"

주인을 땅강아지라 하는 소리에 발끈하는 삿사 구란도와 그런 그를 벨 테면 베어 보라는 눈빛으로 노려보며 큰소리치는 곤로쿠.

삿사 구란도를 비롯한 무리들이 곤로쿠를 비웃고 있는 것은 그가 주인을 중시하고 간주로 공의 시중을 들며 무슨 일이 있어도 등을 돌릴 위험이 없는 의리가 강한 자이기 때문이다. 따라서 주인의 위세와 영광을 위해서라면 시바타를 희롱거리로 삼아도 괜찮을 거라 믿었기 때문이다.

그런 곤로쿠가 확실하게 간주로를 뿌리치며 벨 테면 베어 보라고 허세를 부리니 그와 같은 뱃심이 없는 자들은 다들 당황한 모습이 역력하다.

간주로는 간주로 대로 대중을 믿고, 주인의 위세를 믿고 곤로쿠를 웃음거리로 만들 생각이었지만, 가문 안에서는 여전히 아니, 오히려 한층 더 가문의 세력가다움을 잃지 않는 곤로쿠다.

조금도 힘이 되지 않는 대중들 앞에서 곤로쿠를 어찌해야 할지 판단조차 내릴 수 없었던 간주로는 파랗게 질린 얼굴로 자리에서 일어서서는 조용히 안으로 들어가버렸다.

곤로쿠도 자리에서 일어나 자신의 집으로 돌아갔지만 그는 끝까지 희망을 버리지 않았다. 어떻게 해서든 간주로를 설득하고 싶었다. 그러나 그는 이미 음모가 급속도로 진행되어 여기저기에 자객이 보내져 있는 것을 알았다. 그들은 노부나가를 발견하는 즉시 암살할 준비가 되어 있었다. 이렇게 된 이상 이제 어쩔 수 없다. 노부나가를 잃는 것보다는 간주로를 잃는 것이 낫다고 생각한 그는 남몰래 음모에 대해 노부나가에게 보고했다.

곳곳에 자객이 잠복하고 있으면 쉽사리 외출도 할 수 없다. 그렇다고 해서 외출을 좋아하는 노부나가가 별안간에 외출을 하지 않는다면 혹시 음모가 발각된 것은 아닌지 간주로의 의심을 살 수 있다. 자객이 두려워서 많은 군사를 이끌고 다녀도 같은 결과를 초래할 것이고, 노부나가의 성격상 맞지 않기도 하다.

결국 노부나가는 병에 걸렸다는 핑계를 대고 방안에 틀어박히기로 했다. 스에모리 성의 기둥이라고도 할 수 있는 시바타 곤로쿠가 노부나가 쪽에 붙었다고는 해도, 형제간의 불화를 드러내놓고 싸운다면 이것은 오와리를 둘로 나누는 전쟁이 되고 누가 이기든 손해가 막심하다.

여기까지 온 이상 간주로를 살려둘 수는 없다. 노부나가는 싸움없이 그를 죽이기 위해 중병에 걸린 척 했다. 일단 일을 꾸미면 평상시의 방자함과 전혀 달리 매우 세심하고 용의주도한 노부나가는 방안에 틀어박힌 채 근처 절 이외에는 얼굴을 드러내지 않았다. 노부나가가 중병에 걸렸다는 소문은 삽시간에 퍼져나갔다.

어머님은 이 소식을 듣고 기요스에 병문안을 다녀오라고 간주로에게 권했다. 곤로쿠도 열심히 권했다.

간주로와 삿사 구란도가 몰래 알아보니 노부나가의 중병은 의심할 여지가 없는 것 같았다. 그는 곤로쿠를 불러다놓고 물었다.

"설마 꾀병은 아니겠지?"

"그럴 일은 없습니다."

"혹시 정말 중병에 걸렸더라도, 우리 음모가 발각되어서 나를 잡아 가두는 건 아닌가?"

"말도 안 되는 얘기입니다. 노부나가 공이 재기불능 상태가 된 지금 기요스의 입장에서도 간주로 공이 유일한 힘입니다. 군주님 없이는 노부나가 공 이래의 오다 가문은 주인을 잃고 흩어져 다른 이들의 제물이 될 뿐입니다. 머지않아 오와리가 군주님의 것이 되겠지만, 형님의 생전에 예의를 다하여 둔다면 기요스의 신망을 널리 퍼지게 하고, 형님의 사후 오와리를 통치하는 것도 한결 편해지실 겁니다."

곤로쿠의 말이 맞다. 형님과 사이가 안 좋은 채로 노부나가가 죽어 버리면 노부나가에게는 어린 아들도 있기 때문에, 어른스럽게 간주로를 후원자로 골라주리라고 보장할 수 없다.

오와리의 정세는 복잡하고, 아장아장 걸어다니는 어린 군주가 오부나가의 뒤를 이을 가능성은 희박하지만, 만약 다른 대책이 없다면 가신들은 어린 주인을 지킬 것이고 간주로에게 불만이 많은 경우에도 역시 억지로라도 어린 군주를 지킬 것이다.

그렇게 되면 일이 복잡해지기 때문에, 생전에 병문안을 가서 형제의 불화를 해소하고 기요스 사람들의 신망을 넓힌다면 그보다 간단하게 처리할 방법은 없을 것이다.

이해타산에 남들보다 유난히 재능이 있던 샷사 구란도이 니 노부나가의 병에 거짓이 없다는 믿음만 있다면 병문안을 반대할 리 없다.

"그럼 시바타 님이 책임지고 간주로 공과 같이 가주실 겁 니까?"

"물론입니다. 제 목숨을 걸고서라도 군주님을 지키겠습 니다."

의리를 좋아하는 늙은이처럼 보여도, 일단 각오를 굳힌 곤로쿠는 닳고 닳은 악당들보다도 제대로 된 연기를 보였 다.

"그럼 잘 부탁드립니다."

어떠한 경우에도 자기 잇속은 차리는 샷사 구란도는 간주 로에게 무슨 일이 생기더라도 자신까지 연루되지 않도록 그 럴듯한 핑계를 대고 수행 역할을 곤로쿠에게 맡겼다.

간주로는 안심하고 기요스 성에 도착했다. 최상의 경호인 이라 안심하고 데려간 곤로쿠가 적의 편인 데다 이 모든 계 획을 짠 장본인이란 것은 까마득히 모른 채.

간주로는 가신들을 남겨두고 곤로쿠와 함께 안쪽으로 들 어갔다. 어디선가 한 무리의 젊은이들이 나타나서 이들의 소지품을 검사했다. 간주로가 곤로쿠에게 눈짓을 했지만 곤로쿠는 눈동자를 빙글빙글 돌리며 고개를 돌렸다. '아니오, 아무 것도 아닙니다.' 라는 의미인지, '이제 다 끝났습니다.' 라는 의미인지 알 수가 없다. 간주로가 멍하니 있는 사이에 그는 어느새 젊은이들에 의해 무장해제 되어 버렸다.

"곤로쿠……."

간주로가 겨우 말문을 열었을 때는 이미 그와 곤로쿠 사이에 사람들이 가로막고 서 있어 곤로쿠의 얼굴을 찾을 수도 없다.

"자, 이쪽으로."

간주로는 어둑어둑한 복도를 돌아 북쪽으로 인도되었다. 그리고 아무 것도 보이지 않는 깜깜한 어둠 속에 세워졌다.

"위로 올라가십시오."

그들이 그를 앞쪽의 어두운 계단으로 올라가게 했다. 한 단을 오르자 그 다음에도, 그 다음에도 계단이 나타났다. 거부할 수 없이 그는 계속 올라갔다. 끝까지 올라가니 천수각이 나왔다. 그들은 옆방으로 안내되었다.

잠시 후 한 무사나 나타나더니 털썩 자리에 앉아 인사했다.

"저는 가하지리 아오가이라고 합니다."

"형님의 병문안을 온 나를 이렇게 잡아오다니 무슨 짓인가."

"음모가 폭로되었으니 여기에서 자결하라는 노부나가 공의 명령이다. 이 가하지리 아오가이, 끝까지 보고 확인하러 왔으니, 차분하게 앉아 자결하라."

차분하게라니, 갑자기 그런 게 가능한 일이란 말인가.

간주로는 망연자실해서 하얗게 질린 얼굴로 힘없이 고개를 숙였다.

"미련이다. 무사란 자고로 항상 각오 속에 살아야 하는 법. 하물며 대장이라는 자는 태어난 순간부터 각오 속에서 자라야 한다. 당신의 형인 노부나가 공은 태어나면서부터 독단적인 각오 속에서 자랐지. 그 때문에 우리가 얼마나 많은 고생을 했는지 모를 것이다."

가하지리 아오가이는 투덜투덜 불평을 늘어놓으며 결국 간주로를 할복하게 했다.

곤로쿠는 이보다 앞서 자신의 군사들을 이끌고 스에모리 성으로 돌아가 어렵지 않게 성을 점령했다. 원래부터 그는 성 대리인. 스에모리 성이나 군사들도 대부분 그가 공들여 키운 것이나 마찬가지다. 이렇게 되면 삿사 구란도와 그 무리 따위는 옴짝달싹할 수 없다.

곤로쿠는 삿사 구란도를 참수시켰다. 그리고 다른 이들을 불러모았다.

"노부나가 공의 명령에 따라 앞으로 이 성은 나, 곤로쿠가 감독한다. 나는 예전의 일은 모두 잊고 누구도 처분하지 않을 것이다. 그러나 여기에 머무를 수 없는 자나 이것을 수궁할 수 없는 자는 지금 바로 성을 떠나거라."

몇몇이 일어나 자리를 떴지만 나머지 자들은 손바닥 뒤집듯 이번에는 노부나가에게 굴복했다. 이렇게 해서 노부나가의 측근 중 적은 완전히 제거되었다.

제14장

가짜 편지

기요스 성의 북쪽 성각, 노부나가의 최측근 이외에는 접근할 수 없는 특수 구역의 한쪽 구석에서 네아미 잇사이라는 노인이 두더지처럼 생활하고 있었다.

노부나가의 방랑벽은 성장하면서 그를 더 먼 곳까지 이끌었다. 그는 가신들도 모르게 소수의 측근들만 데리고 바람처럼 말을 달려 저 멀리 교토까지 관광을 가기도 했다. 그는 뭐든지 자신의 눈과 귀로 확인했다. 그는 또한 호기심도 강했기 때문에 새로운 곳은 어디든 직접 돌아다녔다. 그의 방랑벽 때문에 그의 말이 마구간에서 쉬는 모습을 찾아보기 힘들 정도였다.

그런 가신들도 모르는 여행지에서 노부나가가 데려온 자가 바로 네아미 잇사이였다.

기요스의 사람들은 성 안에 이런 두더지가 살고 있는 것 자체를 모르는 자가 많았지만, 알고 있다 해도 그가 어디서 온 자인지, 뭘 하고 있는지는 아무도 알 수 없었다. 늙은 두더지는 화장실에 갈 때 이외에는 생전 자신의 방에서 나오려 하지 않았다. 그는 종일 책상에 앉아 글을 썼다.

가끔씩 노부나가가 두더지를 찾아오는 날도 있었다. 두더지는 노부나가가 와도 손을 놓지 않았지만, 노부나가 역시 두더지의 습자에 그다지 흥미가 없는 것 같았다. 벽에 기대서 두 다리를 뻗고 편히 앉아 두더지가 작업하는 모습을 멀찍이서 보고 있다.

"아직 안 됐나?"

"아직입니다."

두더지는 귀찮아하며 습자책을 쑥 내밀었다.

"이런 건 하루아침에 되는 것이 아닙니다. 서둘러서도 안 됩니다."

"알고는 있지만, 이쪽도 워낙 급하다 보니. 부지런히 좀 해주게. 지난번 것은 잘 완성되었어. 아직까지 한 번도 적에게 의심을 받은 적이 없었다."

"당연하지요."

늙은 두더지는 자신만만하다. 그는 필적 위조의 대가였던 것이다.

당시 이마가와 요시모토는 훗날을 대비해 오와리의 곳곳을 무너뜨리면서 조금씩 견고한 진지를 다지고 있었다. 만약 이러한 사실을 알면서도 그냥 두면 나중에 요시모토가 순식간에 오와리를 모두 집어삼켜버릴지도 모른다.

야마구치 사마노스케를 비롯해서 사카이 다이젠, 하야시 사도노 등 노부나가를 등지고 패배한 자들이 의지하는 곳은 모두 이마가와 요시모토로 훗날 오와리도 이마가와의 것이라 생각하며 자신의 쪽으로 끌어들이고 있는 것이다.

역량이 모자란 노부나가는 제대로 이마가와와 싸울 수도 없을 뿐더러 그를 등지고 이마가와 쪽에 붙은 오와리를 떠난 성을 부술 힘도 없다.

그래서 생각해낸 것이 필적 위조로 적을 무너뜨리는 것이었다.

이마가와 요시모토는 고생을 모르고 자란 도련님으로, 약간의 결벽증을 갖고 있다. 사육하는 개가 사람 손을 물면 절대 용서치 않았고, 일단 한번 누군가를 의심하면 두 번 다시 그를 보지도 않을 정도로 순진한 결벽주의자였다.

이에 노부나가는 야마구치 사마노스케를 비롯해 자신에게 등을 돌리고 이마가와에게 붙은 대장들의 필적을 찾아 두더지를 시켜 위필 제작을 시작했다. 이마가와에게 의지하는 척하며 사실은 노부나가와 내통하고 있다는 가짜 편지를 만든 것이다. 이것을 은밀히 운반하다 일부러 체포당하여 가짜 편지가 이마가와의 수중으로 들어가도록 계획을 세웠다.

나루미 성의 야마구치 사마노스케는 그후 오다카, 구쓰카케 두 성을 손에 넣었다. 그리고 그들과 한패인 마루네, 와시즈 등의 작은 성들은 결국 스스로 사마노스케에게 항복했다. 결국 덴파쿠강 이남의 땅은 모두 이마가와의 세력으로 들어가 버리고 말았다.

덴파쿠강을 사이에 두고 나루미의 건너편 기슭을 가사데라라고 하는데, 이곳의 성주는 도베 신자에몬이었다. 강 건너의 땅이 모두 이마가와의 세력에 항복한 후 가사데라가 노부나가 영지의 최전선, 전술상의 가장 중요한 곳이었다.

하지만 그곳을 지키는 도베 신자에몬의 입장에서는 스루가에서 미카와를 넘어 오와리까지, 물밀듯이 밀어 붙이는 이마가와 세력을 혼자 버텨내기가 쉽지 않았다.

그는 오와리의 내분이 계속되면서 머지않아 이마가와가 오와리 일대를 손에 넣을 것이 틀림없다는 생각이 들었다. 결국 그도 은밀히 이마가와와 친분을 맺었고, 노부나가 쪽의 최전선이었던 가사데라는 반대로 이마가와 쪽의 최전선이 되어 버렸다.

그런데 도베 신자에몬은 편지나 글 쓰는 것을 매우 좋아했다. 그는 가신들을 시켜 오와리의 정세를 알아본 뒤 시시각각 편지로 적어 매일 같이 이마가와 요시모토에게 보고서를 보내고 있었다.

이마가와 요시모토는 이 보고서를 감사히 받고 있었지만, 한편으로는 모든 의심을 풀 수는 없었다. 가사데라의 성과 덴파쿠 강 사이에는 오로치다케라는 산이 있는데, 그는 이곳에 작은 성을 짓게 했다. 그리고 오카베 고로베를 이곳에 보내 연락소로 이용하면서 넌지시 도베 신자에몬의 동향을 감시하게 했다.

이 사실은 가사데라 성에 병사로 봉공하고 있는 한다 고스케란 노부나가의 첩자를 통해 오와리까지 전해졌다. 노부나가는 한다 고스케를 불러들였다.

"오카베 고로베는 어떤 식으로 가사데라 성을 감시하고 있는가?"

"평상시에는 세이간지라는 절을 비롯해 길가 곳곳에 감시소가 있어서 지나다니는 자를 검문하고 있습니다. 그런데 이곳 말고 가사데라 성과 오로치다케 사이에 사쿠라 무라를 통하는 샛길이 있는데 일부러 이 샛길을 방치해놓고 오와리와 가사데라를 은밀히 다니는 자가 없는지 감시하고 있는 것입니다."

"성 안에서도 감시에 대해 알고 있는가?"

"알고는 있지만, 수상하게 보이지만 않으면 통과할 수 있습니다.

노부나가는 이 사실을 알고 기뻐했다. 이미 도베 신자에몬의 필적은 일 년 반 전부터 두더지 노인이 연습을 해서 아무리 봐도 진짜인지 가짜인지 구분할 수 없을 정도였다.

노부나가는 센쿠로를 불렀다.

"너는 지금 당장 변장을 하고 사쿠라무라를 통해 가사데라 성 근처에 숨어들어라. 그리고 다음날 샛길을 통해 오와리로 돌아와야 한다. 네가 전날 그 길을 지나지 않은 것 때문에 감시하는 자들이 수상하게 여기면 적을 쓰러뜨려라. 대신 짐은 꼭 버리고 와야 한다. 만약 도망치지 못하고 잡힌다면 끝까지 모른다고 잡아떼야 하며 필요하다면 목숨도 버려야할 것이다."

"거 참, 곤란한 명령을 내리십니다. 제가 싸움도 잘하지만 워낙에 도망치는 발도 빨라서. 감시자 녀석이 저를 잡기도 전에 제 다리가 마음대로 지나쳐 버릴까 걱정입니다. 그럼 다시 돌아가야 하나."

"절대 너의 정체를 들키지 않도록 하라."

"걱정 마십시오."

센쿠로는 웃으며 자리에서 일어났다.

센쿠로는 상인으로 변장했다.

밤 그늘을 틈타 가사데라의 부근에 숨어들어 작은 사당 안에서 밤을 보내고는 다음날 아침 준비해 간 주먹밥 3인분을 천천히 먹어치웠다. 적군들에게 도망쳐 돌아가야 하니 전투 준비의 기본은 든든한 뱃심이다. 이것이 센쿠로식 병법의 비법이다.

저벅저벅 상인다운 발걸음으로 사쿠라무라에서 샛길로 들어서자 풀숲에서 세 명의 보초병이 나왔다.

"이봐 거기, 잠깐만."

센쿠로는 드디어 나왔구나 하고 내심 기뻐했다. 나오지 않으면 맡은 일을 수행할 수 없다.

"어이쿠, 안녕들 하십니까? 날씨가 참 좋습니다."

"어디로 가는 길이냐?"

"저는 이 강 건너편 나루미의 상인인데, 이 위의 하치코우무라란 곳이 어머님의 고향입니다. 근데 그곳에 사시는 할머니가 중병에 걸리셨지 뭡니까. 집으로 심부름꾼이 온 지 3일이 지났으니 이미 돌아가셨을지도 모르지만, 어머니가 가는 길에 꼭 들려서 들여다보고 오라며 얼마 안 되는 돈을 지어주시더군요. 제가 뭘 그런 걸 됐다고 돌려드렸더니만, 그건 병문안용이라는 거 아니겠습니까? 거 참, 그래서 저는 지금 가진 게 없습니다."

"잘도 떠드는구나. 장사는 어디로 하러 가나?"

"교토로 가는 길입니다. 저는 나가스네 간스케라고 하는데, 밥을 5인분 먹을 때에는 하루에 8킬로미터씩 걷습니다. 6인분이면 9킬로미터, 7인분이면 10킬로미터, 10인분이면 어스름한 저녁때부터 시작해 하룻밤에 교토까지도 가지요. 그래서 아주 사방에서 저를 써먹으려고 난리입니다. 이번에도 다섯 점포에서 10인분을 먹이고는 교토에 가라는 겁니다. 못 들어보셨습니까? 질풍 같은 다리, 그 이름도 유명한 나가스네 간스케."

"처음 듣는 이름인 걸? 짐을 검사할 테니, 보따리를 열어 보거라."

"이 안을 들여다본들 별거 없습니다. 안에 있는 거라고는 제 속옷뿐. 제가 세탁물은 잘 갖고 다니거든요. 그 외에는 주문장과 밥이 2인분씩 합이 5인분입니다. 그거 봐봤자 별거 없는데 그만 두시지요."

"빨리 열어 보거라."

"그러는 동안 하치코우무라의 할머니가 돌아가시면 어떡합니까? 그럼 전 여기에 뼈를 묻고 귀신이 될 겁니다. 매일 저녁 귀신 춤을 추는 절 볼지도 모릅니다."

"이놈 참, 수상한 녀석일세."

"수상하긴요. 수상하다고 생각되면 나루미에 가서 물어

보십시오. 여기가 나루미 건너라 그렇지, 나루미에서 그 유명한 나가스네 간스케를 모르면 간첩입니다.”

“좋아, 좋아. 네 녀석이 원하는 대로 나루미에 가서 물어볼 테니 천천히 기다리거라.”

“이렇게 기다릴 수는 없지요. 제가 돌아오는 길에 또 만날 테니 그때까지 물어봐 두십시오. 나가스네 간스케는 발이 빠릅니다. 얏얏얏, 하고 오백을 세는 사이에 3백 미터는 족히 걸어가지요.”

“여기 수상한 녀석을 잡았다.”

숲 안쪽을 향해 소리치자 무사 한 명이 네 명의 졸병을 데리고 나왔다. 네 명 중 두 명은 철포를 갖고 있다.

무사는 힐끗힐끗 센쿠로를 위아래로 훑어보았다.

“음. 범상치 않은 녀석이군.”

“당연하지요. 그 이름도 유명한 나가스네 간스케. 누가 뭐래도 우리나라에서 제 발을 따라올 자가 없습니다.”

철포를 든 졸병이 점화용 노끈에 불을 붙이고 있다. 이들은 아무래도 경계심이 높다. 센쿠로는 마음속으로 전투 준비를 했다.

적의 수는 상대적으로 많은 데다 센쿠로는 무기도 없다. 졸병을 우습게 여기며 덤비다가 그들이 크게 반격이라도 하면 도망은커녕 생포될지도 모른다. 싸움 경험이 많은 센쿠로는 모든 조건을 고려해 기회를 엿보다 일부러 아슬아슬한 순간까지 버티기로 마음먹었다.

"소지품을 조사해보겠다. 보따리를 열어라."

무사가 명했다. 졸병 한 명이 센쿠로가 둘러맨 짐을 내려 안을 들여다보려고 한다. 다른 병사들은 센쿠로가 저항하면 잡을 태세인데 센쿠로는 전혀 신경 쓰지 않는 눈치다. 그는 쑥스러워하면서 쓴웃음을 지었다.

"그 매듭은 나가스네 간스케 님의 비장의 매듭. 댁들은 못 풉니다. 이리 줘 보십시오. 어쩔 수 없지요. 안을 들여다 봐도 갈아입을 속옷이랑 주문장밖에 없다는 데도 쓸데없는 수고를 하게 하시네요."

센로쿠가 끈을 풀자 짐이 두 개로 분리되었다. 그러자 모두들 마음을 놓는 것 같았다.

이때 짐 하나를 재빠르게 주워 올린 센쿠로, 철포를 든 병사를 쓰러뜨리고는 줄행랑을 쳤다. 그러다 순간 털썩하고 짐을 놓치고 말았다.

"이런!"

그가 달리던 걸 멈추고 뒤를 돌아보더니, 다가오는 녀석을 좌로 우로 내다꽂고 떨어진 짐 쪽으로 접근했다. 그때 다시 일어선 적이 동시에 확하고 덮쳐 왔다. 그는 더는 안 되겠다 싶었는지 허리와 팔에 매달린 적을 뿌리치고 재빨리 도망쳤다. 그의 달리기 속도가 어찌나 빠른지 순식간에 시야에서 사라져 버렸다.

"이게 말로만 듣던 나가스네 간스케인가? 정말 빠른 녀석일세."

"녀석이 이쪽의 짐을 이상하게 중히 여겼겠다. 어디 보자. 뭐야, 진짜 속옷이잖아."

"그럼 녀석은 수상한 놈이 아니었단 말이냐? 성은 나가스네 이름은 간스케라. 그런데 왜 속옷 꾸러미를 그렇게 소중하게 안고 도망치려한 거지?"

병사들이 장난치며 속옷을 휘두르는데 그 속에서 팔랑팔랑 종이 한 장이 힘없이 떨어졌다.

무사가 주워 보니 서찰을 담은 종이봉투. 봉투 위에는 오다 노부나가 님께, 도베 신자에몬이라고 씌어 있다.

무사는 이것을 보고는 아무 일도 없는 듯 시치미를 떼는 표정으로 품속에 넣었다.

"간스케라는 놈을 보거든 즉시 체포하거라. 그리고 오늘 일은 절대 입 밖으로 내지 말거라."

그는 바로 오카베 고로베에게 가서 상세히 보고하고 서찰을 제출했다.

서찰을 읽어보니 다음과 같은 내용이 씌어 있었다.

– 요즘 이마가와 요시모토는 영내 사정이 좋지 않다 보니 갑작스레 대군을 일으킬 것 같지는 않지만, 그래도 가능한 한 빠른 시일 내에 서쪽 위를 재촉하려고 노력중입니다. 그러니 그때까지는 오와리 역시 내정이 복잡한 척하며 소규모 전투를 일으키는 일은 삼가길 바랍니다. 이마가와가 전군을 데리고 서쪽 위로 갈 때 나루미, 가사데라까지 끌어들여 야마구치 사마노스케와 함께 토끼몰이 하듯 일시에 전멸시킬 계획입니다. 이미 야마구치 님과도 사전 협의가 끝났으며 명령대로 진행되고 있습니다. –

간담을 서늘하게 만드는 배신의 서찰. 오카베 고로베는 깜짝 놀라서 스루가의 이마가와 요시모토에게 이 사건을 보고했다.

그해 이마가와 요시모토는 영지 안에서 반란이 일어나면서 말 그대로 정신이 없었다. 반란 세력은 다미네의 스가누마 씨, 나가시의 스가누마 씨, 쓰쿠데의 오쿠다이라 씨였다. 모두 세력이 있는 호족으로 일족이 많아서 이들이 반란을 일으키면 품안에 불이 붙은 거나 마찬가지다.

이마가와는 사실 이 반란에도 누군가 배후에서 조종한 것은 아닐까 의심하고 있었다. 인접국인 시바타, 호조 둘 다

표면적으로는 친척관계이지만, 전국시대의 친척이란 '적이 기도 합니다' 라는 표찰 같은 것.

그런 와중에 도베 신자에몬의 배신이 발각됐다. 서면에 의하면 야마구치 사마노스케와 같이 음모를 꾸미고 있다는 얘기다. 사실 노부나가는 그동안에도 두더지 선생의 위필로 야마구치 사마노스케의 가짜 편지를 유통시켜 이마가와 요시모토를 속이고 있었다. 요시모토는 문필가에게 감정도 시켜보았지만 의심할 여지없는 사마노스케의 친필이라는 결과가 나왔다. 하지만 당시 반란 때문에 공사다망해서 그쪽까지는 신경 쓸 여력이 없었다.

겨우겨우 반란을 진정시키나 했더니 이번에는 도베 신자에몬의 배신. 여기에 야마구치 사마노스케까지 합세했다.

도베 신자에몬은 편지를 좋아하는 자로 요시모토에게도 사흘이 멀다 하고 정보를 보내왔기 때문에 그의 편지라면 산더미만큼 갖고 있다. 그것과 필적을 대조해보니 의심할 여지없이 그의 글씨다.

요시모토는 불같이 화를 냈다.

"지금 당장 도베 신자에몬을 스루가로 불러 목을 쳐라."

요시모토는 가사데라에 사신을 보내 대면하고 싶으니 와달라고 전했다. 도베 신자에몬은 기뻐하며 출발했다. 그의 출발 소식을 들은 요시모토는 끓어오르는 분노를 참지 못하고 명했다.

"아니다, 스루가에 발도 들이지 못하게 하라. 도중에 목을 쳐서 갖고 오너라."

뒤이어 야마구치 사마노스케, 오카베 고로베는 무사들을 이끌고 공식적인 사신으로 야마구치 부자와 대면했다.

"이번에 가사데라의 도베 신자에몬이 노부나가와 통모해서 우리 주군을 속였기 때문에 처벌을 했다는 소식은 들으셨을 겁니다. 그에 비하면 귀공은 수년 동안 변함없이 충성을 다하며 오다의 공격을 잘 이겨냈을 뿐만 아니라, 오다카, 구쓰카케 등을 쳐부수는 등 아군에 쏟은 공을 주인어른께서 잘 알고 계시며 아주 기뻐하고 계십니다. 그래서 이번에 귀공 부자를 스루가에 초대해 수고를 치하하고 싶으시답니다. 성은 제가 지키고 있을 테니 성대한 행렬과 함께 스루가에 다녀오시기 바랍니다."

"이런 황송한 말씀을, 언제나 베풀어주시는 관용에 감사드릴 따름입니다."

야마구치 부자는 크게 기뻐하며 준비를 서둘렀다. 지금까지 받쳐온 수많은 충성의 행동들이 드디어 보답 받을 때가 왔다며 감동하고 있었다.

화려한 행렬을 보며 거리의 사람들도 저마다 한마디씩 했다.

"나루미의 야마구치가 오랜 동안 쌓은 공훈으로 스루가에 초대되어 감사를 받는다고 하네. 가사데라의 영지도 야마구치에게 줄 것 같다던데?"

야마구치 부자도 이 소리를 들었다. 그들은 하늘을 날 것 같은 기분이었다.

그러나 스루가에 도착해서 공손하게 인사를 하러 올라가니 그들의 예상과는 달리 병사들이 달려나와 그들을 포박했다. 그리고 요시모토의 얼굴은 구경도 못하고 그 자리에서 할복하게 되었다.

야마구치 부자가 오랜 주인을 등지고 수년 동안 이마가와를 위해 충성한 대가는 변명할 기회도 없이 이유를 알 수 없는 할복이었다. 노부나가의 계략은 무서울 정도로 들어맞았다.

노부나가가 이마가와에 대해 처음으로 다소의 공세에 나설 수 있던 것은 그때부터였다. 오와리 전 지역의 절반 정도가 노부나가 한 사람에 의해 통일될 기운이 싹트는 시점에 어느 정도 공세까지 할 수 있게 된 것이다.

공세라고는 해도 적진 깊이 공격해 들어가는 것은 도저히 불가능하다. 나루미나 가사데라도 찾아올 수 없다. 하지만 부근의 와시즈, 마루네의 2개의 요새는 찾아왔고 또한 나루미와 구쓰카케의 중간에 단게, 젠쇼지, 나카지마의 3개의 요새를 만들어 적이 오와리에 쳐들어와 둘로 갈라놓지 못하게 막아놓았다. 그리고 이들 요새에는 마루네는 사쿠마 다이가쿠, 와시즈는 오다 겐바 등 노련한 무사들을 보내 지키게 했다.

이마가와 요시모토는 초조하게 굴지 않았다. 천하의 쇼군 자리를 노리고 있는 요시모토에게 겨우 오와리의 절반을 통일한 노부나가 따위는 안중에도 없는 존재였다.

노부나가의 아버지 노부히데에게는 요시모토도 고전했지만, 당시 노부히데는 파죽지세였고, 요시모토는 나이도 어린데다 병력도 약했었다.

하지만 지금은 다르다. 이마가와 씨의 본관이라 할 수 있는 스루가 토우토우미 뿐만 아니라 미카와도 지금은 그의 것이다.

요시모토가 오와리를 향해 움직일 때는 전국을 지배하기 위해 교토로 움직일 때다. 그 만전의 준비를 위해 요시모토는 다급해 하지 않고 시기를 기다리며 계획을 짰다. 준비만 되면 노부나가 따위 한 주먹거리도 되지 않는다고 자신했다.

요시모토는 자신이 귀족 출신이란 것을 자랑스럽게 생각했기 때문에 스스로 손을 더럽히며 창검술이나 승마 기술을 배우려 하지 않았다. 날 때부터 귀족인 자들에게는 그에

상응하는 취미가 있는 법. 창검술을 배워야 될 자들 역시 날 때부터 그리 태어난다고 믿었다. 그리고 자신은 그런 자들에게 보살핌을 받아 마땅한 귀인인 것이다.

그는 몸통이 이상할 정도로 길고 그에 비해 다리가 매우 짧았다. 그 조화가 어찌나 이상한지 정상인이라 말하기 힘들 정도였다. 그러나 요시모토는 그것조차 하늘이 택한 귀인에게 주어진 특별한 은사라고 생각할 정도로 자만심이 가득했다.

그는 자신이 머지않아 수도로 올라가 천하의 쇼군이 될 거라 믿고 있었다. 따라서 자신에게 필요한 것은 귀인에게 어울리는 군대로, 그것은 군율이 바른 충성스러운 자들이라고 자기 편한 대로 생각하고 있었다. 그는 부하들에게 충성을 강요했고 또한 엄격한 군율을 정해두고 그것을 즐기고 있었다.

그는 노부나가의 모략으로 충성스러운 야마구치 부자와 도베 신자에몬을 죽이고 나루미 일대까지 잃었지만 별로 개의치 않았다.

"그것이 사실이라고 한들 적의로부터 모략의 대상이 될 만한 자는 오히려 없는 편이 낫다. 그러니 다소의 손해를 보았으나, 단번에 갚아 줄 힘이 있으니 뭐가 걱정이겠느냐."

그는 태연자약했다.

이윽고 준비가 다 끝났다. 1560년 5월 1일, 스루가, 토오토우미, 미카와 세 지역의 장군에게 출진의 명령을 내렸다. 본진은 12일에 출발했는데, 그 수가 4만 5천여 명이었다. 17일에는 선봉대가 이미 오와리에서 약탈을 시작했다.

제15장

오케하자마 전투

이마가와 요시모토의 본진은 16일 오카자키, 17일 치류를 지나 18일 오와리에 들어왔다. 그리고는 구쓰카케에 총지휘관이 있는 진영을 설치했다. 드디어 내일부터는 적지를 통과하게 되는데 적이 어디서 출현할지는 아직도 알 수 없다.

선발대 5천 명은 적의 요새 주위를 불태우면서 나루미를 지나 이미 가사데라까지 가고 있었고, 요시모토의 본진도 곧 뒤따라 구쓰카케를 출발했다. 구쓰카케에서 가사데라로 가는 길은 3가지가 있다. 가장 빠른 길과 두 번째로 빠른 길은 둘 다 나카지마, 젠쇼지, 단게의 3개의 적의 요새를 통해야만 한다. 또한 산속의 좁은 길이기 때문에 군대의 행렬이 좁고 길게 가야 돼서 위풍당당하게 통과하기에 적당치 않다.

이 3개의 요새는 이마가와가 이곳을 통과하리라 예상해서 최근에 만든 요새들이었다. 나카지마는 가지카와 가즈히데 등이, 젠쇼지는 사쿠마 지에몬 등이 단계의 요새는 미즈코 다테와키, 쓰게 겐바, 야마구치 에비노조 등이 지키고 있다.

단위 규모 자체가 다른 이마가와의 대군이 보기에는 이런 요새쯤 쉽게 밟아버릴 수도 있었지만, 요시모토는 가장 멀리 우회하는 3번째 길을 골랐다. 이곳은 오케하자마에서 오다카를 돌아 반원을 그리며 나루미에 이르는 길로, 산지가 적어서 대군이 진행하기에 적당하다. 요시모토는 전쟁이란 선봉으로 차출된 군대가 하는 것으로 자신의 본진은 그냥 무난한 길을 천천히 가면 된다고 생각하고 있었다.

오케하자마에서 오다카에 이르는 길 중간에는 와시즈와 마루네에 적의 요새가 있었다. 이 두 곳에는 오다 겐바, 사쿠마 다이가쿠 등이 지키고 있어서 상당한 저항이 예상됐지만, 그래도 본진이 아닌 만큼 큰 적은 아니다.

그런데 오다카의 수장 우도노 초스케에게서 보고가 왔다. 오다카 성에는 아군의 군대를 맞이할 정도의 식량이 없기 때문에 입성할 것이라면 군량미를 보내달라는 것이었다. 그래서 입성 전날 군량미를 보내게 되고 이 역할이 도쿠가와 이에야스(당시는 마쓰다이라 이에야스)에게 주어졌다.

이에야스는 당시 열아홉 살로 2천5백 명의 미카와 무사를 이끈 출진이었다. 오다카 성에 군량미를 보내기 위해서는 바로 근처의 와시즈와 마루네 성 앞을 지나 적의 코앞에서 군량미를 운반해야 한다는 부담이 있었다.

그러나 스기우라 가쓰요시가 정찰해본 결과 적에게 출격 의사가 없다 판단되어 과감하게 말에 짐을 싣고 성 앞을 지 났더니, 예상대로 적의 출격 없이 쉽게 군량미를 투입할 수 있었다.

사실 와시즈와 마루네의 성은 출격을 할 만한 상황이 아니었다. 2천 5백 명의 미카와 무사가 과대평가할 만한 세력은 그 성 안에 없었다. 계속된 내란으로 오와리의 병력은 쇠퇴해 있었고, 이마가와가 점점 세력을 넓히면서 오와리의 논밭 절반을 가져가다 보니 군사들을 실컷 먹일 군량미도 부족할 지경이었다. 그래서 노부나가도 이마가와 세력을 추출하지 않으면 더 이상 버틸 수 없는 지경까지 온 것이다.

오다카의 군량미 문제가 잘 해결되자 이에 흡족한 요시모토는 이에야스의 공적을 포상했다. 본진은 이제 오다카를 돌아 나루미 입성을 앞두고 있다. 그리고 이것을 위해서는 길을 막고 와시즈와 마루네를 함락시켜야 한다.

요시모토는 마루네 공격을 이에야스에게 명했다. 와시즈 쪽은 아사히나 아쓰요시와 미우라 빈고노카미의 5천여 명의 병력이 할당되었다. 그들은 이른 새벽부터 공격을 시작해 요시모토의 본진이 도착하기 전까지 함락시켜야만 했다.

19일 새벽, 마루네와 와시즈에서는 아침 해가 뜨기도 전부터 전투가 시작되었다,

18일 저녁, 와시즈와 마루네에서 급보가 날아왔다.

"적이 오다카 성에 병력을 투입하고 있다. 요시모토 본진의 진로가 이쪽으로 정해졌다. 와시즈와 마루네의 병력만으로는 이런 대군을 막기 어렵기 때문에, 내일 아침 해가 뜨기 전에 성에서 철수하고 기요스의 농성군에 참가하고자 하니……."

기요스의 농성은 아직 군사회의에서 결정된 사항은 아니었다. 하지만 대다수의 중신들이 상식적으로 당연히 그러하리라 생각하고 있었다.

적은 4만5천, 아군은 여러 곳의 성을 지키기 위해 파견된 군대까지 모두 다 합쳐도 5천여 명 정도 밖에 되지 않는다. 게다가 농성 대신 야전을 택하면 여러 곳의 성을 지키는 병력은 동원할 수 없기 때문에 최대 병력은 3천 정도다. 고작 그 정도의 군대로 적에게 돌진해봤자 가볍게 전멸할 뿐이다.

모든 장군들은 상황이 이러하니 군사회의를 하지 않아도

당연히 노부나가가 농성 안을 택할 거라 생각하고 있었다. 5월 1일 이마가와 요시모토가 출진 명령을 내리고 동원령을 내린 이래 벌써 18일, 오와리의 장수들은 계속해서 왕래를 하며 전쟁 준비를 하는 한편 사설 군사회의를 열었고 자연히 그것이 오와리 전군의 의견처럼 공공연한 형태를 갖추게 되었다.

이에 사쿠마 다이가쿠와 오다 겐바는 이마가와의 진로가 이쪽으로 정해진 이상 한 곳에 오래 머무는 것은 쓸데없는 낭비로 성을 퇴거하고 기요스 농성군에 합류하고 싶다는 급보를 보내온 것이다. 그들은 며칠 전부터 적 선봉대의 공격에 정신이 없어 군사회의에 참석하지 못했기 때문에, 당연히 그동안 기요스 농성으로 의견이 모아져 있을 거라 단정 짓고 있었다.

하지만 그들의 기대는 무참히 깨져버렸다. 기요스의 총대장인 노부나가는 전혀 그럴 생각도 없었고, 답신조차 하지 않은 것이다.

18일에는 전선의 수장들을 제외한 장군들이 기요스 성으로 와서 군사회의의 최종 결정을 기다리고 있었다.

"적의 진로를 아직 알 수 없으니 최후의 군사회의를 미루고 계신 건가?"

"이 얼마나 답답한 노릇이란 말이오. 적이 어느 길을 선택하든 그게 기요스 성의 농성과 무슨 상관이 있다고. 적이 코앞까지 온 후에 농성을 시작해서는 절대 대병력을 끌고 온 적을 막아낼 수 없소."

많은 장군들이 불만을 품은 채 계속해서 들어오는 소식에 귀를 기울이고 있었다.

그러는 와중에 오다카에 군량미가 투입됐다는 급보가 왔다.

"사쿠마 다이가쿠와 오다 겐바는 내일 아침 만조 전에 성을 퇴거한다고 합니다."

"그게 당연하지요. 이럴 땐 농성으로 적을 맞이하는 것 외에 대책이 있을 수 없습니다."

"하지만 적이 오다카에 군량미를 투입한 뒤에 이쪽에서 농성에 들어간다니 이건 채비가 거꾸로 된 것 아닙니까?"

"내일 하루 동안 농성 준비를 한다면 눈코 뜰 새 없이 바쁠 겁니다. 이건 적이 올 때까지 18일 동안 쓸데없이 지낸 것과 똑같은 것입니다."

그럼에도 설마 노부나가가 야전을 택할까? 장군들은 내일 아침 성을 퇴거하겠다는 급보가 좋은 계기라 생각했다. 이에 대해 노부나가가 대답을 하면 자연히 군사회의도 결정될 것이라 생각한 것이다.

그러나 노부나가는 그대로 성을 지키라고도, 그렇다고 버리라는 답도 하지 않았다. 그러기는커녕 적이 코앞에서 공격해 온다는 데도 무슨 일이 있냐는 듯 아무렇지 않게 저녁 식사를 마치고 잡담을 하고 있었다.

한창 잡담을 즐기는 중에도 끊임없이 급보가 날아 들어왔다.

오다카 성의 군량미 투입 완료. 내일 아침 적의 공격 불가피. 마루네의 공격군은 도쿠가와 이에야스가 이끄는 군사 2천5백 명. 와시즈의 공격군은 아사히나 아쓰요시가 이끄는 2천 명과 미우라 빈고노카미의 3천 명 등등.

게다가 선봉대 5천 명은 이미 가사데라에 입성하고 있었다. 이 선봉대가 어둠을 틈타 움직이기 시작, 곳곳에 불을 지르고 돌아다니는 것만으로도 장군이 자리를 비운 성은 아수라장이 되어 버렸다.

그러나 노부나가는 어느 집 개가 짖느냐며 무관심 그 자체. 결국 한밤중까지 바보 같은 이야기에 흥분하며 군사회의에 대해서는 단 한 마디도 언급하지 않았다. 그러다가는 문득 정신이 들은 것처럼 주위를 둘러보며 말했다.

"이런 벌써 시간이 이리 됐나? 밤이 늦었으니 모두 집으로 돌아가라."

권위 있는 한 마디. 이빨이 다 빠진 호랑이도 그 기백만큼은 여전했다. 호랑이가 한 마디 남기고 안으로 휙 들어가 버리자 남은 장군들도 돌아갈 채비를 했다.

"운이 끝날 때가 되면 지혜의 거울도 혼탁해진다더니, 결국 기요스 낙성, 오다 멸망인가."

"그게 어디 이제 와서 흐려질 지혜의 거울이던가? 원래부터 여기 저기 먼지투성이의 울퉁불퉁한 거울이었지."

"내일이면 코앞까지 들이닥칠 텐데 어찌해야 좋단 말인가."

"울퉁불퉁 거울에 맡겨 두자고. 그 거울에 뭐가 비치든 생각이 떠오르겠지."

중신들은 자기들끼리 노부나가를 조롱하며 물러갔다.

다음 날인 19일 새벽녘, 마루네와 와시즈에서는 이미 총공격이 시작되었다.

그쯤 구쓰카케 성의 이마가와 요시모토도 일어나 기분 좋게 아침 단장을 하고 있었다. 당시의 무사는 머리에 마게라는 것을 해야 하기 때문에 몸단장을 할 시간이 필요했다. 무사도 그러하니 날 때부터 귀족인 요시모토는 그보다 더 많은 시간이 걸렸다.

그는 특히 다른 무사들처럼 이마에서 머리 중앙까지 밀지 않고, 전체를 뒤로 빗어 넘겨 묶은 머리에 이를 까맣게 물들였다. 이것은 당시 상류층 남자들 사이에서 유행한 것으로 도시의 지체 높으신 고귀한 태생, 높으신 집안 사람들의 풍속이었다. 요시모토의 견해에 의하면 무사라는 신분으로 귀족의 풍속까지 잘 배운 특수 계급의 인간은 오직 자신뿐이었다.

몸단장을 마친 요시모토는 아침식사를 하기 위해 잠시 휴식을 취했다. 아침의 상쾌한 포만감. 말의 울음소리가 들리고 있다. 시 한 수를 읊고 싶은 경쾌한 아침이다.

"이제 출발하실 시간입니다."

"갑옷과 투구에 향을 잘 베이게 해 두었느냐?"

"걱정 마십시오. 잘 두었습니다."

"갑옷과 투구는 너무 무겁단 말이지. 귀족이 쓸 만한 물건이 아니야. 밑에서는 말이 움직이고 위에서는 갑옷이 눌러대고. 중간에 낀 이 몸은 답답하기 그지없단 말이다. 이런 천하의 몹쓸 것. 하지만 이 몸이 그 갑갑함을 견디고 천하의 온갖 잡귀들을 모두 짓밟아 줄 것이다."

태평한 소리다. 요시모토는 몸통이 길고 다리가 짧다보니, 거기에 맞춘 갑옷은 길고 무거웠다.

"으윽!"

가신이 엉덩이를 받쳐주며 말을 타려고 하는데, 짧은 다리 때문에 생각처럼 쉽지 않다. 이제 됐다고 생각해 가신이 손을 떼자, 잡고 있던 줄이 풀리면서 쿵하고 굴러 떨어졌다. 요시모토는 화도 내지 않고 다시 한 번 엉덩이를 받치게 했다.

"원래 귀족은 무사들처럼 능숙하게는 될 수 없는 법. 이것도 다 온갖 잡귀를 짓밟기 위해서지. 약간 아프지만 귀족은 그런 것에 개의치 않는다."

요시모토는 긴 몸통을 흔들면서 여유롭게 출발했다.

19일 새벽, 이에야스는 이시카와 휴가노카미, 사카이 사에몬 등을 선봉으로 마루네 성을 공격하기 시작했다.

마루네 성은 해자를 둘러쳐놓긴 했지만 아주 작은 성으로 수비병도 보기와는 달리 매우 적었다. 수장인 사쿠마 다이가쿠는 성을 버리고 기요스의 농성에 참가하고 싶었다. 당연히 노부나가로부터 허락의 답변이 올 것이라고 생각했는데 답변이 없다. 답변이 없다는 것은 그곳에서 그냥 죽으라는 소리다.

2천5백 명의 적을 상대로 그냥 지켜본다 한들 어쩔 수가 없다. 어차피 죽을 거라면 과감하게 돌격해서 죽으리라는 생각으로 성문을 열고 갑자기 뛰어나갔다.

성이란 아무리 작아도 지키고 싸우기 위한 것이다. 그런데도 크게 한판 싸워보지도 않고 기다렸다는 듯이 성문을 열고나선 사쿠마 다이가쿠의 모습에 놀란 것은 오히려 미카와의 무사들이었다. 이에야스는 이 모습을 보고 말했다.

"적은 이미 죽을 각오를 마친 상태다. 제대로 상대하지 마라. 선발대가 포위해서 전멸시켜라."

그러나 그들이 얌전히 앉아 포위되기만을 기다릴 리 없다. 다이가쿠를 비롯한 모든 군사들이 미친듯이 날뛰었고, 다이가쿠는 결국 화살을 맞고 숨졌다. 마루네의 성은 완전히 함락되었다.

마루네에 비하면 와시즈 쪽은 약간 더 크다. 역시 작은 해자가 있고 수비병은 마루네보다 약간 더 많다. 아사히나 아쓰요시는 바람이 불어오는 쪽에서 불을 피워 연기 공격으로 급습했다. 결국 이노오 오우미를 비롯한 대부분의 무사들이 사망했고, 오다 겐바와 살아남은 자들은 강을 건너 도망쳤다.

이 성이 함락된 것은 오전 10시경이었다.

기요스 성에서는 밤새도록 쓸데없는 잡담을 하다 장수들을 돌려보낸 뒤에도 노부나가는 여전히 일어나 있었다. 곧 적의 공격이 시작될 것이다. 적은 천하의 이마가와이고, 자신은 그냥 노부나가다. 지금 그에게 있어 이보다 더 큰 적은 천하에 없다. 그만큼 그는 지금까지 치른 그 어떤 전투보다 긴장됨을 숨길 수 없었다.

아무리 군사회의를 하고, 작전을 짜고 또 짜도 적은 4만5천 명. 논리적으로 생각해도 이길만한 작전이 없다. 기요스성에서 농성하는 것은 만의 하나 지지 않을 수 있는 작전일지도 모르지만, 이길 방법도 없는 작전이기에 그는 조금도 고려하지 않았다. 다른 곳에서 지원군이 오는 것도 아닌데 농성해서 성을 지킨다 한들 아무 것도 되지 않는다.

이마가와라는 대군을 맞아 어떻게 싸워야 하는가에 대해서 사실 노부나가는 10년 전부터 생각해왔다. 노부나가가 아버지의 뒤를 이은 후부터 이마가와의 침략에 대해 계속 고민했고, 그때부터 이미 이마가와와 자신의 존망을 건 결전은 예견된 것이나 다름없었다. 이마가와와의 결전에 대해서는 생각할 만큼 생각해왔다. 이제 와서 군사회의를 열 필요도 없다. 각오했던 날이 조금 일찍 왔을 뿐이다.

노부나가는 성 안의 여인들을 불러 아직도 잡담을 즐기고 있다. 다만 병색이 완연해 죽을 날만 기다리고 있는 노히메는 그 자리에 참석할 수 없어 옅은 화장을 하고 침상에 누워 있었다. 노부나가가 출진하는 모습을 지켜보기 위해서다.

노부나가에게 후회는 없었다. 여기까지 온 이상 불안할 것도 없다. 유쾌할 정도로 흡족해 하고 있다.

새벽이 열리기 시작했다. 잠시 후 첫 번째 보고가 들어왔다.

"적군, 마루네와 와시즈 공격 개시."

노부나가는 그저 고개를 끄덕였다. 그리고는 다시 여인들을 상대로 잡담을 시작했다.

노부나가가 기다리고 있는 것은 마루네와 와시즈의 전황이 아니었다.

적의 선봉은 마루네와 와시즈를 지나 이미 전날부터 가사데라에 도착해 있다. 그 병력만 5천. 그것은 오다 전군의 총 병력과 같은 규모였다.

그곳에서 반나절 정도 거리인 구쓰카케에는 이마가와의 본진이 있다. 가사데라의 선봉 5천 명과 뒤를 따르는 본진이 어떤 움직임을 취할 것인가. 노부나가가 기다리고 있는 것은 그것이다.

마루네의 사쿠마 다이가쿠와 와시즈의 오다 겐바가 성에서 철수해 농성에 참가하고 싶다는 서신을 어젯밤에 보내왔다. 노부나가는 그저 아무 것도 못 들은 척하며 대답을 하지 않았지만, 그것은 그가 농성을 생각하지 않았기 때문만은 아니다. 두 개의 성을 그냥 죽게 버려두겠다고 마음을 정했기 때문이었다.

이 두 성뿐만이 아니라 단게, 젠쇼지, 나카지마의 성도 적이 만약 그곳을 공격한다면 그냥 둘 생각이었다. 이번 결전에서는 부하를 도울 방법을 생각하고 있을 여유가 없다.

운이 나쁜 자는 죽을 수밖에 없다. 병력이 매우 적기 때문에, 그저 적의 공격을 받은 성이 운이 나쁜 것이다.

자신의 역할을 다하고 죽는 것 이외에 어쩔 수 없다. 성의 역할은 성에 맡겨 두고 노부나가는 그저 적의 본진에 돌입해 이 자리에서 죽느냐 아님 이기느냐의 싸움에 모든 것을 걸어야 한다.

그리고 그 최적의 때와 장소를 찾기 위해 적의 움직임을 자세히 관찰하고 있다. 모든 것이 거기에 달렸다. 자신의 영지 안 덤불 속 나무뿌리 하나까지도 파악하고 있는 노부나가에게 군사회의 따위는 아무런 의미가 없었다.

이 날만을 위해 준비한 조직적인 첩보원들의 소식이 꼬리에 꼬리를 물고 도착하기 시작했다.

가사데라의 선봉은 움직이지 않는다.

나루미 성에도 특별한 움직임은 없다.

마루네와 와시즈의 성을 향한 적의 병력은 전력을 다해 공격을 계속하고 있다.

단게, 젠쇼지, 나카지마의 성을 향한 공격도 없다.

아침이 밝았다.

노부나가는 조용히 가신을 불러 말했다.

"출진 준비를 하거라."

그리고는 같이 있던 여인들을 향해 돌아섰다.

"내가 새벽의 춤을 보여주지."

스무 살이 넘을 때까지 꽁지머리를 휘날리며 자란 개구쟁이가 어른의 흉내를 내기 시작하고부터는 무서울 정도로 멋있어졌다. 평상시에도 항상 예의를 지켰으며 복장 또한 착실한 것은 말할 것도 없다.

긴 소매의 어깨 옷을 걸친 야윈 몸의 노부나가가 우뚝 섰다. 누가 봐도 반할만한 사내대장부다운 모습이다. 그는 허공을 노려보며 조용히 준비를 하더니 낭랑한 목소리로 노래를 부르며 춤을 추기 시작했다.

— 인간사 오십년, 돌고 도는 세월 덧없는 꿈같구나. 한번 태어나 죽지 않는 자 누구인가.—

노부나가가 가장 좋아하는 노래. 오랜 연습을 거친 그의 춤과 노래는 야윈 몸에도 불구하고 쩌렁쩌렁하게 울려 퍼지는 목소리와 함께 모두를 매료시켰다.

노부나가는 춤을 추면서 어깨 옷을 벗기 시작했다.

"갑옷을 가져와라."

갑옷을 받아 들고는 또 한 번 춤을 춘다. 춤을 추면서 평상복을 벗고 갑옷을 입었다.

남자가 옷을 벗는 행동은 대개 운치 없고 조잡해 보이기 쉽지만 노부나가의 몸놀림은 달랐다. 노래를 부르고 춤을 추면서 옷을 벗는 노부나가의 손짓 발짓, 옷을 벗고 갑옷을 입는 그의 행동 하나하나에 거친 면이라고는 전혀 찾아볼 수 없다. 아름답고 우아한 것이 다소 요염하게 느껴질 정도다.

"음식을 가져와라."

밥상을 가져오자 갑옷을 다 갖춰 입은 노부나가는 그 자리에서 선 채로 식사를 마쳤다.

"이제 배도 채웠군."

노부나가는 웃음을 띠었다.

"투구는?"

"여기 있습니다."

가신이 갖다 준 투구를 받아서 쓰고는 스스로 줄을 꽉 묶었다.

"그럼 가보자."

가신을 재촉하며 터벅터벅 방을 나섰다.

노히메나 다른 여인들 역시 목숨을 바칠 각오로 나선 그를 제대로 배웅할 여유가 없었다. 끊임없이 움직이다가 갑자기 터벅터벅 나가버린 것이다.

그를 따르는 자는 다섯 명. 이와무로 나가토노카미, 하세가와 교스케, 사토우 도하치, 야마구치 히다노카미, 가토 야사부로가 다였다.

갑작스러운 출진 소식에 놀란 병사들이 바쁘게 준비하느라 우왕좌왕하고 있다. 노부나가는 그 모습을 가볍게 흘낏둘러보았다.

"말을 끌고 와라."

노부나가는 말에 올랐다.

"가자."

시동에게 말하고는 휙 하고 달려갔다. 그를 따르던 자들도 당황해서 출발했다. 주종 합쳐 모두 여섯 명의 기수다.

아쓰타까지 1킬로미터의 길을 쉬지 않고 달렸다. 노부나가는 신사 앞에 말을 묶고 승리를 기원했다. 그때 시각이 오전 8시였다.

뒤늦게 그를 쫓아온 자들이 모이면서 말을 탄 장수가 여섯, 졸병 2백여 명이 되었다. 겐다유의 신사 앞에서 동쪽을 바라보니 마루네와 와시즈는 이미 함락된 듯 검은 연기가오르고 있었다.

마침 만조의 시각이었다. 마루네와 와시즈는 이곳에서 가장 가깝지만 강의 수위가 오르면 건널 수 없다.

"만조의 시각은?"

"바로 지금이 만조입니다."

"그럼 돌아가야겠군."

노부나가는 일부러 만조 때를 보고 나온 것이다. 마루네와 와시즈를 도울 생각은 처음부터 없었다. 마루네와 와시즈를 공격하고 있는 적과 싸우는 것은 무의미이다.

그러나 적을 쫓을 수 있는 최단거리의 길을 버리고 마루네와 와시즈도 돕지 않고 다른 방향으로 간다면 아군 병사들에게 의심이 생겨 사기가 저하될 수 있다.

"위쪽 길로 돌아간다. 서둘러라."

이토다를 지나 야마자키에 들어섰을 때였다.

"사쿠마 다이가쿠, 이노오 오우미, 지금 막 전사했답니다."

노부나가는 피를 토하며 한 마디 했다.

"나보다 먼저 갔구나."

노부나가는 시동이 들고 있던 은으로 만든 큰 염주를 받아 어깨에 걸치고는 군대를 둘러보며 소리쳤다.

"오늘이야말로 너희의 목숨을 내게 주어라!"

그는 말고삐를 당겨 달려나갔다.

노부나가는 고부로 나왔다. 그리고 사쿠라무라로 나가 고나루미로 우회했다. 계획적인 경로였다.

고부에서 사쿠라무라에 이르는 길은 가사데라 성에 들어가 있는 적의 세력 범위 안이다. 노부나가는 말을 탄 무사 6명에, 2백여 명의 병사를 이끌고 그곳을 빠르게 지나쳤다.

적의 첩자가 이 모습을 지켜보고 있었다.

"노부나가와 그의 졸개들 약 3백여 명이 사쿠라무라를 거쳐 고나루미 쪽으로 우회했습니다."

첩자는 가사데라에 보고했고, 가사데라에서는 나루미 성에 직접 보고했다.

고나루미와 나루미는 꽤 떨어져 있다. 고나루미는 노부나가의 세력 범위 안이다. 노부나가는 일단 적에게 모습을 보여 주고는 자신의 영역 산속으로 사라져 버렸다.

노부나가보다 훨씬 늦게 출진준비를 마친 장수들이 노부나가의 뒤를 쫓아 서둘러 아쓰타 쪽으로 왔다. 그곳에는 센쿠로가 기다리고 서 있었다.

"하하하. 잠깐, 잠깐. 너희는 아쓰타 쪽으로 갈 수 없다. 야마테를 우회해서 젠쇼지의 동쪽, 아사히야마의 산기슭으로 가거라. 적에게 알려지지 않도록 주의해야 할 것이다."

이 길목에는 일찍이 노부나가가 준비한 첩자들이 잠복한 채 적의 정보망을 차단하고 있었다.

"서둘러라. 10시 전에 아사히야마에 집합하지 않으면 오늘의 결전에 늦어버린다."

센쿠로는 지나가는 장수마다 일일이 지도했다.

노부나가는 고나루미에서 단계의 성과 젠쇼지의 성보다 더 바깥쪽으로 우회했다. 아군의 성을 멀리 돌아갈 정도로 조심스러운 움직임이었다.

노부나가는 아쓰타 신궁에 참배하고 소원을 비는 등 적의 세력 범위를 가로질러다녔다. 또 가는 도중에도 다른 일을 하며 일부러 시간을 벌었다. 그가 아사히야마 산기슭의 집합 지점에 도착했을 때에는 이미 먼저 도착해서 기다리는 장수들도 적지 않았다. 늦게 출발한 이들까지 모두 모이면서 그 수는 3천여 명이 되었다.

노부나가는 야나다 데와를 불렀다.

"요시모토는 어찌하고 있나?"

"구쓰카케를 출발해서 오케하자마를 지나고 있습니다. 차츰 정보가 들어올 것 같습니다."

"이 근방에 적의 첩자는 없겠지?"

"괜찮습니다. 이 근방은 아군의 첩자들이 완전히 경계망을 치고 있기 때문에 적의 첩자는 침입할 수 없습니다."

야나다 데와노카미, 원래 이름은 야나다 야지에몬으로 기요스 무리다. 기억하고 있는 독자도 있을 것이다. 노부나가가 소년 시절 야나다와 나고야 야고로의 인도로 기요스 성을 차지하려다 실패한 적이 있었다. 그 때의 야지에몬이 지금은 데와노카미다.

　야나다는 오늘 결전의 가장 중요한 일을 맡고 있다. 구쓰카케에서 이곳까지 이르는 길에 아군의 정보망을 쫙 둘러놓고 모든 적의 첩자를 차단하는 중대한 임무였다.

　단위 자체가 전혀 다른 소수 인원으로 적을 이기기 위해서는 성공적인 정보망 구축이 중요한 열쇠역할을 한다.

　"구쓰카케, 오케하자 방면의 산길에 적의 첩자는 없다고 믿어도 되겠지?"

　"이 야나다 데와, 절대 군주님을 실망시켜드릴 만한 일은 하지 않습니다."

　"좋아. 너의 말을 믿겠다."

　"오히려 기요스에서 여기까지 오는 길에 적의 첩자가 섞여 들어 왔을지 모르니, 그 쪽을 조심해야 할 것 같습니다."

　"그럴 수도 있겠구나."

　노부나가는 끄덕였다. 그도 역시 그렇게 생각하고 있었다. 적의 첩자는 오히려 기요스 근처에 쓸데없이 잠복하고 있을 것이다.

　노부나가는 우선 3백 명의 군사를 분리했다. 대장은 삿사 나리마사의 형인 삿사 하야토노쇼, 치아키 시로 등이었다. 그리고 마에다 토시이에도 합세했다.

　"너희들은 나루미 성을 공격하라. 그동안에 아군의 본진이 젠쇼지의 성으로 들어갈 테니 본진이 입성할 때까지 절대 쉬지 말고 공격해서 적의 숨통을 조여야 한다."

이에 3백 명은 나루미 성을 목표로 출발했다. 하지만 이곳 역시 적의 선봉대가 숨어 있기 때문에 소수로 성을 공격해봤자 누가 봐도 말도 안 되는 싸움이다. 대장인 삿사 하야토노쇼와 치아키 시로, 이와무로 나가토노카미 모두 전사했다. 총 전사자 50여 명.

그동안에 노부나가는 남은 3천 명 중에서 1천 명을 뺐다. 그리고 이 1천 명에게는 대장의 깃발을 비롯해 모든 깃발을 주었다.

"너희는 젠쇼지 성에 입성해 기세를 올려라. 너희들 안에는 대장 노부나가와 그 외 다른 대장 무사들 전원이 섞여 있는 것이다. 노부나가가 다른 곳에 있다고 생각해서는 안 된다. 오와리의 전군이 집합해서 의기투합하고 있는 척하는 것을 잊지 말아라."

이에 1천 명은 깃발을 높이 들고 젠쇼지의 성으로 들어갔다. 그리고 왁자지껄하게 돌아다니며 기세를 올렸다.

남은 노부나가의 본진은 이제 2천여 명 남짓. 그들은 산속에 숨어 첩보원이 가져올 정보를 기다렸다.

"센닌즈카, 통과."

"오치아이무라에 들어섰다."

"오케하자마로 향했다."

이제 이마가와 요시모토의 목적지는 확실해졌다. 역시 직접 나루미로 가는 것이 아니라 오다카로 향하는 것이다.

어느덧 시간은 정오에 가까워졌다.

"적의 본진, 덴가쿠 하자마에서 휴식 중. 점심식사를 하는 것 같음."

역시 귀족의 군대는 전쟁 중에도 다른 이들은 상상조차할 수 없을 정도로 느긋하다. 산으로 둘러싸인 작은 평지에 전군이 모여앉아 여유롭게 점심식사를 하고 있다는 것이다.

출진 전 아침식사를 선 채로 마치고 온 노부나가에 비하면 정말 대단한 차이다. 마치 유유자적하게 소풍이라도 나온 것 같다.

"태평한 녀석들입니다."

야나다 데와가 웃으며 중얼거렸다.

"녀석들이 내 생각대로 이동하고 있구나. 그럼 요시모토의 점심이 끝나기 전에 서둘러 볼까?"

"미안하지만 적의 식사는 여기서 그만해야겠군요."

노부나가는 장병들을 향해 전진 명령을 내렸다.

"가는 길에는 절대 아무도 소리를 내서는 안 된다. 항상 나무 그늘, 풀숲에 몸을 숨기면서 소리를 죽이고 전진하라."

노부나가는 길을 서둘렀다. 산을 넘고 또 넘었다. 이제 곧 덴가쿠 하자마다. 잠시 행진을 멈추고 기세를 다듬었다. 척후병을 보냈다. 적은 아직 덴가쿠 하자마에 있다. 일어설 기세는 보이지 않는다.

그때 먹구름이 하늘을 뒤덮기 시작했다. 번개가 번쩍번쩍하더니 우르르 쾅쾅 천둥까지 친다. 그리고는 장대비가 쏟아지기 시작했다.

"하하하하. 하늘이 우리를 돕는구나."

노부나가가 크게 웃으며 여유를 찾았다. 이 비로 적은 지금 대소동이 일어났을 것이다. 비가 그치고 비 맞은 생쥐 꼴의 적이 다시 기세를 다듬는 순간이야말로 찬스다.

이마가와 요시모토의 본진이 오케하자마의 산그늘 길을 지나고 있을 때, 이에야스의 심부름꾼 마쓰다이라 고즈케노스케가 달려왔다.

"지금 막 마루네 성에 입성. 적장 사쿠마 다이가쿠를 죽였습니다."

그리고 한 걸음 차이로 아사히나 아쓰요시의 사신도 왔다.

"와시즈 성 함락. 적장 이노오 오우미가 전사했습니다."

말 위의 이마가와 요시모토는 눈을 가늘게 뜨고는 고개를 끄덕였다.

"음, 음."

그러다 갑자기 이상한 소리를 질러댔다. 사신들은 성을 함락시키는데 너무 많은 시간이 걸려 화가 났다고 생각했다. 그러나 잘 들어보니 그것은 노래였다. 요시모토는 다른 곳은 쳐다보지도 않고 노래를 불렀다. 그는 그 이상한 노래를 세 번이나 부르고서야 멈췄다.

길이 열리면서 산골짜기의 넓은 공터가 나왔다. 요시모토는 발길을 멈추고 가신들을 돌아보았다.

"여기는 어디인가?"

"덴가쿠 하자마라는 곳입니다."

"여기에 말을 세우고 전원 휴식한다. 마루네와 와시즈는 함락시켰다. 적의 대장 사쿠마 다이가쿠, 이노오 오우미가 전사했다고 전원에게 알리고 점심을 제공하라."

덴가쿠 하자마는 굉장히 넓었고 사방이 산으로 둘러싸여 있었다.

그들의 적이 강하다면 주의가 필요하겠지만, 오다 노부나가 정도의 애송이를 상대로 벌벌 떨면서 도시락을 먹을 필요는 없다.

나루미 성에서 보고가 들어왔다.

"노부나가의 선진, 나루미 공격. 노부나가의 본진 젠쇼지에 입성. 사람과 말에 깃발까지 성 안이 극심한 혼잡을 이루고 있습니다."

"나루미의 적은?"

"바로 격퇴. 대장의 목은 저기에 가져왔습니다. 식사 후에⋯⋯."

"아니, 괜찮다."

요시모토는 가볍게 가신을 제지했다. 그리고는 젓가락을 놓고 일어섰다.

"귀족은 스스로 검은 잡지 않지만 적의 머리, 적의 피는 음미하면서 먹지. 이리 가져 오거라."

"네. 적의 대장인 삿사 하야토노쇼입니다."

"음. 그럴 듯한 얼굴이군."

"이 자는 치아키 시로입니다."

"다음은?"

"이와무로 시게야스, 이상입니다. 그 외의 적의 전사 50여 명입니다."

"좋아, 좋아. 잔을 이리로. 술을 갖고 와라."

잔에 술을 부어 하늘 높이 치켜들더니 꿀꺽꿀꺽 마셨다.

"우리 창끝에는 어떤 잡귀도 당할 수 없지. 하하하하. 이 것을 보아라. 재미있군. 기분 좋아. 하하하하."

그는 또 술을 따라 꿀꺽꿀꺽 마셨다.

"적의 본진은 젠쇼지의 성에 틀어박혀 있다고 했지?"

"그렇습니다."

"도면을 갖고 와라. 젠쇼지. 음, 여기다. 나루미의 동남쪽이군. 그럼 우린 오늘 드디어 오다카에 들어간다. 내일은 나루미로 가서 젠쇼지를 밟아주지."

"네."

"오다카의 우도노 초스케를 가사데라로 가라 하라. 그리고 오다카는 도쿠가와 이에야스에게 지키게 하라. 이에야스는 이곳으로 부를 필요 없다. 오다카로 바로 가서 적을 맞을 준비를 하라고 전하라."

요시모토는 모든 전투에서 이에야스를 선봉에 세워 미카와의 무사들이 줄기를 원하고 있었다. 그래서 마루네에 이어 어려운 오다카를 맡긴 것이다. 하지만 이 덕분에 이에야스는 목숨을 구할 수 있었다.

마루네와 와시즈 성이 함락당하고 나루미까지 당했다는 사실이 알려지면서 드디어 오다 가문이 멸망하고 이제 이마가와 요시모토 것이라는 소문이 퍼졌다. 이에 덴가쿠 하자마 근처의 신궁에서는 새로운 영주의 기분을 맞추기 위해 술, 생선, 식량 등 선물을 가져오며 너도나도 인사를 하러 왔다. 덕분에 덴가쿠 하자마는 어느새 연회장으로 변해버렸다.

요시모토는 기분이 더 좋아졌다.

"그 술은 이 지역 것이냐? 이쪽으로 가져와라. 음, 오와리의 술도 맛있구나."

그는 술을 쭉 들이키고는 노래를 불렀다.

정오가 지나고 갑자기 온 하늘이 어두컴컴해졌다. 눈부시게 빛나던 초여름의 태양이 어느새 숨어버리고 먹구름이 하늘을 뒤덮었다. 갑자기 해질 무렵처럼 주위가 어두워지고 스산한 바람이 불기 시작했다. 시각은 오후 1시쯤이었다.

그리고는 갑자기 주위의 산도 보이지 않을 정도로 거센 빗줄기의 비가 내렸다. 천둥 번개가 계속 우르릉 쾅쾅거린다.

"적들이 번개 소리에 놀라 흩어지고 있다고 한다. 도망가는 꼴이 아주 우습기 짝이 없겠구나. 이마가와 요시모토 님의 소매가 젖고 있으니 비를 피할 곳을 찾아라."

대장이 산기슭에 들어가서 비를 피하자 장병들도 각각 숲 속으로 들어갔다.

천둥번개가 잦아들고 비가 그쳤다.

연회 도중에 내린 장대비로 덴가쿠 하자마는 난장판이 되었다.

"출발 준비를 하라."

요시모토는 자신의 가마 옆으로 갔다. 말에 능숙하지 않은 요시모토는 가마를 타고 이동중이었다.

산속에서 비를 피하던 장병들이 속속들이 모습을 드러내 자리를 잡기 시작했다. 그런데 이들보다 약간 뒤쳐져서 산속에서 달려나오는 한 무리가 있었다. 그들은 꽤나 산속 깊이 들어갔다 나오는지 부산을 떨며 뿔뿔이 흩어져서 달려왔다.

그리고 순간 이쪽저쪽에서 와와, 하고 대단한 소동이 일어났다.

요시모토는 가마에서 몸을 내밀고 가신을 돌아보았다.

"무슨 일이냐?"

"네?"

"싸움이 일어났나 보구나."

"아무래도 그런 것 같습니다."

요시모토는 고개를 돌려 소동이 일어난 곳을 보았지만, 짧은 다리로는 아무 것도 보이지 않았다.

"싸움을 말려라. 기껏 비가 그쳤는데 웬 소동이란 말이냐. 잡병들이란 들개와 다를 바 없구나. 그런 녀석에게 군령을 지키게 하는 건 들개에게 예의범절을 가르치는 것만큼 어렵군."

소동이 가까운 곳으로 다가왔다. 근처의 병사가 무너지기 시작했다.

"적이다!"

"뭐?"

"적의 습격이다!"

"그, 그런 말도 안 되는."

그러나 그때 산에서 내려와 곧장 요시모토를 향해 달려오는 한 무리가 있었다.

노부나가가 소리쳤다.

"저 가마다! 요시모토는 저기에 있다. 요시모토를 쳐라! 요시모토를 절대 놓치지 마라!"

500여 미터 앞에서 누군가 칼을 맞고 쓰러졌다. 아군이 순식간에 무너지면서 마치 적을 위한 것처럼 길이 열렸다.

"역시, 적인가?"

요시모토는 칼을 뺐다.

귀족의 분노가 복받쳤다. 핫토리 고헤이타가 창을 휘두르며 요시모토 앞에 나타났다. 그가 앞에 있는 자가 요시모토라는 것을 확인하는 순간

"이런 불한당 같은 놈!"

요시모토가 칼을 휘둘렀다. 창이 손에서 툭 떨어지면서 핫토리 고헤이타의 무릎이 난도질당했다. 그때 모리 신스케가 와서 요시모토에게 덤벼들었다. 요시모토는 손쓸 겨를도 없이 고꾸라져 떨어졌다. 모리 신스케는 요시모토의 오른손

을 무릎으로 누르고 한손으로 머리를 내리 눌렀다.

"으음."

요시모토가 아무리 발버둥을 쳐도 오른손이 빠지질 않는다. 머리를 누르는 적을 되받아칠 힘이 생기질 않았다. 이때 모리 신스케의 손가락이 하나 입에 닿았다.

"이얍!"

그는 모리 신스케의 손가락을 물어 끊었다. 그 순간 모리 신스케의 한 손이 칼을 쥐고 요시모토의 목을 베었다. 요시모토의 목이 댕강 떨어졌다.

"대장을 잡았다!"

모리 신스케는 행복감에 요시모토의 목을 들고 일어섰다. 자신도 모르게 몸이 휘청휘청거렸다. 그는 요시모토가 손에 든 칼과 허리의 작은 칼을 탈취했다.

주위를 둘러보니 칼을 휘두르며 달려오고 있는 자들은 모두 아군들뿐이다. 3만여 명의 적은 2천 명밖에 안 되는 아군의 손에 닿는 족족 칼에 베어 도망치느라 여념이 없었다.

적은 사방팔방으로 흩어졌고, 눈 깜짝할 사이에 덴가쿠 하자마에서 적의 모습은 찾아볼 수 없었다.

"너무 멀리까지 쫓지 마라. 군사들을 다시 모아라."

모리 신스케가 요시모토의 목을 가져왔다.

"잘했다."

노부나가는 모리 신스케의 오른쪽 어깨를 두드리며 말했다. 모리 신스케의 집게손가락이 사라지고 그 자리에서 피가 흐르고 있었다.

"그 손가락은 회복시키지 말고 그대로 두어라. 너의 자손들에게까지 길이길이 전해질 명예의 상처가 될 것이다."

이번에는 모리 신스케의 왼쪽 어깨를 두드리며 노부나가가 크게 웃었다.

노부나가는 야나다 데와노카미를 불렀다.

"야나다 데와, 자네의 은공이다."

"황송합니다."

"구쓰카케의 성을 너에게 주마."

노부나가는 큰 소리로 말했다. 그의 목소리에는 만족스러움이 가득 차 있었다.

적의 전사자는 무사 583명, 장병 2천5백 명으로 합계 3천여 명이었다.

노부나가는 요시모토의 머리를 자신의 말에 걸고는 기요스로 가는 발걸음을 서둘렀다.

아쓰타 마을에 가자 마을 사람들이 저마다 칼과 몽둥이를 들고 눈물을 흘리며 그들을 환영했다. 그들은 이쪽으로 도망쳐 오던 적들이 마을에 불을 붙이려는 것을 다함께 나와 막 내쫓은 후였다.

"노부나가 공 만세!"

"노부나가 공 만세!"

갑자기 길거리에 만세 소리가 울려 퍼졌다.

천하의 노부나가 공의 눈가가 촉촉하게 젖어 있었다. 나무 위에 걸린 저녁 해가 그의 얼굴을 비췄다. 저 해가 지기 전에 기요스로 돌아가리라. 노부나가는 기쁜 마음으로 발걸음을 재촉했다.

'오다의 바보'라 불리던 소년는 이제 스물여덟의 대장부가 되어 있었고, 타오르는 그의 눈빛 속에 천하평정의 대망이 피어오르고 있었다.

에필로그

오다 노부나가와 사카구치 안고의 영혼의 만남

　일본사 중에서 소설의 소재로 쓰일 만한 가장 재미있는 시대를 꼽으라 한다면 전국시대가 단연 앞설 것이다. 진신의 난, 겐페이 전쟁, 남북조 시대도 그 나름의 재미는 있지만, 어차피 텐지와 텐무, 겐지와 다이라 가문, 남조와 북조의 양쪽 대립에 지나지 않고, 역사적인 귀추가 이미 정해져 있기 때문에 아무리 대단한 이야기의 명수라고 해도 크게 이야기를 발전시킬 수는 없다. 아니면 사실을 왜곡해서 거짓을 쓸 수밖에 없을 것이다.

　그러나 이에 비해 전국시대는 군웅할거, 영웅호걸들이 기라성 같이 빛을 발하며 천하의 형세를 살피는 시기였다. 정세는 극히 유동적으로 중부의 노부나가, 이마가와, 다케다, 우에스기는 물론 주코쿠의 모리, 시코쿠의 초소카베, 간토의 호죠, 도후쿠의 다테에 이르기까지 수많은 장수들이 나오면서 이들 중 누가 천하를 차지한다 한들 이상할 것이 없었다.

게다가 이 경합에는 다이묘나 호족들뿐만이 아니라 도요토미 히데요시와 같은 평민의 핏줄까지도 참가할 수 있는 기회가 주어졌다. 최후의 승리자가 도쿠가와 이에야스였다는 사실만은 바꿀 수 없다 해도 그렇게 되기까지의 과정에는 변수나 미지수가 많고, 현실과 허구의 미묘한 접점 속에 상상력을 발휘할 수 있는 여지가 살아 있다.

이런 재미있는 시대가 작가의 창작 의욕을 자극하는 것은 극히 당연한 일. 자신의 사관에 따라 자유자재로 디자인할 수 있다는 매력에 수많은 작가들이 다양한 인물에 초점을 주면서 각각의 관점에서 전국 난세의 인간 드라마를 만들어 냈다. 그 속에는 작가의 수만큼 많은 국가관과 역사관이 있었고 수많은 영웅이 있었다.

이렇게 많은 전국시대 영웅 중에서 한층 더 선명하고 강렬한 빛줄기를 발한 자가 바로 오다 노부나가다. 오와리 지역의 노부나가 집안에서 태어난 노부나가는 어린 시절부터 품행이 단정치 못해 '오다의 바보'라 불리며 충신 히라테 마사히데의 속을 썩였다. 하지만 마사히데가 죽음으로 간언한 후 그는 국사에 부지런히 힘써 골육상쟁의 오와리 국내의 권력투쟁을 정리했다. 이윽고 3천 명의 적은 병력을 이끌고 이마가와 요시모토의 대군을 오케하자마에서 격파하고 사이토 류고를 공격해 미노를 평정했다. 그리고 교토까지 진출해 천하통일의 대업이 성공되려는 순간, 안타깝게도 자신의 부하 아케치 미쓰히데의 모반으로 혼노지에서 생애를 마감했다. 그의 파란만장한 생애는 소설, 무용담, 영화 등을 통해 지금까지도 많은 작품에서 다루고 있으며 일본인치고 노부나가를 모르는 자는 간첩이라 해도 과언이 아닐 것이다.

흔히들 전국시대의 대표적인 장수들을 분류할 때 뻐꾸기의 첫울음을 기다리는 사람에 간주해서 '울지 않으면 죽여 버린다'는 노부나가 형, '울지 않으면 울게 만든다'의 히데요시 형, '울지 않으면 울 때까지 기다린다'는 이에야스 형의 3가지 타입이 있고, 독자들의 취향도 딱 삼등분 된다고 얘기한다. 그렇다면 작가 역시 자신에게 맞는 타입이 따로 있는 것이 당연한 것으로, 개인적으로 근대 일본의 작가 중에서 노부나가를 묘사하는데 가장 적합한 작가는 사카구치 안고라고 생각한다.

안고는 전후파의 무뢰파 작가다. 그는 전쟁 전부터 이름을 알린 순수문학 작가였지만, 1946년에 발표한 〈타락론〉이 전후 방황하는 사람들의 공감을 불러일으키면서 베스트셀러가 되었고 다자이 오사무, 이시카와 준 등과 함께 무뢰파의 대표작가로 이름을 알리게 되었다.

사상적으로는 철저한 실리주의자로 경직된 정신주의를 배제하고 생활이 진리며, 살아 있는 것이 선이요, 실용적인 곳에 아름다움이 존재한다는 그의 미학관은 노부나가의 것이라고 말해도 좋을 만큼 흡사하다. 또한 아수라장 같은 난세를 정신없이 살다 48세라는 젊은 나이에 요절한 것까지 이 두 사람은 마치 쌍둥이처럼 닮아 있다.

이렇게 본다면 이 책 〈오다 노부나가〉는 마땅히 써야할 작가에 의해 쓰인 운명적인 작품이다. 안고는 히데요시의 만년을 그린 〈미치광이 유서〉, 구로다 조스이를 주인공으로 한 〈이류 인간〉, 이에야스의 생애를 쫓은 〈이에야스〉 등 많은 시대소설, 역사소설을 남겼지만 장편은 〈오다 노부나가〉뿐으로 발군의 재미를 자랑하는 이 작품은 안고의 만년의 대표작품이라는 타이틀을 누구도 쉽사리 반대하지 못할 것이다.

이 책은 역사소설이기는 하지만 무뢰파 작가인 안고가 쓴 만큼 모리 오가이의 시대소설처럼 단정하고 지루한 작품이 아니다. 문어와 구어, 한자와 가타카나, 비속어와 속어를 무작위로 뒤섞은 독특한 문체로 젊은 날의 노부나가의 실존을

리얼하고 생생하게 묘사한 엔터테인먼트 소설이다. 지금으로서는 드문 일도 아니지만 이 작품이 〈신오사카〉지에 연재될 당시는 이런 파격적인 문체의 시대소설을 쓴 작가는 안고 외에는 없었다. 즉 안고의 이 새로운 문체가 지금까지 없었던 노부나가의 새로운 상을 역사 속에서 끄집어낸 것이다.

이야기는 15세의 오다 노부나가가 아버지 노부히데의 제2차 미노 침략에 맞춰 히라테 마사히데에 의해 한밤중에 일어난 장면에서 막이 열린다. 이번 미노 침략은 일단 성공을 거두었지만 자리를 비운 사이에 노부히데가 머무는 성이 기요스 무리에게 점거되면서 서둘러 후퇴하게 된다. 그리고 이를 해결하기 위한 소동이 생긴다. 이런 전투 속에 오다가의 내력, 오와리의 현상, 주변 제국의 정세가 꼬리에 꼬리를 물고 일어나면서 소년 노부나가가 놓인 환경이 점차 명확해진다. 오다 가문을 둘러싼 정세는 좋지 못했고 그만큼 어린 우두머리 노부나가를 향한 주위의 기대도 컸지만, 당사자에게는 확실하게 그 자각이 없는 듯 매일 촐랑거리며 놀러다녔다. 미노의 사이토 도산의 딸, 노히메를 아내로 맞이한 후에도 그의 행적은 조금도 좋아지는 기색이 없다. 그런 어쩔 수 없는 바보 나리를 안고는 이런 식으로 묘사했다.

"차센 마게라고 해서 상투를 끈으로 칭칭 감아 꽁지처럼 드리운 머리를 하고 다녔는데, 최근에는 무슨 고집인지 머리끈도 항상 빨간색이나 녹색만 썼다."

"겉옷도 항상 바닥까지 질질 끌릴 정도로 긴 것을 입고 다녔는데, 그나마도 제대로 입지 않고 한쪽 소매를 벗고 있기 일쑤다. 그의 미의식은 추위나 더위와는 별개인 것 같았다. 허리춤에는 부싯돌 주머니를 일곱 개나 달고 다녔는데 그 용도는 누구도 알 수 없었다. 모두 그의 독특한 취향에서 나온 장식이었다."

"그는 아침, 저녁으로 하루 두 번 이루어지는 수련. 총, 활, 창, 병법 연습을 하루도 빼먹지 않았다. 여름에는 수영도 열심히 했으며, 이 외에도 매사냥과 씨름, 싸움도 빠질 수 없다. 연습이 끝나면 마을이나 동네를 설치고 돌아다녔다."

이런 '풍속'은 그야말로 전후파. 그 '풍속' 속에 살아온 노부나가의 미의식은 무뢰파 안고의 미의식을 투영하고 있다. 노부나가의 미친 짓에 관해서는 예전부터 부잣집 버릇없는 자식의 본성이었다는 설과, 적을 기만하기 위한 연기였다는 두 가지 설이 있는데 안고는 어느 쪽으로도 명확히 표현하지 않았다. 그저 허리에 차고 다니는 부싯돌 주머니가 나중에 혁명적인 철포전술을 살려내고, 씨름이나 싸움으로 단련한 체력이 전장에서 그의 몸을 보호한 것을 생각해보면 모든 것은 노부나가의 선견지명을 암시하는 증거로 그려지는 것을 알 수 있다.

천재는 범인의 눈에는 바보로 밖에 보이지 않는다는 것이 결국은 사카구치 안고의 해석이다.

노부나가의 선견지명에 대해 안고는 단편 〈철포〉에서 이렇게 말하고 있다.

"그는 철포를 쉽게 포기하지 않았다. 이용할 수 있는 모든 노력을 동원해 새로운 전술을 만들어냈다. 철포 그 자체도 발달했지만, 그가 짜낸 전술은 일본 최초의 근대전술이었다."

여기서 말하는 근대전술이란 '다음 발포까지의 시간을 줄이기 위해 철포를 세 줄로 세운다. 3천 개의 철포라면 천개씩 세 줄로 나눠 사격한다. 그리고 이와 동시에 적의 돌격 속도를 떨어뜨리기 위해 철포의 전면에 수로를 파고 나무로 방패막이를 만든다. 이 그늘에서 세 줄로 서서 끊임없이 총포를 쏘면서 적병을 근처에 접근치 못하게 하고 격퇴시킨다' 라는 것으로 이 전술이 성공한 가장 큰 예가 바로 다케다의 기마군단을 괴멸시킨 나가시노 전투다. 그리고 매우 흥미롭게도 이 문장은 다음과 같이 끝맺고 있다.

'지금 우리에게 필요한 것은 노부나가의 정신이다. 비행기를 만들어라. 그것만이 승리의 길이다.'

이와 같이 〈오다 노부나가〉에는 안고의 전쟁체험과 전술 비판이 집약되어 있다. 대나무 창, 전쟁의 무운을 위한 부적, 특공대와 같은 낡아빠진 정신주의로는 근대전쟁에서 이길 수 없다. 이기고 싶으면 비행기를 만들어라. 이것이 불가능하다면 멸망할 수밖에 없다. 전쟁 중에 이미 일본의 패전을 꿰뚫어 보고 있었던 실리주의자 안고는 전후 7년이 되어도 '오다 노부나가'가 나타나지 않는 것을 한탄하며 이 고독한 무장의 이야기를 쓴 것이다. 그리고 그 후로 반세기. 사람들은 변했고 전후 역시 이미 뿌연 연기처럼 멀어졌지만, 안고가 그린 '노부나가의 정신'만은 지금도 선명한 빛을 잃지 않고 있다.

지금은 근대에서 현대로 이름만 바뀐 또 다른 난세. 지금 우리에게 필요한 것은 노부나가의 정신이다. 사카구치 안고의 〈오다 노부나가〉를 읽어라. 그것만이 살 길이다.

옮긴이

양혜윤

상명대학교 일어교육과 졸업. SBS 번역과정을 수료하고, 일본 각
지를 여행하며 여러 가지 체험을 했다.
현재 전문번역가로 활동중이며 옮긴 책으로는 〈너와 나의 일그러
진 세계〉, 〈정년을 해외에서 보내는 책〉, 〈100년 기업〉, 〈한국 마누
라가 최고야!〉, 〈하우징 인테리어〉, 〈알기 쉬운 일본의 역사〉, 〈소울
메이트〉, 〈악마의 레시피〉 등이 있다.

오다 노부나가

제1판 1쇄 발행 2014년 10월 30일
지은이 사카구치 안고
옮긴이 양혜윤
펴낸이 소준선
펴낸곳 도서출판 세시
출판등록 3-553호
주소 서울 마포구 대흥동 303번지 3층
전화 715-0066
팩스 715-0033
Email sesi3344@hanmail.net
ISBN 978-89-98853-14-3 03830